上海守財奴

孫寶強　著

飛馬國際出版社

　　對奴隸的定義就是，不僅不反對在自己脖子上套繩索，
反而伸出舌頭，吻套繩索的手那一類人。

—— 茨威格

目次

第一章　怎樣一個人

　　陳老伯今年八十六歲。頭不昏眼不花，腰不駝耳不背，說話聲若洪鐘，走路虎虎有聲。除了三伏天，藍大褂一年三季迎風飄揚。孫子問：爲什麼老穿工作服？他呵呵一笑：大褂擋灰擋油，省了肥皂和水錢。一月多少？十年多少？

　　他國子臉上，最矚目的就是那雙丹鳳眼。偉岸的他，怎麼生就丹鳳眼，這是世界之謎。眼梢不但上翹，還風情萬種。不過這風情不屬風塵女而屬思想家：有時虔誠有時惶恐，有時木訥有時犀利，有時唯諾有時狠毒，有時猶豫有時果斷。脉脉時是溫柔的天鵝湖，絕情時是殘酷的殺戮場。

　　退休後他一直致力于公益活動。門衛值班，目光如炬，連蒼蠅孫輩都不放過；做糾察，動作橫平豎直堪比儀仗隊；春夏秋冬忙碌在居委會，年復一年駐足在看報欄。油膩的大褂，如迎風飄揚的紅旗，渾厚的男中音，比麥克風還高亢。

　　「您忙什麼？」孫子不解地問。

　　「我要值班，要巡邏，要觀察。一有异樣馬上彙報。」

　　「异樣？什麼是异樣？」

　　「西方亡我之心不死，我們不能馬放南山，刀槍入庫。」

　　「你活得太累了。」孫子老氣橫秋搖著頭。

　　「累是累了一輩子。要不累，我還憋得慌。」一雙粗糙的手，摩挲著孫子的天靈蓋。一雙老眼，竟有了濕潤。

　　天沒亮老陳就起床了。他把毛票放進手絹，手絹放進內衣，使勁按了幾下。出門後他打了個噴嚏。乍浦路上除了一長溜的飯店，既沒一棵樹，也沒半根草，空氣中，除了脂粉味就是油烟味。

一隻垃圾箱仰面而躺，五臟六肺撒了一地。一隻猫倏地竄起，受驚的他一脚踩到污水中，好在脚蹬套鞋無大礙。衣袂飄飄的大褂，配上高幫套鞋甚是相得益彰。

出了弄堂就是武昌路，穿過武昌路就是吳淞路。吳淞路上有上海灘著名的三角地菜場。突然，一股濃濃的豆漿味飄來，他敞開胸膛闔動鼻翼，使勁呼吸著免費的香味。

「喝碗豆漿吧。」一大嫂熱情招呼著。

「吃過早飯了。」老陳挺了挺肚子，可肚子却不爭氣地叫起來。

「怕是隔夜泡飯都消化嘍！」大嫂乜個白眼，「就不能偶爾犒勞自己？」

老陳打了個激靈：既然今天我犒勞別人，爲啥不犒勞自己？想到這，肚子叫喚的更屬害了。他一挺胸：「那就來一碗淡漿。」

「來不及了，裏面已經放了糖。」大嫂得意地端上豆漿。

「嘖嘖！手脚忒快了。」老陳極惋惜。

「再來付大餅油條？」

「免了。咦！這豆漿咋這麼少？」

「你要加？」大嫂歪著頭問。

「不加可以但打八折……二八十六，去零留整是一毛。」老陳看著墙上價格表。

「二八十六，四捨五入應該二毛。」大嫂朝前逼了一步。

「給你二毛，我虧四分。半碗豆漿付半碗錢——我只出一毛。」

「好你個陳老頭。」大嫂柳眉倒豎。「今天就收你一毛，只讓你灌個飽。」

「這可是你說的，銀貨二訖。」老陳鄭重地掏出一毛錢。

「滿上。」大嫂踮脚舉勺，大有「飛流直下三千尺」的氣勢。

「滿了。」老陳忙用嘴去舔溢在桌上的豆漿。

「不用舔，還有二碗。」「再有六碗也不能浪費。」老陳「呼哧呼哧」

舔得不亦樂乎。

「甭噁心我，喝碗裏的。」大嫂一把拎起老陳的後領。「這麼早上哪？」

「上……菜場。」豆漿太燙，燙得老陳齜牙咧嘴，「今天有貴客。」

「你能請客？」大嫂嘲笑著。

「我爲什麼不能請客？」老陳「呼哧哧」消滅了第一碗。「他是我恩人。」

「什麼恩人？」

「我的平反全靠他證明，證明我是中農而不是富農。」老陳打著嗝端起第二碗。

「聽說你補發了許多錢。」

「哪裏！哪裏！」老陳仰著頭，把最後一滴豆汁灌進喉嚨。

「還有一碗呢。」大嫂的眼盯著老陳的肚腩。

「哦！」老陳邊喝邊扭臀，這樣才能使豆漿以最快的速度流入膀胱。

「八十六歲的老人灌三碗豆漿，比武松還豪氣三分。現在，怕是五臟六肺晃成舢板了吧？」

「它晃它的，我喝我的。」老陳仰頭灌漿。放下碗時順手蘸汁，把桌上幾顆芝麻掃到嘴裏。

「花了一毛錢，省下二天食糧。」大嫂冷笑著。

老陳一挩大褂飄然出門。沉穩中有睿智，淡然中有超脫，倒顯得大嫂一身小家子氣。

三角地菜場因占了唐沽路，峨眉路，漢陽路而得名。碩大的菜場裏，魚肉蔬菜呈扇字形排開。老陳逐一察看成色價格，堅持貨比十家的原則。經過及其艱苦的拉鋸戰，終于買了活鷄一隻，死魚一條，另有豆腐青菜胡蘿蔔若干。

「老陳！」日下柳梢時，門外傳來呼喚。老陳趨步出門，一把抓住來者的手，宛如隔世覓到的珍寶。

一隻隻菜上桌，白斬鷄，咖喱鷄，炸鷄翅，糖醋魚。又花又綠的是鷄心肝炒菜葉，又花又白的是鷄肫腸炒菜梗。又紅又白的是胡羅蔔伴豆腐，又翠又白的是魚片綴香菜，最後還上來一隻鷄頭二隻鷄爪的湯。

「喝！」老陳拿出五糧液。酒瓶是拾荒婆的真貨，酒却是裝進去的贗品。

「破費破費。」客人很感動。

「瓶子是買來的假……」孫子話未說完嘴就被大手堵上，老陳忙中偷閑白了孫子一眼。

「恩人！請吃剛出鍋的新貨。」老陳端出一盆花生，趁機把魚和鷄的朝後挪動。花生含有大量不飽和脂肪，一進嘴就是水泥進胃，不堵個嚴嚴實實才怪呢！

「喝！吃！」老陳又斟酒又夾菜，客人大口喝酒大口嚼菜，花生米發出「咯噠咯噠」的脆蹦，如一串小鞭炮。

「恩人我敬你酒！恩人我敬你菜！」老陳手忙嘴忙，感情濃烈的就差滴血爲盟。客人滿嘴泛油，又是一串響亮的飽嗝後，他趴在桌上。

老陳滿意地看著飯局。是殘局又不是殘局：鷄，基本未動；魚，基本朝天；花生米徹底消滅。他興奮地抖著腿：十元不到，就招待了一貴客。哈哈！

「你……笑啥？」客人張開迷糊的眼。

「現在幾點？」

「還不到七點。」

「是嘛？」客人朝五斗櫥上瞅。櫥上站在三隻臺鐘，三個指針指在不同的位置。

「這是時差鐘？」客人詫异地問。

「哈哈！你聽聽有沒有滴答？」老陳爽朗地笑了。客人側耳聽，果然沒一聲滴答。祖母輩的鐘，鐘面斑駁，克羅米上有銅綠，絕對是遲暮美人；母親輩的鐘，外殼尚新，玻璃尚亮，絕對是徐娘；少女輩的鐘，一臉新鮮，一身朝氣，可是沒內臟，就一綉花枕頭。雖然老中青聯袂登場，却都是占著茅坑不拉屎的主。

「既然不能看時間，爲啥不扔？」

「放著不占一子兒。」

「爲啥不買個電子鐘？」

「那玩意耗電。」

「那你怎麼掌握時間？」

「窗外西山墙，太陽影子就是時間。那個准，比古代漏時器强多了。」

「你乾脆回到史前，茹毛飲血罷了。」客人不滿地說。

「我這是返璞歸真。」

「那是啥玩意？」客人好奇地一指。窗臺上站著三隻壇，裏面裝著三種不同顏色的水。

「這是流水綫上的水。」孫子快樂地叫著。

「這詞新鮮。」客人樂了。

「我來操作流水綫。」老陳把毛巾放進 A 壇，順溜溜洗了臉；又把抹布放進 B 壇，搓洗一遍；接著把碗筷放進 C 壇，洗刷一番。然後他把 C 壇的水倒進木盆，把 B 壇的水倒進 C 壇，把 A 壇裏的水倒進 B 壇，再在 A 壇裏裝上自來水。整套程序得心應手一氣呵成。

「C 倒進 B，B 倒進 A，A 麼……」客人伸出五指劃拉，看來消化不了流水綫的順序。

「記住 ABCD。A 洗臉，B 洗揩布，C 洗鍋碗，D 沖痰盂，然後把用過的水依此類推輪回一遍。」老陳的總結言簡意賅。

「這麼說……一水四用？」

「反復使用循環使用，物盡其用一水多用。」

「點子是金點子，可是……太累。」

「一見帳單就不累。呵呵！」

「一月幾個字？」

「這個數！」老陳驕傲地伸出蒲扇大手。

「五個？」

「是 0.5！」老陳爽朗地笑了，幽暗的燈照在雪白的牙齒上，客人頓覺背上涼嗖嗖的。

「抽烟。」老陳烟是抽出來了，可是打火機打了半天也不見火苗，于是他拉開抽屜。

「這櫥忒有意思。」客人像哥倫布發現新大陸盯著家具。櫥的漆水，如巴兒狗的毛一律朝外翻卷。「有點……意思。」

「呵呵！人可以燙髮，家具爲啥不能？」

「問題是你用啥法子搞成這樣？」客人謙虛地問。

「在白胚木上直接上漆——不用猪血老粉不用泡力水，一省砂皮二省工料。」

「翻卷的漆皮裏是白胚的木料，新鮮啊。」客人把眼凑上去。

「名貴的大理石都這樣：烏黑中嵌著白，雪白中透著黑。如何？」

「這是家具，不是大理石。」「有异曲同工之妙！」老陳不但敝帚自珍，還有奇貨可居的自豪。

「清一色的家具，清一色的卷毛狗特徵，讓我開了眼。」客人感慨著。

「做家具就花了三瓶油漆錢。木料是現成的，木匠是免費的。」

「你遇到雷鋒木匠？」

「小木匠是大姑娘上轎第一次。因爲我給了他第一次，所以免費。他從最基本的量綫鋸料鏟刨開始，邊學邊幹。」

「各有所需皆大歡喜？」

「當然！」

「怪不得家具不方不圓不倫不類不平不整。」客人不客氣地說。

　　「我認爲小木匠和魯班沒有區別，醜到極點就是美到極至。」老
陳辨證地說，「我們看電視吧！」

第二章　怎樣一個家

卷毛狗旁有一黑不拉喇的衍生物。單從膚色，就明白它的戶籍所在地是垃圾桶。它不但醜陋還殘疾，假肢是一堆爛磚。衍生物上擱著一隻十四寸的黑白電視機。

電視機外殼也是白胚，外殼有裂縫，旋紐能扭動，喇叭歪嘰嘰，一看就知道是七十年代小作坊的產品。電源一開，圖像就一團飄飛的雪花。老陳用蒲扇大手左一巴掌右一巴掌地教訓它，于是雪花停了，聲音也消失了。

「轉旋鈕。」孫子指揮著，「再轉天綫，不行用武器。」

老陳取出錘子，前三下後三下，左三下右三下，節奏輕重有序，力度有張有馳，如盡職的諜報員。一番槌擊後，聲音果然出來了。「中央電視臺，現在開始新聞聯播。」

「手法果然了得。」客人贊賞著，「可是播音員的臉沒了。」

「沒了就聽電視——只要不耽誤領會中央的精神。」

「對！看新聞和聽新聞沒有區別。」客人響應著。老陳站起來，把一杯茶恭恭敬敬送過去。

「這水……」客人只喝一口，就發生了井噴，「這水咋有一股怪味？」他抹著下巴上的茶水。

「不是怪味是油味。」孫子很原則地糾正。

「油味？」客人把鼻翼湊在茶杯上，「爲啥水裏有油味？難道你把刷鍋水灌進水瓶？」

「爲什麼不呢？」老陳神閑氣定地反問。

「你連刷鍋水都不放過？」客人倒吸一口涼氣，「問題是，你要這油漬麻花的水幹嗎？」

「可以下麵條可以燒湯，綜合利用。」

「綜合利用？」

「既然街道都有綜合辦，我爲什麼不？」老陳很得意。

「你倒是緊跟形勢幾十年如一日。」客人冷笑著。

「生活中處處有綜合利用的例子。」

「洗耳恭聽。」客人皮笑肉不笑。

「百聞不如一見—這邊請。」老陳把客人領到厨房。

厨房不大，桌面上擱著煤氣灶，灶上擱著一把水壺。水壺被包在圓而窄的鐵皮裏，鐵皮上壓著鐵板，鐵板上放著鍋子，鍋子上壓著棉被，棉被上壓著鐵皮。

「這是煤氣灶還是碉堡？」

「這是熱能不流失的碉堡——小火開著，鐵皮圍著，棉被捂著，鐵板壓著。水壺的開水灌塑料瓶；鍋裏的熱水灌鐵殼瓶……」

「刷鐵鍋的水灌竹水瓶。」

「對！喝的水，盥洗的水，燒湯的水，各司其職絕不混淆。可惜我剛才張冠李戴，讓你喝了刷鍋水。」老陳抱歉地說。

「這是什麼？」客人指著一堆黑傢伙問。

「這是新的搪瓷鍋，這是舊的鋁鍋，這是有洞的鐵鍋。新的保值，舊的幹活…….」

「有洞的呢？」客人拉長聲音。

「可以炒貨啊！用鐵鍋炒，一香，二含鐵質，三節省能源。小洞能讓受熱值達到最高，小洞能讓煤氣消耗降到最低，這是新型的節能鍋。」

「節能鍋不假，但是有洞。」客人斬釘截鐵地說。

「有洞不假，但洞口小于炒物的面積。」老陳也斬釘截鐵地說。

「蠶豆花生黃豆的面積，均大于此洞。不信你看。」客人迎窗舉鍋，一番目測後沮喪地放下鍋子。「三壇水，三個水瓶，三個鍋子，好一個三三制。」

「還有三個痰盂。」老陳驕傲地說。客人一低頭，果然三個痰盂一字排開，如桃園三結義的好漢。

第一個痰盂身材修長，有玉樹臨風之態，可惜身上纏滿膏藥，有白頭宮女的淒凉；第二個痰盂矮而壯，遺憾的是肚子癟進去，像毀容的癩蛤蟆。第三個痰盂貌不出衆，頭上却戴著一頂尖而窄的蓋子，渾然一游街的土豪劣紳。

「第一個痰盂是妻子的陪嫁；第二個痰盂在文革中受到衝擊；第三個痰盂是孫子的尿盆。」

「難道三痰盂也有三個用途，三個活法？」客人的眼，瞪的比銅鈴大。

「對！ Ａ痰盂在生病時啓用，高度可以減輕病人下蹲的痛苦；Ｂ痰盂全天候使用，矮胖决定了它旺盛的生命力；Ｃ痰盂在哮喘咳嗽時使用．」

「爲啥？」「隨手一拎，免了彎腰。」老陳雙指一夾，帽子拔地而起，果然利索到極點。

「三三制啊三三制！」客人仰天長嘆，終于有了俯首稱臣。

「『三』不但吉利還穩定。三雄爭霸，三國鼎立，三條腿的凳子，三駕馬車，一個好漢三人幫，一個籬笆三個椿，講的就是平衡之道。」老陳神采飛揚。

「最重要的是西方的三權鼎立。行政獨立，立法獨立，司法獨立，各自爲政，各行其是。」客人熱烈響應著。

「最重要的是我們莫談國事，尤其是敏感的政治。」老陳沉下臉，把客人請出厨房請進房。

「哎呀！床上又是一個‘三’。」客人興奮地嚷著。「三張殘破的席。」

「這是鄉下帶來的篾席，這是兒子用過的凉席，這是孫子用過的草席。」

「爲什麽要放三張？難道也是綜合利用，也有平衡之道？」客人皺著眉。

「溫度高時睡在篾席可降溫，溫度低時睡在草席不太涼，溫度不高不低睡在涼席。三種席子三個功能。有了這，省下電扇省下電費。」老陳娓娓道來。

「席子的功能我不否認，但是這麼小的殘席，焉能安置你魁梧的身軀？」

「弱水三千只取一瓢。」

「這……」頗有文化底蘊的客人，被更有文化底蘊的老陳鎮住了。

「天寬地寬不如心寬。只要後背靠席，任督二條經絡打開，清涼之意貫通全身，難道這不是平衡之道？」

「曠達之人，淡泊之士。」客人來了個九十度的一作揖。「可是，難道這也是綜合利用，平衡之道？」客人的手指向枕頭。枕上蓋著竹席，竹席不是篾青而是是篾竹。失去韌性的篾竹，露出白花花的刺。

「這是枕席還是練功道具？莫不是臥薪嘗膽懸梁刺股？」客人怪笑一聲。

「看過孫邈思的經絡圖嗎？」

「沒……有。這和這也有關係？」

「人的全身有十四條經絡，三百六十一個穴位，四十八個經奇外穴。其中大部分穴位在頭上，尤其集中在後腦。這是神經中樞的指揮部。知不知道摩擦生電的道理？」

「我只知道燧石取火。」客人嘆了一口氣。

「知道陸游詩嗎？覺來忽見天窗白，短髮蕭蕭起自枕。這個『枕』，指的就是梳頭。」

「你扯遠了——我們說的是枕頭而不是梳頭。」客人正色道。

「不遠。穴位需要摩擦，需要刺激。摩擦能讓促進血液循環，刺激能增強皮脂腺的興奮，有利于頭部營養的新陳代謝，有利于……」

「你是說，用竹刺摩擦後腦刺激後腦？」

「要的就是這效果。枕頭裏裝茭白葉，葉子清涼敗火生津通脈。

如果說鐵鍋是節能鍋，這枕就是健康枕。時時刻刻的按摩，日復一日的刺激，這不是保健枕是啥？」老陳眉飛色舞地說。

「去病免病，省了多少醫藥費。一月多少？十年下來又是多少？」客人也眉飛色舞。

「哎呀！新爺爺也學會了計算。」孫子欣喜地嚷著。突然「嘶拉」一聲。

「你又毀了什麼？」老陳嚴肅地問孫子。

「我沒毀什麼，倒是您親手毀了一條拉煉。」孫子嚴肅地說。老陳一聽忙用手去遮褲襠，可爲時已晚，門襟大開中，露出斑爛的內褲。

「啊呀！八十六歲的老漢還穿牛仔褲？」「這是兒子扔下的……這拉煉質量不行。」老陳把努力把拉煉拉上。

「已經蹦裂了。」客人大笑不止。

「拽不下來，趕快幫爺爺扯下來。」老陳使勁褪褲子。

「問題是怎麼穿上去的？是不是奶奶幫的忙？」孫子一邊拽一邊問。

「別廢話，使勁！」

「我們現在做拔蘿蔔游戲。」孫子停止動作。「我朝前拽，你朝後蹬。我說一二三，你我一起動。一二三……」孫子一個馬步一聲吼，牛仔褲不但拽下，還把內褲一起拽下。

「哎呀呀！」老陳忙用手遮住檔部。

「不好！春光外泄。」客人笑的更厲害了。

「穿吧。」孫子抽出短褲扔過去，老陳急忙套上，臉上已是紅白交加。

「可惡的褲子，害的爺爺露出屁股。」孫子把褲子揚手一扔，老陳長臂一探揀起來。

「穿不下的褲子也要綜合利用？」客人感興趣地問。

「……剪下大腿做一付袖套；屁股部位做一隻飯單；腰頭做鞋墊。」老陳一邊比畫一邊介紹。

「破破爛爛的褲脚派啥用場？」客人追問著。

「破破爛爛做拖把，這樣的拖把最吸水。」老陳叠好褲子朝桌下放。

「桌子下是什麼？」客人的眼睛又定格了。

「我家最值錢的寶貝，可惜打進冷宮不見天日。」孫子鑽進桌子，推出一個五花大綁的傢伙。

「這是啥？就像押赴刑場的阿Ｑ？」客人圍著傢伙踱起方步。

阿Ｑ身上纏著油布，油布裏還有二層塑料紙。老陳打開三層，露出洗衣機的尊容。尊容一現，陋室立刻生輝，如貧民窟來了王妃。

「這是八十大壽時，兒子送的禮物。」老陳驕傲地說。

「這麼說，她已有六歲了。」

「六年中，一共享用了半次。」孫子不滿地嚷著。

「爲什麼說是半次？」客人饒有興趣地問。

「奶奶剛用了五分鐘，爺爺就沖過來：不得了了，電錶轉的賊快，水錶轉得賊快啊！」

「呵呵呵！」客人樂不可支。

「這舶來品不是個玩藝。電錶水錶轉得我心驚肉跳，血壓升高手冰凉。」老陳感慨著。

「所以繩子綁著，油紙封著，永遠打進冷宮？可惜啊，活活折殺小天鵝這個美人也。」

「死了張屠夫不吃混毛猪。不用這玩意，我洗的更健康更有特色。」老陳的二郎腿得意地抖著。

「這就是爺爺洗被子的武器。」孫子從床下拖出一雙高及膝蓋的套鞋，上面綴滿了補丁。

「你還保留這鞋？」客人驚訝不已。「這是你爺爺的爺爺留下的遺產，我們小時候在鄉下，穿著它捕魚捉蟹。」

「穿了套鞋，爺爺在澡盆裏跳迪斯科。」

「既强身健體又節約水電，何樂而不爲？」老陳的二郎腿抖得更來勁了。

「踩著被子，爺爺的汗下來，二道鼻涕也下來了。」

「我完全能够想像這動感地帶。」客人笑的眼泪都下來。

「晚飯吃好，小心火燭，門窗關好！當！當！」一聲聲響亮的梆子聲由遠而進。老陳打著哈欠，領著客人去了巷子深處的小旅館。

第三章　怎樣一包廢紙

　　天沒亮老陳就醒了。客人船票是下午三點，早飯和午飯看來是逃不掉了。吃什麼？怎麼吃才能最大限度的熱鬧，最小限度的支出？先來盆油炸花生，再來盤豆瓣鹹菜，最後是紅燒黃豆。三大法寶是老家帶回來的土特產，不需自己掏一子兒。

　　不行！昨天油炸花生是主角，今天老調重彈怕客人反感，怎麼也得搞幾個菜堵住嘴。他嘴裏沒獠牙，却是家鄉的小喇叭，也就是政府最爲重視的煤體。抓住煤體就抓住輿論，抓住輿論就抓住民心，抓住民心就能穩定。雖然不屑家鄉的泥腿子，但婊子都曉得立牌坊，難道不興我立立自己的口碑？

　　要口碑就要下功夫，要下功夫就要掏錢。如何做到二全其美？對了！家裏還有小青菜，毛豆炒菜葉，菜梗一漬一拌，就是二道菜。再用豆油朝隔夜鷄上一抹，那就是小紹興的白斬鷄。可是鷄終歸是鷄，還是留給孫子打牙祭。怎麼才能不掏錢，又能整出一桌葷菜？

　　對了！家鄉的魚幹，滴幾滴酒放幾塊薑，隔水一蒸就是宮廷禦菜。端上來刮刮叫，咽下去噴噴香。可是怎麼既上桌又不被消滅掉呢？老陳的丹鳳眼一擠，主意馬上到。

　　「客人吃不吃辣？」老陳問老伴。

　　「記得小時候不吃，你別在菜裏放辣。」

　　「我把一隻隻菜端上桌，至于吃不吃那是他的事。」老陳一擊掌。這時門被推開。

　　「恩人啊！昨晚睡得香不香？」老陳熱情地迎上去。

　　「我睡得香不香不要緊，關鍵是你睡得香不香？」客人詭譎一笑。老陳一驚：難道他知道我的秘密？爲了便宜，讓客人住在里弄小旅館；

又爲了半折，讓客人睡在廁所的隔壁；又爲了半折裏的半折，讓客人睡在臨時搭的鋼絲床上。

「我關心……你的睡眠嘛！」到底是做賊心虛，老陳有了尷尬。

「只要你睡得香，哪怕我不睡也行。」客人微笑著，笑的老陳直發毛。

「走！咱們吃點心去。」老陳趕緊說。

「你平時吃不吃點心？」

「我是嫌那個髒。油條裏放洗衣粉，水餃裏放淋巴肉，煎餅裏放泔脚油。哎呀呀！」

「你一說，把我食欲嚇跑了。」

「那我們去還是不去？」老陳謙虛地問對方意見，一如莎士比亞筆下的猶太人，專把問號扔給對方。

「免了！」客人果然中計。

「爲什麼要免？」老陳明知故問。

「先噁心，再邀請，這是上海人的待客之道還是你的待客之道？」客人笑著問。

「我是尊重客人選擇。胃的容量就這點，早飯吃的多午飯吃的少，早飯不吃午飯多吃。」

「你當我猴啊？早上三顆中午四顆，中午三顆早上四顆。」

「你真有學問，連『朝三暮四』的典故都知道。」

「再有學問，也架不住算計啊。現在我宣布，就是早上的三顆不吃，中午也只吃三顆。」客人莊重地說。

「我這就去張羅午飯。」老陳趕緊順坡下驢。他袖口一卷，飯單一挂，擺出宮廷禦厨的架勢。

厨房的局面很混亂，比鷄窩鴨寮還混亂。有身首分離的板凳若干，臭哄哄的拖把若干，還有一隻煤球爐子。

「家有煤氣，還要爐子幹嘛？」

「煤氣有煤氣的用途，爐子有爐子的用途。過年時用爐子，爐火旺時炒貨又香又脆；爐火將熄不熄時，擱一鍋黃豆腳爪，骨頭都能熬成渣。」

「留爐子只爲一年一用？」

「可這一用就是過年啊。除夕時，點燃引火紙，壓上刨花，擱上木柴，放上煤球。把壁角的濟公扇取出來，把旮旯裏的火鉗拿出來，點燃一隻紅通通的爐子，象徵祖國的繁榮昌盛蒸蒸日上……」

「爐子將熄不熄時，象徵什麼？」客人笑著問。

「這……」老陳有了結舌。

「爐子可以形容共和國的軍隊，紅紅火火熱氣騰騰；可以形容人民的幸福生活，紅烟繚繞百尺竿頭；可以形容神州的美不勝收，紅光沖天勝過霓虹。」

「咱不說爐子……」

「那就說扇子。濟公扇可以呼風喚雨，形容人民的愜意自得；火鉗可以上下舞動，形容龍人的戰天鬥地。至于……」

「不敢了，不敢了，再也不敢班門弄斧了。」客人作揖稱臣。

「爐子還可以煎中藥……」老陳更得意了。

「乾脆你就說，奉領袖的最高最新指示，煉丹製藥，以解懸壺之苦……」

「使不得！使不得！」老陳連連搖手，「不敢犯上作亂。」

「每天聽諛言聽諛歌，聽的耳朵起繭，聽的胃都冒酸。想不到你這個不是御用文人的人，也搞起了歡樂頌。」客人冷笑著。

「我這不是……習慣成自然嘛？」

「假話說多了，自己都不知道哪句是假，哪句是真。」

「呵呵！」老陳乾笑著。

「這是什麼？」客人指著東南西北四個角落上的鐵傢伙。

「捕鼠器啊！」

「爲什麼要放四隻？」

「老鼠多，捕鼠器也多。有了四大捕快，就能全殲老鼠。逮了老鼠，送到居委會登記。我可是街道愛國衛生運動的積極分子，去年還上臺領了獎……」

「據我所知，你永遠是運動的積極分子。」客人終于冷笑了，「你是否運動成癮？你是否戴紅花成癮？你是否做戲成癮？」

「哎呀！緊跟上面就能杜絕犯錯。」老陳戴上袖套，「我這也是以不變應萬變嘛！」

「原以爲你老和尚念經，有口無心。想不到你亦步亦趨……」

「我也是邯鄲學步，形勢所逼嘛！」老陳乾笑著拿起一桶油，又拿起油瓶。

「油啊油！用油不至于也有 ABC 三步驟？」

「當然有三步驟。」老陳躊躇滿志。

「什麼？」

「你且看我操作。」老陳先把桶裏的油倒進油瓶，油瓶油又倒進茶盅，茶盅裏的油，再倒進一個微型茶壺裏。

「三步曲果然一步不拉。可倒來倒去有啥意思？」客人饒有興趣地問。

「先用油瓶倒，再用茶盅裏的小調羹加，最後用茶壺添，這樣才能反冒進。」老陳高舉油瓶一個大俯衝後，鍋裏油還是難覓踪影。

「有俯衝，怎麼不見炮彈下來？」客人拿起壺對窗凝望。

「呵呵！」

「究竟有何弦機？」客人把壺當天文望遠鏡，遠看近瞅，忙得不亦樂乎。

「秘訣在茶壺口。」

「茶壺有口，怎不見油出來？」

「爲了杜絕無政府主義，我用油灰把壺嘴堵了一半。」

「這樣的話，任憑三俯衝四射擊，也不能冒出一滴油星子。高！高家莊！馬家河！」客人翹起大拇指。「又一個長學問的三三制。」

「起鍋，放菜，再放鹽。」三個步驟後老陳拿起糖罐。他用調羹挖啊挖，挖了半天才挖出眼屎大一點。

「你不是挖糖，這是挖金礦。」

「糖多吃，會産生糖尿病；肉多吃，會産生三高；海鮮多吃，回産生痛風。」

「魚多吃，會被骨頭梗死。」客人果斷地說。「米多吃，會被飯嗌死。」

「你看我的菜，青菜含大量葉綠素，毛豆是營養之王，黃金搭檔美食一絕。」

「還是素的滿漢全席。」

「呵呵！」老陳把菜盛進碗。「吱溜」一聲，洗鍋水進了竹篾水瓶。

「菜沒吃，明天的湯已經準備好了。」客人接過水瓶。

「別人是寅糧卯吃，我是卯糧寅吃，這叫反其道而行之。」老陳把菜端上桌。「因爲你是我老鄉，所以我特意爲你燒家鄉菜。」

「要是仇人，你一定用大魚大肉折殺他。」客人對了下聯。

「我回來了。」兒子興沖沖推開門。

「回來了，一起吃一起吃！」客人熱情地站起來。老陳也急忙站起，他不是張羅兒子吃飯，而是趁客人分神，把四十支光的燈，改成八支光的燈。同時忙裏偷閑，瞪了老伴一眼。

「咦！燈怎麼暗了？」客人驚訝地問。

「快拿碗！」老陳對兒子吆喝，企圖轉移客人的視綫。

「我來拿。」兒子拉開抽屜。「況」！一隻八寶箱掉下。

「啥東西？」客人俯下身子。老陳慌忙用身子抵擋。可是來不及了，客人從地上揀起一叠票子。

「天吶！這麼多全國糧票。」客人呆呆地看著花花綠綠的票子。

「給我。」老陳急切地伸出手。

「二十……一百……二百……四百五十。」

「快給我。」老陳聲音嘶啞地說。

「五百……六百……一千。」

「快給我。」老陳用手捂胸，發出呻吟。

「沒事吧？」看到老陳的异樣，客人停止了統計工作。「這裏還有。」兒子從地上揀一叠票子。「工業券，付食品券，布票，油票，糖票……」

「還有棉花票。」老陳聲若游絲。

「天吶！你怎麼能存下這麼多？你就是一輩子不吃不喝不穿，也攢不下這麼多？」

「全打了水漂嘍！」老陳仰天而嘆。

「怎麼能攢下這麼多？這麼多？」客人的眼瞪得好大好大。

「我摳著，省著，藏著，攢著、掖著。我冷著，餓著，自己虐待自己。」

「不是你一個人摳著，省著，藏著，攢著，掖著，而是全家和你一起摳著，省著，藏著，攢著；掖著，不是你一個人冷著，餓著，自己虐待自己，而是全家一起冷著，餓著，自己虐待自己。」有個聲音又冷又尖，又硬又亢。老陳抬頭，和兒子的眼撞個正著。這不是眼，這是一把閃著寒光的匕首。

「這是一堆廢紙，更是一堆苦難的歷史。」客人感慨地說。「既傷心，何不一燒了之？」

「燒？」老陳瞪大眼。「絕不能！說不定寶貝能起死回生。」

「你還想回到以前的日子？」

「……早知道就用糧票換一個鷄蛋。蒸著吃，煮著吃，煎著吃，燉著吃，烤著吃，撒成蛋花吃，放在糖水裏吃。餓的滋味，我至今記得清清楚楚。」

「早知今日何必當初？」

「今日是今日，當初是當初啊。」老陳把票證橫平竪直理好，然後整整齊齊端端正正地放進八寶箱。神情之虔誠，動作之小心，就像失戀者在埋葬初戀。

「但願票證能起死回生。」客人朝兒子眨眨眼。兒子咬緊牙關，臉如冰雕。

　　飯終于吃完，這預示著客人要走了。老陳打開櫥門，客人再一次睜大眼。「這麼多毛選？」

　　「這是毛選精裝版，這是毛選外文版。」老陳的大手摩挲著書本。

　　「你懂洋文？」客人問。

　　「不懂就不能買？買不買是態度問題，懂不懂是文化問題，這有質的區別。」

　　「好一個莘莘學子。」

　　「這是毛主席像章。這包是銅的，這包是鐵的，這包是瓷的。」老陳凝重地說，一如歷史博物館的講解員。

　　「這包是什麼？」

　　「軍裝。這是兒子的，這是老伴的，這是我的。」

　　「文革中你不是壞分子嗎？老伴和兒子不是壞分子家屬嗎？」客人更驚訝了。

　　「毛主席說：全國人民學解放軍。我們不是解放軍，難道還不能學解放軍？」

　　「精神可嘉，人人一套軍裝。這是……皮帶。你要這麼寬的皮帶幹嗎？」

　　「毛主席說『不愛紅裝愛武裝』後，我特意買給老伴的。」

　　「讓她也學宋彬彬？讓她也對人民揮起武裝帶？我記得當時她是受批鬥的富農婆。」

　　「受批鬥就不能扎？照扎不誤，照樣表白自己紅心。」

　　「太可笑了，難道她是紅衛兵女將？」客人搶白著。

　　「難道她是鬚眉男子？」老陳也搶白道。

　　「……言之有理。」客人低下頭頷首稱是。「這包……是啥？」

　　「鬆緊鞋，就是風靡全國的林彪鞋。」

　　「你不是喜歡穿工作鞋嗎？」

「穿衣服鞋子，不根據自己愛好，而根據政治形勢來決定。三雙鬆緊鞋花了六塊錢，可惜穿上不久就廢了。」「你可以修補啊！好八連是新三年，舊三年，縫縫補補又三年。」「我想修補，但是林彪摔死了。」老陳沮喪地說。「他一死，鬆緊鞋也廢了。」

「哈哈哈！跟錯形勢了吧！我問你，你穿軍裝，你套林彪鞋，你挂紅寶像，你還讓老伴扎了武裝帶。可是這一切，能改變你悲慘的命運嗎？」客人咄咄地問。

「不經過九九八十一難，和尚焉能超度成唐僧？」老陳自豪地挺起胸。「經過種種劫難，我終于修成正果，黨和政府給我平反了。哈哈哈！」這次老陳的笑，不是「呵呵」，而是「哈哈」。

「可喜可賀！」客人一拱手。「山外青山樓外樓，今天終于大開眼界。」

客人走了，走的悻悻然忿忿然，走的齜牙咧嘴意猶未甘。老陳如十裏相送的梁兄，叮嚀著，寒暄著，囑咐著。臨上車時，鄭重地把一包東西塞給客人。包裹裝的是水果糖。既不是今天買的，也不是今年買的，而是兒子大婚時多出來的。它在老陳的碗櫥裏，安然地渡過若干個寒暑。孫子有幾歲，它就有幾歲，不過要加上九個月。

「變質糖還送人？」兒子知道後非常生氣。

「他乘十六鋪的船回啓東。」老陳翹著二郎腿。

「糖和船有什麼關係？」

「當然有關係。就是糖變質也不怨我：糖不是化在我家，而是化在船上。發潮也好，發粘也罷，這是他自己保管不善造成的。我一來做個人情，二來騰個地方。」老陳滿意地籲了口氣。「弃之可惜，嚼之無味，現在總算有個好歸屬了。」

「爺爺果然是十四檔算盤。」孫子敬佩地說。

第四章　怎樣的發家史

　　三十年代末的一個早晨，從十六鋪碼頭跳下一個後生。後生和梁生寶一樣，頭上頂著一個麻袋，肩上扛著一個麻袋，胳膊下挾著一個用麻袋包著的被窩卷。他掏遍全身口袋，用僅有的十個銅板批了幾捆蔬菜，背著鋪蓋沿街叫賣。憨厚的鄉音淳樸的臉打動了許多主婦。下午不到，菜就賣完。雖嗓子啞了，但十個銅板變成二十個。

　　老陳用一個銅板買了二個堅硬的餅。拿著冷冰冰的餅，心上涌起了暖流。這城市有它的寬厚和空間，僅僅半天，他已經看到了生存之道。

　　月上樹梢，他扛著鋪蓋尋找旅館。可是最便宜的客棧也要六個銅板。十九個銅板就是十九隻鷄蛋，我要完成蛋孵鷄，鷄生蛋的過程。想到這，他一撅屁股鑽進橋洞，攥著十九個銅板進入夢鄉。

　　星星還在眨眼，月亮還在樹梢，他已經鑽出恒豐路橋洞，朝十六鋪進軍。一根麻繩，緊了緊咕咕叫的肚子，也緊了緊鬆散的被卷。一盞路燈下，有個將熄不熄的爐子，有個將睡不睡的姑娘。

　　「大哥！吃碗水餃吧。」一看到人，攤主的瞌睡一掃而光。

　　「我不餓。」「只要二銅板啊。」姑娘堅持著。「那就倒碗水餃湯給我。」老陳掏出一個銅板遞過去。

　　「喝湯不收錢。」姑娘把銅板推過來。「不收我不喝。」老陳也堅持著。姑娘收了銅板，一拐一拐遞上一碗餃子湯。老陳這才發現姑娘是小腳。

　　「腳再小，也要養活自己。我從山東逃婚到上海。」「裹腳不是你的錯。」老陳仰頭喝湯，餃子却「嘩嘩」落在嘴裏。老陳看了看姑娘心中升起一股暖流。從此，老陳白天賣菜，傍晚擺地攤，深夜則是小腳女忠實的夥計。他如裝上了核裝置的船，分分秒秒朝前駛。一毫一厘地攢，半分一毛地省。不抽烟不喝酒，一天吃二餐，每餐吃半飽。小脚女不但是他老闆，還是紅粉知己。她雖頻送秋波他只以哥妹相稱，做到發乎情而止于禮。半年後，他在吳淞路上的仁智裏租了個二層閣，把「父母之命媒灼言」的髮妻士芳接到上海。

妻子來後，他破天荒爲自己放了半天假，又破天荒地上麵館。士芳死活不肯，直到他說這是結婚紀念日這才點頭。

老陳要了一碗面，又要了二碗不要錢的麵湯。面給士芳，自己則把饅泡進湯裏。雖然他沒看過小說「梁生寶買稻種」，但他們的思維方式驚人地一致。

桌子上出現一隻小手，手黑而髒而瘦，指甲裏裝滿污垢。手怯怯挪動，一往情深地朝錢包靠攏。

「你這個賊。」夥計的蒲扇大手，落在乞丐的小臉上。

「不要打了。」老陳嘆口氣，掏出三個銅板塞進骯髒的小手。

「你有錢，爲什麼二人只叫一碗面？你有錢，爲什麼蹭了二碗湯？」夥計一揚下巴。

士芳一仰頭吞下面，扯著他走出麵館：「……給一個就行了。」

「我知道餓的滋味。」老陳搖著頭。一陣寒風吹過，士芳打了個哆嗦。老陳脫下外套罩上去。士芳定定地看著他，眼角有了濕潤。

第二天，老陳在過街樓下支起二塊木板，一塊板上放著剪刀劃粉針頭綫腦，另一塊木板上寫著：上扣補洞裁剪縫紉。字不但端正而且遒勁，雖不是瘦金體，却有瘦金體的框架。

暮色籠罩了城市，士芳收了攤位朝家裏走。二層閣約有二十平方，除了中間三平方，其餘全是一到一米五的高度。厨房免談，衛生間免談，吃喝拉撒全在閨房內完成。采光口來自客堂板壁上的一扇窗。下面燒肉上面聞香，下面拉屎上面嗅臭。窗子的寄生性，是上海石庫門的一大特色。

士芳勺了一碗米，想了想又倒去半碗。她點著火油爐擱上鍋。米一滾馬上關火，剩下的事交給餘熱。一把菜皮用鹽漬著。雖然菜皮能炒能煮，但還是以「涼拌」爲主唱。因爲這樣，連幽幽的火苗都省略了。

　　樓梯上響起了腳步，士芳拉亮電燈。老陳進門掏出銅板，放在士芳手心裏。「啊……六十五枚。」「應該六十六枚。」老陳一個狗吃屎趴在地上，又一個鷂子翻身爬起。「我想起來了，一隻銅板已經送給乞丐。明天我就用這些銅板，爲你買一架美人牌縫紉機。」

　　「真的？」「你用什麼來謝我？」老陳歪著頭問。士芳吻了他一口。

　　「我不要蜻蜓點水，我要你整個的人。」老陳拉滅燈朝床上滾，寄生窗裏透進來的光，把床上動作放大若干倍，宛如黑白三級片。

　　一架美人牌縫紉機倚墻而站，士芳把風火輪踩得飛快。有了風火輪她就是哪吒；有了風火輪，她就是鴻翔時裝店的紅幫裁縫。

　　「哥賣蔬菜嫂裁剪，不出明年能換房。」小腳女一拐一拐地走來。她由老陳做媒，嫁給底樓的小山東。樓上樓下，幹兄妹走的更近了。

　　「是啊！換房是我們最大的心願。」士芳的風火輪踩得更快。

　　「衣服好了嘛？」七嫂花枝招展地走來，一個猥瑣男蜒著口水湊上去。

　　「你這個流氓，吃豆腐也不看人頭。」七嫂柳眉倒豎。

　　「不就是摸一下屁股？」一身綢褂的他嬉皮笑臉。

　　「二流子！你偷鷄摸狗不要臉。」小腳女罵著。

　　「要不是你乾哥做媒，你早就餓死在街頭。」二流子白她一眼，身子不安分地朝七嫂蹭。

　　「滾！」七嫂推開他。

　　「叫花子來了。」二流子大叫一聲。

　　「誰是叫花子？」老陳擔著二隻大缸走過來。

　　「鬍子一邊高一邊低，一邊稀一邊旺，這不是叫花子是什麼？」二流子指著老陳，「你啊你，怎麼連把刀片也不捨得買。」

　　「二流子。」老陳放下籮筐。「你整天游手好閑，爲啥不找個事幹幹？」

「人活著難道爲了吃苦受累？」二流子一撇嘴。

「你應該靠自己的手來創造財富。」老陳響亮地說。

「靠手有什麼用？早晚讓你明白，靠手還不如靠嘴。」二流子倒背雙手走了。

上樓後，士芳把一件新棉襖披上老陳肩頭。「真暖和啊。」老陳摩挲著鬆軟的棉襖。「我也準備送你一件禮物。」

「什麼禮物？」士芳含嗔帶嬌。

「我準備送你一個老闆娘的稱呼，小生這廂有禮了。」老陳做個揖，士芳哈哈大笑。「有人要轉讓醬油廠，我想把它盤過來。」

「真的？」「可是我只有一半的錢，所以找了娘家的李哥合夥。」「好！李哥是個厚道人，和他合夥我放心。」

「明天把款子送去，我就是半個老闆，你就是半個老闆娘了。」

「天吶！我的命咋這麼好？」士芳抱住老陳。「我不相信命，我只相信這雙手。」老陳攥起了拳。

醬油廠很快盤下來，李哥熟諳工藝配方，生產流程，所以坐鎮廠長寶座；老陳擅長提藍小賣，沿街推銷，所以做了銷售部部長。

一個陰雨綿綿的早晨。應士芳要求，老陳帶她去廠里拉醬油。從吳淞路穿過新建路來到一所棚戶區。區內陋室擠挨，污水橫流。大人蓬頭，小孩垢面。

「這是啥地方？怎麼這麼髒？」「這是虹鎮老街，住著都是江北難民，他們靠剃頭修腳收破爛爲生。」老陳領著士芳，七拐八彎來到一排廢墟前。

「這是啥地方？房子怎麼都塌了？」

「這是老閘北，房子讓鬼子的飛機炸了，老百姓連個窩都沒有了。」

「作孽啊。」「中國人現在成了亡國奴。我們要好好賺錢，把錢捐給政府買飛機大炮。一定要把狗日的打出去。」老陳大步流星走著，一個汗珠摔八瓣。

「你們是走來的？」一進醬油廠就碰上李哥。「爲了省二張車票走這麼遠？」

「此話差也！一省錢，二鍛煉，三瞭解民情民風。什麼地段賣什麼醬油，什麼醬油在什麼地方最有銷路。走一路，就能把地形記下。昨天去東邊，今天去西邊，拾遺補缺才能把醬油賣出去。」

「賣醬油還賣出了學問。」李哥欣喜地說。「今天下雨，就挑二個小缸吧。」

「天晴天雨一樣幹，來二口大缸。」老陳一個馬步一挺胸，大缸應身而起。緊攢繩輕踮步，腰如松身如鐘，一個健實的賣貨郎出發了。

「賣醬油嘍！價廉物美的醬油嘍！一勺子二銅板，二勺子三個半銅板嘍！」老陳邊走邊吆喝，片刻身邊就圍了一堆人。

「這醬油究竟好不好？」有個主婦問。

「大嫂，你先買半勺試試。」「半勺也能買？」「買賣不分大小，給一個銅板。大媽！你買多少？」

「我只有……」大媽忸怩地翻著口袋。「給你一勺，欠的下次給我。老奶奶！買醬油嘛？」

「我沒帶瓶子。」「可我帶了乾淨瓶子……大嫂買嘛？」

「雨天……我不放心。」「我就是淋成落湯鷄，也不讓醬油進一滴雨。您看，缸上有油紙有油布。」老陳打完醬油用抹布一擦，恭恭敬敬遞給顧客。動作麻利臉帶微笑，一會功夫醬油賣完了。

「你真行。」士芳崇拜地瞅著丈夫，掏出手帕遞過去。

「做生意和做人全靠二個字：誠實。熱情待客童叟無欺，質量保證買賣公道。」老陳邊走邊說。「能幫人儘量幫人，能讓利儘量讓利。交朋友要交這樣的朋友。」他的手指劈向脖子。

「殺頭？」「不是殺頭，而是割頸之交。比喻交朋友要交滴血拜盟的；桃園結義的；臨終托孤的；二肋插刀的。」

「我不懂這些，我就信你這個人。」士芳依戀地攫住他袖子。

「前面是燒餅鋪，一人一隻餅，在餅上抹一層醬油，這滋味打嘴巴都不放。」

「跟你在一起，大餅能吃出月餅味。」夫妻倆說說笑笑走進燒餅鋪。掌櫃接過銅板遞來二隻餅。用餅在缸底走一番，白餅子成了紅餅子。

「真好吃。」士芳咬了一大口。

「不對啊！一個銅板應該二個隔夜餅，可這餅却是新鮮的。」

「你是多年主顧，今天讓利一次。」掌櫃笑著說。

「不！我應該再給你一個銅板。」老陳鄭重地把銅板放在掌櫃手裏。

雨停了。天灰濛濛的，像要沁出墨汁。馬路上的人多起來。士芳停下腳步，貪婪地瞅著一個孩子。「快走吧，要下雪了。」

「這孩子太可愛了，我真想有……兒子。」「現在不行。日本鬼子還占著中國，我們不能養小亡國奴。」「鬼子不走，我們一直不要孩子？」「鬼子是秋後的螞蚱，這是基金會說的。」「基金會？」「我捐了一筆錢給抗日基金會，他們說……」

「捐多少？」士芳著急地問。

「我知道老婆節約的連月經紙都不買。但國家興亡匹夫有責。將士賣命，我們捐點錢難道不應該？」「應該當然應該，可是……」「打走鬼子馬上生孩子。看見對面的恒豐路橋嗎？你看橋下面是什麼？」

「橋下面是河水。」「橋和水的中間是什麼？」「橋洞啊。」「你丈夫剛到上海時就睡在橋洞，一睡就是半年。」「你沒說過啊。」「男人受苦還跟老婆說？我要用汗水，爲你和孩子撐起一塊天地。」老陳豪邁地說。「啊！下雪了。」

「這不是雪而是綿白糖。」士芳美美一笑。

「你先回家，我再去賣一趟。」老陳挑著缸，消失在大雪中。士芳痴痴看著他的背影，一絲笑紋蕩漾開了。

第五章　十字路口

　　天很晚了。士芳收了活爬上閣樓。她盛了半碗飯，滴了幾點醬油在飯上。桌上有一隻碗，碗裏有十幾顆黃豆。她用鍋蓋遮上去，想了想，又放進碗櫥關上櫥門。這個家，奉行的是靠山吃山：賣菜時，以下脚菜皮爲菜；賣醬油時，以缸底醬油爲菜。

　　吃完飯，她就著寄生窗開始納鞋底。「吱啊啊」的聲音很單調，但是她的心一點也不單調。綫兒長針兒密，帶著希望納鞋底。眼光沿著針綫走，與其說悲不如說是喜。一針針，一綫綫，綉出一片新天地。新天地裏，有一個愛著的男人，有一個追求的希望，足也!

　　「今天我賣了四大缸。」老陳興沖沖推開門。

　　「吃飯吧。」士芳打開碗櫥。「黃豆免了，有醬油泡飯足也。」「黃豆有營養，醬油沒營養。」「醬油也是黃豆的後代，後代前代都有營養。」「你一定要吃。」士芳把黃豆伴進飯裏。「咦! 你的新棉襖呢？」

　　「我送人了。」「送給李哥？」「送給乞丐，他又老又殘。」

　　「棉襖用了六兩棉花七尺布，裏子和領子還是娘家陪嫁的布。」士芳很生氣。

　　「你就當棉襖還穿在我身上嘛。」「明天下雪怎麼辦？要不，把我的小花襖穿裏邊……你怎麼了？」她回過頭，發現老陳倚在椅子上已經睡著了。

　　「劈啪啪」的鞭炮響了，如喜鵲報春，如山河起舞。「吱」，紅紅的高升點著了，老陳一揚手臂，一聲巨響，留下一地火樹銀花。

　　「一個……二個……三個。還放？」士芳問。「放! 抗戰八年，我要放八十個高升。」

「一個高升要二個銅板吶。」「打敗鬼子，這是最大的喜事。」

「放吧！你高興放多少就放多少。」

「趕快買酒，今天要一醉方休。把李哥叫來，把妹子叫來，把鄰居叫來，人越多越好，酒越多越好。」老陳手舞足蹈一派癲狂。

「乒乓！乒乓！」一個接一個高升，震得雲彩都顫抖了。

太陽依戀著晚霞，暮色不由分說地涌上來，仁智裏開始熱鬧了。引漿的引著爐子，走卒的買回蔬菜，當媽的抱著孩子，當二奶的完成了最後的摩登。烟飄了，勺響了，連貓狗也跟著叫起來。引漿的抱怨賣漿的艱難，走卒的感嘆物價的膨脹，女人嘖言世風日下，二奶唏嘘男人的花花肚腸。

士芳踩著風火輪心如止水：板車和她不搭界，爐子和她不搭界，鍋瓢和她不搭界，孩子和她不搭界。鷄飛狗跳也好，飛流短長也罷，這一切離她很遠很遠。

「陳伯母還不收攤？」戴著金絲鏡的王老師，夾著公文包走進弄堂。「學校已經放學。世面不穩，學生也靜不下來。」

「收攤嘍！」小脚女一拐一拐地走來。「王老師，這仗要打到什麼時候？」

「乍暖還寒最難將息。」王老師沉重地說，「才下眉頭，又上心頭。」

「我問你打仗，你扯什麼眉頭粉頭的？」小脚女不耐煩地嚷著。「現在究竟誰和誰在打？」「共產黨和國民黨唄。」「誰是好人誰是壞人呢？」「千秋功罪，讓老百姓來評說吧。」王老師一推眼鏡。「這是我的法國老師說的。」

「好好的法國不住，跑回來幹嗎？」小脚女搶白著。

「老婆病了，我能不回來？」王老師蹙著眉，「糟糠之妻不可弃。」

「酸是酸，總算是好貨。」小脚女推著縫紉機就走。士芳的縫紉機，平時就寄放在前客堂。

「王師母這二天好點嗎？」士芳夾著二塊招牌，跟在縫紉機後面。

「有了起色。」「又要上課，又要照料病人，苦了你了。」

「古人曰：富貴不能淫。再說我還沒富貴呢。」王老師一推眼鏡。

「就是富貴也不許幹壞事，不然砸碎你小腿。哈哈！」小脚女爽朗地笑著，三人走進十三號後門。突然，一陣尖亢的哭，鋪天蓋地而來。

「七嫂在哭。」士芳看著樓上。「整天吃香喝辣，嚎啥啊？」小脚女一撇嘴。

「現在不是七嫂了。」二流子樓梯上沖下來，「現在是七寡婦，她男人死了。黑心黑肺黑肚腸，囤布囤藥囤糧食，可惜被金黃的炮彈擊中。哈哈！」二流子狂笑著走過來。

「又一個家庭破碎了，孤兒寡母可憐啊。」王老師神色黯然，「打日本，這是全民抗戰。可內戰，却是中國人和中國人的自相殘殺。」

「我們快去看看，能不能幫上什麼忙。」小脚女一拐一拐上了樓。「煮豆燃豆萁，豆在釜中泣，本是同根生，相煎何太急？」王老師深深地嘆了一口氣。

桌上放著一排排餃子，如美女撅起的鼓唇，如漢子飽滿的肌腱。爐火通紅，竄著火苗，沸騰的水，頂著鍋蓋上下起舞。

自從小脚女嫁給大脚丫後，仁智裏就香飄四季。男人在碼頭上出大力，她在家裏整麵食。醋辣蒜薑輪番上陣，餃子餛飩每天變化。有錢時，樓上樓下清一色炸醬麵；無錢時，碎苞米熬一大鍋稀粥。一無所有不假，了無牽挂是真。窮是窮，窮夫妻是一對神仙伴侶。

「乾哥怎麼還不回來？」小脚女用勺子敲著碗。

「不到天黑，他不會回來。」士芳就著爐子納鞋底。

「你們二個過的是啥日子？不點燈，不炒菜，摸黑吃飯；不抽烟，不喝酒，光喝生水。」

「橫批是『如此生活』。」王老師搖頭晃腦，「這對聯是你們真實生活的寫照。」

「失禮了！」老陳笑吟吟走進來。

「鄙人的肚皮，已經貼成一張皮了。」王老師一推眼鏡。小脚女趕緊把餃子朝鍋裏推。「好香啊！」老陳嗅著鼻子。「這碗給王師母，這碗給七嫂，這碗端給老哥。」小脚女一邊盛水餃一邊囑咐。

「這水餃真好吃啊！」老陳大口吃著。

「老妹問你一句話。你不吃不喝不置房子不留種，究竟爲啥？」小脚女鍋蓋一扔雙手叉腰。

「等仗打完再說吧。」「房子可以等，肚子不能等。過了播種期，想播也播不上。看！我們的種已經在這了。」小脚女自豪地拍著肚子。「可你的種呢？」

「快了！」老陳朝士芳一擠眼。

「謝謝你們的餃子。」七嫂一身素服站在門外，「我不進來，裁縫錢給陳師母。」

「樓上樓下要啥錢？」老陳把錢推過去。

「不行！做孝衣的錢一定要給。」七嫂堅持著。

「我來做裁判。」王老師站起來。「迪格鈔票麼哈呼。」

「合夥？這是裁縫錢爲什麼要合夥？」七嫂急了。

「我說的哈呼是英文單詞，也就是二分之一的意思。」

「假文酸醋。」小脚女奪過錢抽出二張，剩下的錢推給七嫂，「你真要還，等你兒子長大後還吧。」

「你們全是好人啊。」七嫂感動地說。

天上的飛機一天比一天多，隆隆的炮聲一天比一天近，小道消息一天比一天密集。「這仗究竟要打到啥時？」小脚女把爐子拎到門口。

「有事可以坐下來協商，中國人打中國人算什麼本事？」王老師痛心疾首。

「不得了了！蘇州河裏飄著許多尸體，有個大肚子女人也氽在水上，二個奶子漲成一對猪奶子。」二流子大笑著。

「不要臉的東西！」小脚女罵著。

「自己摟著男人快活，就不許我想女人？」

「二流子，國難當頭休得胡言亂語。」王老師很生氣。

「聽說五角場死的人更多，屍體都發臭了。」老陳一臉憂心忡忡。「蘇州河旁的郵政大樓成了碉堡群，子彈嗖嗖大炮況況。」

「子彈殺的是中國人，大炮轟的也是中國人。」王老師皺著眉。「國家和國家都能談判，中國人為什麼一定要置中國人于死地？」

「打得猛打得好，打得天翻地覆更加妙。」二流子開心地說。

「打日本人是天理，中國人打中國人算啥本事？」山東漢憤怒地說。

「好日子就要來到了。」二流子興奮中帶著神秘，神秘中帶著激動。「共產黨分田分地分銀子分娘子，這娘子可是個好東西。」

「花痴！」小腳女罵著。「男人想女人，天經地義。」二流子理直氣壯地說。

「男人要靠勞動娶女人。女人不是牲口咋有分配一說？」王老師氣憤地說。

「反正我就等著分女人。」二流子吹著口哨抖著腿，「共產黨馬上要來了。」

「共產黨來了也沒你好日子過。昨天你把你媽打得一塌糊塗，兒子打媽滅絕人性。」

「誰讓她不給我錢？」二流子說。

「你聾了還是瞎了？你殘了還是廢了？你十個手指爛了嗎？」小腳女憤怒地說。

「我不殘不廢不聾不瞎，我就等共產黨給我分錢分糧分房分娘子。」二流子興奮地舔著嘴唇，「不信走著瞧。」

「真有這事？」七嫂驚訝地問。

「沒這好事，老百姓憑什麼跟著共產黨打老蔣？」二流子更得意了。

「我的錢我的地憑什麼讓你們分？天下哪有這等荒唐事？」老陳

大笑。

「咱騎驢看唱本走著瞧。」二流子胸有成竹，「不信問山東漢。」

「老山東，怎麼說？」眾人異口同聲地問。

「……共產黨打到山東，父親來信說家裏分到一畝地，十吊錢。」

「這麼說是真的？」眾人大驚。

「打土豪分田地，分了田地分娘子，分了娘子睡娘子。」二流子的眼，無所顧忌地停在七嫂胸脯上。

「真不要臉。」

「臉是什麼？不就一張皮。」二流子一翻白眼。

「古人說：君子愛財，取之有道。」王老師懇切地說。

「咚咚鏘！打土豪分田地，分浮產分娘子。咚咚鏘！分了娘子進洞房，進了洞房抱上床，脫光衣裳我就上……」二流子正唱著，頭上突然飛來一發炮彈。他一個倒吃屎朝門裏撲去。眾人也急忙涌進了十三號後門。

老陳關上門，掏出一條金項煉。昏暗的屋子頓時亮堂。「盛世置地，亂世置黃金。這個局勢吃不准啊。」

「我們走還是留？」士芳急切地問。

「山東漢讓我去臺灣，他說老家的地主都斃了。可李弟不讓我走。」

「只有李哥，哪來李弟？」「李弟是李哥的表弟，就是廠裏的搬運工。」

「他不是好鳥。不但好吃懶做，一雙眼睛整天賊溜溜轉。他的話不能聽。」

「走也難來留也難，這廠子是我多年的心血。你明天跟我去廠子，能整理的先整理，能打包的先打包，我們要一顆紅心二種準備。」

「陳老伯在家嗎？」一個人影閃進來。

「……原來是李弟。快坐，不然就和天花板碰頭了。」老陳話沒說完，李弟捂住頭叫起來。

「對不起啊！」

「你只是對不起自己。咋住這樣的狗窩？」李弟環視四周。

「你咋這樣說話？我們是人不是狗。」士芳生氣地說。

「我這人就是嘴臭。來！我們喝一盅。」李弟從懷裏掏出一瓶酒，又掏出幾包鹵菜。

「我不會喝酒。」老陳冷淡地說。

「你是說，你這輩子沒喝過酒？」

「只有唯一的一次：慶祝抗戰勝利。」

「那次值的慶祝，今天就不值得？告訴你，你快成爲社會棟梁民族精英了。」

「封這麼多頭銜給我？」老陳笑了。

「不是我封的，是共產黨封的。」

「我連共產黨長的怎麼樣都不知道，他咋就封我？」

「國民黨已經崩潰，共產黨馬上進城。」李弟一擂桌子。

「進城就進城唄，聽說共產黨共產共妻。」「這是謠言。共產黨不殺人放火抄家打劫，專爲人民謀解放。」

「你咋知道的這麼多？」

「我是中國共產黨上海總部閘北分部特派員，還是醬油廠地下交通員兼黨支部書記。」

「失敬失敬。」老陳一拱手，「不知小廟還藏個大菩薩。」

「不知者不知罪。今天我代表黨組織……」

「組織？組織是什麼？」「打個比方。如果說共產黨是皇帝，我就是代表皇帝的欽差大臣。」「失敬失敬。」老陳又一拱手。

「我這是真人不露相。」李弟從口袋裏掏出一張紅派司，昏暗的房間亮堂多了，「看！這就是中國共產黨黨證。」

「黨證有多大？」「如果說共產黨是皇帝，黨證就是尚方寶劍，就是承天奉運的生死牌。」

「真有這麼大？」老陳睜大丹鳳眼。

「我看你是狗眼看人低。」李弟生氣地說。

「我！」老陳羞愧地低下頭。

「共產黨人心胸寬廣，你的不敬我忽略不計。現在最重要的問題是，你準備留還是走？走，就是走向死亡；留，就是留在嶄新的天地。你留下，有你的甜頭吃，有你的桂冠戴。」「我不要甜頭不要桂冠，我只要自己的產業。」「你是說維持現狀？」「對！不是我的我不要，是我的不能奪去。」「你真是鼠目寸光。現在算什麼？現在是家庭小作坊，以後是國家企業；現在是十幾個人七八條槍，以後是野戰軍加集團軍；現在是沿街叫賣，以後用火車拖飛機裝；現在占地一畝，以後方圓幾十裏。」

「可是我不想，不是我的我不要。」

「不想做將軍絕不是好士兵。要是你什麼都不想，還貓在啓東種地呢！留在上海，先把產業擴大，然後養一群孩子，想上什麼學校就上什麼學校。」

「是……嘛？」老陳的丹鳳眼開始上揚。

「從今往後，你不再是賣貨郎，而是陳廠長陳總經理了。你看你，吃著老菜皮住著狗窩房，這哪是人過的日子啊。」李弟長嘆一聲。

「能吃飽飯，能不睡橋洞我已經滿足。不苛刻不虐待自己能置下半個廠？」

「所以說你是紅色資本家嘛！」「這紅色啥意思？」「紅色的資本家就是國家功臣，民族精英。」

「言重言重。」老陳直搖頭。「這玩笑開不得。」

「你以爲我開玩笑？我今天不是代表個人，而是代表共產黨閘北分部來的。」說到這，李弟昂頭起身，不料又和天花板碰頭了。「我……我以我血薦轅軒。」「只是一個大包，絕對沒有血。」老陳忙擺手。

「我以大包的代價，給你指一條金光大道。」

「你說你的，我還想聽聽李哥的意見。」

「我現在是他上司，他已經歸順花果山。」「你⋯⋯占山爲王？」「沒有井崗山，哪有王者風範？」「我是孤陋寡聞啊。」「你孤陋寡聞，我絕不孤陋寡聞：你曾爲某個基金會捐過款。」

「捐款買飛機打鬼子，我們不能做亡國奴。」老陳驕傲地說。

「可你捐給了國民黨而不是共產黨。」「不是說國共合作一起打鬼子嘛？不分黨派不分民族，不分窮人不分富人，有錢出錢有力出力。」

「好！」李弟伸出了拇指。「不但有赤子之心，還有慈悲之。你經常送錢給乞丐。」

「于心不忍嘛⋯⋯咦！你咋知道？」「你曾把棉襖送給乞丐，可惜他不是叫花子，而是老地下黨員。」「我咋沒看出來？」「你看出來，說明我們工作有誤。」「我有眼無珠。」老陳有些悻悻。

「你就留還是走的問題，諮詢了好幾個人。一個是山東漢，他老婆就是你做的媒。山東漢雖苦大仇深，卻是國民黨的應聲蟲。他不但勸你去臺灣，還說共產黨殺人放火。」

「他也是道聽途說，不知者不知罪嘛。」「你還問了王老師，他不但勸你走，還後悔自己回來了。」「他也就胡扯幾句。」「僅僅是胡扯？」李弟沉下臉。「他反對解放戰爭，還說是自相殘殺。」

「他也是道聽途說，不知者不知罪嘛。」「你也說了許多，要不要我一一道來？你怎麼出汗了？天有這麼熱嘛？」李弟笑了。

「我著急啊。」「只要不走一切好說。來！爲我們光明的前途，爲我們的合作乾杯！」

「合作？你和我合作什麼？」「難道你不願和共產黨合作？」「我不願意我願意。」「我們的合作，將是天長地久永永遠遠。」

「天長地久⋯⋯永永遠遠。」老陳喃喃著，如劍走偏鋒的痴呆。

「來！喝酒吃菜。」李弟熱情招呼著。「這醬肘燒的多酥，牛肉燉的多爛，熏魚炸的多香。嫂子你也吃。」

「吃！吃！」士芳含糊著，看看丈夫又看看李弟，看看李弟又看看丈夫。昔日意氣風發神采奕奕的丈夫，現在卻蔫不拉幾眼神呆滯，而平時懶散邋遢猥瑣萎靡的混弟，現在却意氣風發神采奕奕，而且眼睛還特賊亮。

「陳老伯吃！吃！」

「吃……吃！」老陳嚼著肉，香糯的肉，如猪頭死死壓在他心上。

「陳老伯！」半夜時分，山東漢的吼叫，打破仁智裏的寂靜。「你妹子要生了。」

「趕快送醫院。」老陳披著衣服沖下樓。「快叫車。」

「正在打仗，哪來的車？」山東漢一跺脚。

「上樓拿藤椅，讓人躺在藤椅上，挑著藤椅上醫院。」

「哎呀！我怎麼就想不到？」「快！快！」幽暗的路燈下，一付扁擔一前一後挑起了藤椅。天亮時分，小脚女在醫院生下一個女娃。老陳不但替他們付了醫藥費，還多了一個乾女兒。

第六章　解放了

　　「吱！」一個艷麗的高升被點著，「乒乓」一聲後留下一點殘骸；「吱！吱！吱！」數不清的高升被點著，「乒乓」數聲後留下一地殘骸。

　　「慶祝上海解放！」老陳揚起了手臂。「慶祝上海解放！」工人們揚起了手臂。

　　「歡迎解放軍進城！」老陳揚起了嗓子。「歡迎解放軍進城！」工人們揚起了嗓子。

　　「共產黨萬歲！」老陳又揚手臂又揚嗓子。「共產黨萬歲！」工人們又揚手臂又揚嗓子。

　　「把紅旗挂起來。」老陳吩咐著士芳。「把秧歌扭到大街上。」老陳吩咐著女工。「把茶水鷄蛋送給解放軍。」老陳吩咐著工友。

　　「老陳！」李弟抖擻地走來。壯實的他，戴紅袖章執紅纓槍，就如「哪吒鬧海」裏的紅孩子。「我馬上去軍管會開會，你要注意特務的情況。」

　　「特務我知道。鬼鬼祟祟，形迹可疑。尖頭猴腮，賊眉鼠目。」

　　「覺悟提高的賊快啊。好！工廠交給你我絕對放心。」李弟鑽進吉普車揚長而去。

　　「工廠交給你，我絕對放心？這工廠是他的還是我的？」老陳又悻悻又惱怒，勝利的喜悅因此被打了半折。

　　解放的上海，到處是嘩拉拉的紅旗，到處是喜慶的秧歌隊。喇叭裏傳達著勝利也傳達著命令，會場上傳達著勝利也傳達著紀律。手臂如林，吶喊如濤。衣冠不整的人興奮著，因爲推翻了三座大山；衣冠楚楚的人亢奮著，因爲他們是民族的脊梁。沒有指示也要慶祝，沒有會議也要發言，騷動的城市騷動在東海之濱，激動的人民激動在白渡橋上。

老陳莫名其妙地亢奮著，如出籠包子熱氣騰騰，如新鮮豆漿濃厚純粹。印堂上帶著光，掌心裏帶著汗，嘴角溢著笑，腳下帶著風。今天跟著收音機唱革命歌曲，明天跟著軍人打綁腿。士芳剪個童花頭，自己穿件列寧裝。每過二小時，嘴裏蹦出一個新名詞；每過四小時，重聽一次新聞；早上搞治安，晚上搞巡邏，星期天則是掃盲班的老師。

他意氣風發，見人必稱戰友；他眼觀八路，逢人必談政治。唯一不變的是菜肴，凉拌菜皮是桌子上不落的紅太陽，這點，他一點也沒跟上革命形勢。

李弟也變了。脫下油膩膩工作服，穿上藍色中山裝，戴上鮮紅的袖章。他現在是上海醬油廠工會主席兼黨小組長。眸子不再盯著姑娘的奶子媳婦的臀部，而是盯在階級鬥爭的動向上。他大刀闊斧發動群衆，一次次談心後發展了一批戰友，現在手下有了七八個人，五六條槍。

老陳不再挑著醬油缸走街穿巷。聽說國民黨潛伏了一批特務，爲了挖出這批定時炸彈，丹鳳眼成了銅鈴眼，就是睡覺，也睜著一隻眼。由于弦繃的太緊，對盛世下的兒女播種，有了力不從心。

定時炸彈還沒挖出，後院却起火：廠裏工資發不出了，工人的腸子一半是空的。原因呢，一是提缸小賣的後生玩截款，二缸醬油只交幾張毛票；原因二是工人階級搞馬列，一搞二搞把生產程序搞亂了。老陳和李哥商量後，決定按既定方針辦：老陳重出江湖，二口大缸走天下；李哥再掌玉璽，壓縮讀報和秧歌舞的排練時間。雖然李主席頗有噴言，醬油廠畢竟是二輪摩托的天下，而不是三駕馬車的市場。

夜深了，深黑漆黑如烏賊魚。老陳打開收音機，聽了五分鐘就有了手舞足蹈。「不得了了，快醒醒。」

「天還沒亮呢！」被推醒的士芳咕噥著。

「還睡？都打起來了。」

「誰和誰打？」

「中國和美帝國主義打起來了。不！和南朝鮮，和聯合國⋯⋯」

「你是說三個國家一起打美國鬼子？」士芳一骨碌爬起來。

「什麼啊，是中國和三個國家打起來。不！好像不止三個國家。」

「究竟幾個國家？」士芳扳著手指。「既然是聯合國，那就不是一個國家。」

「究竟幾個？」士芳不耐煩了。

「顧名思義，聯合國就是聯合所有的國家。媽啊！這次搞大了。」

「大到什麼程度？」士芳冷靜地問。

「我也說不清。聽！電臺的社論來了：人民日報社論。」

「糊塗！人民日報管中國，又不管聯合國。」

「聽：美帝國主義把戰火燒到鴨綠江⋯⋯全國人民團結起來，抗擊侵略戰爭。」

「鴨綠江是啥玩意？」「鴨綠江是條河，是中國和朝鮮的邊境河。」「就是十三號和 14 號的中間地帶？」

「對！」

「既然不是十三號的事，就不要找十三號的麻煩。是鴨綠江上，又不是黃浦江上起火。」

「聽：有錢的出錢，有力的出力，爲粉碎帝國主義的侵略戰爭，貢獻一份力量。」

「貢獻？莫不是讓我們掏口袋？」

「這個嘛當然。」「這次不掏一子兒。」「真讓我們掏的話⋯⋯」老陳牙關咬的嘎嘎響。

「不！堅決不掏一子兒。」士芳斬釘截鐵地說。「上次掏自覺自願，這次掏不情不願。」

「爲什麼？」「小日本打中國，中國人當然掏錢打他們；現在美國鬼子又沒打進中國，憑什麼要中國人掏錢？」

「哎呀！你說的太對了，你一說我就開竅。」老陳一把抱住士芳。「文盲還能說出道理來。」

「聽我的話，今天下午就去買房。錢沒了，就是讓捐也是白搭。不是我們的事，憑啥讓我們掏錢？」

「我一定聽你的。」老陳把關節捏得嘎嘎響。

一幢樓坐落在濃濃的綠蔭中，這是江蘇路上一幢哥特色的樓房。鋼窗，地板，大小衛生。

「這是煤氣。」老陳「啪」地打開開關。「不就是火油爐子？」「這爐子不用倒油，燒到一半不熄火。」「能用一小時？」「就是一百小時也能用，一輩子不用倒油。」「我的媽啊！這是聚寶盆啊！」士芳幸福地閉上眼。

「知道這是什麼？」「這不是池塘嘛？和啓東鄉下養魚的池塘一樣。」

「這不是養魚的池子，是洗身子的浴缸。」

「這麼大的池子洗身子？」士芳的嘴張得比蛤蟆還大。這輩子她沒有完整地洗過澡，她的洗澡，就是用一盆水，濕一濕身子擦一擦污垢。

「整個人可以浸在水裏，要是願意，還可以游泳。」

「我的媽啊，池塘進家了。」士芳雙手捂胸，又一次幸福地閉上眼睛。

「知道這是啥玩意嘛？」老陳拉著她，把她從幸福的陶醉裏喚醒。

「這賊亮賊白的東西，裝什麼寶貝？是不是裝米？」士芳的眸子都亮了。

「不是裝寶貝也不是裝米。」「那是裝什麼？」「裝的是屎是尿。」

「你是說……尿壺？你不是咒我吧？」

「把屁股坐上去，然後雙腳垂下來……」

「蹲了坑後再端出去倒？」「不用端不用倒，開關一揿，屎尿下去。」

「額的媽啊！這是寶貝啊。」士芳激動得直喘粗氣，「我……我再也不用擔心尿壺溢出，每一次拉屎我都夾著肛門。」

「以後拉屎拉尿，不用憋不用怕。堂堂正正地拉屎，昂首挺胸地拉尿。」老陳聲音洪亮充滿了男性的磁力，「看！這是百頁窗。白天轉，進來太陽；晚上轉，進來月亮。」

「太陽月亮攥在手上，我不成了神仙？」

「從此，冬天不用把被子搬到乍浦路橋上曬，夏天不用躲到上海大廈旁的巷子裏乘凉。下雪時，不用端著尿壺穿街走巷，下雨時，不用把水提到閣樓上。從此，上樓不彎腰進門不低頭，我們是真正的人了。」說著說著，老陳的眼紅了。

「我們上天堂了……我們上天堂了。」二人相依相偎，唏噓不已。

「其實外國人早就是這個生活了。」老陳抹著泪花。

「咦！不是說我們還要去解放他們，他們不是生活在水深火熱中嘛？」

「真不知誰解放誰？哈哈！」房主笑吟吟地走過來，「看！這是落地陽臺，前面就是花園……這是後花園，這是桂花樹，這是一長串的玫瑰……」

「嗚哇！」老陳突然甩開士芳的手，「你幹嘛……掐我？」

「我怕……我怕是一場夢。」士芳的眼神痴迷而恍惚。

「這不是夢。只要簽了合同，這個房子就屬你們了。」

「真的……假的？」士芳喃喃著。

「這是房契，這是房産證，這是……對不起，我接個電話。」房主拿起電話，嘰裏呱啦說了一通聽不懂的洋話。挂上電話後房主說：「抱歉！我馬上要到機場接人，SORRY！ SORRY！ 合同明天再簽。」

「明天一定簽嗎？」老陳著急地問，「二根金條我都帶來了。」

「OK！ 一定！ OK！ 一定！」房主閉門謝客匆匆而去。

賣主走了，買主沒有走。他們倘佯在花園，欣賞著洋樓。丈量每一寸紅墻，摩挲每一尺欄杆。一棵大樹就是一片綠蔭，一棵小草就是一個春天。老臉綻放，如枯木逢春；神態可鞠，如兒童嬉戲。這一刻，他們才知道，原來人可以生活在花園裏；原來，天堂不再是遙不可及的夢。

太陽一點點下墜，朝情人的懷抱撲去。害羞的紅霞，急忙拉上幃帳。小鳥飛回巢穴，月亮輕移蓮步。老陳伸長脖子，呆呆凝視著遠方。到上海的十幾年裏，他從未觀察過長河落日的景致。二層閣的不見天日，挑缸外賣的艱辛，讓他完全忽視了大自然的美景。

「我真是白活了這麼多年。」他感慨著，「除了打拼賺錢，我們一無所有。」

「從現在起……我們一定要好好活一回。」士芳激動得語無倫次。

「我們終于有了一個真正的家。」老陳驕傲地揚起手臂。

到家了。到家了。他們爬上狹窄的樓梯，彎著腰，回到黑古隆冬的閣樓。老陳一把抱住士芳：「今天太幸福了，你應該犒勞我。」

「幸福……幸福……我們一起幸福。」她的身子又軟又松。

「讓我們一起到達幸福的終點。」老陳咬著她的耳垂，把手伸進敏感地帶。

「陳老伯！陳老伯！」一聲呼喚，門被撞開。

「誰？」老陳掩著下身跳起來，「你……你怎麼把門撞開了？」

「這個司別令鎖太單薄。你們在幹什麼？」李弟大咧咧地問。

「進來也不敲門。」老陳惱怒地套上褲子。

「敲什麼門？難道你在發電報？」

「雖然不是發電報，我們……終究是夫妻。」老陳黑著臉，把被子遮住士芳赤裸的肩膀。

「今天下午你上哪？我找了你一下午。」李弟若無其事地掏出香烟。

「今天有點事。」「什麼事？」李弟的眸子如二根針。

「你找我有什麼事？」老陳不樂意地問。

「上午我去市委開會，你知道我和誰握手？陳毅！我和陳毅市長握了手。」

「……市長有啥指示？」老陳冷淡地說，他的腎上腺激素還沒消退。

「你怎麼一點不關心國家大事？」「不關心？新聞我聽了，反動派把戰火燒到邊境……是可忍孰不可忍。」

「很有覺悟嘛！」李弟親熱地拍著老陳的肩，「接著說。」

「中國人民決不屈服帝國主義的挑釁，我們要齊心合力打敗敵人。」「還有呢？」

「我們要有錢出錢有力出力……」「說的好！」李弟一拍桌子，「有錢出錢。對！看來你早有思想準備。」

「准……備？準備……什麼？什麼……準備？」老陳慌慌張張地問。

「我把你的情況向市長作了彙報。他說，好一個老陳，五百年前我們是一家。」

「市長真這麼說？」老陳有些興奮。

「陳毅市長說，你和他是一家人。」「真的？」老陳激動地把椅子朝前拖，上身前傾，口袋前傾。

「我說你不但是紅色資本家，還是愛國的資本家，抗戰時就有捐款記錄。」

「這是應該的。」老陳一揚頭。

「……既然你說應該，那我就照辦嘍！」李弟的二根手指如二條鰻魚，一個滑溜鑽進口袋。瞬間，二根手指攥住二根金條。

「……你？」老陳的臉刷地白了。

「好同志啊！不聲不響，不哼不哈就把金條備好。現在我就去市委彙報，明天報紙上頭版頭條。」

「這是我的金條。」老陳一把拉住李弟，臉漲得比猪肺還紫。

「金條我先保存。你呢，迎接記者的采訪。」李弟推開老陳，箭一樣朝門口竄去。

「金條……金條。」老陳跟著追出去。下了樓，已經不見了李弟的踪影。他追到巷子外，馬路上只有熙熙攘攘的人流。老陳徘徊在四川路上，很久很久。

半夜時分，老陳躡手躡脚上了樓。

「金條追回來了嗎？」士芳彎著腰站在門口。

「金條……金條他先替我們保存。」老陳有氣無力地說。

「我們的金條，我們靠勞動拼死拼活掙到的金條，憑啥要他保管？」士芳大聲嚷著。

老陳一顫，他用手捂住自己的耳朵，捂得很緊很緊。

「打倒美帝國主義！」「擁護政府的英明決定！」「保家衛國！」驚天動地，排山倒海的口號，響徹食堂每一個角落。職工食堂兼有吃飯和開會的二大功能。

「同志們，戰友們！」李弟敏捷地跳上飯桌。「下面唱革命歌曲：雄糾糾，氣昂昂，跨過鴨綠江。唱！」隨著他有力的手勢，大家扯開嗓子唱起來。

「同志們！我們剛推翻了蔣介石的統治，聯合國就把戰火燃燒到國門前。這是對五億中國人民的挑釁。你們說答應不答應？」

「不答應。」聲音整齊洪亮。「對！我們堅決不答應。下面由工人代表發言。」

「同志們！」一個絡腮胡跳上桌，「托政府的福，我娶了個女人。可是被窩剛捂熱鬼子就來了。他們一來，我的女人豈不是打了水漂？」絡腮胡一伸舌一攤手，下面發出一片笑聲。

「鬼子打過鴨綠江，就是想搶上海的女人。他們睡我們的女人，我們的女人就是煮熟的鴨子飛走了。這行嘛？」

「不行！不行！」一片歡呼夾著歡笑。

「同志們！工人代表發言結束，下面由知識分子代表發言。」李弟趕緊把絡腮胡推下去，又把一個眼鏡男請上來。眼鏡男脚蹬卓別麟大鞋，衣服的紐扣都錯了位。

「同志們！聯合國是啥東西？紅頭阿三加黃毛，還有鷹勾鼻子臭蠻子。」眼鏡男咳嗽一聲。

「這麼說，我們和聯合國打起來了？」有人驚慌了。

「聯合國是啥東西？聯合國是七拼八湊的怪物。」眼鏡男輕蔑地說。

「別怪物不怪物的，你就告訴我們聯合國究竟有幾個國家？」有個老工人問。

「法國算一個。」李哥扳著手指。「老牌英國也算吧。」「還有黑手黨的意大利。」「紅頭阿三印度也逃不了。」「還有鷹爪鼻，就是蘇聯老毛子。」下面七嘴八舌嚷開了。

「這麼說，聯合國有五個國家？」老工人伸出一隻手。

「胡說！蘇聯是我們的人。」眼鏡男很生氣。

「那就扣了蘇聯加上凶牙利。敵人都窮凶極惡。」「還有日本鬼子。」「還有八國聯軍。」「媽啊！加起來不是一隻手，而是一個加強班啊。」老工人舉起了二個手。

「不對啊！」有人尖叫一聲，「打一個小日本要八年，打一個聯合國要幾個八年？」

「我們不怕！」眼鏡男急了，「大不了再來八個……八年抗戰。」「八八是六十四。媽啊！這仗要打到猴年馬月？打到孫子灰孫子輩了。」

「肅靜！」李弟一看形勢不對，急忙站出來，「同志們！我們已經打敗日本打敗蔣介石，難道還怕聯合國？下面由工會代表發言，大家要仔細聽，認真喊口號。」

一個男人汲著鞋跳上來。此人大名小名，別名綽號全二個字：無賴。汲鞋敞懷的他，擅長借米借錢，無事生非。雖神情委瑣面目可憎，舌頭倒是蓮花舌，素有「不鳴則已一鳴驚人」的效果。

無賴一上臺就罵開了。先罵美帝是條黑甲魚，剖肚挖腸心不死；再罵南朝鮮是芭蕉樹，葉枯枝爛根不絕。罵完以後唱贊歌，贊歌完了唱頌歌，頌歌唱完搞回憶對比。開罵時，齜牙咧嘴唾沫四濺；歌頌時，一臉陶醉臉若桃花；回憶時，咬牙切齒唏噓不已。無賴的發言特煽情，特有感染力。十分鐘後聽衆已是群情激奮，鬥志昂揚。好一個怒髮衝冠憑欄處，不是瀟瀟雨歇而是涕淚飛濺。

「剛才無賴，不！無同志的發言非常好。他的發言是一首詩，一幅畫，一聲雷，還是一蓬火。」李弟滿臉帶笑，「現在會已經開到了白熱化的程度。下面由婦女代表發言。」

一個頭髮枯黃，臉上有傷的女人沖上來。「姐妹們！共産黨推翻了三座大山。不，應該說是四座大山，還有一座就是夫權山。」傻大姐開門見山，大有先聲奪人的氣勢。

「瞧見傻大姐臉上的傷嘛？」「洛腮胡說要保護女人，自己的女人怎麼成了傷兵員？」「就是啊！」下面有了騷動，李弟威嚴地咳嗽一聲，下面立刻安靜。

「毛主席說婦女是半爿天。既然半爿天，就要擺出半爿天的樣子。昨晚色狼打我，我毫不客氣回擊了他。」「爲什麼打你？」「他想搞我我不讓……」

「哈哈！哈哈！」下面笑成一團。「你！」李弟惡狠狠盯著傻大姐：剛煽起來的革命豪情，豈能毀于一旦？

「……我們婦女同志要團結起來，打敗侵略者。」傻大姐再傻，也知道轉舵這二個字。

「慢慢說，不要急。」李弟使了個眼色。

「我們要團結起來，萬衆一心打敗美帝，打掉他們的牙齒。」傻大姐從慌張中鎮靜下來。

「爲什麼不打鬼子腦袋而要打牙齒？」有人問。

「不是說美帝武裝到牙齒嗎？既然這樣，那就先打掉牙齒。牙沒了，人就凶不起來。」傻大姐咧開嘴，露出被打的落花流水的牙，「我男人就是這樣打我的。」

「建議給解放軍一人發一把鋼絲鉗。」有人嚷著，「大一號的，因爲鬼子的牙齒特別大。」「對！對！」下面一片嘈雜。

「同志們！要打敗武裝到牙齒的敵人，我們現在最需要什麼？」李弟一個肘子把傻大姐掃下去。傻大姐怏怏地下了台，爲功虧一簣的發言難過：她不知道哪句話說錯了。

「同志們！你們仔細想一想，此刻我們最需要什麼？」李弟再一次啓發同志們的覺悟。

「需要什麼？需要什麼？」衆人目目相覷。

「我鄭重地告訴同志們，我們現在最需要的是槍，是炮，是子彈，也就是金子。」

「哇！金子！」「誰有金子？」「我家沒金子，卻有金色的苞米。」「我家沒有金色的苞米卻有金色的粑粑。」「啥叫粑粑？」「粑粑就是大糞……」衆人七嘴八舌亂成一鍋粥。

「肅靜！肅靜！下面有請醬油廠的舵主，黨組織最倚重的陳老伯發言。掌聲歡迎。」李弟使勁鼓掌，下面響起熱烈的掌聲。在如潮的掌聲中，一個矯健的身影飛上臺。和粗胚的絡腮胡比，和邋遢的眼鏡男比，和猥瑣的無賴比，和憔悴的傻大姐比，老陳整一個鶴立鷄群偉岸挺拔。

「同志們！」老陳喊了一聲。「鼓掌！鼓掌！鼓掌！」李弟站起來有節奏地鼓掌，下面的群衆也站起來有節奏地鼓掌。在「嘩嘩嘩」海潮一般的鼓掌中，老陳的眼睛濕潤了。

「同志們！看見老陳的表情嗎？這是什麼？這就是拳拳之心。這是什麼？這就是赤子之心。這是什麼？這就是愛國之心。同志們！讓我們爲醬油廠的舵主陳老伯加油鼓掌。」「嘩嘩嘩」！掌聲如潮掌聲雄起。幾十雙眼睛熱烈地看著他，看著這個給他們工資的當家人。

「我知道你此刻的感情。有什麼憤怒就說，有什麼義舉就做。」李弟聲音柔柔，帶著鼻息，帶著體溫，帶著磁性，帶著魔力，一點一點吹進老陳的耳朵，老陳感到前所未有的亢奮。

「同志們！國家興旺，匹夫有責。我們要同仇敵愾奮起反擊。爲了新中國，我們……」「同志們，陳老伯現在宣布捐款數字。」李弟朝老陳一頷首，笑容燦爛輝煌，「再來點掌聲。」

「嘩！嘩！嘩！」有節奏的掌聲，托起老陳的軀體。在一浪高一浪的潮水中，老陳有了幸福的眩暈。「我決定，捐出二根金條。」

「向陳老伯同志學習，我捐！」「向陳老伯同志致敬，我也捐。」榜樣的力量，不但有滾雪球的效應，還有核原子的動力。會場成了火爐，每個人成了通紅的炭火。正應了郭沫若老先生一句話：「在我黑奴的胸中，有火一樣的心腸，我爲我心愛的人兒，燃燒到這般模樣。」大會還沒結束，就收到捐款若干，捐物若干。

會議結束了，工人們三三二二朝外走。士芳筆直地走到他面前，一雙眸子死死地看著他。「你捐了金條，難道我們不買房了？」

「房子事小，國家事大。沒有國家，哪來小家？」老陳拍著她的肩。

「可是…….」士芳仰頭看他，一顆渾濁的眼泪淌了下來。他的心一顫：自豪中有了內疚，激昂中有了不安。

「我……我向你保證：不出二年，一定買回我們的房。」「和昨天的一模一樣？」「比昨天的還捧。」「真的？」一雙眼睛可憐巴巴地望著他。

「真的！」他用糙手摩挲著妻子的枯發，百感雜陳。

「我們回家吧！」士芳哽咽著。

老陳走著，腳步不再有上臺的矯健，衣袂不再有上臺的飄揚，脊梁骨也不再有上臺時的挺拔。走過臭氣熏天的小便池，走過一地狼籍的垃圾桶，走過黑黝黝的小巷，走上逼仄的樓梯，走進低矮的閣樓。

「我要你！」老陳突然朝士芳撲去。她神情木訥面無表情，習慣地把一團棉花塞進下身。

「不要！」老陳大吼一聲。「我不要爛棉花塞進去。這一次我豁出去了，我要自己的兒子，我要自己的女兒，我要自己的後代……」老陳嚷著叫著喊著，最後伏在妻子的肚皮上哭了。

　　他孩子般地哭著，哭的一塌糊塗；他女人般地哭著，哭得上氣不接下氣。妻子什麼也不說，只是用自己的糙手摩挲著他的頭髮，一顆顆泪珠，一顆顆崩裂一顆顆下濺。

　　鴨綠江的硝烟還未塵埃落定，老家來信了。啓東土改基本結束，家裏被評下中農。可是有人不服，把揭發信寄到縣裏，縣工作組正在調查。

　　啓東老家本來有良田幾十畝，可是老爹吃喝嫖賭，折騰得所剩無幾。以前恨老爹，一直恨到骨髓裏；現在謝老爹，一直謝到肺腑裏。爹啊爹，你爲什麼不徹底折騰，爲什麼還留下雛鷄五六隻，破屋二三間？媽啊媽，以前對你的愛，現在演變成恨。要是早點把雛鷄殺了，早點把破屋鏟了，焉有今天的檢擧信？焉有我的坐臥不寧，寢食不安？

第七章　風起蕭墻

　　自行車一進弄堂，小腳女就抱著丫頭迎上來。「快叫乾爹乾媽！」「乾爹！乾媽！」聲音含糊不清奶聲奶氣。士芳抱著她不停地親吻，老陳則愛撫地摸著她的小腦袋。

　　「今天到我家吃餃子。」「吃餃子。」丫頭結結巴巴地說，一臉稚氣惹得大家笑了。

　　「笑什麼笑？」一束電筒光直直地罩上來，老陳下意識地用手去擋。「什麼人？」

　　「你他媽什麼人？哪有電筒這麼照人的？」小腳女扯開嗓子罵著。

　　「我在執行公務，你這是妨礙公務。」二流子板著臉從黑暗中現身。

　　「原來是二流子。你也執行公務？早上把你爹媽打的鬼哭狼嚎也是公事？」

　　「要革命就會有犧牲，死人的事是經常發生的。」

　　「這麼說，還準備把你爹媽送到馬克思那裏去？」

　　「不說家事說公事。最近臺灣空投一批特務。老陳，你家最近有陌生人來過？」

　　「沒有。侄子要來上海也被我拒絕了，不信可以問李弟。」

　　「李弟……李弟就是臉上長痣的那個？我問你，他右手是不是少了二指頭？」二流子問。

　　「是啊！你認識他？」老陳很驚訝。

　　「在農村時把寡嫂的肚子搞大。逃到上海後四馬路嫖妓不付錢，所以被人砍了二刀。」

「不許胡說。」老陳急忙阻止。

「誰胡說？告訴你，我現在是吳淞路居委會的二主任。」

「二流子成了二主任？稀罕稀罕。」小脚女冷笑著。

「我警告你，再鷄巴囉嗦就抓你。你的脚代表了封建社會的殘渣餘孽。」

「你這個兔崽子。」小脚女怒目圓睜。

「快去吃飯。」老陳拽住她朝屋裏推。

「老娼婦！惹急老子莫怪下手狠。咚咚鏘！三十年河東三十年河西。鯉魚跳龍門，鹹魚翻身了。」二流子兀自嚷著，打著手電走了。

「共產黨怎麼會用二流子這種人？」小脚女氣憤地把餃子扔進鍋裏。

「還有李弟。上星期有個孕婦哭哭啼啼找到廠裏，說他是孩子的父親。」

「吃你的餃子。」老陳朝妻子使了個眼。

「七寡婦把前樓讓給二流子，自己住到後樓了。」山東漢把醋端上來。「有人揭發七寡婦男人是二道販子。七寡婦說，只要組織不追究，她願意獻出房子。」

「真讓了？」士芳的手在抖。

「二流子搬進前樓時，居委會的人全來幫忙，七寡婦臉上的那個笑，看的我都難受。」山東漢嘆了口氣。

「真是個賤骨頭。左臉被打，還把右臉貼上去。」小脚女氣憤地罵著。「咦！哥怎麼不吃了？」

「不吃就飽了。」老陳頹然地放下筷子。

「嫂子！既然房子靠不住，還是抓緊生個孩子。」小脚女把餃子端給士芳。

「……他現在不行了。」士芳一臉黯然。「只要一運動，那東西就不靈。可是現在天天都在運動。」

「這如何是好？」小脚女著急地拍著手。「這事要抓緊，過了這村沒那店。」

「什麼事啊？」老陳懶洋洋地問。「還不是說你們養娃的事。」小脚女白了老陳一眼。「養什麼娃？整天心驚肉跳如老鼠，就是生下來也是小耗子。」老陳一臉慽慽。「我走了，明天又要開會傳達什麼精神。」他佝僂著腰走了。士芳趕緊站起來跟在後面。

「你們就這麼走了？」小脚女失望地問。

「現在就是吃山珍海味，都沒有滋味。」士芳苦著臉說。「以前吃醬油拌飯，也吃得開開心心。」

「今非昔比，今非昔比。」老陳轉過身，無精打采地加了一句。

一場餃子宴，就這麼無滋無味地收場了。

半夜，老陳醒了。心口有了异樣：說疼不疼，說不疼却是疼。捐金條那幾天，心口也疼過。疼算什麼？那怕關公刮骨療毒，那怕袁崇煥淩遲，那怕譚嗣被砍頭，他們不就一個疼。現在的我，不是疼而是恐懼。恐懼看不見摸不著，却是在頭上懸著的劍，一把用頭髮絲系著的劍。高高地懸著，晃著，蕩著，不知道哪一分哪一秒落在頸上。看不見摸不著的恐懼，這才是最大的恐懼。

老陳的眼睜的很大，他等天亮盼天亮，天亮後取信看信，看看今天是生還是死？是凶還是吉？

閣樓上，看不見星星月亮，看不見太陽雲彩。黑暗中的眼雖賊光四溢賽過猫眼，還是看不出天的亮度。老陳猶豫著扭開收音機。旋鈕一打開，「吱吱」聲冒出來。

士芳竄起身，用一條被子壓住了收音機。「你不要命了，深夜開收音機犯了大忌。你忘了後客堂的王老師？」

「哎呀呀！我昏了頭。」老陳甩了自己一個大巴掌。

上個月，王老師因收聽敵臺判了刑。揭發者是里弄巡邏的治安員。雖然王老師三呼冤枉，治安員一口咬定在窗下聽到「吱吱」聲。「不收聽敵臺，半夜開什麼收音機？不開收音機，哪來的吱吱聲？」就這一句話，就讓案子成了鐵案。

「半夜開收音機，這是褲襠上的黃泥，不是屎也是屎。」士芳把手摸進被窩。

「我來關，我來關。」老陳羞愧不已。

「我去觀察一下情況。」士芳披衣下床。她不怕窗外有耳，因爲閣樓沒有窗。她怕的是門外有耳。

「我來！我來！我手脚比你靈活。」老陳壓低聲音。

「注意: 赤脚上陣。」士芳壓低嗓門。「不但赤脚，還要踮脚尖走路。不許開燈。」

「當然。」「開門時儘量輕。」「明天就在門鎖上抹油。」「下樓踮著脚，出門先觀察。」「開門時我側著身子。」夫妻倆壓低聲音你言我語，儼然一對特工搭檔。

老陳躡手躡脚下了床，脚尖著地如企鵝搖晃。先把耳朵貼門上，然後輕拔門栓慢開門。突然有人在說話，老陳嚇得癱倒在地。士芳以夜猫子的敏捷扶起夫君。老陳朝妻子打個手勢，對方領會精神，于是動作定格人定格。

「我要你陪我睡覺。」一個高亢的聲音。

「你爹你媽都在……」「我就是讓他們聽聽，我怎麼搞你的。」這聲音粗暴而蠻橫，一聽就知道是二流子。

「我人已經給你，你就給我留張皮吧！」哀哀的聲音是七寡婦。

「要皮幹嘛？」「我還有兒子。」「你替我生個崽子，生個革命後代。」「你饒了我吧。」「我饒你，革命不會饒恕反革命兔崽子。」二流子提高了聲音，「要我當著你兒子的面强奸你嗎？」

「別……別！」「那你跟我走。」「是……是。」七寡婦抽泣著上了樓。

「二流子當著父母的面搞女人，這可是天打雷劈。」士芳的聲音在抖，人也在抖。

「禽獸不如！禽獸不如！」老陳嘶啞地說。

天邊泛著蛋青色，老陳一躍而起奔下樓。他把手伸進信箱，信箱空空如也。再過一小時，第一班郵差就來了，他要在第一時間裏拿到家信。他在信箱前蹦跳著，他用跳蹦來抵禦黎明前的寒冷。雖然上樓穿衣只是幾分鐘，但他却是堅守陣地的丘少雲。

白霧中有個綠點在動，越來越大，越來越清晰。郵差終于遞來一封信，老陳的心揪起來。拿到信後他沒了拆信的力氣。擺子打得厲害的他，對付不了牛皮信封。士芳再次以夜猫子的敏捷，把信紙從信封中解放出來。

一張紙遞到他手上。他按了按狂跳的心，攥住紙一目十行，接著一個高升半空中炸開來。

「咋了？究竟咋了？」士芳捂著胸口。

「好！太好了！實在太好了！」他傻裏傻氣地笑著，又傻裏傻氣地哭著。士芳慌慌張張把他摁在床上。「我的親爹啊親爹，只怪我有眼無珠瞎了眼……」士芳一聽懵了：以往一說起公公，丈夫咬牙切齒恨不能生吞活剝了他。今天怎麼對爹來個深情呼喚含泪呼喚？

「咱們上醫院吧？」士芳小心地說。

「我不是瘋我是樂，家裏評了下中農。」老陳從床上一躍而起。

「下中農是啥意思？」「地主槍斃，富農管制。中農不管不問，下中農放任自由，貧農掌權做主人。要是我爹不嫖不賭就是地主；要是我爹中嫖中賭就是富農；要是我爹小嫖小賭就是中農；要是我爹大嫖大賭就是貧農。」

「這麼說……你還要感謝爹的吃喝嫖賭？」士芳生氣地問。

「要不是他不吃喝嫖賭，我就是革命對象。快！快！快！打酒買菜，然後把山東漢和李哥請來，他們是我的割頸之交。」

「買啥酒？買啥菜？」士芳興沖沖拿起籃子。

「一瓶二鍋頭外加猪頭肉和花生。記住！酒和菜的上面蓋一層菜皮。」

「怕什麼？我們的錢是自己掙的，不是偷的不是搶的。」妻子不服氣了。

「你啊你……不不不，我們還是夾著尾巴做人吧。」說到這，老陳的喜氣一點點消失了。

「你回來了。」老陳一進弄堂，就碰上戴紅袖章的薛無雪。

「回來了！薛書記忙啊？」老陳滿臉帶笑。薛書記是乍浦路居委會主任兼書記，她是這一地段的無冕之王。

「又出事了。」薛書記沉下臉。骨胳溝壑的臉只見骨胳不見肉。「王老師，不！王囚犯的兒子行凶搞報復。」

「他……不是學生嗎？」老陳戰戰兢兢地問。「學生就不能是反革命？」「當然！當然！毛主席說樹欲靜而風不止嘛！」老陳急忙智力大轉彎，還引用最流行的政治術語。

「有階級鬥爭很正常，不正常的是仁智裏的十三號怎麼老出事？」

「話可不能這麼說，二主任就住在十三號。」老陳知道二流子和薛書記不和，也知道她的醉翁之意。但是他還是要捍衛十三號的榮譽。

「晚上六點召開居民大會。你必須發言。」薛書記橫他一眼，老陳急忙低下頭。

「吃飯吧！」士芳端出涼拌菜皮，上面蓋著一個荷包蛋。

「不過年吃什麼蛋？」老陳冷著臉。

「讓你補補身子，準備……」妻子半臉嬌羞半臉紅暈。

「我不準備生孩子。孩子說不定就是灾難根源。」

「你怎麼這麼說？」士芳嗓門突然大了。

「王老師已經判刑，現在又輪著他兒子了。」

「可憐的孩子……」「不僅孩子可憐，我們也可憐。書記問十三號怎麼老出事？」

「那我們搬出凶宅。今天逮這個，明天抓那個，現在只剩下一個『熬』了。」士芳痛苦地說。

老陳定定地看著妻子，突然打了個寒顫：一個「熬」，裏面有多少痛苦？

「我們買個房吧，從抗戰盼到今天……」

「再看看形勢吧，我估計運動快……結束了。」

「真的？」「昨天賣醬油經過海南路十號。」「海南路？」「海南路十號是虹口區委。二個穿制服的人在門口說：『快了……』」

「這麼說是真的？」士芳驚喜地拉著老陳朝床上滾，「我要爲你生個大胖兒子，我還要爲你生龍鳳胎……」

「我現在就撒下龍鳳種。」老陳威風凜凜地騎上去。

「天吶！你又行了。」妻子嬌羞地笑著，二朵紅雲塗在二頰。

「我這是雄風再現，英雄不減當年勇。」老陳的發動機開始加速，「我一定要撒下龍鳳種。」

「太好了……」妻子呻吟著。「準備接種！」老陳牛氣沖天地嚷著。

「居民同志們！馬上要開批鬥會了……」外面的喇叭響了，老陳一楞，發動機熄火抽動停止，「糟了……我的發言稿。」

「你快動啊。」妻子著急地嚷著。

「……我不行了，」老陳羞愧地從她身上滾下來。

當老陳趕到居委會，會議已經開始。「居民同志們靜一靜！」薛書記正在做開場白。

薛書記和老陳同年同月生，她丈夫是碼頭裝卸工。在一次黑幫混戰中被流彈誤殺，從此她成了寡婦。寡婦逢人便痛說革命家史，死去的男人在她嘴裏成了罷工領袖，自己則成了烈士遺孀。從此仁智裏有了二個寡婦，薛寡婦和七寡婦是革命和被革命的分水嶺。

「居民同志們！鎮反剛開始就跳出了一個小反革命。」薛書記大手一揮，一個五花大綁的學生娃被押進會場。

「他還是孩子，能有什麼罪？」山東漢的臉漲得通紅。

「猴三揭發了他父親收聽敵臺，他就向猴三行凶，這是反革命報復。」薛書記一開口就定了性。

「猴三！有這事嗎？」小脚女大聲問。

「下午我在巡邏，兔崽子朝我沖來，說我冤枉他父親。我能冤枉人嗎？那天我清清楚楚聽到『吱吱』聲，這不是收聽敵臺是什麼？」

「憲法上沒有說『吱吱』聲就是開收音機，沒有說開收音機就是收聽敵臺。」學生娃吶喊著。

「小兔崽子嘴還硬。」薛書記劈手就是一耳光。

「他還是孩子。」老陳失聲而叫。

「孩子？這話是誰說的？說話的站出來，站出來。」薛書記雙手一叉腰。老陳趕緊朝下一蹲。

「他就是個孩子。」小脚女大聲嚷著。

「孩子就不能搞反革命報復？」薛書記的銳眼掃過人群，許多人趕緊低頭。

「一個孩子能搞什麼？」依然是小脚女的聲音，依然是她單薄的聲音。

「爲什麼十三號老出事？昨天收聽敵臺，今天階級報復，明天呢？後天呢？大後天呢？」薛書記的眼朝二流子睄去，二流子趕緊低下頭。

「猴三！你接著說案情。」

「我讓他和反動老子劃清界限，他舉手就是一個巴掌。」

「他大人大量饒他一回，要不你也揍他個半死。」山東漢努力陪著笑。

「對！打來打去，這叫一報還一報。」小脚女大大聲說。

「好一個夫唱婦隨。」薛書記冷笑著，「猴三，後來呢？」

「後來我把他拖到了居委會。」猴三鼻腔一聳，把流出的鼻涕收回去。

「再後來呢？」「再後來把他抓起來，無產階級勝利了。」猴三很亢奮。

「你忘了這把刀？你忘了腿上的傷？」薛書記聲音柔柔，眼神卻十分緊張。

「我……想起來了，他……他用刀砍我。」

「這就是凶器。」書記變戲法般地變出一把刀。

「這是我的美工刀，從鉛筆盒裏掉出來的。」學生娃又吶喊起來。

「小兔崽子還囂張？居民同志們，你們看！」薛書記撩起猴三褲腳，鮮紅的傷痕赫然在目。

「我沒有砍他，我沒有殺人。」稚嫩的聲音再次吶喊。

「猴三，你讓我看看你的傷。」小脚女擠出人群。

「看什麼？」猴三驚慌地後退一步。

「要看也論不上你。等會公安會來驗傷。」薛書記忙一把攔住小脚女。

「你們栽贓誣陷……」稚嫩的聲音，如鼓如笙如鑼如雷響徹了整個會場。在場所有的人打了個寒顫。

「閉嘴。」骨胳大手狠狠地捂在學生娃的嘴上，隨即一聲慘叫響徹整個會場。「薛書記……您怎麼了？」二流子和猴三沖過去。

「他咬住我的手了……他咬住我的手了。打電話給公安局，階級敵人在行凶，反革命小崽子在搞反攻倒算……」

第八章　鎮反運動

　　這年的冬天特別冷，西北風如鋒利的刀子，一刀一刀剮在人的臉上。光禿禿的樹，樹丫朝天傲慢無比；冷清清的路，人迹罕至陰森莫測。摟成一團的情侶蒸發了；舉杯邀明月的知己消失了。跳橡皮筋的丫頭，被扯著辮子進了屋；刮香烟牌的小子，被一個巴掌打進家。不喜歡看報的，一早候在報攤前買報；討厭聽廣播的，整天開著收音機。調侃的成了結巴，說話的前顧後盼。飄逸的長波浪，剪的比裙子還短；老年人的眉，皺成一團爛麻。青年人的關節僵化，中年人的脊梁佝僂，老年人整一個木乃伊。嗚呼！天陰雨濕聲聲啾，愁雲慘淡萬里凝。

　　今天下午，廠裏召開「鎮反」大會。工人在一陣陣的口號中，步伐整齊魚貫而入，正襟端坐臉色肅穆。正可謂：口號聲，廣播聲，喇叭聲，聲聲入耳；廠事，國事，天下事，事事投入。

　　「把現行反革命分子李睍韜押上來。」隨著主持人的一聲怒吼，一個人被押上來。老陳抬起頭想瞅瞅反革命長的咋樣。聽說反革命不是凶神惡煞，就是鼠頭獐目，今天一睹芳容，也算開了眼。想不到反革命正好也抬起頭，四目對視，火花四濺。

　　這火花，頓時讓老陳魂飛魄散。

　　「他咋就成了反革命？」老陳驚恐地擦著眼。他不但是自己同鄉，還是他八大姨的六大侄。

　　「下面由革命群眾揭發反革命的滔天罪行。」李弟開腔後，一後生跳上臺。這個橫眉怒目的後生，除了在「吃」上能顯示後生這一點外，工作上簡直就是耄耄老朽。如果光是耄耄老朽也就算了，可他還是個翻江倒海的長舌婦。如果光是長舌婦也就算了，可他還是蹭軟飯的主。如果光吃軟飯也就算了，可他還是個攬屎棍，他能把一缸發酵的黃豆攪成一缸狗屎。鑒于此，老陳多次想炒他，均被李弟攔住：
農村革命靠泥腿子，城市革命靠無賴人。

「他的反革命思想由來已久。」屎棍子一上臺就先聲奪人，話一
出口就有了振聾發聵的效果，會場靜得能聽到針落地的寂靜。「第一，
他明目張膽反對群衆入黨。僅舉一例：他對要求入黨者，百般辱罵惡
意誹謗，甚至準備下毒手。」

「了不得啊！」「太猖狂……。」革命群衆有了革命的憤慨。

「但是，他準備害誰呢？」有人悄悄地問。

「他要害的人就是陳老伯。」屎棍子一張口，革命群衆立即沸騰
起來。「嗡」一聲，老陳的腦子爆炸了。

「老陳，你站起來說。」李弟威嚴地說。

老陳抖抖霍霍地站起來，猛地看見一雙眼。這雙眼裏有乞求，有
驚恐，有掙扎，有期盼，最重要的還有眼泪。這眼睛曾在哪見過？

他一拍腦袋，終于想起來了。這雙眼睛，就是農村裏被五花大綁
而等待宰殺的羊眼。

「我能不能……能不能……實話實說？」五味雜陳的羊眼給了老
陳一股力量。「黨提倡實話實說。」李弟一揮手。

「我說……我想參加共產黨，他說……這是我的一廂情願。」

「啥叫一廂情願？」

「因爲我不是工人階級，所以入黨只是我的單相思。」

「就這麼簡單？」李弟和藹地問。

「就這麼簡單。」和藹的語氣給老陳增添了無限的勇，他的丹田
處有一股暖流冉冉上升。

「說下去！繼續說，大膽說。」李弟的聲音更柔軟了。

老陳挺了挺身子，他一點一點地站直了。「什麼百般辱罵，什麼
惡意誹謗，完全是子虛烏有。至于下毒手，更是無稽之談。我和他既
沒殺父之仇，又沒奪妻之恨，他憑啥要殺我？」說到這老陳一聳肩，
于是下面哄堂大笑。

此刻老陳又看到了這雙羊眼。羊眸發亮，如大地對春風的感謝；羊眸潮濕，如沙漠對甘泉的感謝。瞬間，快意傳遍了老陳的軀體，靈魂如安琪兒扇動的翅膀在藍天翱翔。

「咱老家有句話：救人一命，勝造七級屠浮。要我紅口白牙去害人，這絕對辦不到。」老陳一昂首一挺胸，丹田之氣再次扶搖直上。

「說得好。」李弟輕笑吟吟地鼓掌。

「這是黨教育的好。」老陳得意而自謙。

「可是黨沒讓你包庇反革命啊！」李弟依然笑意盈盈。

「我絕對沒有包庇。」老陳敏捷地回應。

「你們一切的一切，我已記錄在案。」李弟拍了拍手上的紅本子。絲綢包裹的本子裏，不但有最新指示，還有每個人的一舉一動一言一行。這不是記錄本，這是閻王爺的生死簿。

「沒包庇？他是不是你同鄉？他是不是你八大姨的六大侄？」「這個……當然。」「你爲什麼不找組織談心，而找他諮詢？」「我們只是……隨便聊聊。」「聊聊？張三不聊，李四不聊，怎麼單找反革命聊？」「這……只是巧合。」「偶然中包含必然，相對中包含絕對。」

「你不能無限上綱。」老陳有了憤怒。

「我上綱？今年三月十八日，你給了他十五元錢。一張十元，十個五角。」李弟掀開生死簿。

「這是借給他買米的錢。他家揭不開鍋我總不能見死不救。」「爲什麼張三不借李四不借，單借給他？這是活動經費，還是獎勵？」

「冤枉啊！」老陳大叫一聲。「有冤屈，一一道來。」李弟揮了揮筆記本。老陳呆呆地看著他，一張似笑非笑的臉，瞳仁閃爍，帶著吞噬的渴望，下巴緊繃，帶著戮殺的決伐。看著看著，老陳的身子如風中的篩子，不由自主地抖動。

「上周六下班後，你還去了他家。是同鄉結盟還是團夥聯袂？」李弟拖長了聲音。老陳一屁股癱倒在地。

「坐在地上，等待大地給你力量？」李弟冷笑著。

「不……我揭發。」「黨組織等待你的幡然醒悟。」李弟翹起二郎腿。「揭發他什麼？」

「揭發他百般辱罵……」「辱罵共產黨辱罵毛主席。」「他……」「他怎麼下的毒？」「他把……毒手伸到我碗裏。」「你中毒後送醫院搶救？」「不用搶救，一泡屎拉了馬上好。」

「格格！哈哈！」下面傳來壓抑的笑。

「願意笑的請站出來。」李弟做了個優雅姿勢，于是笑聲停止，男女老少統統回到革命戰壕裏來。

「這麼說，群衆的揭發情況屬實？」「……完全屬實。」「反戈一擊回頭是岸。歡迎老陳回到革命的隊伍裏。同志們！李睨韜的反革命非一日之寒，他的反動從穿開檔褲時就開始了。」李弟話沒說完，下面有了喧嘩。

「哇！這麼早？」有人尖叫。「母胎裏帶來的？」有人嘀咕。

「下面靜一靜。我這麼說有證有據，他的名字就是最大的證據。我查過詞典。睨是什麼？睨是睨睥，就是乜斜。韜是什麼？韜是韜略，就是韜光養晦。二個字連起來，就是乜斜著眼睛，等待有朝一日。這有朝一日是什麼？就是變天，就是蔣介石的反攻大陸。歹毒啊！狠毒啊！要不是有『鎮反』，這顆定時炸彈就炸開了。同志們，你們說玄不玄？」

「……玄！」「鎮反運動重要不重要？」「重要！」群衆的呼聲逐漸高漲。老陳茫然著，懵懂著，恍惚著，眩暈著跟著呼口號，思緒却飄回三十年代的江蘇老家。

李睨韜又名李一猴。上私塾第一天，當他響亮地報出大名後引來一陣訕笑。訕笑後老師給他改了名。睨是取笑泥猴斜眼看人，韜是祝願他成爲有用之才。想不到二十年前的改名，竟成了他的罪證。

哎呀呀！只知道禍從口出，想不到禍也能從名字出。我叫陳步堂，父母希望我一步步走到天堂。要是說我是走到帝國主義的天堂，那我死定了？爹娘啊！既不能高瞻遠矚，又不能未卜先知，你們瞎起啥名？你們應該給我起陳毅陳賡陳望道，這樣才能化險爲夷。

不！這也不對。要是說我剽竊首長的名字，咋辦？剽竊等同盜竊，那我不成了賊？爹娘啊！你們咋不給我起「陳革命」？這樣，我的革命從開檔褲時就開始了。不！也不對啊！起名要看時間和地點。解放前就起陳革命，這是革誰的命？要是說我革毛主席的命⋯⋯媽啊！這起名簡直是走鋼絲攀天塹，風險太大；這起名簡直是吃耗子藥，吃到哪死到哪。這不是起名，這敢情是起命啊。

冷汗一層層沁上來，冷箭一根根射心裏，此刻的老陳只有一個念頭，大會結束後馬上請示李弟，自己的名字究竟怎麼樣才算安全。

會後陳睍韜被流放。流放到哪，沒人知道。人們知道的就是他的直言不諱：所有人在稱讚皇帝新衣時，他却說皇帝是光腚光奶子，這種人不流放流放誰？會後，健壯如牛的老陳躺倒了，這顯示殺鷄儆猴的巨大能量。在驚恐的日日夜夜中，他覺得膝下尤虛。

起床的鬧鐘響了，老陳一骨碌爬起來。「咋這麼早？」妻子披衣起床，爲他熱泡飯。

「不就盼個好的表現。」老陳用冷水抹著臉。「今年冬天冷得邪乎。」

「是邪乎。昨天又有個女人哭哭啼啼來廠裏，說李弟把她肚子搞大了。」「這種謠言信不得。」「謠言？我親眼看到的。」「唉！」老陳嘆著氣，把泡飯扒進肚裏，然後匆匆下樓。

「今天你不要走，王師母不行了。」剛下樓，小脚女一把拉著他。老陳推開後客堂的門，床上躺著一枯槁老太，氣息漸無，命懸一絲。

「兒子進去後，她不吃不喝。鄰居一場，總不能見死不救。」小脚女眼淚汪汪地說。

「先給她喝點熱豆漿，然後上醫院。這錢先用著。」老陳掏出一些錢，突然手不動了：門口站著薛書記。

「好啊！都成一家人了。」

「您別誤會。她不吃不喝我只是來勸勸。」老陳趕緊解釋。

「不吃不喝叫什麼？」薛書記冷笑著。「這叫傷心過度。」小脚女大聲嚷著。

「錯！這叫威脅，這叫自絕，這叫殉葬，這叫⋯⋯」薛書記厲聲說。

「你就不能積點德？」小脚女冷笑著。

「我絕不積反革命的德。」薛書記咆哮著。

「薛書記說的對，我們絕不積反革命的德。」二流子擠進來。薛書記朝他飛了個眼風，眼風裏有讚賞，還有熱辣辣的欲望。

「你們聊，我還要上班。」老陳沖出房門，蹬車絕塵而去。整整一星期，他心神不寧。上班如喪家犬，沖下樓沖出弄堂；下班如蝙蝠，躡手躡腳爬上樓。

「你怕啥？」士芳疑惑地問。

我怕啥？我怕看見小脚女譴責的目光；我怕看見王師母痛苦的目光；我怕看見薛書記凶狠的目光；我怕看見自己懦弱的目光。我怕，我什麼都怕。

北風吹在窗上，發出尖利的呼嘯。窗戶該修了窗簾該換了，但誰都懶的動手。

「咚咚鏘！咚咚鏘！三十年河東三十年河西。咚咚鏘！咚咚鏘！鯉魚跳龍門鹹魚能翻身。咚咚鏘！快開門。」底樓的門被敲的直搖晃。

「二流子又喝醉了。」士芳嘆了一口氣。「一喝醉就尋事。七寡婦不但要陪他睡，還要爲他守門。」

「七寡婦，今天夜裏老子要玩死你。要不是老子捨身相救，你早成了反革命。咚咚鏘！咚咚鏘！」

「你發什麼瘋？」尖利的叫聲劃破夜的寧靜，尖利的聲音如在深夜顯得更加尖利。

「猴三！趕緊把瘋子弄進去。」

「是！薛書記。」

「我不進去……我要七寡婦下來親手開門，親手爲我脫衣服。」二流子還在掙扎。

「啪！」一聲響亮的耳光。「二流子，你要是再噴糞，馬上送你上公安局。」

「薛書記你打我？」「我就打你，怎麼了？」「薛書記，我問你，猴三那腿上一刀，究竟是誰扎的？」

「二主任，這事可不能開玩笑。」猴三結結巴巴地說。

「你們這對狗男女，好話說盡壞事做絕。爲了要政績，誣陷王老師進大牢；爲了完成抓人指標，自導自演苦肉計。」二流子大聲嚷著。

「二主任，你清醒清醒。」

「猴三啊猴三，你想爬上去，就和薛婊子睡覺。不過你現在身板不行，一定要練得棒才能使她滿足。別看老婊子帶著紅袖章，其實她比潘金蓮還淫還騷。咚咚鏘！最毒婦人心，最毒婊子心。」

「還不把他的嘴堵上。」薛書記暴跳如雷，「還不押著他走……」腳步聲一點點遠去，「咚咚鏘……」的餘音，消失在黑暗中。

士芳一把摟著老陳的脖子。「我怕我怕……」篩糠般的身子一個勁地抖，一個勁地朝老陳的懷裏鑽。

「不要怕，有我吶！」老陳一把摟住妻子。雖然聲音很響，但沒有一絲底氣。

下班後，老陳和李哥推著自行車出了廠門。「我去買點安神糖漿，晚上老失眠。」老陳說。「我陪你買藥，然後一起上我家吃面。」

這時士芳走來。「弟媳，一起上我家吃面。」「你們先走，我把垃圾箱的麻袋揀起來，一洗一縫就是新的。」士芳揮著衣服上的灰。「要不是弟媳把住這口子，不知要浪費多少東西。」李哥感慨地說。

士芳拎著一袋蘋果推開李哥的門。一屋子熱氣，半屋的孩子。大的跳，小的叫，還有個小不點坐在痰盂上搖啊搖。

「實在太亂太吵了。」李嫂一邊打招呼，一邊給孩子擦屎。

「亂才有家的味道。」士芳打來一盆水，逐一給孩子們洗臉。洗完後，又掏出蘋果削給孩子吃。

「呦！一上我家，就做幼兒園老師？」李哥做個鬼臉。

「還不把針綫包拿來，老二的褲子撕開一口子。」

「恭敬不如從命。」李哥給士芳行個禮，一家人全樂了。

水開了，李嫂把面放下去。麵條是自己擀的，又細又有韌勁。撈出麵條，放一勺肉末辣醬，澆一調羹芝麻花生，三鮮面就成了。方桌上八隻碗，二對夫妻外加六個小蘿蔔頭，整整一個班。

「你們真是光榮爸爸，光榮媽媽。」士芳羨慕地說。

「嫂子！光榮爸爸光榮媽媽害慘了我們，絕不能要這麼多孩子。」李嫂苦著臉說。「其實後面二個孩子我們根本不想要。但街道敲鑼打鼓送來光榮媽媽的錦旗……」

「養孩子是夫妻的事，政府管天管地還管坑上的事。」李哥把酒瓶朝桌子一頓。

「喝酒！」老陳拿起杯子。

「對！酒逢知已千杯少，話不投機半句多。有你這個兄弟，值了！」李哥一口幹了酒。「兄弟，我心裏憋屈啊。想當初，李弟跪在地上求我，這才進了廠。現在變成書記，大事小事都由他決定，悔不當初何必當初。」

「養虎留患。」李嫂嘆了一口氣。

「我們是王二小過年一年不如一年。上有工商局，稅務局，行業管理局，軍代表，區政府，私營協會工會組織。媽的！婆婆多得我數不過來。」

「婆婆多一點，賊膽小一點。」老陳乾笑著。

「他媽的！早知道就去臺灣了。」李嫂又加了一句。

「老子憑本事吃飯。一不偷，二不搶，三不搞破壞，四不會給臺灣發電波。看李弟能把我⋯⋯怎麼樣？」李哥說著說著一頭栽倒桌上。

「看你這熊樣。客人撩一邊，自己倒睡了。」李嫂抱歉地把夫妻倆送到門口。

風呼呼地刮著，老陳彎下腰使勁蹬車。一是頂風，二是後面坐了人，怎麼也得把吃奶力氣拿出來。

「我下來吧。」快到乍浦路橋，士芳下了車。幽幽的燈光撒在橋面，給橋鋪上一層撲朔迷離的光暈。

「咦⋯⋯那裏有個人。」士芳緊張地指著橋面。

「又不是深山老林，有人正常，沒人不正常。」老陳用打牙磨嘴，來消遣憂悶的心情。

「他怎麼老瞅水面，別是想不開？」「發幽思之情。說不定失戀了。」「不對，他的一隻腳已經跨出去了。」

「不好！」老陳把車子一摔，飛快朝黑影奔去。「⋯⋯同志啊！現在是新社會了。」

「別管我！」黑影掙扎著。

「同志啊！舊社會把人變成鬼，新社會把鬼變成人。你可不能想不開。你還年輕，要爲祖國建設⋯⋯」黑影推開老陳，從欄杆一躍而下。

「人呢？」老伴氣喘吁吁奔過來。「已經跳下去了，趕緊報警。」老陳拉著妻子，朝橋下的派出所奔去。

夫妻倆沉默地走著。一個活生生的人，就在他們的眼皮下跳河輕生了。這個苦難，何時是個頭？何時是個頭？

他們一直走進仁智裏就發現异樣。三三二二的人站著，有人沉默，有人抽烟，有人嘆氣。

「從現在起，你不用躲避我了。」小脚女氣呼呼地攔住他們。「王師母的身體好點了嘛？」畢竟有些心虛，老陳只得陪笑。

「好著呐。一根繩子到馬克思那裏去了。」「這！」老陳倒吸一口涼氣。「自殺？」「你們都站著幹嘛？給反革命家屬開追掉會，還是給政府示威？」薛書記打著電筒過來。

「稱你的心如你的願。死的死了，關的關了。」小脚女惡狠狠地說。

「誰有意見誰去公安局說。我倒要看看誰敢放屁！」薛書記的手電筒，肆無忌憚地掃在眾人臉上。人群悄悄散了，果然沒一人站出來放一聲臭屁。

星期天，老陳拿工具箱修理自行車。七寡婦拖著掃帚走來。成了壞分子的她，每天打掃里弄衛生。仁智裏的一朵花，現在成了賣炭婦。

「七寡婦！」薛書記風風火火地走來。「馬上把屋裏破爛扔了，然後用石灰水刷二遍。」薛書記指著後客堂吩咐著。

「薛書記！王老師要回來了？」老陳興奮地站起來。

「回來？你讓他回來？」

「不！不！不！」老陳嚇的後退二步。

「反革命的房子充公了……老陳，你的小楷很漂亮。」

「我……我馬上就去出黑板報。」老陳趕緊放下工具。

「這次不是公事是私事。我讓你寫幾個字。」薛書記美美一笑。「我兒子要結婚了。」

「薛書記笑起來真迷人。」二流子諛笑著走來。上次酒後失言，他被撤了主任頭衘。從這以後他滴酒不沾，鞍前馬後忠心耿耿。

「難道我不能笑？」薛書記飛了個眼波。

「您的笑，比秋香還迷人。」「誰是秋香？」老薛一揚濃眉。

「就是唐伯虎看中的一個丫鬟。」「放屁！堂堂的書記竟和丫鬟相提并論？唐坡坡是誰？什麼成分？」

「放屁！我是放屁！」二流子甩手自己一巴掌。「哦！書記笑了……書記笑了就好。」二流子說著笑著，追在骨胳女的屁股後面。

「放鞭炮嘍！吃喜糖嘍！看新娘子嘍！」孩子歡天喜地地叫著，劈裂啪拉的鞭炮響著。薛書記的兒子結婚了，婚房就是王老師的後客堂。王老師銀鐺入獄，兒子送勞教所，王師娘自殺身亡。薛書記政績屢出捷報頻傳，組織上把王老師的房子充公然後分配給骨胳女。重賞重罰是專政的輔助手段，收買打手打擊异議，一手軟一手硬是黨的政治遺產。其功其能，完全可以申報迪士尼非文化遺產。

仁智裏搭起帳篷若干，數隻爐子紅紅火火一字排開，鷄鴨魚肉鱗次櫛比顏色各异，生菜熟菜琳琅滿目各有千秋。

「猴三呢？」薛書記風風火火跑過來。

「報告薛書記，我沒看見他。」拔鷄毛的七寡婦趕緊站起來。

「他的魂是不是被你勾走了？」骨胳女十分生氣。「二流子！趕緊把猴三找來。」「我這就去。」二流子撒腿就跑。

「薛書記，我把爐子拎來燉鷄。」胖嫂的笑容很膨脹。

「薛書記，我把鍋盆拿來裝菜。」瘦嫂麻利地戴上圍單。

「薛書記！窗花剪好了。」「薛書記！桌椅放好了。」「薛書記……」一聲聲叫不絕于耳。骨胳女笑了，一張笑臉對著十幾張笑臉。骨胳女樂了，一張嘴應付著四面八方的嘴。左鄰爭先恐後伸出援助手，右舍七嘴八舌獻上好祝福。婚房紅彤彤，新人紅彤彤，喜糖喜酒紅彤彤，鞭炮高升紅彤彤。連爐子裏的火苗都是紅彤彤，仁智裏成了紅彤彤的海洋。

「尸骨未寒就霸占房子。」小脚女氣憤地說。「王老師回來，連個窩都沒有。」

「王老師……回不來了嘍。沒了窩，他不留農場誰留農場？」

「你這是咒他，還是盼他？」小脚女急了。

「不是我咒他，我是聽薛書記說的，王老師已經留在勞改農場了。」

「真正的妻離子散家破人亡。」小脚女怒髮衝冠。

「走吧……酒席開始了。」老陳沉重地走過來。

「我不去。死的死，關的關，我咽不下這口酒。」小脚女抹著眼睛。

「好歹應個景。」士芳勸說著。

「說不去就不去。」小脚女一屁股坐在凳子上。「老公和丫頭，一個也不許去。」

「糟了！」老陳大叫一聲。「薛書記讓我寫的新婚賀詞不見了。」

「我已經一把火燒了。」小脚女不緊不慢地說。

「開什麼玩笑？」老陳的臉白了。「在這呢！」小脚女從凳子下拉出一個臉盆，裏面有一堆灰燼。

老陳趕去時酒席剛開始。薛書記辦了六桌酒席，由于石庫門逼仄，六桌酒席散落在六個天井裏。

油煎小黃魚，油氽花生米，油炸豆腐乾，油爆肉皮。拌馬蘭頭，拌海蟄頭，拌香菜，拌豆腐。白和綠點綴著金黃，金和黃襯托著白綠，真是一道賞心悅目的風景。

主人一聲令下，各路諸侯齊齊開戰，刹那間，八個景盆消失，熱騰騰的六大件上來了。醬爆雞丁，咖喱鴨塊，鯉魚劃水，紅燒獅子頭，糟溜肚片，糖醋排骨。衆人一邊誇，一邊敞開喉嚨使勁吃。帶孩子的，把孩子當成北京填鴨；帶婆娘的，把婆娘當成反芻的牛；自己帶自個的，把自己當成景陽崗上的武松。大碗喝酒，大塊吃肉。不要怪革命群衆吃相難看，清湯寡水的光棍，見了美貌娘子還能不上？再說吃也不是白吃，來的人全凑了份子錢。

當最後一碗湯端上來時，全體群衆像唱國際歌一樣站起來，以最大的熱情分享了它，然後打著飽嗝，清除牙縫裏的殘渣餘孽。酒足飯飽後的群衆，呈現出如釋重負的滿足。

「吃飽了嗎？」薛書記滿臉春風走進來。

「當然！不但吃得飽，還吃的好！」群衆雖异口，却發出同一個聲音。

「那就去看看新房。」「要去！要去！」「猴三呢？」「薛書記！猴三沒看見。」七寡婦挂著油膩的飯單，神情謙卑如祥林嫂。

「他真沒來？」書記的臉沉下來，二秒鐘後又升上去。「走啊！

鬧新房去嘍！」「走啊！看新娘去嘍！」「薛書記！今天什麼都好，
就是新房小了點。」

「不怕！老鼠拖木鍬，大的還在後頭呢。」骨骼女胸有成竹。

「薛書記，我買了鞭炮。」有人小跑過來。「鞭炮算啥？我買了
高升。」有人奔了上來。

「革命不分先後！放！」書記大手一揮。

「放鞭炮嘍！」「放高升嘍！」六個天井裏涌出六股人流，他們
笑著，鬧著朝新房涌去。他們忘了，半年前，這裏抓走一個男人；三
月前，這裏抓走一個學生；半個月前，這裏吊死一個女人。他們完全
沉浸在歡樂中。書記的歡樂，就是他們的歡樂；書記的敵人，就是他
們的敵人。他們不是金魚，却比金魚更健忘：他們連七秒鐘的記憶都
沒有。

鞭炮放了，高升放了，新房鬧了。衆人散了。

「壞了！」老陳一上樓梯就嚷著。「樓梯的燈早壞了。」士芳說。
「我說的是不是燈而是禮。我們的禮薄了。」

「啥意思？」「我看見張三塞給薛書記一個厚厚的紅包。」

「厚是厚，但只是毛票。」妻子安慰著。「張三賣葱薑，不是毛
票還能是整票？」

「不對。我看見李四也塞了一紅包，這紅包也鼓的很。」

「李四蹬三輪，所以也是小票。」

「他們可以把小票兌成大票，我啊我，怎麼就沒有想到這一層。」
老陳懊惱萬分。

「要不你再封個紅包？」士芳懶洋洋地說。「現在封來不及，只
有等她的孫子出世才能彌補這個錯誤。」

「自己的兒子都不知道在哪，反倒有閑心管別人的孫子。」士芳
生氣地撇下他，噔噔地跑上樓。

夕陽西下。有輛自行車蜿蜒而來。車子一扭如蛇舞，車子一拐像

蛙退。這不像騎車，倒像雜技。到了！前面就是香港路。老陳下車閃進門樓。

前無碉堡，後無追兵，一不和特務接頭，二不放置定時炸彈，你迂回個啥？他一邊罵自己，一邊側著身子覷四方。覷四方，看動靜，一切無恙這才竄進老鳳祥銀樓。

一叠錢，換成一根金項煉。老陳出了商店鑽進公廁，解開皮帶鼓搗一番，然後戴上墨鏡出廁所。進小巷朝前走，再轉身越弄堂。幾番迂回數次轉彎，確定後面無人跟踪後這才騎上自行車。

這不是電影裏的一幕，而是老陳的購物綫路圖。既然借錢給老鄉都逃不出書記的法眼，那購買黃金更要謹慎再謹慎。

自行車在身下發出「依啊啊」的呻吟。這部老坦克除了鈴不響，其餘地方都如老人的關節嘎嘎蹦響。前面就是蘇州河，蘇州河朝東就是乍浦路橋，從橋上筆直沖下，右手轉彎就到乍浦路。到家後，就能神閑氣定觀賞金貨。想到這他興奮地哼起小調。

一輛警車從弄堂裏飛出，差點和他撞了個滿懷。老陳氣憤地看著車的後影，這車也太霸道了。

「老陳你回來了。」薛書記滿臉春風地打招呼，「今天晚上召開居民大會。」

「又有什麼精神？」老陳既熱忱，又忐忑，「猴三抓進去了，剛才的車子就是公安局的。」

「他……犯啥事？」「收聽敵臺當場活逮。」「他不是揭發王老師收聽敵臺嗎？」

「從革命者蛻變成反革命，這裏面的教訓深刻啊。」薛書記一臉的痛心疾首。「晚上的發言交給你了。」

第九章　他戴上了大紅花

鑼鼓傢伙又響了。不過這次不是政治運動，而是一束大大的橄欖枝。橄欖枝在春風中搔首弄姿，醬油廠的二個老闆眩暈了。

「公私合營？這不是搶我們的家業嗎？」李哥霍然變色。「名爲合營實爲霸占，我們絕不能拱手相讓。」

「聽說合營講究自覺自願。現在我們的方案是，第一按兵不動，靜觀其變；第二未雨綢繆，凍結資金；第三安撫爲上，給工人漲工資，我們也拿工資。」

「你瘋了？我們要什麼工資，廠子本來就是我們的。」李哥氣憤地說。

「不合營，漲工資的工人會賣命地幹；若合營，我們的高工資就是退路。毛主席和國民黨談判時都有二手準備，難道我們坐以待斃？加了工資，工人階級就站在我們這邊，就不會有後院起火。」老陳厚實的手掌敲擊著桌面，李哥伸長頸脖仔細聆聽。黎明時分，下一步的思想綱領和行動指南出籠了。

從李哥家出來，老陳直奔單位。一進廠就發現紅幅在風中英姿颯爽：堅決擁護黨的公私合營政策。老陳倒吸一口涼氣。昨天還說「自覺自願」，今天卻成了既成事實，這不是先斬後奏嗎？

「老陳：我正式通知你，現在我是區工商局進駐醬油廠的代表，專管公私合營事宜。」李弟笑吟吟地站在紅幅下。「要是你覺得不妥，可以向上級反映讓我回避。」

「……這……」老陳吶吶著，舌頭如粘在膠水上動彈不得。

「既這樣，我走馬上任。從現在起，公私合營的事正式開始啓動。」

老陳覺得天塌了，地裂了。他跟跟蹌蹌朝前走，一腳踩進化糞池，褲脚上沾滿了臭尿屎。他轉個身繼續走，一頭撞在柱子上，腦袋凸出個大瘤子。他轉個身繼續走，一脚打翻鹽酸甏，鹽酸濺到他身上。他轉個身繼續走，只到一桶凉水劈頭澆下，這才停止漫游世界的脚步。

「鹽酸都濺到你身上，屎尿都沾在你腿上。看看你的手臂你的衣服。」傻大姐拎著桶站在他面前。

「我的……成了梅花椿，我的脚成了……」他咧嘴一笑，笑的怪異猙獰。

「李代表到處在找你。」

「李代表？」「李主席，李書記，李代表。李弟的馬甲換的我眼花繚亂。你趕快去換衣服。」傻大姐捂著鼻子走了。

「換……什麼衣服？」老陳依然跌跌撞撞朝前走，褲脚上的屎尿忠誠地跟著他。

老陳走進辦公室，又走出辦公室。他不明白李代表和他談什麼，也不知道自己和李代表說什麼。他如深度的醉漢，失去思維；他如夜游者，失去意識。他痴笑著，脚踩棉花輕飄飄；他傻笑著，哼著不知名的小調。他的大腦出現巨大的真空。

既然老陳半瘋癲，那就找李哥。

李代表是怎麼和李哥談的，扣去天知地知沒人知道。唯一知道的就是李哥出門時，頭髮高高豎起來。文學上把這叫「怒髮衝冠」。

宋阿姨被叫進辦公室，任務是清掃一攤碎瓷。宋阿姨不知如何稱呼辦公室的主人。解放前叫李混子，解放時叫李主席，解放後叫李書記，現在叫李代表。

「李……」宋阿姨的稱呼還卡在喉嚨，就看見李同志踱開了。脚步不輕不重不緩不急，二隻手却成了一對鐵拳。宋阿姨心裏發毛，她用閃電般的速度清除了碎瓷，又以閃電般的速度逃出辦公室。

下班後李哥上了老陳的家。「你究竟咋了？」「沒咋啊？」「我以爲你真成了華子良。」「真作假時假亦真，假作真時真亦假。」老陳無力地垂下了頭。

「我現在才知道，自覺自願是挂羊頭頭賣狗肉。你的三項基本原則一條也不頂屁用。」李哥無力地垂下頭。

「殺人不過頭點地。頂住！堅決頂住！」老陳攥起拳。「當然要頂。我來硬的，你可不能來稀的。」

「一損俱損一榮俱榮。咱倆是割頸之交。」老陳斬釘截鐵地說。

「這就對嘍！」李哥和老陳一擊掌。有了這話，李哥信心大振。「下一步咋辦？」「你喜歡京劇，當然知道紅臉和黑臉的區別。」

「你是說唱雙簧？」

「能進能退游刃有餘。」

「那我就把黑臉唱到底。」李哥一拍胸脯。

「兄弟，難爲你了。」老陳感動地握著李哥的手。一時間，二人熱泪盈眶。

一星期過去，一切呈膠著狀態。二星期過去，一切依然呈膠著狀態。這其間，李代表找老陳談了話，談話中，老陳是徐庶進曹營一言不發，要發也是二個感嘆號：呵呵！呵呵！

第三個星期，決戰時刻到了。二人就合營之事擬了幾張稿紙。宏觀上談了對政策的擁戴，微觀上談了創業的艱難。千言萬語幷成一句話：什麽事情都聽黨，只是「合營」上不能苟同。

「曉之以理動之以情。他是人也有六情七欲，只要能感動他我們就能絕處逢生。」老陳很有把握地說。

「一筆寫不出二個『李』。他再怎麽也是我堂弟，我就不信他這麽絕情。」李哥胸有成竹。

「要是不行，把家鄉游說團請來。當初你不收留他，他早就凍斃在街頭。」

「這只是一層，當初他母親生病時，我不慷慨解囊，那他現在就是孤兒。」

「二代人的恩情啊！」老陳感慨著。

「要是不行，我和他拼了。」「不要說『出師未捷身先死』的喪氣話，今晚我潤稿，明天交上去，成敗在此一舉。」「你的文筆我領教，連私塾先生都翹起大拇指。這次……」「語不驚人死不休！幹！」「幹！」二人端起酒一飲而盡。

「思想動態」送上去後，「這裏的黎明」靜悄悄；又過了二天，依然「西綫無戰事」。第三天，廠裏來了幾個公安，說要調查階級鬥爭新動向。

「什麼新動向？」

「階級敵人搞破壞：搞酸碱中和的缸一分爲二。」

「這缸早就一分爲二了。就是一分爲二也正常：金屬都有疲勞時，更何況破缸？它早該壽終正寢了。」

「壽終正寢？它怎麼不早不晚，就在歷史的緊急關頭壽終正寢？」

「啥叫歷史的緊急關頭？」

「公私合營難道不是歷史的緊要關頭？這不是歷史的緊急關頭，還有啥是歷史的緊急關頭？」

「那麼……誰會破壞？誰會破壞一個破缸？」

「根據革命群衆反映，破壞者就是李哥。」

「開啥國際玩笑？李哥是醬油廠堂主，他要破壞自己的設備，他要自己燒自己的錢？」

「缸只是一個道具，一個向黨示威的工具。他反對公私合營，他要挾政府要挾黨。」大蓋帽很嚴峻。于是談笑風生的人，一個個成了啞巴。

第四天，呼嘯的警車帶走了李哥。所有的人都知道李哥冤枉。但是沉默的人群裏，沒有一個嚷嚷的孩子。

警車走後，老陳去了辦公室。李弟漫不經心地談起「合營」，才開個頭，就得到老陳的呼應。不但呼應，還一拍即合。說默契，比默契還心照不宣；說配合，比配合還天衣無縫，不但英雄所見略同，還有一份榮辱與共，肝膽相照的情愫。

　　李代表得意地笑了。合營這麼棘手的事，咋就推枯拉朽勢如破竹？長征才走了一步，已經到了陝北熱炕頭；黃山只爬了一格，已經到了迎客松頂峰？弱水三千，只勺半瓢就乾涸，滄海桑田，只在合掌須臾中。

　　什麼雄關漫道真如鐵，而今邁步從頭越？什麼「大學之道在至善，中庸之理守其誠」？什麼「忠厚傳家久，詩書繼世長」？只要槍一響，陪綁全趴下。一隻破缸就是一隻緊箍咒；緊箍咒就能左右一個人的命運，能左右一家人的命運，能左右一大批人的命運。槍杆子裏面出政權，這才是真理啊。哈哈！

　　「您……笑什麼？」老陳結結巴巴地地問。「我就笑你。」李弟肆無忌憚地把腿架到了桌子上。「您願意笑就笑，我回去準備。」老陳諾諾後退，却被門檻絆了個四腳朝天。在響亮的笑聲中，他落荒而逃。

　　老陳步履沉重回了家。「你同意了？」妻子焦灼地看著他。「我不同意，就是第二個李哥。」

　　「共產黨說話怎麼不算數？當初我們要去臺灣，李弟咋說的？早知這樣，爲啥不生一群娃？爲啥不買一幢房？」士芳氣得嚎啕大哭。

　　「嚎啥？你知道上海每天有多少空降兵？」老陳煩躁地踱著方步。

　　「美國鬼子又打上門了？」「不是美國鬼子，而是紅色資本家。他們不肯合營，所以只能跳樓自殺。」「階級敵人又造謠了。」士芳氣憤地說。「這不是謠言，這是李代表親口告訴我的內部情況。一個個資本家從高處一躍而跳，活像一長串空降兵……」

　　「媽啊！」士芳尖叫一聲，短促而淒厲。

　　又是一宵未眠。公營之事，終于從理論向實踐轉化。老陳先寫下固定設備的清單。從機器到男女廁所；又寫下不固定設備，從豆餅到瓶瓶罐罐。期間還有倉庫原料以及正在運輸途中的原料：大豆。

　　滿滿三大張的紙上寫滿了數字，這不是簡單的阿拉伯數字，而是老陳的五臟六腑。不！不是老陳一個人的五臟六腑，還有士芳的五臟六腑，還有李哥的五臟六腑。李哥，李哥，你現在在哪裏？老陳羞愧地摁住自己的胸膛。

　　李哥生死未卜，但却要把他半生奮鬥的廠子，交給決定他生死的政府……這是哪門子和哪門子的事。老陳的思緒游走到此突然停住，一個陰森森的聲音在耳邊縈繞：「你願意走李哥的路，我送客不留客。」

　　李弟！李混子！李主任！李書記！李代表！他是李哥的表弟，又是決定李哥生死的閻羅王。究竟哪一個是真哪一個是假？老陳的頭開始暈眩，意識陷入半昏迷。在倒下來的那一刻，他拖過一張紙，寫下最後一行字：大缸二隻扁擔一付。

　　寫完後他昏厥了。

　　「李代表……這是動產和不動產清單。」大病未痊愈的老陳，被一個電話召喚到單位。一到單位，他就呈上了清單。

　　「很好！」李弟一頷首，「可是……」

　　「沒有可是，一切全在這上面。」老陳的語氣有些生硬。是啊！他的五臟六肺都被掏空，人還能不生硬？

　　「我說的是揭發材料。」「還揭發？他的全部家產全在這上面。」「這是家產，我還要他的罪行。」「我不覺他有罪。」老陳氣呼呼地說，

　　「沒罪公安會抓他？你是說公安濫殺無辜？」

　　「既然你知道他的罪，你就定吧。」

　　「我定罪易如反掌，但這是給你的金光大道。十字路口關鍵時刻，何去何從自己選擇。」李弟一整風紀扣。

　　「這……」老陳的喉頭如電梯，上上下下活動著。

　　「你要爬出去，需要一張梯子。現在梯子就在你手上。」李弟微笑著，但眼神却比匕首還鋒利。

老陳嚇得閉上了丹鳳眼。

　　下班了，老陳費勁地蹬著老坦克。風腥腥的，讓人欲吐不吐；燈黃黃的，讓人欲睡不睡。四川路上車水馬，人來人往。女人奶子高聳讓他怒火中燒，高音喇叭狂叫讓他肝膽欲碎。

　　前面就是聞名遐邇得益民食品店。刹車下意識一捏，老陳下意識進去，普通話不問價錢買了二包糖。

　　糖果挂上龍頭，車子愈發沉重，仿佛挂著李哥得一家老少。車胎吱啊吱，鏈條吱啊吱。不是清明不是冬至，怎麼鬼影魅魅陰氣撲面？老陳忐忑著，人愈發虛了。

　　石庫門靜靜站在黑暗中，二扇帶環的大門禁閉。門環又大又圓，如二個大大的問號。那問號砸在胸口，生疼生疼。

　　老陳敲開門，迎接他的是一對紅腫的眼，後面還有一排一排恐懼的眼。李嫂彎膝跪下，孩子們也一起跪下。這是老母鷄和小鷄崽在尋求大公鷄的保護。

　　「使不得！使不得！」老陳嚷著。

　　「請大伯救救孩子的爹。」李嫂磕頭如搗。「請大伯救救孩子的爹。」孩子們也磕頭如搗。

　　「快起來！快起來！」老陳慌亂地擺著手。

　　「您不答應，我們就一直跪下去。」李嫂嗚咽著。「您不答應，我們一直跪下去。」孩子們也嗚咽著。

　　「我答應！我答應！」老陳硬著頭皮說。

　　「歐！伯伯答應了！」孩子們歡呼起來。男孩扯他得腿，女孩抱他腰，最小的小不點因够不著而哭了。「孩子！」老陳蹲下身子伸出手，小不點殺入重圍，撲進老陳的懷抱。

　　「大伯！我們拉勾。」小不點彎著食指，認真地說。「對！我們拉勾上吊，一百年不許悔。」孩子們歡呼著跳躍著，比紅衛兵圍著毛主席還熱烈。

「吃吧！」老陳低著頭，把剝開的糖果塞進孩子們的嘴裏。他沒有施捨者的悲憫，只有助紂爲虐者的心虛。

「大伯，這事拜托您了。」李嫂通紅的眼睛凝視著他。

「大伯，這事拜托您了。」孩子們烏黑的眸子凝視著他。老陳急忙朝門外沖，這紅與黑的烙鐵，讓他芒刺在身。

「等一等！」小不點朝他奔來，老陳一頓，小不點撲上去，在他臉上親了一口。一個吻，一個帶著奶香的吻，在他心頭蕩開，如爆發的岩漿一潰千里。他放下孩子，飛身上車，瘋一樣地朝前沖趄前沖。

孩子，我救不了你爹。我只是落井投石前的問候，我只是助紂爲虐前的安撫。我不是你爹的割頸之交，我是火中取栗的狙。甜甜的糖果，是收買的成本；一百年不變的拉鈎，是彌天大謊。老陳瘋一樣狂蹬車輪，一排排房屋一閃而過。

「拿酒來！」一進門他就命令妻子，「再給我一支筆。」

「有啥喜事？」

「難道喪事就不能喝？」

「喝！喝醉就不痛苦了。」士芳把酒和筆同時遞過去，「剛剛居委會開會了……」

「哦……」

「猴三收聽敵臺判了 7 年。」

「是嘛……當初他揭發王老師收聽敵臺，可是他自己怎麼也聽了？」

「上次是假的，這次是真的。他想聽聽敵臺究竟談啥玩意？可是聽著聽著他忘了值班，結果被薛書記活逮了。」

「揭發王老師，自己却變成第二個王老師，滑稽啊！」

「所以說做人不能有害人之心，害別人就等于害自己，這是報應，這是報應。」

「你今天的屁話咋這麼多？」老陳惱怒地把筆一摔，跳起來的筆旋轉一圈後，竟然不客氣地打在他臉上。他捂著臉，長久長久地捂著。

「一支筆，打人能疼到哪裏？」士芳瞅他一眼。

「你懂什麼？」他不耐煩地嚷著。

老陳喝了一口酒，然後打開燈。打開頭上的燈，打開床邊的燈，打開縫紉機的燈，打開樓梯口的燈，最後還擰亮手電筒的燈。他要借助燈，和另一種力量抗衡。

臉上滑溜溜的點，這是小不點的吻。這吻香噴噴，熱呼呼，帶著孩子特有的奶香。孩子啊孩子，你沒學會奔跑却學會下跪，沒學會思維却學會叩求。乳牙未全，却知道愁苦；初生牛犢，却有了恐懼。你的眸子清澈，應該看到花好月圓而不是鬼魅橫行，應該看到花紅柳綠而不是家破人亡。大伯褻瀆了你的吻，大伯背叛了那個鈎，想到這，老陳傷感地捂住臉。

「燈開了，怎麼還不寫？」士芳驚訝地問。

「我……這就寫。」老陳放下臉拿起筆。剛寫了「尊敬的領導」，一股奶香沖進鼻子，所有的構思被沖了七零八落。

老陳站起來洗臉，他要用香皂味驅散奶香味。洗完後重新拿起筆。香味是沒了，但小不點的身影晃啊晃，使他的注意力始終處于一盆散沙狀態。

他又站起來，轉動蒲扇作三百六十度的旋轉。扇啊扇，扇去通紅的眼睛，扇去烏黑的瞳仁。扇去小小的拉鈎，扇去不必要的兒女情長。他一直扇到手酸肩麻這才落座。

一小時過去，除了「尊敬的領導」外，白紙還是一片空白。

「你又開燈又洗臉又扇東扇西，究竟搞的啥玩意？」士芳不解地問。

「要是……要是我被抓進大牢，你咋辦？」

「我一定和抓你的人拼了。」士芳暗淡的眸子裏跳出二朵火焰。

對啊！不是魚死就是網破，不是你死就是我活。我不是心慈手軟的烏合之衆；我不是頭髮長見識短的女流。我有我處世之道，我不能因爲惻隱而毀了自己。他想像自己鐐銬加身的模樣，他想像老伴一頭撞墙的情景，他想像父悲母慟家破人亡的凄慘。模擬的場景一出現，果然有柳暗花明峰迴路轉之效。思路當即敏捷，文筆立刻流暢，論證論點如黃河之水天上來，複流到海不回頭。

一宵未眠一宵疾書，天亮時他雙眼赤紅嘴角起泡。上次挑燈夜戰，是拱手交出產業；這次挑燈夜戰，是把割頸之友送進地獄。上次是肉體的折磨，這次是靈魂的淩遲。

鷄叫二遍時，他把揭發稿用瘦金體謄了一遍。他和盤托出他們所說的每句話，不過把同盟軍改成獨聯體，把手足情分解成將軍和士兵的關係。千言萬語一句話，自己是風箏，李哥是繩子；自己是木偶，李哥是推手；自己是子彈，李哥是槍膛。

一個月後，他成了公私合營模範。既是模範，那就享受模範的待遇。待遇分政治和經濟，書面和口頭。既有胸口的大紅花和櫥窗裏的標準相，還有政府頒發的獎金一百元。

李哥被流放了，終點站不是大西北就是大戈壁。這年頭多一事不如少一事，所以沒人知道他下落。現在老陳到家時間延長了，他寧可繞一個大圈也不經過老北站。老北站還是老北站，但是那裏有一個破碎的家。白天走過光榮榜，老陳是驕傲的企鵝，夜晚鑽進被窩，他是一個被審判者。他成了戴著面具的雙面人。

鵝毛大雪從雲層裏飄下來。飄得優雅悠閑，如揮著水袖舞蹈的嫦娥。大街小巷張燈結彩，置年貨的，買鞭炮的絡繹不絕。老陳踩著破車趟雪回家。

一個女人跪在路邊乞討，白髮如幡老臉如蠟。「求求大爺大娘，我孩子快死了，給二個錢救他一命吧。」聲音悲凉凄楚。

老陳有些猶豫：給還是不給？給，是他一貫的做法，不給，是階級鬥爭的需要。要是乞丐是老特務咋辦？

「大爺大娘行行好，給二個錢救救孩子吧！」乞討聲揪心撕肺，肉被扯得生疼生疼。他下了車，習慣地把手伸進口袋。突然他不動了：這聲音咋這麼熟悉？他湊上去仔細一瞅，這才發現乞丐是李哥的妻子李嫂。

天吶！白髮老嫗就是漂亮的李嫂？怪不得有伍子胥一夜白髮的故事。

「大娘！給！」一個學生娃把一張紙幣遞過去，「趕快回家過年吧！」

「回家……」

「大娘，今天是除夕！」學生娃又說了一遍。

「我不能回家……我不能眼睜睜看著他的小眼一點點合上，他的小手一點點發涼，他的小脚一點點發青，他的小嘴一點點關上。我不能回家，我不要回家……」李嫂哭著笑著，笑著哭著。笑聲和哭聲合二而一，分不清哪是笑，哪是哭。

老陳又驚又怕，又羞又愧。他掏出幾張票子低頭遞過去。突然，斜刺裏竄出一警察。他忙轉個身，躲在路燈後面。警察如下山猛虎，對著老嫗施展十八般武藝。老陳不忍地沖出去，又害怕地停下。如此幾個反復後，他終于把自己的臉，埋在自己寬大的手掌中。

等他睜開眼時，警察和女人都不見了。雪地上只有二個鮮明的坑，坑很深，深的一眼望不到頭。風來了，風撩起積雪，老陳習慣地閉上眼。等他再一次睜開眼，坑不見了。天地間銀裝素裹，純淨的世界，美麗的世界，冰雕玉琢的世界。

「大爺大娘行行好，給二個錢救救孩子吧！我不能眼睜睜看著他的小眼一點點合上，他的小手一點點發涼，他的小脚一點點發青，他的小嘴一點點關上。我不能回家……」李嫂的嚎叫，從雲層裏一點點地傳出來。微弱而沉重，凄厲而壓抑。如泣如訴的馬頭琴，回蕩在摩天樓震蕩著霓虹燈。

雪下的更歡了，一團一團的雪鋪天蓋地。五星紅旗在銀白色的雪中，顯的更艷麗，艷麗如血，血染血旗。

　　老陳推著車子跌跌撞撞慌不擇路。在皓首的李嫂前，在流放的李哥前，在命懸一絲的孩子前，他是個被釘在恥辱柱上的罪人。

第十章　借腹生胎

老陳迎來合營後第一個春節，他竟沒去廠裏轉一轉看一看。

合營了還看啥？不是自己的孩子還看啥？孩子！孩子！他猛地從滕椅上彈起來：不孝有三，無後爲大！

抗戰時不想養亡國奴，內戰時不想養流浪兒。等到清平盛世，等到有了花生米，可是却沒牙了。他煩躁地轉過頭，看見一隻癟癟的肚子。

咋辦？要不和她離。

咋離？除了肚子不膨脹，放大鏡也找不到她缺點。我蹬她，怎麼也有陳世美之嫌。

咋辦？要不納個妾。

咋納？一是妾能否懷上？二是妾是潘金蓮的話，我就是一命嗚呼的武大郎。

咋辦？要不領一個。

咋領！一不是自己骨血，二不知是賊種還是孽種？

滴答！滴答！滴答！座鐘如泣如訴，心頭如剜如剮。舉目四壁孤獨無後，孑然一人滄然泪下。這次第，怎一個愁字了得？

「吃飯吧。」士芳放下針綫掀開鍋蓋，一碗蘿蔔二碗米飯。如果再插一柱香，就是標準的祭祀。老陳的心一抽搐：以後誰來祭祀我？

一隻金黃的荷包蛋閃亮登場。

「不過年加啥菜？」老陳不滿地說。「年初老家帶來，已經散黃了。」士芳解釋著。「這蘿蔔呢？」老陳用筷子敲著碗。士芳把蘿蔔端到燈下，瞅了半天看不出子午卯寅。她戴上老花鏡，再一次端詳蘿蔔的芳容。

「上面飄的啥？」老陳只得指點迷津。「葱花。」「葱花上呢？

葱花上飄的是油花。」

「油倒多了。」士芳很慚愧。「吃完蘿蔔留著湯，明天燒菜倒進去。」老陳嚴肅地吩咐著。

「明天的油今天省了。」士芳一拍腦袋，有醍醐倒灌的清醒。用完餐，士芳開始納鞋底。吱拉拉！吱拉拉！吱拉拉！聲音單調而沉重。老陳一躍而起，拉滅燈。

「你該看看寶貝了。」士芳柔聲說。

「對啊！」老陳一個翻身拉開燈，把寶貝一古腦倒在床上。他取出放大鏡，開始欣賞。雕龍刻鳳的手鐲，足赤足金的元寶，鑲的瑪瑙嵌的翡翠，還有形態各異的玉玩意。

放大鏡在金首飾上巡迴，姆指在寶貝上摩挲，鼻子嗅著，牙齒叩著，皮膚感受著，靈魂陶醉著，單調而沉重的「吱拉拉」，此刻成了天籟之音。

「咚咚！」有人敲門。老陳拉下被子蓋住寶貝，然後一個魚躍撲在被上。門開了，一個女人站在門口。

「大嫂，我是陳軍老婆喜妹。……難道大哥病了？」客人猶豫地站在門口。

「快進來。」老陳脫下棉衣壓住被子，「陳軍呢？好久不見他了。」

「他白天睡覺晚上賭，家裏連一顆米都沒了。上月小兒子送人，這月不知道送誰。」喜妹擦著眼淚說。

「別哭。」士芳把手帕遞過去，「陳軍這小子作孽啊。」

「……我知道你倆是好人，能不能借我一點糧，以後我一定歸還。」喜妹的臉漲的通紅，胸脯如風箱起伏的厲害，「爲了孩子……我只得豁出去了。」

孩子？孩子？老陳的心一動：豐滿上翹的屁股，鼓囊囊的奶子，這不是懷娃的二大要素嗎？身體健壯，五官端正，這二大要素不是孕子的二大優點嗎？她已經生了四個壯娃，難道不能爲我生第五個壯娃？她是條多子的大馬蛤魚，只要一排精馬上受孕。不用離婚，不用納妾，不用領子，我就有自己的親骨肉。這可是「衆裏尋她千百度，她在燈火闌珊處」。

「侄媳啊，老鄉見老鄉，二眼泪汪汪。雖然我家也不寬裕。但我可以把米借給你。」

「真的？」喜妹的眸子裏跳出二朵火苗。

「救人一命是菩薩。應該應該。」士芳直點頭。

「那什麼時候能把米借給我？」喜妹直直地看著老陳，眸子如湖，發出層層漣漪。老陳立馬有了觸電感。

「拿上。」老陳從床下麻利地拖出一個麻袋。碎苞米不但陳，不但黴，還夾了一半的麩皮。

「苞米雖然陳點，但能充饑。」士芳歉意地說。

「中！中！中！只要能充饑。」喜妹千恩萬謝地走了，老陳的內心掀起萬丈波瀾。

整整一星期，老陳按兵不動。欲擒故縱，欲速則不達！斷糧斷到冒金星，才是最佳時間：你冒金星，我就有成功之星。

第八天老陳出發了。不出他意料，一袋碎米成了一袋鑽石，老陳成了救命菩薩。餌投了，鉤垂了，接下來就是收綫。老陳做了一月姜太公，可是還不見魚不上鉤。帶著一個個問號，老陳的自行車踩上乍浦路橋。

一架板車在上橋。蹬車人使出吃奶力，推車人也使出吃奶力。板車顫巍巍終于上了橋頭，蹬車的從懷裏摸了一枚銅板給推車人。

「哎呀！這不是喜妹嗎？咋不上我家？」老陳興奮地嚷著。

「借的糧食沒還，我哪好意思再去你家。」喜妹很尷尬地把二個銅板遞過去。「先還這些，我掙到錢後再說。」

「不要！不要！這錢給孩子們買糧食。」老陳把銅板推過去。

「恩人啊！」喜妹彎下腰，深深地鞠了一躬。

　　三天后恩人出發。這次拎的不是碎苞米，而是猪下水。到了喜妹家後，所有的小鬼都圍著恩人轉啊轉。下水出鍋的那一刻，場景堪稱壯觀恢弘：小鬼們你爭我奪蜂涌而上，搶到的下水顧不得冷却，大口大口塞進嘴裏。哪怕燙得齜牙咧嘴，哪怕燙得捶胸頓足，哪怕燙得燎起一個個水疱。從下水出鍋到下水進肚，前前後後總共不到二分鐘。這種短平快的戰役，完全可以載入吉尼斯史册。

　　等喜妹走到灶台時，空空的鍋子連一滴湯汁都沒剩下，喜妹嘆了一口氣。老陳讓喜妹閉上眼，然後從懷裏掏出二個保留他體溫的包子。

　　「小鬼們吃飽都睡了，你吃了吧。」「留給小鬼明天吃吧。」喜妹把包子放進櫥裏，然後喝了一大碗凉開水。

　　「你真是一個好母親。」老陳情不自禁地抱著喜妹親了一口。

　　「等一會。」喜妹羞澀地鑽進盥洗室，十分鐘後穿著睡衣走出來。鼓鼓的乳，肥肥的臀，紅潤的臉，烏黑的眼。

　　「好一個仙女下凡。」老陳贊嘆著。

　　「我不是仙女，只是一個窮女人。」「……陳軍呢？」「今晚他不回來。下午他偷了我的陪嫁又去賭了。」「陳軍啊陳軍……有這麼好的老婆還不知足。」

　　「你喜歡我什麼？」喜妹直截了當地問。

　　「喜歡你……漂亮。」「我要聽真話。」「喜歡你……老鄉。」「我要聽真話。」喜妹非常堅決。

　　「我喜歡你胃口不大要價不高；我喜歡你養的孩子個個健康。我們約法三章：你給我生兒，給你這個數；給我生女，給你這個數。」「要是生不出呢？」「不試一下咋知道？」

　　「生不出孩子，絕不拿你一分錢。」喜妹態度堅決，「盜有道，借腹生子也有道。」

　　「你不識字，說話却像個文化人。」老陳感慨著。

　　「沒文化是文盲，沒有仁義禮智信就是人渣。」

　　「只道你能生孩子，想不到你還懂這些。」老陳感動地把老臉貼上去。

　　老陳哼著小調在修理自行車。昨天喜妹嘔吐，這說明他的精子已成胚胎。想到兒子現在躺在溫暖的子宮裏，他真想對全世界歡呼一百次。

　　「陳老伯修車。」掃街的七寡婦打著招呼。

　　「唔！」老陳愛理不理。馬上要做父親了，更要和四類分子劃清界限。

　　「七嫂，你的臉怎麼這麼黃？」小脚女提著籃子走過來，「你是不是太累？」

　　「心累。」七寡婦淒慘一笑，「早死早解脫早投胎。」

　　「李龍上大學了吧？聽說他分數是虹口區第一。」

　　「他現在在里弄加工廠糊紙盒。」七寡婦淡淡地說。

　　「糊盒子？那是殘疾人和戇大幹的活。」

　　「他要是戇大就好了。」七寡婦呆呆地看著天，臉上一片冷漠寂然。

　　「七寡婦，馬上到居委會領石灰水。從吳淞路粉刷到天潼路。上級要來檢查衛生。」薛書記戴著袖章，領著一批人走來。

　　「我馬上去。」七寡婦垂下眼睛。

　　「七寡婦，好好管管你兒子。李龍的思想彙報到現在也不交。」

　　「你管天管地還管她兒子？」小脚女一撇嘴。

　　「我是紙盒廠的支部書記，我不管難道讓你管？」薛書記冷笑著。

　　「我這就去領石灰水。」七寡婦漠然地說著，漠然地走了。風撩起外衣，露出她瘦骨嶙嶙的架子。她寂寞地走著，如寂寞的幽靈，走進弄堂的深處。

　　「薛書記！」十四號走出一個乾癟的老太太，她柱著拐杖一喘一息，「我半身不遂，猴三又進大牢，我想請你高抬貴手開個證明。」

　　「開什麼證明？」

「我想投奔北京的女兒。」

「開什麼玩笑？北京準備國慶大典，你這個反屬去幹什麼？」

「老娘投奔女兒天經地義。」小腳女氣憤地說，「殺人她沒這個膽，放火她沒這力氣。」

「誰敢放鬆階級鬥爭這根弦？」「我爲她打包票，她出事你抓我。」「你算老幾？」薛書記一撇嘴。

「我不算老幾，但是首都也講孝心講良心。」

「反了你這個小腳女，你還在講封資修的孝心忠心。你想睡棺材，我成全你。」薛書記厲聲嚷著。

「媽！你趕快進去。」門裏躥出鳳丫頭，她使勁拽著母親朝門里拉。

「有理走遍天下。」小腳女邊走邊說。

「理攥在黨手裏。總有一天，讓你嘗嘗專政的滋味。」薛書記奸笑著，「晚上開會，老陳你做檢討。」

「憑什麼要……我檢討？」老陳皺著眉。

「聽到反動言論不反擊，說輕是思想麻木，說重是同流合污。說，剛才還聽到什麼？」「沒……有。」「馬上放下破車，把黑板報重搞一下，標題是反擊階級敵人的進攻。」

「我這就去。」老陳放下工具，用回絲擦了擦油膩的手。

夕陽西下華燈初上。老陳踩著車子，從海寧路來到了大興街。一幢幢大樓張燈結彩，一條條橫幅劈面而來。「慶祝中華人民共和國成立六周年」的橫幅高高飄揚。有閃亮的燈火，卻沒有閃亮的眼睛；有飄揚的橫幅，卻沒有飄揚的笑臉。城市如巨蟒，裸露它斑斕的花紋，給人以漂亮和恐懼的雙重感；城市如陰陽人，一面是火一面是水，濃妝艷抹的後面是累累的傷疤。

「喜妹！」老陳推開虛掩的門。「我以爲你不來了呢！」喜妹隨手就是一粉拳。

「剛開完批判會我就趕來了。」「又批判誰？」「有固定的老運動員，有滋生的新運動員，還有剛冒芽的候補運動員。」「咋這麼多？」「運動員是韭菜，割了一茬又一茬，只要人不死，一年四季割不完。」

「他割他的，咱過咱的日子。」喜妹樂觀的很，「老娘三代貧農，又嫁了個窮鬼。」

「你不怕我怕。」老陳搖著頭。「怕啥？我是劉胡蘭，橇開嘴巴打碎牙也不泄露秘密。」喜妹一甩頭，很有蘭妹子的風采。

「我就喜歡你的性格。」老陳一拍粉肩以資鼓勵。

「孩子出生後我大哭大鬧：媽啊，光榮是光榮了，但養不活孩子啊！」

「劇情發展到這，我隆重登場：周總理沒娃，全國的娃就是他的娃。你的娃就是我的娃，全是共產主義接班人。」老陳一昂首。

「好！很有表演天賦。」喜妹笑彎了腰。

「喜妹！貨好了嗎？」院裏有人叫喚。

「好了！」喜妹抱著網兜走出去。「一共一百隻。」

「一隻三分，一百隻三元，扣掉居委會的管理費，給二元五角。」

「憑什麼要扣這麼多？五角等于十七隻網兜，我一個孕婦鈎十七隻網兜容易嘛？」

「別人交管理費，屁也不放。」

「我只對自己的勞動負責，退我三角。」

「要不是你窮的丁當響，早歸四類分子組了。要退錢自己找領導。」

「組織上讓老娘做光榮媽媽，難道不管下一代肚子？政府只鼓勵養却不管孩子的死活，世上哪有這樣道理？」

「姑奶奶，你別說，我害怕，我哆嗦，我給你錢。」

「不是說窮人翻身做主人嘛？怕什麼怕！」喜妹「乒」地關上門，「老陳你可以出來了。」

「你找死啊。」老陳躲在門後嚇得挪不動脚。

「死就死，這樣活著連條狗都不如。」

「這是炒麵粉，每天早上吃一碗；這是炒黃豆，每天晚上吃一把。我走了，居委會讓我晚上巡邏，聽說臺灣又搞鬼了。」

「今天挖炸彈，明天揪敵人，後天冒出個狗特務，這有完沒完？」

「你要記住八個字：禍從口出，莫談國事。」老陳嚴肅地說。

「我一個婦道人家怕啥？」「七寡婦也是婦道，現在就是監督對象。她兒子分數全區第一，現在只能和戀大一起糊盒子。我也要做父親，絕不能步七寡婦的後塵。」

「我不就圖個嘴巴痛快？」

「不要爲了痛快而悔恨終身。記著：縫上嘴巴夾著尾巴。」老陳飛身上車，如耗子朝黑暗中竄去。

老陳在忐忑中等了九個月，終于等來了大胖兒子。他抱著兒子又親又摸，心花怒放。「喜妹！我在湯裏放了催奶藥，蹄膀湯只能給產婦喝；金木魚很短，只能給嬰兒戴；衣服很小，只能給嬰兒穿。」

「你真是不折不扣的鐵公鷄。」喜妹有些生氣。

「下星期我再來看兒子。」老陳一步三回頭，帶著初爲人父的激動和自豪。

一星期後他又來了。「這是嬰兒奶糕，大孩子一吃就拉稀。」

「這是嬰兒奶糕，大孩子一吃就拉稀。」喜妹模仿著他的聲音。

「這是小鈴鐺，大孩子一玩就……」「這是小鈴鐺，大孩子一玩就犯傻。」喜妹不但模仿，還把他嗌住的話說出來。

「你是我肚裏的蛔蟲。」老陳無恥地笑了。

「他是你投資的另一個醬油廠。」喜妹冷冷地說，「你趕緊帶醬油廠上醫院吧。」

「爲什麼要上醫院？」「他老是找不到我奶頭。」「他找不到，你幫他找。」

「哪有猪娃拱不到奶頭的？再說他老是流涎水。」

「我看見你，不也流涎水嗎？這叫子承父志。」「他和那幾個娃不一樣。」「廢話！我和你老公能一樣嘛。」「你看他的眼。」「這是一雙有特色的丹鳳眼。」「眼眶是丹鳳眼的眶，眼球不是丹鳳眼的球。你仔細看。」

老陳掏出放大鏡，急急忙忙凑上去。額的媽啊！這眸子，不但眼白多眼黑少，居然半天也不轉動一下。借著放大鏡的餘光，一條細長的涎水如瀑布，擦不幹抹不淨，完完全全是「野火燒不盡，春風吹又生」的版本。

老陳扔了放大鏡，抱著兒子沖出去。診斷很快出來了：腦癱。

我的兒子是腦癱？我的兒子是腦癱？我的兒子是腦癱？老陳被這個消息完完全全擊倒了。

「……就是腦癱也是你兒子，把他領回家吧！」士芳輕輕地說。

「你……都知道了？」老陳頹然地看著妻子。

「既然自己懷不了，誰懷還不是一樣？」士芳一臉幽怨。

「不是我……背叛你，我只想要個兒子。」老陳一臉羞愧。

「把他領回家，至少不會餓著他。咋說也是一條命。」

「我又沒扼殺他生命。寧跟討飯的娘，不跟當官的爹……誰讓他是戀大？」

「你！」士芳一愣：知道他慳吝，不知道他這麼絕情，「你……當真？」

「當斷不斷反受其害。下周我再扛一袋大米去，從此井水不犯河水。」老陳斬釘截鐵地說。他絕對有揮淚斬馬稷的悲壯，有壯士斷腕的剛烈。枕邊的甜言，造愛的譴綣，自己的親骨肉，從此一刀二斷。

「滴答！滴答！」秋風帶著秋雨，秋雨帶著秋緒，秋緒帶著愁絲，點點滴滴灑落人間。老陳百無聊賴地坐著，愁絲如藤，蔓延而上；愁緒如蟻，鋪天蓋地。

「無後！無後！」槌子把二個釘子敲進腦殼，一下又一下，他的腦殼快爆炸了。

「明天是你生日，給你做件衣服。」「噠噠噠！」縫紉機如風火輪飛快轉動。

「做好我也不穿。」老陳賭氣地說。

「昨天買的戒指呢？」士芳柔柔地問。

老陳突然一躍而起。清風乍起，撫平一池漣漪；霽月微露，灑下半壁明輝。蹙眉冰釋，折熠舒展，老陳的臉如沖出烏雲的太陽，燦爛輝煌。他摸出一個包倒在床上，赤橙黃綠青藍紫頓時照亮了陋室。他把金銀瑪瑙翡翠圍成一個圈，讓玉麒麟站在中央。片刻，他又讓做金鎖片做領頭羊，領著項煉手鏈立正稍息敬禮。他是情人，全身心沉浸在愛的海洋裏；他是詩人，咏頌著永不變色的黃金；他是畫家，心做油墨畫下鑽石的綺麗。

士芳偷偷一笑：何以解憂？非烟非酒。何以解憂？黃金鑽石。

「咚咚」二聲敲門聲。老陳忙把寶貝捋進布袋，把它塞在被窩；突然又把寶貝取出塞在床底；接著又把寶貝拿出來放在椅子上，自己嚴嚴實實地坐上去。

「誰啊？」士芳慢慢地走去開門，「……喜妹？快進！快進！」

「我正想找你，你倒來了。」老陳驚喜地站起來，又猛地坐下。

「找我幹嗎？」喜妹半怒半嗔：找我是假，骨肉是真。

「快坐！快坐……把孩子給我。胖小子，都這麼大了……」士芳抱著孩子親了又親。

「你不是說：生女給這個數，生男給這個數。」「這個嘛……」老陳有些尷尬。

「我今天來不爲這。我今天來是問你一句話，你的骨肉總不能姓別人的姓吧？」

「姓誰……都一樣。嘿嘿！」

「姓誰都一樣？」喜妹驚詫地看著他。

「是啊……把孩子給我。」老陳伸出手。

「看看你的兒子。」士芳把孩子放在老陳的手裏。老陳接過兒子，解開兒子的蠟燭包。

「天冷，當心凍著兒子。」士芳攥著被角不鬆手。老陳推開妻子的手，把孩子臉朝下放在自己大腿上。

「驗貨？」喜妹冷笑著。

「不是驗貨是取貨。」「取貨？取什麼貨？」士芳驚訝地問。

「我要取回金木魚。我要取下孩子頸上的木金魚，這可是貨真價實的 24K。」

「哇……」臉朝下的孩子哭了。

「你幹嘛？」士芳一把搶過孩子，把裸露的四肢塞進被子。老陳奪過孩子，再一次打開被子。

「好好好！解解解！」喜妹尖叫著，「轉個身，搭扣在後頸。」

「原來搭扣在這裏……老鳳祥的貨就是好。」他舉起金木魚仔細端詳。士芳搶過孩子後，趕緊用被子裹住哭得上氣不接下氣的孩子。

「這成色……嘖嘖嘖！」老陳迎著燈舉起了金木魚。

「哐鐺鐺！」喜妹一脚踹去，老陳一個狗吃屎摔在地上，金木魚也飛出去。「你這個絕子絕孫的龜王八。我窮得揭不開鍋都沒來討錢，你却下得了這個手？」

士芳撿起金木魚，默默地戴到孩子的脖子上。喜妹搶過孩子朝門外沖。

「你等等。」老陳一聲顫叫，喜妹停下脚步。他站起來打開櫃子取出一包裹。

「這黃豆蛀了一半還有一半，蛀了大一半還有小一半。磨一磨總有豆汁豆渣。豆汁可以給孩子喝，豆渣可以炒著吃拌著吃……」

「還是留著給牲口你自己吃吧。」喜妹冷笑著朝外走。

「不摘下木魚休想走。」老陳一聲大吼堵在門口。

喜妹把孩子朝門上一按，一把扯開蠟燭包。孩子哭了，老陳雙手抱胸，有「一夫當關，萬夫莫出」的架勢。

喜妹的手朝孩子的脖子伸去，孩子扭動四肢，像掙扎的小魚，像反抗的雛鳥。喜妹去解搭扣，越急越解不下，孩子掙扎著突然就沒了聲息。

「孩子。」喜妹停止動作，士芳也呆了。「休得拖延時間。」老陳如一尊鐵塔巍然而立。

喜妹使勁拍打孩子的臉，士芳又給孩子喂了熱水後，孩子才「哇」地哭出來。喜妹含淚笑了，士芳也含淚笑了。

「水喝了，人動了，快動手吧。」老陳朝士芳努了努嘴，示意她動手。

「你下得了手，我下不了手。」士芳冷冷地轉過身子。

「你動手，不要說摘木魚，就是摘腦子都可以。」喜妹把孩子塞過來。

「君子動口不動手，還是你摘。」老陳很紳士地說。

「我摘！我摘！」喜妹一屁股坐在地上，把孩子翻個身，手朝後頸摸去。「吧嗒」拽下木魚後朝老陳摔去，接著又舉起裝黃豆的口袋來一個天女散花。

「啪啪啪！」黃豆滾了一地，金木魚淹沒在散亂的黃豆中。

老陳弓身一跳，接著是俯身一趴，接著是一個漂亮的驢打滾。閃電般的速度，守門員的彈跳，獵犬的敏捷一氣呵成一步到位。「在……這！」他五官聳動四肢兼用，終于從一地的黃豆中揀回金木魚。

喜妹跨過他的身子沖下樓。外面雷聲轟鳴瓢潑大雨。士芳也沖下樓，她沖進雨裏攔了一輛三輪車，又掏盡所有的零錢塞過去。士芳要給，喜妹拒收，二軍對峙各不相讓。

雨無情而肆虐，雨中有一對落湯鷄的女人，還有一個落湯鷄的孩子。一架碩大的油布傘，一點點朝這裏移動。傘下的人似怒非怒似笑非笑，丹鳳眼裏滿是冰碴子。

「大姐保重！」喜妹上了車，士芳揮著手。二張濕臉如放大的皮影，晃動著重疊著，愈來愈模糊，愈來愈遠。三輪車漸行漸遠，一點點消逝在雨霧中。士芳目送著雨中的黑點，一動不動。

「把手伸開。」老陳陰陽怪氣地說。

士芳張開手，老陳把掌中的零票掏個淨。「你想做好人？」

「我瞎了眼，才會嫁給你這個魔鬼。」士芳尖叫一聲朝樓上沖去。

第十一章　風波後的餘波

「老陳的信。」郵差送來一封信。信是本家侄子寄來的，邀請陳老伯暨夫人參加結婚大典。

去還是不去，老陳躊躇著。要去，就要掏錢；要是不去，就怕他爹這個村支書在鄉下修理我爹。我爹被修理，就要影響我的安全係數。想到這打個顫。

罷罷罷！去去去！以免錯錯錯！造成莫莫莫！去就去，問題是如何把損失降到最小呢？丹鳳眼是錦囊袋，只要眼一擠，辦法自然來。

這是個風和日麗的下午，老陳翻出行頭裝扮起來。閃亮的三節頭皮鞋，配上花呢大衣，派力汀長褲，在頭髮沒定型前，整個人已顯山見水露崢嶸，果然是人靠衣服馬靠鞍。士芳穿了套張愛玲式的綢夾襖，刨花水泥頭髮，腦後挽個髻，痱子粉敷臉，舊式婦女的風韵一覽無餘，和香烟牌子上的女子有得一拼。

老陳笑眯眯地舉起一個紅包，紅包如九月的孕婦，鼓鼓囊囊。

「這麼多？」

「講究數量而非質量。」老陳抽出毛票。「新郎只看孕婦，哪管懷的是馬是驢，這叫混淆是非。」

「一拆紅包就明白。」

「所以我不在紅包上寫名字，這叫瞞天過海。」

「從哪學的這一套？」士芳很生氣。

「高爾基說社會就是大學。這麼多運動搞下來，就是猿也學會了。」

「我不學。」士芳沉下來。

「學海無涯苦作舟。」老陳嘖嘖著，爲士芳的不求上進而惋惜。

夫妻倆出了吳淞路來到四川路，叮噹的十七路電車，把他們送到了馬當路上的一個石庫門。

「陳老伯好！陳伯母好！」親戚們熱情地迎上來。

「好！大家同好！」老陳雙手作揖頻頻回禮。突然，他的丹鳳眼不動了。一個白白胖胖的孩子一搖一擺走過來。標準的國字臉，高高的鼻梁。除了鼻端下一道涎水，簡直就是微型的陳老伯。

孩子如企鵝搖過來，粉臉如花，蕩漾著美美的笑。乳牙在陽光下反射出瓷的光澤。近了，近到能聞到他的呼吸；近到能嗅到他的乳香。一股熱流瞬間從丹田沖出，老陳彎下腰，一把把孩子摟在滾燙的胸口。

孩子在懷裏扭動著。小臉蹭著老臉，毛髮粘著毛髮。老陳閉上眼，使勁嗅著孩子的汗香乳香。大手摩挲著小腦袋，摩挲著後腦上一簇金黃的胎毛。

溫軟的身子繼續扭動，他感受著熱熱的鼻息，粉臉的嫩滑，他甚至幸福地感受著涎水帶來的冰冷。這一刻，他明白什麼叫骨肉情深。孩子在他懷裏掙扎，突然小嘴一咧，蹦出一個「爸」。老陳的淚潸然而下。周圍靜悄悄的，所有的聲音消失了，所有的人感動著，感受著，感慨著，間或有半聲的抽泣。

「咚咚咚！」一陣腳步石破驚天，一股旋風沖來，一雙糙手奪走了孩子。老陳楞了，定格在原先的姿勢。孩子哭了，他從母親的肩上伸出小手朝老陳揮舞。老陳追了上去，突然又停下。

孩子進了屋，遠去的哭聲中夾雜著一聲聲的「爸」。聲音裊裊冉冉，久久回蕩在天井。

「這孩子。」所有人嘆息著，抹著傷感的淚花。「這孩子。」士芳嘆息著，也抹著傷感的淚花。老陳不語，轉個身走出天井。

一小時過去了，老陳沒有回來。二小時過去了，老陳依然沒有回來。

「他一定找個清淨處去反省了。」「他一定去拿存摺來彌補了。」「會不會出事？」「會不會……」所有人的眉皺著，所有人的眉蹙成一個大大的結。

太陽快下山了，橘紅的光撒了一天井。老陳突然闖進橘紅的光裏，國字形的臉上，一雙丹風眼愈發炯炯。「老陳回來了。」一聲歡呼打破寂靜，所有的人歡呼起來，蹙起的眉融化在歡呼聲裏。

「你沒事吧。」新郎拉著他的手。

「我能有啥事？」聲音依然爽朗，「我出去給孩子買點禮物。」

「可你怎麼空著手？」新郎驚訝地問。所有的瞳仁聚焦過來：十根下垂，指上甚至沒有一根紅頭繩。

「我的禮物在這。」老神閑氣定地拍著口袋，眾人松了一口氣。孩子突然搖晃著走過來，一頭扎進老陳的懷抱。老陳伸出雙臂攬住孩子，他的嘴一點點伸向前，他的吻，終于落在企鵝的粉腮上。

所有的眼睛濕潤了，所有的臉綻開了笑。老陳把手伸向口袋，又把手慢慢地伸到兒子面前：這是一根棒頭糖，這是一根分量最輕的棒頭糖。

兒子咧嘴笑了，乳牙在橘紅色的光暈裏更白了。老陳把棒頭糖塞進白牙：「寶貝慢慢吃，這是我走了好多路買來的。」

喜妹走過來，她含著眼淚抽出棒頭糖摔在地上，然後抱著孩子走了。孩子掙扎著反抗著，小臉如向日葵鎖定一個方向。一雙雙眼睛濕潤了，果然是父子連心！老陳你快追，追回自己的骨肉；老陳你快沖，奪過自己的血脉。

老陳呆呆地站著，突然彎下身子。

「不好了，老陳中風了。」「今天的刺激太大了。」「她……他……。」「救人要緊。快！快！快！」有人朝老陳奔去，還沒等救援者靠近，老陳突然直起身子，把棒頭糖放在嘴邊吹起來。

「他在吹小喇叭？」「不得了，急火攻心犯病了。」「趕快打電話給精神病醫院。」「作孽啊。」七嘴八舌的同情，异口同聲的惋惜。

「咱們上醫院。」新郎走上前，一把奪過棒頭糖。老陳趨前一步反手奪下。

「你要這幹啥？」新郎和藹地問。「用錢買的，爲啥不要？」老陳更和藹。

「難道你要吃？」「當然不吃，我吹去上面的灰，棒頭糖就可以燒菜。」

「用棒頭糖燒菜？」新郎笑了。「當然用棒頭糖燒菜。」老陳也笑了。衆人面面相覷：果然瘋了。

「棒頭糖燒菜我還是第一次聽說。」新郎故作輕鬆：病人已瘋癲，不能再刺激。

「把棒頭糖在菜裏點一點，就能省下二兩糖。這是綜合利用，理財心得。」老陳微笑著。他表情莊重思維清晰，眼球，眼黑，眼白，眼睫毛一切正常。既然老陳正常，那誰不正常呢？衆人又一次面面相覷。

「你怎麼就給兒子買一根棒頭糖？」新郎還想測試一下對方的智力：精神病人也有僞裝色。

「難道你指望我買德芙巧克力？就是買棒頭糖也有害無益：一是浪費錢，二是要蛀牙，三要養成吃零食的壞習慣。」老陳如數家珍娓娓道來。

「你應該給他喝白開水。」新郎終于忿忿了。

「你說對了。白開水最養人，不但含礦物質，還有有機物。咦！你們圍著我幹啥？」衆人尷尬地散開了。既然老陳沒病，那就是他們有病。他們的病就是：杞人無事憂天傾。

第十二章　領子

　　老爹來信了。既然一碗碗中藥，不能使柴達木盆地上升爲喜馬拉雅山；既然燒香拜佛，也不能讓烙餅膨脹成麵包，那就領子：這子是我的孫子，也就是你的親侄子。

　　不是我的種，憑啥要我撫養？老陳冷笑著把信撕了。他完全按照斯大林同志的話來行動：我們不理睬它。

　　半月後，家鄉游說團殺入上海登陸吳淞路。七大侄八大甥，如一串螃蟹鑽進小閣樓。雖不能抬頭，雖混個半饑，難憾軍心半分一毫。咳嗽吐痰的，趿鞋挖蘚的，聲泪俱下的，義正詞嚴的，搞得他焦頭爛額苦不堪言。

　　「這事究竟咋辦？」士芳小心地問。

　　「讓他們滾，就說我應了。」

　　「能不能給他們打張船票？」士芳試探地問。

　　「除非西邊出太陽！」老陳用巨無霸鎖鎖住抽屜，也鎖住了家庭的經濟命脉。

　　游說團終于撤了，盤纏錢是堂兄的一隻手錶。知道這事後老陳很懊惱：賣給寄賣商店爲什麼不賣給我？

　　「我們什麼時候去領孩子？」士芳很興奮。

　　「你就不興我來個兵不厭詐？要領子，除非我死。」老陳一跺脚。

　　「要不領子，除非我死。」門外也有人跺脚。門一開，就見老爹威風凜凜地舉著龍頭杖站在門口。老陳腿一軟。

　　「今天要也得要，不要也得要。孫子，快跪下叫一聲爹媽。」老爹從身後扯出一個孩子。孩子跪在地上，響亮地叫了一聲「爹媽」。

　　「褲襠上的泥，不是屎也是屎了。」老陳哭喪著臉。士芳仔細地打量著孩子。孩子七八歲，天庭飽滿地角方圓，皮膚白晰鼻梁高聳，比年畫上的娃還俊十倍。

「哪來的俊兒？」小腳女一進門就嚷起來，「這麼俊的娃，怕是百裏挑一。」「漂亮的臉蛋能換大米嘛？」老陳氣憤地說。

「孩子一九四九年八月十七號生，生肖屬牛，好一頭牛犢子。」士芳露出久違的笑。

「父親是啞巴，母親是童養媳。上有二哥下有二弟，孫子從小就放羊拾糞。」老爹慈愛地瞅著孫子。老陳也用複雜的眼神瞅著侄子。唉！滿城春色宮墻柳。

「不是你兒，難道不是陳家的血脈！」老爹看穿了他心思，把龍頭杖敲「乒乓」響。他低頭想起喜妹一句話：你這個絕子絕孫的龜王八！

「你是他爹，該給他起個名字。」老爹大手一揮。

「耳朵陳，新舊的新，浩浩蕩蕩的浩。」

「……陳新浩！陳新浩！這名字響亮又有派頭。」老爹撫掌大笑。老陳想笑卻笑不出。是陳又是新，是新又是陳，可謂一正一負一加一減。數學上不是有模糊學嘛？油畫上不有抽象派嘛？文學上不有鋪墊語嘛？建築上不有中西合璧嘛？連國畫都講空間，我爲什麼不暗藏玄機？「陳」和「新」就是中性詞。這表示既是我兒，又不是我兒；我有了兒他就滾，我沒有兒他就留。藏臆想能回旋，留想像能進退。進一步可奪關斬隘，退一步可步步爲營。至于這個「浩」嘛，既可以說浩然東去，又可以說雄風浩蕩。要是有了自己的兒，他只能浩然東去，黃鶴一去不復返；要是沒有自己的兒，他就是雄風浩蕩，直挂雲帆濟滄海。想到這，他得意得抖起了腿。

「陳新浩！陳新浩！」老爹一遍遍念叨，神情亦很得意。

「哇！」一聲尖叫沖天而起。士芳嚇得一閉眼，老爹嚇得一哆嗦，至于新來的小子，更是嚇得跳起來。

「你發什麼瘋？」龍頭杖顫顫指向老陳，「你湊在他耳邊叫什麼？」

「我試試他的聽力。」老陳狡點一笑。

「這麼說你搞試驗？」

「不經過檢驗絕不收貨。」老陳淡淡地說。

「啥和啥啊？」士芳不解地問。

「他怕侄子也是聾子，所以用了試金石。」小脚女解釋著。

「你啊你……」龍頭杖舉起了又頹然地放下。

最近老陳又忙了，因爲黨中央要求洗臉。既然一個名字都能收穫災難，洗臉絕不是撸一把的問題。不配合洗臉，這是抗旨；配合洗臉，這是犯上。怎麼才能找到一個二全其美的辦法？

峨眉山貴在空靈，廬山美在霧氣，黃山秀在絕壁上的松樹，我也來個空靈飄渺不著痕迹；我也來個雲遮舞繞不露真相；我也來個不上天不落地的良辰美景。洗臉洗臉，端上熱騰騰的水，送上香噴噴的肥皂，呈上嶄新的毛巾，做好禦洗的前奏。至于洗臉的部位，洗臉的輕重，洗一遍還是二遍，是先擦皂再洗，還是先洗後擦皂，這就不是我的事了。

因爲前奏，因爲綢繆，所以老陳很忙。他忙著刷標語，忙著裝喇叭，忙著下通知。一句話，他忙在事務上，忙在準備上，忙在後勤上。

「你是領頭羊，你要帶頭發言。」會議前李弟再三關照，他很倚重這位老前輩。

「我的覺悟和水平咋能和您比？這不是關公面前舞大刀，孔夫子面前賣文章嘛？」

「你有你的真知灼見。」李弟不愧是領導，有禮賢下士之風。

「哎呀！我們都想聆聽您的教誨。您的話不但哲理而且睿智，不但振聾發聵還觸類旁通，不但深入淺出還高屋建瓴。上下五千年的精髓，盡在其中。」

「至于嘛？」李弟有些飄了。

「伊索狐狸的聰明，阿凡提的智慧，魯迅的犀利，施洋律師的口才全歸您了，真是六宮粉黛無顏色，萬千寵愛集一身。」

「陳老伯！你很有文化底蘊嘛！」「哪裏！萬惡的舊社會讓我成了半文盲。」「半文盲能說這樣話？」「哎呀！不就是私塾裏念了幾天，學費還是爹的賣血錢。」說到這他捂著嘴。

「說下去。」李弟用微笑以資鼓勵。

「粗人說話顛三倒四，信口雌黃權當放屁。聽您的話，才有撥霧見天的明朗。聽君一席言勝讀十年書，三言二語能收益一輩子。既然洗臉，您就來個潤物細無聲。」

「言過其實嘍！」李弟謙虛地擺著手。

「別人拋磚引玉，您是拋玉引磚。」「我是整風的組織者，怎麼能先發言？」「重在參與嘛！有了參與，就能準確地把握整風脉搏，這叫知已知彼百戰不殆。」「這話……有點道理。」李弟一領首。

「難道你們不想聽李主席的真知灼見？」老陳的男中音極悅耳，有重金屬的質地，還有重金屬的回音。

「請李主席發聲音。」「請李主席訓話。」下面七嘴八舌地嚷著。

「同志們！不是發聲音也不是訓話，而是李主席講話，李主席指示。鼓掌鼓掌！」

「啪啪！啪啪！」掌聲在舵主指揮下，發出標準的四二拍。「啪——啪！啪——啪！」

「啪——啪」掌聲整齊而清脆，像電視中精心安排的假笑。雖然大家心知肚明，畢竟很熱鬧也很感染。不出所料，李主席走上講臺即興發言。

他談了由于過多的學習，造成産量下滑和利潤流失；他談了由于幹部專橫，造成黨群關係緊張；他泛泛而談，沒有一個確切的焦點；他蜻蜓點水，沒有一個完整的提綱；他就事論事，只是提一點看法而已。確切地說，他不是洗臉，只是在臉上吹了一下，輕輕的一吹就如一個吻。

李弟希望玉拋出後，有人拋磚。磚越大越好，越多越好，越重越好。要是能在他臉上砸幾個麻子，那就更妙了。這樣他才能成爲功勛者，這樣別人才能成爲現行者。

拋完玉後他大失所望。在這個大老粗聚集的單位，講下流話趨之若鶩；講鷄零狗碎應者如潮。一旦講真格講正經，全是大眼瞪小眼。他媽的！浪費了我半嘴唾沫，不但小青蛇沒出來，連個壁虎都不見。真是：一片汪洋都不見，知向誰邊？

哎呀呀！既然引蛇出洞不行，那就另支一招：敲山震虎。

「同志們！讓你們給黨洗臉，這是最高的殊榮。現在，讓陳老伯接受政治上的桂冠。老陳請發言！」

「同志們！我太感動了。上下幾千年三朝五代，哪一個皇帝肯讓草民給他洗臉？只有共產黨才有海一樣的胸襟。哎呀呀！我肚子疼……我先上厠所。」老陳捂著肚子奔出會場。

「你這個屎，拉的真不是時候。」對著老陳背影，李主席一跺腳。「對了！這不是二個中專生嗎？你們的文化是党培養的，發言責無旁貸。」李弟終于發現了次目標。

「我……我對黨沒意見，我希望……黨對我提意見。」結巴磕磕碰碰的話，引得衆人哄笑不止。

「注意會場紀律。他結巴你發言，代表知識分子向党提意見。」李弟的手指向另一個目標。胡技術員只得站起來。

「共產黨就是偉大，共產黨就是光榮，共產黨就是正確。」胡技術員推了推眼鏡，蹦出這三句話，衆人又是哄笑不止。

「我很想給黨洗臉，可是黨的臉乾淨純潔，連半點灰都沒有。同志們，遺憾啊！」

「遺憾！」「非常遺憾！」大老粗雲裏霧裏，陽裏陰裏分不清，只是亂起哄。

「你……」李弟對狡猾的技術員無計可施，只得再次尋找新的獵物，「要不……你說。」李弟的手一指，于是綉球拋到著名的傻大姐身上。

「我說就我說。」傻大姐「呼」地站起。「要不是共產黨，哪有我傻大姐的政治地位。要說意見，就是黨也要提高男人的地位。男人有了和女人一樣的地位，就會雄風大振，不會出現軟油條現象。」

「什麼叫軟油條？」有人問。

「你摸摸自己胯下，是軟還是硬？」傻大姐的話，引來群眾的前仰後合。

「閉上你的臭嘴。」李弟急了。

「都說婦女有地位，爲什麼一到床上，他騎在我身上。而不是我騎到他身上？」傻大姐做了個武松打虎的動作，于是掌聲熱烈地響起。傻大姐的話，比列寧同志的演講還有魅力。

「還有⋯⋯」眼看氣氛上升，傻大姐更來勁了，「他要搞我，月經期都不放過；我要搞他，不硬我就沒有辦法⋯⋯」

「我的媽啊。」許多人笑的直不起腰起。

「你這個十三點欠揍。」五大三粗的絡腮胡沖過去，抓住傻大姐的頭就朝地上撽。「咚咚咚」的聲音震的頭皮發麻。

「李主席！還是把這會改成舞會，大家一起來跳赤道戰鼓。」「對！支援亞非拉革命！」「跳舞嘍！跳舞嘍！」

「散會！散會！」眼見會場成了一鍋粥，李弟只得匆忙收場。

整風記錄交上去，看來看去，沒一個發言達標。不達標也要想辦法達標，不然百分之五的比例咋完成？侏儒裏找矮子，矮子裏拔長子。你說長子不够長，那就來個拔苗助長。既然引不出蛇，泥鰍也可當蛇打。反正泥鰍和蛇全是沒脚的爬行動物。

「有了！終于看到了。」領導高興地嚷著。誰讓你談産量和利潤？誰讓你談黨群的關係？你只要談到這二點，你不僅是泥鰍，還是半條蛇。不要說半條蛇，就是半隻壁虎也打你半死。

可他是李弟啊！李弟是整風的組織者啊。

是組織者，更說明他打著紅旗反紅旗；是組織者，更說明他的滲透性；是組織者，更說明他的隱蔽性。這真是「衆裏尋他千百度，他却在燈火闌珊處」。

可是他爲黨做了許多貢獻。

貢獻？要說貢獻，向忠發沒貢獻？要說貢獻，顧順章沒貢獻？要說貢獻，王明沒貢獻？要說貢獻，張子善沒貢獻？只要革命需要，該殺就殺該斬就斬。共産黨不搞「刑不上大夫」這套封建糟粕。

搞了他……讓人心寒。

心不寒就沒有畏懼，沒有畏懼就沒有權威，沒有權威就沒有統一，沒有統一哪來執政黨的地位？你這個同志思想很危險。

堅決擁護組織對李弟的處理。現在請組織明示，把這個右派發配到哪？

哪？哪是旮旯就上哪，哪是戈壁就上哪，哪裏能磨練就上哪，哪裏能脫胎換骨就上哪。

遵命！

呼嘯的警車，把功勛卓著的李主席李書記李代表李首長送走了。當警車絕塵而去時，老陳癱瘓在地。險啊！要不是捂住肚子上茅房，那就是捂著肚子上甘肅；玄啊！要不是臨機一變就是蘇武第二。天呐！我現在賺回一條，第二條命可要好好珍惜。

當新來的王書記自我介紹時，老陳還沒從魂不附體中蘇醒。他訥訥著，不停地點頭，不停地搖頭。左邊點到右邊，前邊搖到後邊，渾然一個劣質的不倒翁。

整風前，老陳的格言是：夾著尾巴做人。整風後，又加了新格言：沉默是金。這沉默不但是金，還是命。老陳的嘴現在只有一個功能，那就是吃飯。要是飯能從鼻子進，那就把嘴廢黜。什麼「百無一用是書生」，我看百無一用是嘴巴。這不鹹不淡，不二不三的貨，是騾子的陽具，是非的根源，殺頭的靶子，坐牢的緣由。哎呀呀！嘴啊嘴，恨不能讓風火輪把它縫了，來來回回縫它個密密匝匝。

第十三章　聖女

　　遠遠看見王書記領了個風姿綽約的女人，老陳趕緊鑽出大缸，恭候大駕光臨。這缸搞酸碱中和，沉澱物需要經常清除。

　　「這是你的徒弟，叫寒霞。」「我能帶徒弟？」老陳受寵若驚。

　　「共產黨能化腐朽爲神奇，相信你能通過組織的考驗。」

　　「謝謝！我一定能通過考驗。」老陳激動地要和組織握手，一看滿手污泥忙急忙縮回去。

　　「讓她幹最重最苦的活，一分一秒也別停下。」書記耳語著。

　　「那是一定的。」老陳光著脊梁，把書記送出去。「彙報和監視她的一切，事無巨細，時時刻刻。」

　　「請組織放心，這次我一定要火綫入黨。」老陳很堅決地說。

　　「寒霞，洗心革面接受改造。」王書記奸笑著走了。

　　「你每天的工作，就是把十隻缸裝滿黃豆。一口缸能裝一千斤，還有……」老陳說了一半停下了：一天能倒滿一缸，就够她受了。

　　寒霞看了看大缸，蹲下身子緊了緊鞋帶，又捋起袖子，在肩上墊了塊毛巾開始扛大包。一袋黃豆二百斤，就是男人扛著都够嗆，更何況瘦弱的她？巨大的麻袋壓在肩上，讓她的細腰呈九十度，老陳有些不忍。

　　我不能憐香惜玉，這是小布爾喬亞的情調；我不能心生惻隱，這是資產階級人文的體現。「讓她幹最重最苦的活，一分一秒也別停下。」書記的話警鐘長鳴縈繞耳邊。

　　第一天過去，寒霞咬緊牙關不吭一聲，滲血的嘴唇，證明了她的極限。第二天過去了，寒霞咬緊牙關，不但有滲血的嘴唇，還有臉上的挂彩：麻袋上的鐵絲刮破她的臉。第三天，她不但打著綁腿，還換

"""

了雙卓別林的膠鞋，她在鞋的前後塞滿棉紗。

「爲什麼要打綁腿？」老陳試探地問。「綁腿能使我脚步利索。」「爲什麼要穿大膠鞋？」「鞋大受力面大；受力面大我才能站的穩。」寒霞淡淡地說。老陳的鼻子倏地一酸，他急忙轉過臉，咳嗽一聲拿出工作日志。

「不用翻記錄。第一天我扛了二十袋，第二天三十袋，今天我爭取扛四十。指標不就是五十袋嘛？」寒霞的秀眉朝上一挑。

「不就是五十袋？好一個口氣比力氣大，好一個新官上任三把火，好一個新造茅坑三天香。」老陳冷笑著。

第四天，下班鈴聲響起時，寒霞正好扛了五十袋，整整五十麻袋。第六天五十袋，第七天五十袋，第八天五十袋。沒有哭訴，沒有求饒，沒有外援，幫助她的只是厚厚的綁腿和碩大的膠鞋。

老陳對她産生由衷的欽佩。讓他欽佩一個女人，這對他來說絕無僅有。

老陳隔三岔五上辦公室走一趟，彙報徒弟的一言一行，一舉一動，一喜一憂，一顰一笑。現在連她肌肉抽動的方向，眼球轉動的頻率都不遺漏。彙報之詳細，情報之縝密，闡訴之繁雜，基本達到前無古人，後無來者的高精准。

書記，現在只差一個情況沒彙報。

什麼情況？

上廁所的次數是記錄了，但是大便還是小便，只能從時間上推測。

這問題嘛……只能籠而統之。

書記，還有一個關鍵性問題：我不知道她啥時來例假？

這問題絕不能掉以輕心。

是不是來例假時，她的活動最猖獗？

那倒不是。來例假時，是她體力最差，意志最薄，也就是最容易突破時。

趁此良機，策反一舉成功？

你這個同志，記住不是策反而是攻心。

攻心不就是爲了策反？月經期的策反，往往能起到事倍功半之奇效。

哎呀呀！別人是一點就通，你是不點也通。書記激動地拍著老陳的肩膀。

承蒙組織，點化不竅之人。老陳謙和恭敬，無一絲驕矜之意。

好！組織就喜歡你這樣忠心耿耿的好同志。

革命尚未成功，同志還須努力。

好啊！連國父的話都能倒背如流。但是……書記沉下臉。

我錯了，我應該背誦毛主席語錄，而不是孫中山語錄。

好！下面談例假問題。

報告書記！我有錦囊妙計。我準備了花襯衫，紅裙子，還有一個文胸。

你準備男扮女裝……潛入女厠？

華子良能爲革命裝瘋賣傻，難道我不能爲革命搞性改變？

精神可嘉，但是被識破……影響不好。

咋會識破？我的化裝天衣無縫。

我相信你的化裝術，但這個總不能割了吧。書記的下巴朝前一努。

你是說喉結？這問題我早想到了。看！這是紅圍巾。有了它，十個喉結也不怕。

夏天快到，你總不能在赤日炎炎下戴這勞什子。書記拍拍自己的胸脯。

書記說的是……文胸？哎呀呀！英明啊英明，說千道萬還是書記英明……既然男扮女裝進厠所不妥，我還有一個金點子。

說來聽聽。書記一揚下巴。

我仔細勘察過……男女厠所只是一墙之隔。隔得了上面，隔不斷下面。她一進厠所，我就趴在男厠所觀察：有例假就有紅水，有紅水就有答案。

　　英明啊！書記主動伸出了寬厚的大手。老陳趕緊趨身握住，不但握得很緊，還如三菱電梯，來了幾個上上下下。

　　可是……要是幾個女同志同時如厠，你咋知道紅水是誰的？

　　這個嘛……這好辦！勺出一瓢紅水，送區質量監測站，逐一化驗驗明正身。

　　化驗需要理由……名不正則言不順。

　　以革命的名義，以革命的需要，以革命的利益，以革命的……

　　混帳！你把革命工作庸俗化了。書記沉下臉。

　　我該死！我該死！我一說就離譜……可是，盯梢如戰爭，正面通不過，難道不能迂回包抄？雁過有聲，水過有痕，來了例假，難道沒有蛛絲馬迹？

　　唔……有道理。說下去。書記一頷首。

　　從現在起，我不但要觀察她的表情更要觀察她的姿勢。根據經驗，來例假時走路帶八字，一拐一撇就是最大特色。說著老陳做個八字走路的姿勢。

　　革命群衆的眼睛，果然雪亮雪亮。書記終于頷首微笑。

　　當然，這事我還要請教老伴，觀察老伴。一般情況下有共性，還有獨特的個性。只要搞清共性和個性的不同，才能甄別真僞防止贗品。這叫去假存真，這叫萃取，這叫過濾，這叫沉澱，這叫……老陳越說越來勁。

　　說得對！

　　這叫馬列主義的普遍原則，和中國的實際情況相結合。

　　好一個活學活用。

　　胸有成竹才能按圖索驥，知己知彼才能對號入座。

　　好！王書記翹起大拇指：你有搞公安的潛質。党就喜歡你這樣的同志。

　　過獎！過獎！如果有機會，還請書記提携。

　　党就喜歡你這樣的同志：榮辱與共肝膽相照。書記加重語氣。

不敢！不敢！這是党對民主人士的評價。

你也可以爭取做民主人士嘛！書記用鼓勵的口吻說。

我一定努力！回家後，我讓老伴夾著衛生帶給我走幾步，不研究個透徹絕不罷休，因爲這是理論和實踐結合的坱本，這是思想指導行動的典範。衛生帶啊衛生帶，你包含了樸素的哲學思想。老陳手舞足蹈地說著。

放肆！書記一拍桌子。你竟然用這種口氣，來談論嚴肅的政治任務。

小的……有罪！小的有……罪！老陳從興奮的顛峰，滾下恐懼的深淵。我這張臭嘴又忘了「沉默是金」。

有認識就好。回去好好行使你的……職責，神聖的職責。

是！老陳雙腿一并，響亮地說。

老陳興奮地回到車間。遠遠看見一座山在移動。山太大，扛山的人成了侏儒；山太高，扛山的人成了彎蝦。山慢慢移動，如巨大的冰塊漂浮在海面上。

她是蜀道上的拉纖者，匍匐在地手腳并用。縴夫能唱勞動號子，她却不能；

她是絕壁上的采藥人，行于萬仞爬于千峰，采藥人能吟信天游，她却不能；

她是海邊的礁石，忍受浪的襲擊，雨的浸淫。她是朝聖的殉道者，她是無語的苦行僧，她是吐絲不盡的春蠶，她是流泪不止的蠟燭。

她是誰？她幹了啥？她究竟要凌遲到哪一天？

老陳呆呆地看著扛山的女人。篾條深深，嵌進她的肉裏；鐵絲鋒利，戳進她的皮膚。他的心一顫，突然對神聖的職責，感到前所未有的噁心。

監視者發現被監視者，總是穿著黑色的外套，有補丁的褲子。從星期一到星期六，循環往復往復循環。「暴殄天物」，他的腦海突然蹦出這四個字。沉重的外套，無法遮蓋她的美麗。美麗如探出枝頭的臘梅，爆出一個有生命的春天。他幾次想問，難道你只有這套衣服？但這個問題，既不是他偵察的方向，也不是彙報的要素，所以問號只能藏到心裏。

他發現她的手總是血痕道道。這是篾條的磨礪，這是鐵條的劃痕。這雙手，修長而柔軟。修長的手指，應該跳躍在琴弦，柔軟的手指，應該揮灑在畫布。手帶著詩人的敏感，舞者的優雅。這雙手不屬麻袋，而屬文房四寶。

他想問，單位發的手套爲啥不戴？但這個問題，既不是詢問的範圍，也不是窺測的方向，所以問號只能藏到心裏。他發現她到食堂只買素菜不買葷菜，就是素菜也吃一半帶一半回家。她吃的少，幹的多，進出不成比例。

他想起一句話：我吃的是草，擠出的却是牛奶。他立刻朝自己扇個嘴巴：她是什麼人，魯迅是什麼人。

爲了慶祝中華人民共和國成立九周年，單位裏給職工發了一套工作服。寒霞紅著臉請求給她換一套男式工作服。老陳一口答應了。下午，食堂又給職工發二個肉包，許多人拿到就朝嘴裏塞，連他這個吝嗇鬼也咽下一個。工場間靜悄悄的，大家沉浸在包子帶來的美味中。

寒霞取出杯子裝包子，然後用舌尖去舔手上粘著的皮。包子皮很小，估計 0.000001 平方，就在舌尖粘起包子皮時，她看見了老陳。二個人的臉同時紅了，一個因爲偷覷，一個因爲被偷覷。

「我！」老陳有些尷尬，「我是無意的。」

「我不介意，我習慣被監視被窺覷。包子給婆婆，她像個孩子，要變著法哄她吃。」寒霞溫柔地說。他的心一動。我是東施，并不妨礙我欣賞西施；我五音不全，并不妨礙我崇拜歌劇；我不願鍛煉，并不不妨礙我喜歡體育，我陰暗，并不妨礙我熱愛太陽。我醜陋，所以自卑；我麻木，所以怯懦；我心理陰暗，不是條形碼出錯，而是環境改變了我的條形碼。

與其臨池慕魚，不如歸而結網？

不，我不能！你是我網裏的魚，我要借你這條鯉魚來跳龍門。戰戰兢兢的日子過够了，要解脫就要找替身，這是物質不滅定律。

可憐的人啊。

你才是可憐的女人。書記爲啥要對你嚴防死守？你是潛伏特務還是女匪首？

你自己看。

隨著全方位，深層次，零距離的監視，我有了疑惑。說是特務，你不投炸彈不投毒；說是四類分子，你不暴戾不殺戮；說你是白骨精，還不如說你是安琪兒；說你是女匪首，還不如說是白毛女。

言重言中！我可是裹著糖衣的炮彈。

黑袍一身，遮不住高貴從容；身處險峻，依然飄逸淡定。你是撒旦還是天使？你是人渣還是碎鑽？我在磁場裏跌跌撞撞，就是找不到方向。警惕愈重，敬重愈重，監視愈深，愛慕愈深。你的微笑如匕首，深深地扎在我的心窩裏。我……我一潰千里，我方寸大亂，我憎恨和愛慕一色，監視和敬重齊飛。我忘記了生存的格言，放弃了人生的信條。我已經不是原來的我，但我又恢復了原先的我。我究竟是現在的我，還是原先的我？你究竟是咋樣的女人，僅僅二個月，就摧毀了我一輩子設置的馬奇諾防綫。

我丟盔弃甲，我改弦易轍，我背離了安全的紅綫，我埋葬了人不爲己的格言。最最最要命的是，我已經無可救藥死心塌地愛上你。愛！愛！愛！老陳絕望地叫起來。

今天下午政治學習。女人們爲了能在大範圍裏進行的飛流短長而興奮不已。「格格！」「哈哈！」「嘻嘻！」根正苗紅的巾幗笑成一團。她們有理由高興，因爲她們根正苗紅。寒霞悄悄地坐柱子後面，柱子可以部分地擋住虎視眈眈的目光。

會議還沒開始，寒霞拿出一付新手套，她用別針挑出紗頭，把紗往手指上繞。半個手套不見了，手指上的紗却越來越厚。

「怪不得不帶手套，原來她需要棉紗。」老陳總算解開一個謎。

「臭婊子。」傻大姐大吼一聲，「勾引男人的臭婊子。」她的眼睛，直鈎鈎地看著寒霞。

「男人不和你睡覺，你就怪她？」巾幗們笑著。「屁眼拉不出屎，就怪馬桶沒吸力。」

「沒看到狐狸精前，一星期耕地三次。見了她，眼直了，嘴歪了，地荒了。」

「不要這三分三了？」巾幗們樂不可支。

「昨天灌了黃尿上來，一邊犁地一邊亂叫，結果被老娘一個掃堂腳踢下去。」

「他叫什麼？你男人叫什麼？」一群人朝傻大姐靠攏。

「……寒霞啊寒霞，我的心肝寶貝。寒霞啊寒霞，我願爲你生，我願爲你死……」

「格格！」「哈哈！」「一對文盲耕地耕出了造句……」衆人笑的前仰後合。

寒霞不動聲色，但是拆紗的手在發抖。她是醬油廠的「紅字」，也是男人矚目的焦點。巾幗對她又嫉又恨，同仇敵愾劃條三八綫：誰和她說話就是叛徒，誰讓她難堪誰就是英雄。以仇爲劍，以毒爲幟，讓唾沫淹沒她，讓毒箭擊中她。她的美麗是寡婦的孝衣，她的安詳是女巫的道具。男人欣賞她一分，巾幗憎恨她十分；男人們朝她臉上凝視六十秒，巾幗羞辱她六十分。開會是一個絕好的機會，在大庭廣衆下羞辱她，羞辱她的身份，點擊她的紅字，徹底打敗成功的失敗者，徹底搞臭不下跪的階下囚。

你匍匐在地，憑什麼還俯視我們？你鐐銬加身，憑什麼還睥睨我們？你窮困潦倒，憑什麼還憐憫我們？你這個自戀狂太瘋狂，你這個自虐者太作孽。你是啥人，我們是啥人？我們是紅人，你却是紅字。

楚河漢界涇渭分明，你死我活誓不二立。

「騷貨！不要臉的騷貨！再騷也是專政對象。」傻大姐罵得唾沫橫飛。寒霞的臉刷白，她上牙咬住下牙，用快速拆紗來掩飾她的憤怒。

「裝腔作勢的婊子，想用清高傲慢來勾引我男人。我一定要撕下你的畫皮。」

「啪」，傻大姐腮上挨了一耳光。「你……」傻大姐捂著臉。

「我打你這個沒皮沒臉的貨。」絡腮胡扯了她的頭髮朝外拽，傻大姐殺猪似的叫起來。

「格格！」「哈哈！」「嘻嘻！」會場如油鍋放了水，激起千萬個興奮的油花。寒霞依然拆紗，她拆的很專心，碰到零星斷紗，接起來再繞上去。這使老陳想起粘在她手指上的包子皮。

「你拆手套幹嗎？」趁全場的注意力在男女混合拳擊上，老陳悄悄蹭過去。

「打毛褲。」「我還有幾副手套給你吧。」老陳有些結巴。主動要求饋贈，這不是他的風格。

「謝謝！一月一付，我已經積了二付。」「給誰打？」「我丈夫，他在甘肅。」「為什麼在甘肅？」「他是右派。」「右……派。」老陳倒吸一口冷氣。

沉默，長久的沉默，連空氣也凝固了。

「甘肅很冷很冷……」她聲音低了，頭也低了。心硬如鐵的老陳，竟也傷感地低下頭。「我要讓他知道，他除了信念，還有母親和妻子。」她抬頭微笑，苦笑中帶著堅定。

「王書記……是你熟人？」他壓低嗓音。

「他是我和丈夫的同學。不過他不是人，只是一條狗。」寒霞輕蔑地說。這句話讓老陳魂飛魄散大驚失色。額的媽啊！坐你身邊，敢情就是坐在高壓綫上。他的腿肚開始抽筋，他的眼皮開始痙攣。他扶著柱子，顫顫巍巍地離開了她。

政治學習結束了，老陳的腦子亂成一鍋粥。按照規定，他一定要彙報，但是有一股力量在制止他。就在這時，王書記出現了。

「每天五十袋完成了嘛？」「……完成了，完成後還做了清潔工作。」

「再給她加，一直加到她投降。」「不能再加了。」老陳脫口而出，「……工作量已超過男職工，超過壯勞動力了。」

「執行政策要靈活機動。什麼叫內外有別？什麼叫特殊情況特殊處理？變是絕對的，不變是相對的。從明天開始，加到六十袋。要是完成，再加到七十袋。我就不信我鬥不過她。」書記橫肉綻放五官猙獰，老陳不禁打個寒顫。

下班了，他費勁地踩著車子，突然看見馬路邊的寒霞。寒霞拎著一包菜，菜的成色很眼熟。老陳一楞，監視者和被監視者全買同一個下腳菜，真是英雄所見略同。

「把菜放進車筐裏。」老陳下了車。

「小心，裏面有鷄蛋。今天給婆婆燉蛋羹。」寒霞高興地說。

「這菜葉……你吃的？」「我總不能和她搶蛋羹吃啊。」寒霞笑了。

「你……太苦了。」一想到明天就要加上去的麻袋指標，他的心沉得朝下墜。

「你爲啥……不去求王書記，說不定……網開一面。」老陳吞吞吐吐地說。

「士可殺不可辱。」「你不是武士而是個女人。」老陳氣呼呼地說。

寒霞看了他一眼，很認真的一眼。「他折磨我，就是讓我投降。」「那你就投降。」「休想。」「人在屋檐下，不得不低頭。」

「不！」寒霞吐出一塊硬石頭。「絕不！」她又加了一塊硬石頭。

「這一切……究竟爲了啥？」老陳終于問了，這塊石頭壓在他心頭已經很久了。

「……大學畢業後，我們三人分到上海塑料研究所。反右後，他把我丈夫說的話彙報給組織。」

「……于是你丈夫被打成右派。然後他請纓到基層鍛煉，同時還帶來一個俘虜。」「這個故事的版本在中國，一點也不新鮮。」寒霞冷笑著，「我不但是俘虜還是獵物。可俘虜不肯轉化成獵物。」

「你一個鷄蛋，竟和石頭抗衡？不自量力……」

「我不能和凶手同床共寢，不能讓婆婆面對出賣兒子的禽獸。因爲這個禽獸願意我帶著婆婆嫁給他。」寒霞咬住嘴唇。

「這麼好的價格還不成交？你爲啥不能變通？你爲啥一條黑走到底？」老陳不客氣地打斷她的話，「爲自尊還是擺姿勢？」

「你要我背叛？」

「背叛是一種手段，你可以在心裏紀念他。又一個寧爲玉碎決不瓦全的版本？」

「我絕不把自己的身子交給他。」寒霞冷冷地說。

「你把身子交給他，把靈魂交給丈夫，這豈不是二全其美。」

「你的格言是士可辱不可殺，我的格言是士可殺不可辱。」

「你迂腐透頂。」老陳嚴肅地說。

「不！絕不！」寒霞突然尖銳地叫起來。

老陳呆呆地看著她。第一次聽見她的大嗓門，第一次聽見她激烈，甚至是歇斯底里的吼叫。她不是溫順的波絲貓，她是雷霆萬鈞的美洲虎。風吹過，掠起她的頭髮，長長的發，在風中無言地飛舞。

「他是右派，我願意做右派的老婆；他流放，我願意跟著他到西伯利亞。」她悲涼而悲壯地說。

「你想做十二月革命党人的妻子。」「可他們連沙皇政府都不如……他們殘暴而虛弱，他們卑鄙又虛僞。」

「……識時務者爲俊杰。」老陳咳嗽一聲。

「我絕不摧眉折腰事禽獸。」寒霞抬起了頭。頸脖碩長黑髮如瀑，五官娟秀身軀筆直。這不是女人而是雕塑；這不是血肉之軀而是神女峰。

　　暮靄重重，華燈初上。路燈下，二個影子被拖的很長。無語無語，欲語還凝。

　　「我家到了。」寒霞從車筐裏拿出菜。

　　「你住在……這裏？這裏是虹鎮老街。」

　　「原來我住在康定路，現在住在虹鎮老街。被革命者的房子，讓給革命者，這體現了革命的宗旨。」她一揚手，飄進狹窄的夾弄，黑洞馬上吞沒了她。

　　「貧困不能移，富貴不能淫，威武不能屈。」他腦海裏跳出這三句話。「帶血的十字架，放在生命的天平上，讓所有的苟活者失去了分量。不！我胡扯什麼？貧困不知變，富貴不知淫，威武不知屈，這就是她的人生圖譜。」他一遍遍地說，只有不停地說，才能斬斷對她的敬慕；只有一遍遍地念，才能完成書記交給他的任務。

　　車一進仁智裏就發現异樣。三三二二的人站著，雖沉默，空氣中却有躁動的氧分子。這像一句詩：此時無聲勝有聲，于無深處聽驚雷。

　　「都站著幹嘛？」薛書記晃著手電走來，胳膊上依然戴著鮮紅的袖章。看來骨胳女人嗜好大紅大赤。「反革命死有餘辜，敢爲她戴黑紗，就是對無產階級專政的挑戰。」

　　三三二二的人依然沉默，眸子間或的一閃，如燧木取火時的火苗。

　　「你們站著是不是向黨示威？」薛書記大喝一聲，「既然這樣，我把好漢的名字一一登記造冊。」她掏出筆，讓筆在空中劃了個大圓圈。圈還沒合攏，站著的人逃了個一乾二淨。

　　「知其不可而爲之，愚蠢之至。」老陳嘀咕著上了樓。

　　「……七寡婦死了，她吃了安眠藥。」士芳嘆了一口氣。

　　「唉！活著也不快樂，死何嘗不是一種解脫？」老陳淡淡地說。

　　「可憐的人，死後連個哭的都沒有。」

　　「難道李龍不哭？」

　　「李龍傻不楞登的也不知道哭。薛書記把他名字改成李蟲，不許做資本主義的龍，而要做社會主義的蟲。這個戇大。」

「戇大？要不是成分不好，他⋯⋯早上清華大學了。」

「現在誰都叫他戇大，連紙盒廠真正的戇大，都叫他戇大。」

「假作真時真亦假⋯⋯他用戇大的面具來掩飾心中的痛苦。」

「這痛苦那痛苦，這世上咋有這麼多痛苦？」士芳又長嘆一聲，「小脚女扯塊黑布讓李龍戴，確被薛書記一把扯下踩在脚底下。」

「死也死了戴什麼戴？乾妹子就是無事找事⋯⋯」

「七寡婦連落葬的錢也沒有。我想出點錢。猴三娘這麼窮，也出了一塊。」

「這事絕不能授人把柄，這不是錢不錢的問題。把鬧鐘給我，明天我早起二小時。」

「又有啥事？」士芳緊張地問。

「暫時沒事，保不住以後沒事。平安無事嘍！鐺！鐺！鐺！」老陳模仿著打更人的聲音。

「盼星星，盼月亮，盼來盼去難道只盼個平安？」士芳咕噥著。

「能平平安安就是燒了高香。」老陳打了個哈欠。

天墨墨黑，老陳就出門了。由于走的急，連幾十年如一日的泡飯都省略了。雖然攤販頻送秋波，但老陳的自行車就是 112 的救火車。

到單位後，老陳直奔倉庫。拆了篾條換上麻繩，拆了鐵絲換成布條。讓她的臉，少幾道傷痕幾道血迹。少了傷痕，就少了我痛苦的褶皺；少了血迹，就少了我揪心的牽挂。

出了倉庫到車間，填平坑坑窪窪補好洞口。讓坑窪不再絆住脚，讓洞口甭別住膠鞋。用磚砌一條階梯，倒料時不用踮脚跳芭蕾；用鎬鑿一條地溝，幹活時不用趟水濕鞋。一桶水泥減輕她的負荷，一條地溝讓她的脚乾爽。

他哼著小調興致勃勃地幹著。他出一滴汗，她少出一滴血；他出一分力，她少使十分勁。水泥是調色板，塗抹著田園風光；磚石是小提琴，奏響愛的篇章。不是黃道婆，也能紡紗，不是扁鵲，也能起死回生。幹活多好啊！愛一個人多好！

　　胃餓了，心却如飽滿的豆莢；臉髒了，人却如純粹的嬰兒。久違的快樂讓他微醺微醉。快樂應該是少年的憧憬，中年的奮鬥，老年的寄托。可是我的快樂，除了把玩金銀就是保護自己。真正的快樂，早被封存在記憶深處。今天的快樂從哪冒出來？他疑惑停下手上的活。

　　「你早！」一聲問候打破他的問號。他慌忙清理現場，藏匿工具，如夢游者的大夢初醒。「你！」寒霞驚訝地著看這一切，臉一點點舒展，如蒲公英舒展在春風裏。她突然笑了。

　　這是怎樣一種笑：如鮮花點點綻放；如朝霞冉冉上升。「我給了她一縷東風，她却給了我整個春天；我給了她一道陽光，她却給了我整個燦爛。」老陳在春天裏蘇醒：目光不再躲閃，是二汪清澈的湖；動作不再詭秘，是雪地裏二行脚印。他不再偷覷，他有了光明正大；他不再陰沉，他有學子的儒雅；他打掃衛生，同時打掃諛媚，他昂首，不再屁顛屁顛鑽進辦公室。這是陽光燦爛的日子，他的心裏充滿大俠的豪情，呵護弱者的柔情和莫名其妙的激情。

　　太陽躲進雲層，天黑了。雨欲下不下，風欲刮不刮，霧欲罩不罩，雹欲砸不砸。說冷不冷只是陰；說熱不熱只是躁，天是一個善變的女人，乖張暴戾喜怒無常。老陳突然感到氣急心跳，有了不祥的預兆。

　　「陳老伯！王書記讓你去一趟。」宋姨朝他招手，他打了個哆嗦。

　　「任務完成的咋樣？」一進門，劈頭就是一個問號。

　　「遵照書記指示，已經把五十袋上升到五十五，產量提高了百分之十。」

　　「最近有啥動態？」王書記的臉緩下來，「活思想呢？」

　　「五十五袋壓得她頭都抬不起，她就是蘇格拉底，也成了白痴。」

　　「你是說現在平安無事？」書記一臉輕鬆。

　　「應該說平安無事。」老陳更輕鬆了。

　　「平安無事？鳥槍換炮，鐵絲換布條；平整地面，消滅大小麻子；

讓大缸有了臺階，讓髒水有了溝壑。好一個舊貌換新顏。」

「這……」

「情切切的關心，心貼心的溝通，黑暗中的護花使者，接下來就是『月上柳梢頭，人約黃昏後』？」王書記柔聲柔語，宛如朗誦的哈姆雷特。

「不……我警惕呢！」

「咋警惕？再警惕就是同飲一杯水同睡一張床的知己加情人了。好一個『出師未捷身先死』，打蛇不成反被咬。」

「不！我警惕呢！」

「你不是警惕，而是自絕于人民自絕于黨。」王書記一揚手，鋼筆頓成利刃，直直地插在桌上。

「不！不！不！」老陳的手胡亂揮舞，像溺水者在掙扎，「大人明鑒……」

「黨提倡兼聽則明，黨提倡實事求是，黨提倡百花齊放。你坐下，談談你的看法。」書記語氣和緩態度和善，微笑地看著老陳。

「那我說了……您說的那些事不假，但我是這麼考慮的。」

「唔！說下去。」

「黨的改造政策，應該體現在精神而不是肉體。」丹鳳眼邊說邊覷。

「唔！說下去。」

「鬥爭是手段，轉化是目的。只有剛柔并用，才能懲前毖後，這叫懷柔。她雖是右派家屬，但是沒幹壞事；我們要有革命的仁慈。」

「好啊！今天總算把你這條蛇引來了。」書記大笑。「您！」老陳大驚失色。

「你繼續表演：說勞動改造是肉體懲罰，說鬥爭只是手段，說右派家屬值得同情，說啊說啊……」笑容如太陽慢慢下山，又冷又硬的月亮爬上來。不是一個而是半個。殘月如霜。

「您……您不是說兼聽則明嗎？」

「是啊！」書記身子朝後一仰，點燃一支烟。臉在烟霧中一閃一閃。勝利者的傲慢，把玩者的快感，捕獵人的得意在烟霧中起起浮浮飄蕩。

「你不能言而無信。」老陳奮不顧身地嚷著，「你不能搞陰謀。」

「我不搞陰謀搞陽謀。」書記奸笑著，「來人啊！」

「您要幹啥？」老陳結結巴巴地問。

「我不幹啥，我只是召集基幹民兵。來人啊！」

「……不能啊！我上有八十歲爹娘，下有沒成人的兒子。」

「來人啊！」分貝提高了一倍。

「……我說，我全說。」老陳眼睛發紅大叫一聲。接下來就是竹筒倒豆一瀉千里。從內容到節奏，從語氣到表情，絲絲入扣；從日期到地點，從環境到場景，毫厘不差。比拷貝還真切，比攝像還清晰。

「說完了？」書記問。「說完了。」「你對自己的每句話負責。還有嗎？」

「沒……有！」「要是還有問題沒交代，你死路一條。」書記死死看著他。老陳沉默著，用罕見的勇敢，表示無畏的沉默。

「來人啊！」書記猛地從座位上站起來。「我說……」一聲撕心裂肺的嚎叫。「報告王書記，她惡毒咒罵共產黨的書記，她說您是……」「是什麼？」「我不敢說。」「讓你說，你就說！」「她說你不是人，只是一條狗。」「她罵我時，你一起跟著罵吧。」王書記笑眯眯地問。

「書記明鑒，借我一百個膽也不敢。」「諒你也沒這狗膽。」書記輕蔑一笑。「你下去吧。」書記一聲令下，他如獲大赦落荒而逃。

忐忑中，度過不眠夜。第二天寒霞沒來上班。禍起蕭墻，自己是始作俑者。老陳槌打著自己腦袋。我太卑鄙，連甫志高都不如。他受不了拷打才做叛徒。可書記沒動我一指頭，我就背叛了。

我太無恥，我連猶大都不如。猶大在誘惑下背叛耶穌，書記沒誘惑我，我就出賣了她。我是什麼人啊，不但沒有仁義禮智信，還把心愛的女人送上祭壇。

　　老陳看著自己的手。手很大，也很乾淨。沒有藏污納垢，但有股血腥味。老陳無望地閉上了眼睛。知恥近乎勇——可是我的勇在哪裏？

　　我在安全時才是勇敢的，我在免費時才是慷慨的，我在淺薄時才是動情的，我在愚蠢時才是真誠的。我愛她，深情地愛著，但關係到我的身家性命時，我就背叛了她。她是士可殺不可辱，我是士可辱不可殺。她寧可玉碎絕不瓦全，我是寧可瓦全絕不玉碎。她是黃山上的一棵松，我是黃山下的一撮土。她是天上的皎月，我是黑暗中的耗子。但是……但是在黃鐘弃毀瓦釜雷鳴的時代，我還能怎麼樣？達則兼濟天下，窮則獨善其身。我發達不了，我就獨善。但是政治不讓我獨善，他們不讓我獨善。如果想獨善，如果不背叛，我唯一的去處就蹲在監獄的角落，二十四小時地咀嚼痛苦，反芻痛苦，把一個大活人，生生地熬成一個木乃伊。我是人，但我不是聖人，我不是禪宗，不是苦行僧，不是仙風道骨的出家人。我只是想保命，想保命，僅此而已，僅此而已……

　　下班經過黑板報，發現有張白布告。他擠進人群，一眼看到寒霞這二個字。這二個字又大又黑，如釘在十字架上的尸體。

　　「好啊！這個死不改悔的臭婊子。」傻大姐眉飛色舞地罵著。

　　「……經黨支部討論幷送局黨委審批，決定開除寒霞出廠幷押送回鄉。老陳！你身上的包袱終于卸了。」胡技術員似笑非笑看著他。

　　「那是！那是！」老陳努力再努力，這才擠出一個笑。

　　「太好了！」「黨組織太英明了。」「太偉大了。」巾幗們嘰嘰渣渣地說。

　　「早該拔去這眼中釘了。」傻大姐的手在屁股上，敲擊出一串歡樂的點子。

　　「拔了釘子，你該享受你老公了。」巾幗歡樂地嚷著。

　　「我要向你索取青春費。」傻大姐一把抓住老陳的領子。「就是你護著小婊子，不然她早就下地獄了。」

「鬆手。」老陳又駭又怒。

「你這是……大水沖了龍王廟。」結巴子拉住傻大姐，「要不是他……做貢獻，眼中釘……還戳著。」

「是……嘛？你真好。」傻大姐撅起嘴，在老陳的臉上啄了一下。眾人哈哈大笑。

「好！大快人心！大快人心！」絡腮胡圍著布告轉，就如當初圍著寒霞轉。老陳斜著眼瞅著這對狗男女。

「陳老伯，她走你不心疼？」「不……心疼。」老陳使勁笑掙扎著笑。「我以爲你不捨得美人坯子呢！」「今晚買酒慶祝。」絡腮胡興高采烈，「陽光道不走偏走死胡同。」

「什……麽陽光道？」老陳試探地問。

「沒見布告上寫著嘛？茅坑裏的石頭，臭在不肯離婚；硬在一往情深。」絡腮胡嘿嘿一笑。

「您說的陽光道……」老陳努力綻放笑紋，心却懸于一絲：要是絡腮胡揭發了她，我的罪孽就輕了。不！我的罪孽沒了。

「我讓她離婚她不肯，這不是咎由自取？」絡腮胡痛心地說。

「原來這樣。」老陳的心揪得更緊了。

「你真讓她離婚？」傻大姐緊張地問。

「是啊！」沉浸在惋惜中的絡腮胡，還沒有察覺到危險。

「她離婚後嫁誰？」「誰？當然是我。」絡腮胡一拍胸。「可我是你老婆。」傻大姐的橫肉開始抽搐。「有了她，我就蹬了你。」「你？……我和你拼了。」傻大姐撲過去扯他頭髮。二人翻滾著，撕打著，如一對發情的野獸。

「哇！」絡腮胡慘叫一聲，「婊子，你踢我的根。」

「壞了根就斷了你的念頭。起來。」傻大姐一把揪住男人的頭髮。

「上醫院？」「不！上書記那裏交代問題。」「我不行了……」絡腮胡呻吟著。

「現在不痛打落水狗，以後還要發情。走！」傻大姐押著絡腮胡去了辦公室。

「太有意思了，比滑稽戲還逗。」巾幗們抹著眼角的泪花。

「可惜啊！」胡技術員站在布告前，喃喃自語。

「你說誰可惜？」老陳悄悄凑上去。

「這麼個尤物太可惜了。」幽深的眸子在鏡片後閃爍，霧樣的迷離，水樣的漣漪。

「春如舊，人空瘦……」

「誰瘦？」

「一個右派，加上一個老瞎婆，這是雙份的仁義忠孝。東隅已失，桑榆未晚，可是你不回頭……」技術員傷感地搖著頭，「若改弦易轍，何至全軍覆沒！」

「瞎婆？你說的瞎子是……」老陳屏住呼吸，小心地問。「……唉！」

「誰是瞎子？」老陳的聲音溫和溫柔，宛如一首催眠曲。

「什麼瞎子？我說了嗎？」技術員一驚，「我胡亂猜的……」

「不……對！」結巴抗議著，「瞎子這二個字，我聽的清清楚楚。」

「四隻眼，你咋知道她有瞎眼婆？你肯定跟踪探訪過。」巾幗們向技術員圍過來。在男女問題上，她們的嗅覺絕不亞于獵狗。

「不要空穴來風。」技術員抗議著。

「這裏絕對有貓膩。」巾幗的思維愈發縝密。「啥貓啊狗啊！」

「不說個水落石出，別想走。」巾幗們愈發颯爽英姿。老陳的心突然升到半空，又猛地落到井底。幾個來回後，冷汗沁了一層。

「快說，你究竟對她做了啥？」巾幗拉住技術員的前襟。

「笑話！我一個有文化的人，還能對她圖謀不軌？」技術員扳開巾幗的手，把前襟一捋。

「照你這麼說，知識分子沒性欲沒卵子？」

「怎麼這麼粗魯。」技術員沉下臉。

「卑賤者最聰明，高貴者最愚蠢。不要裝腔作勢。」

　　「你一定去過她家。」老陳的丹鳳眼一閃。「同事一場，這很正常。不就是隨便聊聊。」技術員推開人群朝外走。「不把話說清甭想溜。」老陳一個箭步攔住他。

　　「我要不說呢？」技術員冷笑著。「不說就找王書記。」老陳無畏地攥起拳頭。

　　「你今天怎麼有勇氣啦？」技術員依然冷笑。「我一定要搞個水落石出。」

　　「對！一定要搞個水落石出。」巾幗站在老陳身後，組成一道人墙。「說！」

　　「不就好奇地跟了一回。」技術員知道自己跑不掉了，「……她住在虹鎮老家，家又破又爛，還有一個瞎婆。」

　　「一個白毛女。哈哈！」巾幗樂了。

　　「看她可憐，我想幫她修繕房屋，結果被她拒絕。」

　　「這是黃鼠狼給雞拜年啊。哈哈！」四周一片大笑。老陳也跟著笑，不過他的笑又苦又澀。

　　「熱臉貼了個冷屁股。」「乘虛而入大敗而歸。」巾幗笑著罵著，粉拳如雨。

　　「你們想知道這布告咋出籠的嗎？」技術員一邊接受粉拳一邊問。

　　「想！」十幾個腦袋朝他靠攏。

　　「我申明一點：說過就當屁放過。」技術員嚴肅地說，「有人打了報告，于是書記找她談話。」

　　「談啥？」「談啥不知道。只知道進門後門被反鎖，她沖出門時書記捂著臉。」

　　「精彩！精彩！書記捂住臉？」巾幗怪叫著。「詳細內容可以問她。」技術員的手朝前一指。一個老婦人扛著掃帚走過來。

　　「宋阿姨！宋阿姨！」巾幗呼地圍上去，「聽說敬愛的書記被打了？」

「這問題你們自己去問書記。」宋阿姨冷冷地說。

「宋阿姨，你就告訴我們吧。」「醬油廠誰不知道宋阿姨是一蟈二響的硬骨頭。」「寒霞才是真正的硬骨頭。你們這些人，沒有一個人配得上她。」

「這婊子狗膽包天打書記，你還爲她說好話……」「你沒有階級立場還包庇婊子。」巾幗們嚷嚷著。

「你們才是婊子呢！」宋阿姨擠出人群，「老天爺啊！睜開你的狗眼，看看這男盜女娼的世界吧。」宋阿姨扛著掃帚憤怒地走了。

「作孽啊！」老工人嘆息著走了。巾幗們說著笑著滿足地走了，布告前只剩下老陳一個人。

「莫莫莫！錯錯錯！」老陳仰天而嘆。天上沒有太陽，只有翻卷的雲。雲啊雲，多好的雲啊。生氣時虎著臉，高興時揚著笑。傷心了就下一場雨，寂寞了就飄一場雪。天馬行空，想做羊就是羊絕不馴服；想做狗就是狗絕不咬人；想做虎就是虎絕不傷人；想做龍就做龍絕不淫威。

我是什麼？我是羊又是狗，又馴服又咬人。我是狼身邊的狽，我助紂爲虐。生氣不敢怒，高興不敢笑，傷心不敢言，寂寞不敢述。我是容器裏的水，容器是方，我就有鋒利的角；我是槍膛裏的子彈，槍手對準誰，誰就斃命。

哦！我究竟是怎樣一個人？老陳蹲地上捂住臉。寒霞！你睡在我臂彎吧，我要保護你。不讓烏雲遮住眼簾，不讓寒風吹上眉梢。讓雲停止腳步，讓鳥停止呢喃。你枕著小草的拔節，枕著犁過的鬆土，枕著海潮的起伏，枕著月亮的清輝。五岳如被，擁抱你疲憊的身子，江水如梳，撫平你蹙起的秀眉。

我什麼不要，只要你的沉睡。睡到太陽衝破陰霾，睡到月亮衝破烏雲，睡到冰山融化花兒綻開。睡到王子的吻喚醒你，讓你醒在乾淨的桃花源。

　　一團身影飄來。靜如處子淡如艾草。夕陽透過雲層，放大她的蒼白，照亮她柔弱的身子。恍惚中，老陳揉了揉眼，又揉了揉眼。

　　寒霞，是寒霞。她一點點走來，漠然的笑，如崖上松；漠然的笑，如海邊礁。笑又淒涼又輝煌，又醜陋又美麗。這是笑還是哭，老陳一時看楞了。

　　寒霞一點點走來，老陳大步朝她走去。近了，近到能看到她顫動的睫毛。他突然停下，咫尺之遙四目相視。

　　「我來轉關係，明天就和婆婆去鄉下。」

　　「我……」他嗌住了，他完完全全嗌住了。

　　「這結局在我意料中。」

　　「你……你爲什麼不答應他？你爲什麼要自虐自殘自己傷害自己？」他氣急敗壞地嚷著。寒霞淡淡地看著他。

　　「別人可以曲綫，你爲什麼不能？別人可以逢迎，你爲什麼不能？收起你的高尚打包埋土；收起你的傲骨扔進水裏。爲了你的現在而不是虛幻的明天；爲了你的現狀而不是遙遠的理想。答應他，答應他，答應他。」他失態地吼著，一聲比一聲高，一聲比一聲淩厲。

　　寒霞漠然地看著他。

　　「你爲什麼這麼固執？你不就圖個好名聲嗎？名聲不能吃不能喝，它是聾子耳朵，它是人的闌尾。你是朽木不可雕，你是頑石不可整，你是不撞南墻不回頭，你是不到黃河心不死，你是……你是……」老陳從吼到叫，從叫到嚷，從嚷到說，從說到嘀咕，從嘀咕到咕噥，最後咕噥成了一串串泡沫。

　　「你說咋辦？咋辦……」泡沫一點點消失。透支後的老陳，大病後的老陳，一點一點恢復到原來的他。

　　「我不下地獄誰下？」寒霞直直看著他。在寒霞的波光瀲影中，他看到自己的醜陋。

　　「我對不起你……」他呻吟著。「我原諒你了——你不揭發，自然有別人揭發。誰揭發不一樣？」寒霞舉手揮了揮，單薄的身影如羽毛飄走了。

「我害了她，她却原諒了我。究竟誰造下這個孽？是他！是王書記。」他抱住頭，一屁股蹲下。

「誰也不要怪，要怪就怪她自己。」一個冷冷的聲音說。「用不著內疚，專政的鐵拳就是對付冥頑者。她不是百分之五誰是百分之五？既然社會需要百分之五的比例，那就有百分之五的犧牲。」

「是啊！誰讓她長這麼漂亮？誰讓她不嫁書記嫁右派？」老陳冷笑著。

「這話說對了。」書記坦然一笑。

「什麼狗屁信仰，什麼狗屁愛情，只有生存才是第一位。你吃苦受罪，這是自作自受自取其辱……」老陳揮舞著拳頭，齜牙咧嘴地叫著。書記昂然一笑揚長而去。

老陳拍手拍腳地嚎著一遍又一遍。冷風吹來，他漸漸醒了。黑板報前渺無一人，偌大的廠子闃無一人，陰風刮過，毛骨悚然。

「用不著內疚，專政的鐵拳就是對付冥頑者。她不是百分之五誰是百分之五？既然社會需要百分之五的比例，那就有百分之五的犧牲。」這是王書記的話，王書記說得多透徹多露骨，多無恥多簡單。

「我原諒你了——你不揭發，自然有別人揭發。誰揭發不是一樣？」這是寒霞的話，寒霞說得多好。

我不揭發她我下地獄，我揭發她她下地獄，這叫物質置換定律。書記不找我，我能出賣她嗎？共產黨不搞運動，她能遭難嗎？搞運動這是中南海的事，我一個草民焉能逆潮流而動？

寒霞啊寒霞，嫁誰不是嫁，何必王寶釧一守寒窯二十年。韓信沒弱身子，也沒瞎婆子，還不是當忍則忍，褲襠底下從容走一回。夫差好歹是一國之君，當嘗糞時就嘗糞，當割肉時就割肉。

你嫌王書記卑鄙，同床共枕有噁心之嫌，你可以嫁絡腮胡啊！你嫌絡腮胡粗魯，外加潑婦作梗，你可以嫁技術員啊？技術員屬麒麟派，屬禽又屬獸，既能撂蹶子，又能展翅膀。他即屬知識分子，又屬紅五類。知識吃香時他發迹，講究成分時他硬氣，整一個進退自如的雙面人，整一個搖晃的不倒翁。他斯文白晰，臉上扣付秀郎架。這麼個人物你不愛，却愛上個大右派。嗚呼！你的書讀到哪了？你是不是只知道信仰氣節鐵骨血性這些狗屁詞？

「她不是百分之五誰是百分之五？既然社會需要百分之五的比例，那就有百分之五的犧牲。」他一遍遍咏誦書記的話。書記的話果然有撥雲見日之奇效，一舉驅散他的罪惡感。

又一陣風吹來，現在沒有毛骨悚然只有胃的抗議。他推出自行車朝前沖，然後一個魚躍落在車鞍上。回家！回家！回家！薩克斯管吹著動人的旋律。

第十四章　艷遇

老陳又開始日作而出日落而息的生活，又開始了存錢數錢把玩錢的循環生活。夜深人靜時他會想到寒霞，但幾秒鐘後他就把她趕走了。

兒子上學了，不但成績優异，還擔任學習委員。農村舶來品竟成了城市的寵兒，這使老陳既開心又不開心：哦！滿園春色宮墻柳。

兒子的航模屢屢得獎，鳳丫頭成了常客，二層閣成了航模基地。士芳樂得合不攏嘴：這個家，總算有了家的樣子。

「兒子的航模又得了一等獎。」老陳一進門，妻子就彙報。

「哦！」「……兒子考試又是全班第一。」「哦！」「……老師讓他參加少年宮的合唱團。」「哦！」「……老師讓他參加學校籃球隊。」

「够了！你不但是布穀鳥，還是老喜鵲。」老陳生氣地把頭轉向兒子，「從此，不許把陌生人帶回來。」

「爸爸！他們是我的同學，他們要我幫忙做航模。」

「幫忙有沒有工資？」「沒有！」「沒有就不做。記住了嗎？」「記住了。」

飯後老陳躺在床上，雖然很累就是睡不著，白天的一幕漸漸清晰起來。

他正在幹活，突然被人撞了一下。回頭一看，是個巧兮媚兮的娘子。他繼續幹活，娘子却走過來，用鼓囊囊的乳房又撞了一下。

二撞和一撞有很大的區別。一撞只是肢體間的輕微接觸，二撞却是肉體間的猛烈碰撞。既然是碰撞，當然有火花，有火花就能來電。物理上不是有摩擦生電的原理嗎？小娘子拋個媚眼走了，媚眼讓電流成了八百伏的高壓。

憑心而論，老陳在「情」上基本上可以說是絕緣體。上次的婚外情，完全聽命「不孝有三無後爲大」的祖訓，而且有娃後立即斷了肌膚之親，絕了嘗鮮心理。至于那寒霞，雖然愛得刻骨銘心愛得矢志不渝，但發乎情止于禮，純粹是弗如伊德的精神戀愛。媽的！愛得這麼深，居然連手都沒碰一下，我真是最傻的傻冒。想到這他有些忿忿。其心態，就像阿Q非禮吳媽一樣。

非禮他的女人不叫寒霞叫紅霞。紅紅的霞，艷艷的霞，魅力四射光芒萬丈。她丈夫在解放後被鎮壓，從此她就是四處漂浮的萍。她孑然一人却不孤單：有人垂涎她的外貌，有人欣賞她的風騷，有人喜歡她的性感，有人暗戀她的伶俐。這一切，她統統來者不拒納入懷中。幾回回後，垂涎的欣賞的喜歡的暗戀的囊空如洗，只能望而却步。

紅霞和他同事多年，他們楚河漢界絕不越雷池一步。今天她越位出綫，一定沖他的錢而來。這樣的女人，不要也罷。懷著鄙視和警惕，老陳酣然入睡一夜無夢。

第二天紅霞又來了，不但用鼓囊囊的胸部撞他，還用圓滾滾的臀部摩擦他。老陳憤慨地瞪著她，就如無助的獵物瞪著無畏的獵人。他的鐵公鷄聞名遐邇，但拋開這點他還是個完美的男人。身材魁梧，相貌堂堂，還有一雙舉世罕見的丹鳳眼。如果再把行頭一套，比電影演員金焰還要火焰三百丈。金焰有緋聞，他絕對沒有。他符合住家男人的二大特點：節儉而有責任。

紅霞用火辣辣的眼睛瞪著他，瞳仁裏有挑逗，還有熾熱的情欲。老陳瞪著她，瞳仁裏有鄙視，還有壓抑的情欲。紅霞側個身，滾圓的臀，高聳的乳，纖毫畢現。她伸出舌，上下左右舔著嘴唇。粉紅的舌，如蛇信子一閃一閃。蛇信子點燃了沉寂的枯枝敗葉，點燃了他的腎上腺激素。

老陳無措著，如裸體的處男。鄙視和警惕化成一地的野火。火焰明明暗暗似有若無，但是却如炸藥引子「吱吱」朝褲襠竄去。

怎麼這麼沒出息？他甩了自己一耳光，這是硬的時候嗎？

這不能怪我，不然咋有一笑傾城，二笑傾國的典故。

你剛作過孽。難道你忘了寒霞？

寒霞又傻冒又迂腐又固執又一條黑道走到底，她不值得你愛。

可是我愛她。

你以爲你還是原來的你？你手上已經有了血債。

我……被逼的。

外因是變化條件，內因是變化根據。傾長江之水，洗不掉你的罪孽。你手上已經有血，還在乎手是幹還是濕？

我……我……他媽的！橫豎是壞人，乾脆壞到底。老陳一跺腳。橫下心的他，義無反顧朝前沖，勢如破竹打開新局面。

紅霞啊紅霞，你果然是一團燃燒的火，風情使我著迷，技巧使我沉醉。以前造愛，沒滋沒味清湯寡水。現在造愛，有滋有味赤濃鮮美。井底蛙不但跳到亞德裏亞海上，還一鼓作氣跳到喜馬拉雅山頂。攬波弄浪，嬉千里碧濤；登高遠眺，收萬里風光。哎呀呀！以前床第味如嚼臘，有其形無其髓。哎呀呀！現在幃帳激情澎湃，有其形有其髓。以前不是生活而是活著，現在不是活著而是享受。以前頓頓苞米稀飯，現在回回滿漢全席；以前凉水磣牙，現在瓊漿暖腸；以前委瑣小弟衣衫襤褸；現在雄風大哥器宇軒昂；以前爲播種而耕耘，現在爲快樂而勞動。

這次和上次婚外情，絕對不可同日而語。以前是月黑風高，寬衣解帶直奔主題；現在是良辰美景，游龍戲鳳矯健無比。以前例行公事只求撒種，現在梅開三度猶嫌不够。

喜妹張口苞米煤球白菜；紅霞閉口鮮花蠟燭香檳。喜妹談窮談賭涕泪橫流；紅霞談古論今媚波四濺。喜妹素面朝天清水挂麵；紅霞略施粉黛巧克力西點。

喜妹啊，本以爲你淳樸憨厚民婦民風，現在才知粗女一個。紅霞啊，本以爲你下賤風騷淫人淫婦，現在才知才女遺世。昨天和我談「厚黑學」，所斯所言似曾相識，雖沒有酒，却有煮酒論英雄的內蘊。今天和我談「存在主義」，所斯所言極其熟悉，有天涯遇知音的驚喜。不是說才女不美，美女不才，我看你既是才女又是美女。

今天是休息天，小炒幾個熱酒一杯，情欲如焊槍火吱吱朝外冒。正想有所作爲却被紅霞一把攔住：「欲要有情的鋪墊，情要有溝通的前提，溝通要有共同的語言。我給你講個故事。」

「莫不是金瓶梅？」老陳來勁了。「不！我講一對糟老頭。」「糟老頭還一對？莫不是孿生兄弟？」「雖不是孿生，却有异曲同工之妙。」「那我洗耳恭聽。」聽著聽著，老陳跳起來：「等等！這老頭忒熟悉，他們一定是啓東匯龍鎮上的老鄉。」

「是你仁兄不假，但他們不住在啓東。」紅霞解釋著。

「咋這麼親切體己？要不，就是京劇人物？」

「親切體己不假，但不是京劇人物。」紅霞分析著。

「究竟哪路神仙？人生得一知己不容易啊。」老陳激動地嚷起來。

「一個叫高老頭。」「這名字好，通俗易懂接地氣。」「第二個叫歐也妮・葛朗台。」「這名字怪裏怪氣的。我能認識他倆嘛？」

「他們不是中國人，他們是法蘭西人。」「法蘭西不就是法國？」「OK！」紅霞打個響指。「小妞不簡單啊，不但斷文識字，還爲我在异國他鄉找知音。」老陳「啪」地親了一口。

「他們不僅是你知音，還是全世界的知音。」「這麼說，他們是世界級大腕？」「是的。」「他們是二兄弟嘛？」他們是孿生兄弟。創造他們的父親叫巴爾扎克，他們是人間喜劇裏的模特。「模特？就是穿上异裝怪服在臺上扭來扭去的人？」

「你怎麼知道？你看過她們的表演？」「我哪有閑錢看這個。那天下著傾盆大雨，我扛著大缸躲在屋檐下，正好看到模特的廣告……」

「你有興趣和他們認識嗎？」紅霞打趣地問。

「NO。」老陳也打了個響指，「第一，他們屬資本主義國家；第二，不知他們啥成分；第三，不知道入黨了沒有；第四……我認識他們需要向黨組織交代。算了，這糟老頭就是我親爸親爺爺也不認。」

「爲什麼？」

「我不想戴上裏通國外的帽子。我的幸福生活剛剛開始。」說到這老陳開始朝紅霞的身上湊。

「別！我再給你講個故事。咱不說資本主義國家，咱說蘇聯老大哥。」

「那敢情好！社會主義國家的事多說說，資本主義的事少說說。」

「我說的這個人啊，一輩子生活在套子裏。上班必提早，說話必看臉，見領導必鞠躬，開大會必做記錄。舌頭用來吃飯，眼睛用來瞅形勢。放屁憋著，拉屎都不敢放開腔眼。不管天晴天陰，不管春夏秋冬，出門永遠都帶著雨傘。高度的沉默，高度的觀察，高度的小心翼翼，高度的警惕防範，高度的自我反思，最後却因爲驚嚇而一命嗚呼，死在自己編織的套子裏。」

「套中人？」

「咦！你怎麼知道俄國作家契可夫的作品？」

「我不認識什麼切可服還是吃可服⋯⋯」

「原來你見多識廣深藏不露內斂含蓄大智若愚？」

「得得得！別說雲裏霧裏的話。我知道套中人是因爲我就是套中人；我喜歡套中人是因爲我喜歡我自己。」

「這麼說，你找到了知音？」

「我就喜歡他。」老陳一拍大腿，「他不但是我知音，還是我老師。做人最重要的就是夾著尾巴，這點一定要向動物學習。」

「哪個動物？」

「蝸牛。它馱著房子慢慢走，一有情況趕緊鑽進去。」

「人不是動物，人是一橫一撇組成的。」「不夾著尾巴，二橫二撇橫竪做不成人。只有狗骨子人架子才能活得安全。」「照你說，人和狗沒區別？」「人有狗的福分就不錯了。狗一輩子只聽一個主人，可人却要聽許多主子的話。今天這指示，明天那文件，昨天那精神，今天這思想。人啊人，活的太累太苦太不堪。」

「我問你，這樣的話，你活得快樂嘛？」

「快樂不重要，重要的是二個字：安全。沒有安全，沒有這個最大的數值，後面任何任何的數字都是空的。」

「聽說……你喜歡那個霞？」紅霞的臉一變。變得冰冷，變得詭譎。

「……你不會是吃醋吧。」老陳探究地看著她。

「誰會吃一個流放女囚的醋？現在的她，說不定正在清洗公廁，說不定正站在臺上被批鬥。你到底喜歡不喜歡她？」

「誰不喜歡她，那是瞎了眼；誰要喜歡她，那也是瞎了眼。她是嫦娥，凡人消受不起；她是明瓷，只能觀賞不能用……」

「聽說……你出賣了她？」

「什麼出賣？她本來就是木礅上的肉，槍的靶眼……」「你愛她嗎？」「當……然。」老陳從喉結裏擠出這二個字。「……可是你才是董永能消受的九天女，你才是能觀賞還能插花的瓷器。」老陳的手在紅霞的臉上游走。

「不到火候不揭鍋。」紅霞一把推開他。

「我送你一件東西。」老陳用手解開褲腰，又一點點解開褲腰上的搭扣，摸摸索索老半天，才掏出一隻小小的金木魚。

「啥玩意？」紅霞漫不經心地問。

「這可是黃金，二十四 K 的。融化後可以打手鐲，可以打項煉。」

「用這個破玩意哄我？」紅霞還是漫不經心。

「這金木魚曾嵌在娃娃的肉裏，我生生把它拽下來，拽得我手都疼了。」

「哪一個娃？」「哪個娃不要緊，要緊的是，現在我要……」老陳熱情地撲上去。

「噔！」一記黑虎掏心，老陳趔趄著後退二步。

「玩技巧能強身健骨，我是你的散打老師。」紅霞莞而一笑，笑的媚骨，「我想去蘭生戲院看戲。」

「不行！我要趕回去，一寫思想彙報，二出黑板報。」

「你忙個啥？」紅霞嬉皮笑臉。

「這叫雙管齊下外敷裏服……」「如此這番，究竟爲啥？」紅霞認真地問。

「爲了拿到紅色的護身符。有了護身符，我就是安全的套中人。」「所以你用了外敷裏服二劑藥？」「這是雙層保險。所以我是妥妥的套中人。」說著老陳涎著臉湊過去。

「好！我一定爲你生個大胖小子，不過你先把鄉下小子先處理了。」

「不！」老陳搖著頭，「巧克力沒到手前，我絕不扔了棒頭糖。」

「巧克力就在你懷裏。」紅霞半媚半嗔撅起嘴。

「巧言令色，鮮矣仁！」老陳呆呆地看著紅霞的嘴唇。

「什麼時候送？」紅霞扭動著胯部。

「既然自留地上還沒胚胎，幹嗎要砍去兄弟家的樹？」老陳狡黠一笑。

「現在是春分播種時。」紅霞解了一扣，露出白花花的一角。

「現在就耕耘，現在就撒種。」老陳開始寬衣解帶。

「聽！喇叭響了，又有運動來了。」紅霞推開窗把頭伸出去。

「又運動了……又運動了。」老陳顫抖著，解了一半的褲子滑落在地。

「醒醒！快醒醒！」老陳拍著兒子的臉。

「幹……嘛？」兒子咕嚕著，翻個身又睡了。

「醒醒！你快醒醒！」老陳一把拽起兒子。「快穿衣服跟我走。」

「上……哪？」兒子揉了揉眼，「趕緊回啓東，你媽病了想見你。」

「媽媽生啥病？」兒子驚慌地問。

「到了啓東就知道。」「快！」兒子把毛衣一套，穿了鞋沖出門。

慘白的月亮，懶洋洋挂在天上，懶洋洋地撒下清輝。沒有風，空氣稀薄而透明，就如孩子凍出來的鼻涕。馬路上闃無一人，零星的紙屑，絕望地躺著，如蒼白而殘破的靈魂。路燈詭譎地閃著光暈，如叵測的眼。路燈下，晃著一長一短二條影子。「嚓嚓！嚓嚓！」影子在動，聲音在響，這是上凍鞋底和上凍馬路發出的摩擦。聲音在空曠的路上傳得很遠很遠。

「爸！我回上海時帶許多蠶豆花生，這樣的話，你和媽不用再吃老菜皮。」

「哦！」

「爸爸！我媽究竟得了什麼病？」二條清水鼻涕懸下來，如屋檐下的二條雨絲。「哦！」

「爸爸！媽媽的病……要緊不要緊？」因爲冷，上下牙在碰撞。

「哦！」

「爸爸！」「够了。」老陳一聲厲喝切斷了絮叨。這孩子最大的特點是疼人，正是這點才讓他不能容忍。疼人就有愛，有愛就有六根，有六根就有灾禍。

兒子委屈地看著他：他是我大伯又是我爸，除了父愛，他什麼都給我。我感激他但我不愛他；我尊重他但我還是不愛他。

老陳惱怒地看著兒子：他是我侄子又是我兒，除了父愛，我什麼都給。我養活他却不愛他；我關心他但我還是不愛他。愛是什麼？愛是蹦出爐子的火星，愛是藏在河底的漩渦，愛是健康人的傷口，愛是平安人的隱疾。

「……可是媽愛我，我也愛她。」被呵斥的兒子有些沮喪。

「不要愛別人，也不要指望被愛。」老陳生氣地說。

「爲什麼？」亮晶晶的眸子盯著他，錐的他生生地疼。

「你要記住，愛是世上最有害的東西。」老陳煩躁地說，「記住沒？」

「記住了。」兒子無可奈何地說。

　　一聲汽笛長鳴，一艘輪船靠了岸。閘門開了，泄出一股人流。扛行李的，拎包裹的，推獨輪車的，拖家帶口的，如錢塘江潮汹涌而來。

　　老陳有些感慨。若干年前，他也是這潮水的一朵浪花。現在他要把一朵小浪花，從上海反溯回啓東。潮來潮去，潮去潮來，人的命運也凶吉難蔔，方向未知。

　　「你來了。」從船上跳下一個水手，「咋揀這鬼天氣出門？」

　　「我怕夜長夢多。」

　　「這種天氣孩子咋不穿外套？看，小臉都白了。」水手脫下棉襖披在兒子身上。

　　「不。」兒子把棉襖推回去，「我穿叔的棉襖，叔不也冷嗎？與其讓大叔冷，還不如讓我冷。不就是二道鼻涕嗎？」兒子抽動鼻翼，把二道鼻涕收回鼻腔。

　　「好懂事的孩子。」水手一把摟住兒子，「你怎麼捨得送回去？」

　　「苗再好，不是自己地裏的種。」老陳嘀咕著，「趕快上船，這是船票。」

　　「就這樣讓孩子走？沒有外套，船上又特別冷。」水手也嘀咕著。

　　「有了。」老陳一拍手，「船上有工作雨衣，雨衣一裹，又暖和又舒服。快走吧。」

　　「爸爸。」兒子朝老陳撲來。

　　「趕緊走，不許回來！不許回來！」老陳後退一步，臉如板結的土壤，生硬生硬。

　　「爸爸，你和我一起走。爸爸……」兒子還在聲聲呼喚，老陳却轉身走了。他脚步輕快帶著彈性，他身影輕快帶著飄逸。路燈下，高大的身影漸行漸遠，如秋風下飛卷的落葉。

　　他沒有回頭，他就這麼走了。高大的背影定格在兒子的記憶裏，十歲的記憶裏。

　　送走兒子，老陳有說不出的歡暢。拔去久遠的蛀牙，清除頑固的眼沙，縫上有洞的米袋，收回久遠的爛帳。現在是物歸原主，完璧歸趙。我要在我的自留地裏培育自己的胚胎：昨天，紅霞已經發出勝利的嘔吐聲。

OK！ OK！老陳模仿著紅霞一連打了二個響指。他現在不但健步如飛，就差飛檐走壁了。

第二天，老陳被叫進辦公室。一進辦公室，喜悅就被沖了個落花流水。他雖然坐著，屁股占凳的面積只有三分之一，他三分之二的屁股半懸在空中。

「昨天車間裏發現一張有問題的標語。」王書記開門見山。

「慚愧！我一點都不知道。請問啥內容？」

「向生產第一綫的工人階級學習和致敬！」「這標語沒有問題啊！」他脫口而出。

「一個人的階級立場，輕易是不會改變的。」王書記雖口氣平淡但話中有話。

「我覺悟不高，還請書記賜教。」他諾諾著。「這麼簡單的問題還問我？」書記抽了口烟，朝老陳噴去。老陳被濃烟一噴，忍不住打了個噴嚏。

「你太謙虛了，老子莊子，孔子墨子，諸家百姓，都裝在你腦子裏。」「我真的不知道。」老陳睜大眼，于是丹鳳眼成了吊額白睛。書記看了撲哧一笑。

「您笑啥？」「我笑的就是你。」書記鄙視地瞅著他。

前段日子，書記整個心放在寒霞身上，任何女人都提不起他的興趣。寒霞走後，他想尋找獵物填補黑洞。閱遍全廠女人才發現，不是痴姑就是傻女，不是呆妹就是癲姐。澀嫂帶著酸味，徐娘帶著餿味。有的寡淡索然，有的粘餿肥膩。尋尋覓覓中發現自己成了唐玄宗：徒有滿園春色，沒有一枝可人。

為這事，書記醉過一回也憤怒過一回：我為革命獻青春，怎沒人為我獻身子？酒醒後，他打消沖出亞洲走向世界的念頭。井岡山雖物產貧瘠，但填飽肚子絕對沒有問題。與其有風險的獵艷，不如有保險的收穫。心態一變，眼光隨之轉變，他立馬發現一個風騷而潑辣的女人。

紅霞雖然比不上寒霞的冰清玉潔，但環肥燕瘦各有千秋。既然得不到寒霞，紅霞就是不錯的替身：熾熱的霞，燃燒的霞，我願在你的情欲裏燃燒，直到成爲灰燼……有點郭沫若的詩韵吧！

可書記畢竟是党的人，上床前不忘翻閱檔案。檔案一翻，心裏凉半截。先是死鬼男人有政治問題，接著她有作風問題，哎呀！雖風姿撩人，可這這朵帶刺的玫瑰不能摘。

我要是搞上他，雖沒有唐玄宗的扒灰之嫌，怎麼也有揀破拾爛之疑。但是……玄宗老弟沒玉環，貴爲天子沒滋味；我呢！貴爲醬油廠的天子，沒有寒霞也活得沒滋味。正因爲嘴裏寡淡出鳥來，所以要找刺激。找刺激找紅霞，就如包子配香醋。但是……可是……只是……

啥這是那是。先讓她寫活思想，和骨頭都爛掉的死鬼劃清界限；再讓她寫新思想，靠攏組織靠攏黨。有了態度，就有了發展前提；有了認識，就有了培養方向。這不是我貪圖女色，而是改造和利用女色。改造和利用，一貫是黨的方針：改造和利用資本家，改造和利用戰犯，改造和利用知識分子，改造和利用各黨派人士。既然舊世界都可以改造，更何況一女人？

有了設想就有了框架，有了框架就有了藍圖，有了藍圖就有行動。昨天頷首微笑，今天深情一笑，明天朗朗大笑。這三笑，不但比秋香有魅力，還有巨大的威懾力。想不到三笑下來，紅霞連個正眼都沒有。這讓書記有了破天荒的失意。

但是越不上鈎越激起書記的征服欲。難道醬油廠還能出第二個寒霞？

不愧是久經沙場的老革命，失意後的他沒有失態。一擦火眼，二將金睛，第三個動作沒出來，蛛絲馬迹已覷了個一清二楚：情敵竟是自己脚下的巴兒狗。

此刻，巴兒狗就坐在對面。沒過招，丹鳳眼已成吊額白睛。他是吊額白睛我就是武松。我不要武松打虎而要武松耍虎。只有在耍虎時，才能最大地激發我的雄性激素。

「書記！我真聽不出標語的問題。」老陳懇切地說。

「生產第一綫上，不但有工人階級，有半爿天，還有階級异己分子。你能說沒有四類分子混在裏面？」書記和顏悅色地說。

「啪！」老陳賞了自己一巴掌，「貴人慧眼，我慚愧。」

「慚愧在哪？」「學習不够，覺悟不高。建議把一周一次的彙報改成一周二次。」

「你有時間嗎？」書記冷冷地問。「魯迅說，時間是海綿，一擠就出來。要把喝咖啡的時間……」「你喝咖啡？」「我……基本上不喝。」「真不喝還是假不喝？」書記嚴肅地問。

「真不喝。」老陳一咬牙：我就不信，和紅霞喝了一次咖啡就暴露了身份？

「不喝咖啡就有時間，有時間就能發現問題。每天你不是第一個到廠的嗎？」

「我……」老陳有些窘。幾十年來，老陳一直是早起的狀元。和紅霞搭上後，已經從狀元降爲榜眼：清晨時回味一顰一笑，最爲生動最浪漫。

「究竟是啥美事破壞了你幾十年如一日的規矩？」書記淡淡地問。

「嚓嚓！嚓嚓！」老陳的上下牙開始接吻，「我最近……有點事。」

「是床上私事？」書記的眸子，如寒光四射的匕首。

「不！」老陳大吼一聲，從椅子上跳起來。

「坐下！不要激動嘛！」書記寬大的手按在老陳的肩膀上，「本來想找個靠的住的人值班，既然你忙，另找他人。」

「不！我一點都不忙，我是最好的人選。知遇之恩知遇之恩。」老陳又站起來說，「書記信任我，我是激動又躁動，感動又心動。」

「好！從明天起你值班。」「謝謝組織的厚愛。」「組織希望你好之爲之，尤其在生活上……」書記用省略號把弦外之音留給他。老陳的脊背，立馬滲出寒意。

「記住！任何時候，都要依靠黨組織。」現在是書記站起來，這可是明顯的逐客令。

「我到死都記住這真理。」老陳邁著碎步倒退出門。書記冷笑著：掐死你易如反掌，只不過投鼠忌器。有的事要搞大，有的事要縮小；有的事要大張旗鼓，有的事要偃旗息鼓。不然，紅頭文件怎麼分機密，秘密，絕密這三個檔次呢？

黨組織做任何事要考慮政治影響。需要張揚的，空穴也要掀起龍捲風；需要保密的，龍捲風也要壓縮成拂面風。需要點火的，燧木之火說成熊熊大火；需要息火的，熊熊大火說成燧木之火。接下來還有許多工作要幹。第一，發展紅霞入黨，第二，贈個女勞模，第三，封個女主任。三步下來醜小鴨成了白天鵝，乞丐婆成了誥命夫人。和諧命夫人共赴雲雨不辱我身價，這不是搞破鞋而是強強搭檔，珠聯璧合。

三步曲下來，望夫崖上的石女也動真情。動情女人是成熟的果子，一擠一泡瓊漿玉液，這才是嘗鮮。食不厭精，這是我的飲食原則。

食不厭精。造愛如吃餐，小米稀粥是餐，滿漢全席也是餐。我不爲果腹只爲味蕾。造愛如穿衣，爛衫是衣，紫貂也是衣，我不爲取暖只爲行頭；造愛如安居，陋棚是屋，宮殿也是屋，我不爲栖息只爲享受。三步曲是灑在烤鷄上的檸檬汁，三步曲是綴在色拉上的櫻桃紅，三步曲是別在旗袍上的鑽石針，三步曲是縫在布拉吉上的流蘇。有了三步曲，才有濃油赤醬的生猛海鮮。

這一夜，老陳惡夢不斷。夢醒後，內衣褲全濕了。天沒亮，他就去單位，重新恢復早起狀元的身份。中午時，紅霞扔給他一張聯絡圖，上面有時間，地點。另贈小詩一首：小憐初上琵琶，曉來思繞天涯，不肯畫堂朱門，春風自在梨花。

拿著聯絡圖，老陳沒有往常的激動，只有巨大的恐慌。這如何了得……撕！對！撕它個稀巴爛，來個人不知鬼不曉。但且慢。爲什麼不能化不利因素爲有利因素？爲什麼不能以退爲進反戈一擊？他「啪」地吻著聯絡圖：這不是炸彈，而是請功邀賞的砝碼。

雖然胚胎尚在子宮，不怕！留得青山在，不怕沒柴燒。沒有老子，哪來的兒子？皮之不存，毛焉能附？既然壯士已斷腕，不妨加個揮泪斬馬稷。得得得！罷罷罷！

他捧著聯絡圖上了辦公室。回來時，一雙白薯脚「啪嗒啪嗒」走得歡。

下班了，他騎著車子哼小調。書記贊賞的眼神如春風催開心頭之花。哪個男人不貪欲？哪個男人不舔犢？可是我，却一斬歡情二斬犢情。這叫什麼？這叫大丈夫能屈能伸。

車子騎到一半，想起錢包忘在更衣箱，他只得把車子轉個頭。暮色濃重，萬家燈火，單位已經落了鎖。他掏出鑰匙上了樓，發現有個窗口亮著燈，這是書記辦公室，書記果然日理萬機。

他突然聽到女人的聲音，這聲音忒熟悉。他停下脚步，朝窗子裏張望。天呐！這不是紅霞嗎？他急忙躲在窗沿下。

「你準備如何發落？是不是和寒霞一樣？」

「寒霞是玉你是石。玉只是流放，石必須進大牢。」書記凶狠地說。

「憑啥？」紅霞的聲音鏗鏘有力。

「就憑這首詩。」

「這不是我創作的詩，而是王安國的古詩。」

「利用舊詩反黨，這幷不新鮮。」

「你瘋了。請問反在哪？」紅霞氣憤地問。

「小憐初上琵琶。這『憐』啥意思？曉來思繞天涯，這『天涯』啥意思？不肯畫堂朱門，這『朱門』啥意思？春風自在梨花，這『梨花』又是啥意思？」

「不要牽強附會，不要搞文字獄。」

「還需要『搞』？把這一送，再加上你的歷史，這可是板上釘釘。

要不要我拎幾個案例？」

「這只是興致所至的……塗鴉。」

「這也是蓄謀已久的攻擊。這『朱門』是指執政黨的大門。」

「你不要栽贓。」一聲尖叫，劃破黑夜的靜謐。

「別的且不說，單這二個字，蹲十年的大牢絕對沒問題。」

「你放開我，難道你要在辦公室苟且？」

「辦公室咋了？」「辦公室是搞鬥爭的聖殿——你不覺得褻瀆？」「我就是要在聖殿裏搞女人，這讓我有奴隸主在莊園搞女奴的感覺。」

「你這個無恥之徒。」「紅霞啊，你果然是朵帶刺玫瑰。我喜歡既有思想又叛逆，既有趣味又桀驁的女人。我是挑剔的美食家，我是有水準的鑒賞家。」

「我要是不從呢？」

「不從的下場我不說，我說從後的結局：一是黨票二勞模三主任，以後視情況而定。」

「怎麼個視情況而定？」「根據銷魂的程度分等級，什麼級別就有什麼獎賞。」

「你以爲你是金鑾殿的主人？」紅霞冷笑著。「難道我不是？」書記也冷笑著。

「……我從你就是。爲啥還要封官加爵？」

「我要你扮演雙面人的角色：白天豪言壯語，晚上淫言穢語；白天戰天鬥地，晚上顛鸞倒鳳；白天振臂高呼，晚上玉體橫陳。白天的革命，能激發我的意志；晚上的淫蕩，能喚起我的荷爾蒙。颯爽的你，在我的衝擊下俯首稱臣；勇敢的你，在我的駕馭中欲死欲仙。太陽普照時我們與人奮鬥；月亮爬上時我們與性器官奮鬥。」

「你讓我噁心。你這個下流的衣冠禽獸。」

「我要讓你的噁心轉成欲罷不能。我現在就來個泰山壓頂。」

「急什麼……强扭的瓜不甜。你是文化人，講究水到渠成。我問你二個問題。聽說你愛寒霞？」

「非常愛。從看到她的那一秒起。可我是技窮的驢。」

「如果有愛，咋下得了毒手？」紅霞沉痛地問。

「這愛，太深太累太苦太痛，既然不肯瓦全，只能請她玉碎。」書記的聲音也很沉痛。

「你以革命的名義傷天害理，難道你沒有內疚？」

「沉舟側畔千帆過，病樹前頭萬木春。革命不懷舊，不惻隱，不感慨，不風花雪夜，不悲天憫人。革命講究策略，講究藝術性。爲了目的，可以不擇手段，更可以加僞裝色。」

「你是個卑鄙的惡棍，還是個立牌坊的婊子。」

「不要褻瀆革命：二人在拳擊時，怎麼評判這一拳高尚那一拳卑鄙？列寧早就爲這批判過高爾基。」

「現在是和平時期，還要兵戎相向，腦漿四濺？」

「我們只是把戰場挪了個位置。」

「鬥鬥鬥！你知道一個『鬥』字下，鋪墊了多少冤死的靈魂？」

「就憑這句話，判你死刑沒問題。」

「死就死，活著也不痛快。」紅霞激烈地說。

「因爲我需要你，所以讓你活。現在你可以問第二個問題了。」

「你怎麼得到這張秘密聯絡圖的？」

「我先問你，你咋和老陳勾搭上的？」

「他只是我的一個報復。」「報復什麼？」「報復他的出賣。」紅霞斬釘截鐵地說。老陳一悚：原來她幷不愛我。

「現在你可以回答我的問題了：聯絡圖誰給的？」

「哈哈！你以爲他愛你？愛到天老地荒？」書記放肆地笑起來。

「這個老畜生。」紅霞一字一字地說，一個字冒著一股烟。

「可以開始了嗎？我雖然是優雅的紳士但也有時間概念……」

「急啥？」紅霞淡淡地說。「明天就換工作。倉庫咋樣？」「我不希罕！」「我鄭重承諾：半年後，鳥槍換炮，舊貌換新顏。」「我不稀罕。」

「那……上面撥下一間房。」書記猶猶豫豫地說。

「一間房？哪一間房？」

「這間房是上面指名道姓要給老陳的。」「爲啥？」「抗美援朝時，他捐的金條能買一幢房。再說合營時也和他做過一筆交易。」「什麼交易？」「你問的太多了，當務之急你應該寬衣解帶。」

「我什麼都不要，就要這間房。」紅霞凶狠地說。

「可上面指名道姓要給他。」

「你不能金蟬脫殼？你不能狸猫換太子？」

「賜教！」「槍杆子裏面出政權，淺顯的道理早就被你們玩的爐火純青，罪名就是達姆克利斯劍，懸挂在每一個人的頭上。」

「我就是舉著劍的上帝。」「權力讓土匪成了主宰命運的上帝……」紅霞悲憤地說。

「哎呀！只道自己奸雄，想不到還有奸雌。好！你不但是床上伴侶還是帷帳裏的幕僚。因爲，革命需要你的智慧，需要你的金點子。」

「聽說你是大學裏的才子，專攻西方文學，熱愛莎士比亞。」

「今天可是蔡鍔遇到小鳳仙……榮幸！榮幸！」

「西方文學給你什麼？你又從西方文學裏汲取了多少營養？你有紳士風度還是仁愛之心？你有人文精神還是叛逆意識？」

「NO！我要的是借鑒。」「借鑒哈姆雷特的繼父：殺哥奪嫂，篡位毒侄。」

「你的話很犀利。犀利的語言，來之獨特的思想；獨特的思想，離异端异議很近，近到和殺身只有一步之遙。」

「聽說你曾把右派當親哥，把瞎婆當親媽。」

「不入虎穴爲得虎子？整個社會都在上演哈姆雷特。我既不是始作俑者，也不是最後的謝幕者。你是醬油廠裏的蔡文姬，給你大漠荒壁定能寫出胡笳十八拍。人有滋味，床上更有滋味。哈哈！」一陣狂笑沖天而起。

老陳心如鼓點，咚咚直跳。

「你笑啥？」「我笑東方不亮西方亮，失之東隅收之桑田。我雖然失去了寒霞却得到了紅霞。白天鵝冰清玉潔太正統，黑天鵝邪乎妖媚有味道。過來。」

「聯絡圖呢？」

「你真傻。聯絡圖可以複印一百次。就是撕了你也跳不出我手心。」

「我求你一件事，求你給我一個月的時間。一個月後，我主動獻上胴體。」紅霞喘著粗氣。

「我什麼都可以答應你，就是這條不能答應。我現在連一秒鐘都不能再等。」書記也喘著粗氣。

「我求你……我求你。」紅霞的祈求帶著哭腔。

「我等不及了。」「哧拉拉……哧拉拉」衣帛撕裂的聲音，清晰地傳入老陳的耳膜。

「我求你，我跪下來求你，只要一個月的時間。」紅霞哭了。

「你不應該求我，你應該求老陳，現在我是箭在弦上必然要發。」「啊！」一聲凄厲的叫，撕破黑夜的帷幕。老陳本能地捂上耳朵。

烏雲遮住了月亮，遮住了大地。風帶著嘆息，帶著濃濃的腥味。血，鮮紅的血，一滴一滴從門縫裏淌出來。一點一點打濕了他的鞋。

「我的兒子啊！」老陳仰天悲嘯，老淚縱橫。

一星期後，書記和老陳做了筆買賣。書記不把聯絡圖放進檔案，老陳則把分配的房子上交。不需要金蟬脫殼，不需要狸貓換太子，更不需要大兵壓境，只需要一份赤子之心：一份與黨分享困難的保證書。

房子沒有了，兒子流産了，鷄飛蛋打一場空。私通暴露了，情侶易人了，我是八戒照鏡裏外不是人。什麼叫啞巴吃黃連，什麼叫搬起磚頭砸自己的脚，什麼叫損人又害已，我這是賠了兒子又丟房。

「你怎麼了？整天念叨兒子啊房子啊。爹來信說啥，是不是要把兒子送回來？」士芳殷殷地問。

「是又怎樣？」

「快！想死我了……」士芳喜上眉梢。

「瞧你這沒出息的樣，又不是自己肚裏蹦出來的。」「我不管，反正我喜歡他。侄子做兒子親上加親，兒子兼侄子肉上加肉。」

「閉上你的嘴。」老陳煩躁地說。

「最近究竟發生啥事？」妻子擔心地問。

發生啥事，發生了奇恥大辱。可是，司馬遷不就是閹掉男根麼，孫臏不就是割去軟骨麼，韓信不就胯下走一遭麼，屈原不就是廢黜一番麼。就這麼點事，上下五千年，沒消停地喊冤叫屈，炎黃子孫，前赴後繼地口誅筆伐。天吶！我的恥辱和他們比，整一個小丘和泰山，小溝和東海，地球和宇宙之比。

第十五章　天灾還是人禍

「咚咚！」單薄的門板晃悠悠，單薄的門鎖顫悠悠。門被撞開，一老一小手拉著手幷肩而立。

「我的兒啊。」士芳沖過去，把失踪的兒子摟進懷裏。

「我的孫就是你的兒，再搞政府的遣送政策，我就敲斷你的狗腿。」龍頭杖上下揮舞虎嘯龍吟。五分鐘後，老頭消失在暮色中：任憑千呼萬喚，楞是不回頭。

兒子重進學校，雖拉下一學期，成績依然全班第一。士芳有了笑容，家裏有了活氣，只有老陳板著臉：飛走的蒼蠅，兜一圈又回來了。

雖然一切歸于平靜，但日子越來越難過了：第一是帝國主義反動派卡我們，第二是遇到了自然灾害。因爲這二條，所以吃不飽來穿不暖。鶏鴨魚肉統統要票，油鹽醬醋統統要卡。從軟到硬，從方到圓，從甜到苦，從黑到白。從洗屁股的肥皂到燒飯的蜂窩煤，全部實行軍隊的配給制。唯一不要身份證的，就是粗糙的擦腚紙。

沒油的湯，沒暈的菜，照見人影的稀粥，含糠帶麩的饅。皮帶扣一點點收進去，腰上肉一點點掉下來。走路打著擺子，說話喘著粗氣，胃囊成了晃水葫蘆，肉身成了解剖骨胳，翻上來的，不是棉花是眼白；沉下去的，不是稻穀是身體。

兒子正在發育，基本發育成一根清竹竿。褲子套上又滑下，因爲沒有腰；二頰會合又擁抱，因爲沒有肉。裏一塊紅布，他就是旗幟；扯一塊油布，他就是風帆；把他彎曲，就是車軲轆；把他斬短，就是高蹺脚。猛一看嚇一跳，近一看嚇二跳。

開飯了！士芳端上三碗面，麵條是自己擀的。一斤糧票能買一斤麵粉，也能買 1.3 斤麵條。士芳一核計，決定自己擀面。她一月定糧二十九斤，老陳三十二斤，兒子二十斤半。爲了挫敗帝修反陰謀，工人階級主動降低口糧。老陳身士先卒減去六斤。這樣一來，很緊的口糧更緊了。

本來士芳把菜場的下脚，食品店的垃圾，泔脚桶裏的腐肉，食堂的弃物統統攬進粥裏，這才混了個半飽。可老陳又爲了向黨靠攏而自願減六斤，于是三口之家，就有了六隻冒金星的眼睛。

面端上後，兒子死死看著老陳的嘴唇。最高統帥不發聲音，誰也不許動筷。餓死事小，失了長幼尊卑事就大了。三隻碗裏的麵條，在同一個水平綫上。這體現老陳的國策：一國一制，任何人不許搞特殊。

門開了，鳳丫頭走進來。好香啊！丫頭一吸鼻涕眼冒綠光。兒子咬著牙，夾了半筷子面伸過去。老陳一敲碗，士芳忙把丫頭拖到身邊。
「乾媽！您在面裏藏了什麼？」

「沒什麼。」士芳有些驚慌。

「我看看。」老陳放下筷子，奪了碗朝桌上一扣：稀疏的麵條裏，有一團黑。一個扒拉，一隻秤砣現身。

「乾媽！爲啥要在碗裏放秤砣？」丫頭嚷著。「你真苯，連這也不明白。」兒子氣呼呼地說。

「難道秤砣放在碗裏，就能變麵條？」「你笨死了。」兒子把自己一半的面，倒進士芳的碗裏。

「我以爲下面藏著……」老陳很尷尬。

「你還不如一個十歲的孩子。」士芳的臉比秤砣還黑，「米麵油蛋鎖進抽屜，你防賊還是防盜？」

「這裏不是不上鎖嗎？」老陳指著瓷罐，理直氣壯地說。

「報告乾媽！罐裏裝著鹽老大。」丫頭用舌頭品嘗著，「乾媽！現在我明白了：因爲你想讓弟多吃面，所以在自己碗裏放秤砣。」

「什麼因爲所以，你以爲是造句？」兒子不耐煩地說。「我還要造句：因爲米麵油蛋鎖進抽屜，所以鹽老大在抽屜外值班。這造句好不好？」

「好啥，聽了讓人心煩。」兒子把碗一推。

老陳拎著飯盒匆匆下樓，一出門就看見陽光下聚著一堆老人。石庫門最大特點就是房子和房子的短距離。由于短距離，房間裏采不到光綫照不到太陽。三九寒冬，爲了采集太陽，老頭老太傾巢而出就如圍著太陽的向日葵。向日葵一族很有向日葵的特點：臉兒黃黃籽兒稀，頭頸碩長麻杆腿。

「早！」老陳心不在焉地打招呼，這是宏觀上的禮貌。

「又冷又餓，只能靠太陽給能量。」小脚女直言不諱。

「說話注意點。」馬上有群衆跳出來指責她，雖然自己餓得話都說不利索。

「太陽真好。」一個瘦老頭，把一條圍巾系在光瓢上。

「可惜只能曬半個小時。」小脚女不滿地說，「窮的吃不上飯，還窮得曬不到太陽。」

「你又反動了。不是政府不讓曬，而是太陽公公自己有脚。」

「應該把太陽公公的脚纏起來，纏足走得慢，走得慢麼就能多曬會太陽。」小脚女大聲說。

「哈哈。」老人咧開沒牙的嘴笑起來。

「你咋了？」瘦老頭問他的芳鄰。芳鄰是個白髮老太。此刻，她的身子一點點朝下沉。

「再這樣的話，又要死人了。」小脚女嘆了一口氣，「上星期武昌路餓死一個，昨天鐵馬路又餓死二個。」

「不要胡說。」有人制止著。「難道我在瞎說？」小脚女很憤慨。

「我們是瞎子吃餛飩心裏有數。要是這話被薛書記聽見可不得了。」瘦老頭嘆口氣走了。

「你醒醒！老太你醒醒！」小脚女拍打著白髮老太的臉。但是，老太已經沒有任何反應。

「又走了一個！又走了一個……」小脚女嚷著。一分鐘後，所有的向日葵，全提著小板凳撤了。

　　小脚女是仁智裏的開心果，又是仁智裏的開花彈。開心果能帶來歡樂，開花彈能帶來危險。老頭老太雖沒文化，但「殃及池魚」的道理，看得煞清拎得倍清。

　　對這顆開花彈一定要保持最大的距離，這是老陳反復強調的家訓。家訓很多也很經典，要是編輯成書絕不輸給曾國藩的家書。除了言傳身教，老陳正考慮開闢第二戰場：如何改變上樓的路綫，和小脚女徹底絕緣。要改變路綫，只能重建一條樓梯。雖然他再三要求自掏腰包，但偉大的計劃還是遭到房管所的全盤否定。

　　你否定你的，我繼續我的提議。不怕一萬就怕萬一。萬一不測，我可以用我的提議來撇清我的干係，卸去我的責任，表白我的立場。唉！房管所同志連兔子都不如，兔子都有三窟，我却只有一條上樓之路。

　　老陳掏出自行車的鑰匙，發現一顆花白腦袋倚在車的後架上。「醒醒！喂！醒醒！」老陳不指名地叫著。因爲這次的花白腦袋是猴三的母親。猴三正在服刑，母親就是服刑家屬。叫老大娘有立場不穩之嫌；叫老太婆有失我的身份。想來想去，一個「喂」能保持不偏不倚的立場。

　　不對啊！不偏不倚就是中立，中立就是中庸，中庸就是孔孟糟粕。我怎麽又犯糊塗了？

　　「醒醒！老……老人家醒醒。」

　　不對啊！老人家指軍屬，烈屬，革命家屬。我這麽稱呼不更犯了忌？沉吟二秒後，他乾脆免了稱呼直奔主題。「醒醒！醒醒！」

　　不對啊，就是睡著也不會睡這麽死，都說老人睡覺很驚醒。看來，她用沉默來抗議。抗議什麼？當然抗議兒子的入獄。睡著是假，詐死是真。想到這，老陳直奔居委會。他要在第一時間裏，把階級鬥爭新動向反饋上去。

骨胳女大步流星趕來。最近正愁沒活靶子，想不到靶子送上門。「猴三的媽快起來。」此話一出口她一愣：這叫法很有問題。

「你應該叫『判刑的猴三的媽』。」老陳咬著薛書記的耳朵。

「這樣叫也不妥。既然是判刑家屬，憑啥加上一個媽？媽不是隨便叫的，黨才是我們親愛的媽媽。」

「那就叫『判刑的猴三的娘』。」「放屁！娘和媽一個級別。」「那就叫『判刑的猴三的母親』。」「又放屁。母親比娘和媽級別更高。」

「要不還是叫老娘？據我所知，老娘是貶義詞。」老陳繼續咬耳朵。「查過詞典沒？」

「這倒沒有。」「沒把握的事也讓我幹？」薛書記憤慨了。

「有辦法了。她叫啥名字？」「對！你快去居委會查一查。」

「不行，再查我上班要遲到。」「遲到事小，政治事大。孰輕孰重自己掂量。」

「那……我去。」「動作要快，今天不把她叫起來，我不姓薛。」

「叫誰啊？」小脚女從屋裏走出來。

「就叫這個裝瘋賣傻的女人。」薛書記咬牙切齒地說。「詐死。」

「哎呀！氣都沒了，不是詐死是真死。」小脚女把手縮回來。

「肯定詐死，這是敵人一貫的手法。」

「七十歲的老太詐什麼？詐出金還是銀？能把兒子詐出大牢？」小脚女很是憤慨。「昨天她就說餓啊餓，作孽啊。」

老陳把自行車的龍頭一轉，靠著的花白腦袋跌下來，地上還有一隻布鞋。

「這鞋只穿了二天，這是我給她做的。」小脚女傷感地拾起鞋。

「還不扔了。」薛書記厭惡地說。

「不能扔也不能穿。她的脚腫的穿不上鞋，她只能穿拖鞋參加追掉會。」

「追掉會？誰給她追掉？誰參加她的追掉會？」薛書記冷笑著。

「毛主席不是說死人都要開追掉會，吊唁亡人化悲痛爲力量嘛？」

「這是指同志。」

「她三代貧農，怎麼不是同志？她兒子犯罪，這是她兒子的事。她爲了和兒子劃清界限一直想投奔北京的女兒。就是你的一再拒絕，這才讓她餓死。」

「你反了。」薛書記怒髮衝冠，「你說她餓死，這是誣陷這是抹黑這是謠言。人民政府絕不會餓死一個人。」

「腿都腫成這樣，還不是餓死？這就是浮腫病……」

「放屁！腿腫，這是她發福的象徵也是她幸福生活的象徵。」

「我上班了。」老陳跳上自行車飛駛而去。快！快！快！遠離是非，遠離炸彈，這才能最大的保護自己。

整整一天，花白腦袋定格在他的腦海裏。爲了避晦氣，他用水把車子沖了幾遍。沖完車後，他破天荒地乘公交車回家。

「你可回來了，還不謝謝老師。是他把兒子送回家的。」一進門士芳就嚷開了。

「老師您好！請問發生了啥事？」老陳有禮貌地問。

「今天藍球比賽，你兒子昏倒。到醫院一查，說是缺營養。下個月學校搞聯賽，你兒子是中鋒是主力。」

「他在發育期，可是……」老陳面有難色。

「他是打球的料，半途而廢太可惜。要不……這五斤糧票你先拿著吧。」

「那怎麼可以……」老陳搓著手。「我希望他能堅持打下去。他的彈跳，反應，速度，投籃都很好。我走了。」

「老師您走好！謝謝！」老陳把老師送出門，再三揮手連連道別。

「你快把鎖打開，我要衝糖開水。兒子是低血糖。」士芳著急地拿出碗。

「我沖糖水你燒飯。」老陳奪過碗，提起水壺，然後把一小撮東西抖進去。

「這水……苦死了。」兒子只喝一口，就齜牙咧嘴叫起來。

「你沖糖精水？」士芳嘗了一口就沉下臉，「家裏不是有糖嗎？」

「糖精水難道不是糖水？不就多了一個精？」老陳反問。

「糖水有營養，糖精水沒營養。家裏不是有一大壇紅糖嗎！」

「儉以養德。拳頭底下出孝子，筷子底下出逆子……」

「咱不喝這水。」士芳搶過碗把水倒進痰盂，又使勁白了老陳一眼。

半夜時分，老陳搖醒妻子。「醒醒！醒醒！想來想去，少體校還是不能去。不但糟蹋糧食還糟蹋許多東西。你算算，打球一個月起碼多吃十五斤糧，一個月十五斤一年就是一百八十斤。再養五年，就是九百。」

「把我那份省下一半。」「一半够嘛？還有，一雙球鞋能穿三年，打球後只能穿一年。也就是說，打球後鞋子支出增加了好幾倍。還有襪子褲子啥的。」

「我知道這些，所以我又補又修又接。一般情況下鞋子能撐一年半，襪子能撐二年半，褲子嘛，接個頭加個尾，穿個三年沒問題。」既然老陳用「年」計算，妻子也用「年」來回答。

「你咋這麼說？」老陳有些生氣。

「脚上的鞋，還是去年買的大一號。前後塞了一大堆棉紗。每二個月抽一次棉紗，現在的紗還沒抽完，估計穿到年底沒問題。」

「沒問題？我看問題大著呢。別的不說，就說水和肥皂。不打球時，鞋子二星期洗一次鞋。打球後，一星期洗一次甚至二次。」

「這個我知道，但是……」「沒有但是，明天就去少體校退學。」「那怎麼行，連老師都拿了五斤糧票。」「明天就把糧票還給老師。五斤糧票算啥？不要說五斤，就是五十斤，五百斤我都拿得出手。」

「你有這麼多？」妻子尖叫一聲。「噓！說話小聲點。」「防誰？」「隔層肚皮隔層山。」「你防啊防，究竟要防到哪一天？」「看來我要防到死了。」老陳幽幽地嘆了口氣。

「弟弟！快來玩球。」兒子一走進弄堂，就被鳳丫頭攔住。

「快和小朋友玩球，你不是最喜歡球嗎？」小脚女慈愛地摸著兒子的頭。

「接著！」一聲吆喝後，丫頭把球投來。兒子一個跳躍，穩穩接球，接著一記淩射，球飛出去。

「哇！好球！好球！」業餘球星迷嘩嘩地拍手。「我們五人對你一個，咋樣？」

「我不玩球。」兒子頭也不回沖進後門。「他不能打球，他不肯打球。」李蟲傻笑著，他現在半瘋半癲了。

「他爲啥不肯打？」小脚女問。這時，士芳走進弄堂。「我問你，新浩爲什麽不肯打球？」

「他……從少體校退了。」「爲什麽退？」「嫌吃得多，嫌鞋子壞得快。」士芳氣呼呼地說。

「多吃的糧食我來出，多穿的鞋子我來買。」小脚女把胸脯拍得咚咚響。

「得了，你家條件還不如我家。」士芳搖著頭。「兒子見球如見仇人，昨天還把球揍了一頓。」

「是不是每天枕著睡覺的那只？」小脚女急切地問。

「是啊！揍完球後泪汪汪的。」士芳用手擦著眼。

「乾哥現在咋變成這樣？」小脚女驚詫地問。「他以前絕不是這樣的。」

「他完全變了，變得連我都不認識。」老伴嘆了一口氣。

「我能理解。這是環境逼的，這是氣候逼的，這是運動逼的，這是政治逼的。」小脚女冷靜地說。

「環境，氣候，運動，政治。政治，運動，氣候，環境……」李蟲瘋瘋癲癲走過來，瘋瘋癲癲地念叨著。

暮色慢慢浸淫了天地。放學的，下班的，抱孩子的，扛大包的，三三二二走進仁智裏。炊烟冉冉，正是鍋盆碗瓢奏響時，正是炒炸蒸燉執政時，正是香甜辣酸登場時，正是一輪明月全家共享天倫時。

媒體上說，由于帝修反的封鎖，由于老天爺的施虐，讓中國人民，讓上海人民，讓仁智裏的人民跌入饑餓的深淵。以至炊烟冉冉時，彌漫在空中的只是煮白菜煮蘿蔔的酸嗖氣。

清水寡湯的菜，清水寡湯的粥，清水寡湯的面孔，清水寡湯的心情成了仁智裏的風景，也成了上海的風景，也成了中國的風景。

薛書記大步走來。因爲消瘦，骨胳更大，更寬，更有凹凸感。臉皮如紙，薄薄地蓋在嶙嶙的骨架上。

「薛書記好！」正修車的老陳怯怯地打招呼。此刻他的肚子正在唱空城計。

「什麽人？」薛書記大吼一聲。一條黑影站起來朝前竄。

「抓反革命啊！」骨胳女大叫一聲。老陳扔下工具，一個縱身加一個縱身再加一個縱身，三個袋鼠式的跳躍後終于擒住黑影。

「說！搞什麽勾當。」一道雪亮的光柱鎖住黑影。黑影雖掙扎，但嘴巴咀嚼的甚是歡暢。

「快掏嘴。防止他把密電碼咽進肚子裏。」骨胳女反應甚是敏捷，絕對有政治家的反應。老陳把黑影朝墙上推，一手摁住腦袋，一手扳開嘴巴，手勢嫻熟動作麻利，絕對有零零七的潛質。

「挖到了嗎？」薛書記急迫地問。「當然。」「把密電碼給我。」「報告書記，挖出來的不是密電碼，而是……」老陳沮喪地攤開手，掌心中是一團嚼爛的米飯。

「你是啥人？蹲在地上幹嘛！爲啥要逃？」失望的骨胳女一連蹦出三個問號。

「我是十六號的小廣東啊；蹲地上是吃泔脚桶裏的剩飯啊；逃跑是因爲怕你啊。」被抓者也是三個「啊」輪番上場。

「泔脚桶裏有飯？」雖然掃興，骨胳女的弦還是繃得很緊，「這情況很不正常。」

「薛書記！我有情況向您彙報。」小廣東捂著嘴巴，嘴巴上有一道血口子，那是零零七的杰作。

「說。」「飯團一定是十四號衛嫂倒的，昨天她在郵局取了個包裹。聽說她男人的老頭子的哥哥的乾妹子在香港。香港是啥地方？」

「香港是進攻中國的橋頭堡，是資本主義的大染缸，是帝國主義反動派的大本營，是……」老陳急忙說。

「他談情況而不是讓你做報告。」骨胳女有些忿忿。這不是關公面前耍剔脚刀嘛？

「那是！那是！」老陳後退一步。

「我認爲，一定是衛嫂吃了香港貨扔了中國米。毛主席說，貪污和浪費是極大的犯罪。」

「小廣東啊，你的腦子咋這麼簡單？這不是一般的浪費，而是別有用心。你想想，猴三媽剛死，泔脚桶裏就出現白花花飯團，這說明什麼問題？」骨胳女嚴肅地問。

「就是啊。我翻泔脚桶不是三天五天了，平時連根葱都翻不出，今天一翻就翻出一團飯。」

「快把治保員叫來，布置各家各戶逐一排查，一定要把泔脚桶的幕後指使人揪出來。」

「不是泔脚桶的幕後指使人，而是朝泔脚桶倒米飯的人。」小廣東糾正著。

「放肆！」一聲叱喝，「揪出泔脚桶的……敵人，就著泔脚桶召開居民大會，批臭批倒反革命。」薛書記嚴肅地說。

「這叫抓現行搞熱炒，活學活用毛澤東思想。書記啊，我的事咋處理？」小廣東涎著臉問。

「先回家反省再等候處理。老陳，趕快把李蟲叫下來。」

「好！」老陳三步二步沖上樓，片刻，就押著傻兒來了。

「這是啥？」薛書記展開一張紙。「說！這是啥？」

「反動標語。」老陳不假思索地說。

「……標語是明的，這是暗的。」薛書記皺著眉，對老陳的答案很不滿意。

「那就是隱喻的反動標語。」老陳來了個腦筋急轉彎，「李蟲快交代。」

「你以爲我是政治上的瞎子。」書記冷笑著。老陳一看，紙上是一連串的數字和公式。

「有人用文學反黨，也有人用數字反黨，有人用圓周率反黨。」老陳敏捷地說。

「你讓我交代啥？」傻兒傻笑著看著薛書記。

「因爲你有仇恨，恨自己不能上清華，恨母親被專政，恨自己和戀大一起糊盒子。」骨胳女冷笑著。

「我恨麼？我有恨嘛……」傻兒叨叨著。

「薛書記，你最後一句話說到點子上。」小脚女走過來。「正因爲和戀大在一起糊盒子，所以他也成了戀大。昨天還和我女兒搶球，這不是戀大是什麼？」

「這叫變色龍。」薛書記冷冷地說，「白天裝瘋賣傻，晚上趴在紙上算啊算。你以爲我也是政治上的弱智？」

「恰恰相反，我認爲您是政治上的睿智。」老陳諛笑著。

「戀大啊戀大，你什麼時候能長大。哎呀呀！又是一二三四五六七，七六五四三二一。」小脚女一把奪過紙。

「對你這個文盲是一二三四五六七。」薛書記又一把奪過紙，「對我來說就是……」「就是密電碼？」小脚女爽朗地笑了。

「不許你攪和，不許你搞階級調和。」薛書記嚷著。

「你這個戀大啊，衣服破了不知補，肚子餓了不知吃。廢料只能漚肥，戀大只能取樂，以後可不能亂塗亂抹了。」小脚女踮起脚尖，扭著李蟲的耳朵。

「疼！疼！疼！」傻兒蹲下身子。「知道疼，下回就不要亂塗亂抹。快向薛書記道歉。」

「薛書記，我不再亂塗亂抹了。」傻兒低下頭。

「薛書記！俗話說，遠親不如近鄰。這孩子沒爹沒媽是個苦娃，是個萬人厭。」

「少來這套苦肉計。」薛書記冷笑著。

「書記啊，剛才見你兒媳回家了。你爲革命東奔西跑，我這就幫你燒晚飯。」小脚女殷勤地說。

「滾一邊去……李蟲我警告你，這次暫且饒你，要有下次，新帳老帳一起算。」薛書記悻悻地轉過身。「晚上七點居委會開會。一家不准缺，一個不許少。」

「薛書記！我馬上去通知。」老陳應聲著。

「薛書記！飯後我們馬上來。」「薛書記！我們一定來……」「薛書記……」圍觀的人群一點點散了。

一條黑影竄過來，竄進十三號後門。小脚女趕緊跟上去。

「這黑影，不就是我家那小子嗎？」老陳一楞，隨即如壁虎貼過去。

「我爸看見我了嗎？」「看見就看見，他要動真格我和他拼了。」「……其實爸也沒辦法。」「你老是護著你爸。」小脚女埋怨著。

天呐！這狗東西不但做髒事，還搞了個同盟軍。我真是大海不翻翻陰溝。想到這老陳怒火中燒。他如暴獅，一頭頂開大門。

「媽啊！」兒子尖叫一聲，「哐啷檔」一聲把脚盆打翻。

「你先聽我說。」小脚女如勇敢的母獅攔在面前。

「這是我家事。」「這也是我家事，他是我乾兒子。」

「人贓俱獲，還有啥可說？」「孩子！把脚抹幹，把鞋穿上。」小脚女如發號施令的將軍，兒子如忠實接受命令的士兵。

「爲什麼洗脚？」老陳冷冷地問。

「因爲……脚髒。」「爲啥脚髒？」「因爲……赤脚。」「爲啥赤脚？」「赤脚就不會磨損鞋子。」「爲啥赤脚？」「因爲我在學校……打球。我怕磨損鞋子。」「豈止是磨損鞋？」老陳冷笑著。

「我知道。所以大合唱時我只張嘴不發音，只有我獨唱時才發聲音。」兒子急急忙忙地說。

「爲啥這樣？」小脚女驚訝地問。

「赤脚能節省鞋子磨損，張嘴不發聲能節約糧食……」

「我的兒啊……」小脚女一把摟住兒子。

「爸！要是不信，可以做比較。我唱歌只吃半碗飯，不唱歌也吃半碗飯，不信就用專門的碗盛飯。」兒子掙出小脚女的懷抱，褐色的眸子，熱烈地，渴望地，忐忑地看著老陳。老陳的心一顫，仿佛電流擊中心房。

「您……」兒子緊張地看著他，「打籃球的體校已經取消，您不會再取消我的少年宮歌咏班吧？」

「孩子別怕……」小脚女摩挲著兒子的頭。老陳轉身出門，只是脚步有些踉蹌。「爸爸！我扶你上樓。」後面傳來兒子的脚步聲。老陳推開門，凳子上坐著一個衣衫襤褸的老頭。

「爺爺！」兒子撲上去。

「鍋不熱餅不貼。他從來不抱我大腿。」老陳怨艾地想。

「讓我瞧瞧，孫子是胖是瘦？」老頭仰起孫子的下巴，「上海比鄉下好，孫子怎麼比鄉下還瘦？」

「他正在躥個。」老陳小心解釋著。

「媳婦，你是咋對待我孫子的？」老頭一臉怒氣。士芳把眼角朝床下一瞟。

「這裏裝什麼？」老頭從床下拖出一隻箱子。

「不就是幾件舊衣服。」「舊衣服也上鎖？你把妻子孩子當賊？」「爹！您先吃飯。」「廢話少說，把箱子打開。」老頭命令著。

「鑰匙？箱子的鑰匙呢？」老陳東張西望著。

「少耍把戲。你就是掉腦袋也不會掉鑰匙……這麼多黃豆爲什麼不給孫子吃？」老頭掀開箱子嚷著。

「不是我不給，而是他不喜歡吃。」

「放你的狗屁。」老頭氣呼呼地說。「爹！你應該明白我的一片苦心。豐年防饑晴防雨，誰知灾害啥時來？」

「寧可讓蟲吃，也不給兒子吃。這豆都蛀空了。」老頭心疼地抓起黃豆。

「你爲什麼不曬曬黃豆？」老陳沖妻子嚷著。

「我沒鑰匙咋曬？你不是再三關照不能讓兒子看見嘛？」後面一句話士芳說得很輕很輕。

「孫子你餓不餓？」老頭問。「餓……不餓。」「到底餓不？」「我餓，但爺爺更餓，不是說上海比鄉下好嗎？」「把鍋拿來。」老爺子解開麻袋。

「爺爺！你帶了四塊磚。」「這不是磚。鍋裏放水，點上火油爐。」老頭神氣活現地吩咐著。水開了，磚放進去水裏後馬上飄出一股香味。

「我就知道這是紅薯粉打的磚。」老陳喜上眉梢。「快拿四隻碗。咦！怎麼拿五隻碗？」

「還有一碗給乾媽吃。」兒子喜吱吱地說。

「養不熟的白眼狼。」老陳沒好氣了。

「你是狼，所以把兒子當狼養；你是人，就把兒子當人養。」老頭也沒好氣了。

「爺爺！這磚咋這麼好吃？」

「有一年紅薯豐收，有人用紅薯喂猪，有人用紅薯釀酒，有人把紅薯漚爛當肥料。爺爺把紅薯洗淨曬乾磨成粉。」

「然後呢？」「然後粉裏加水和成泥，把泥砌成磚，把磚曬乾就成了嘴裏的好東西。」

「紅薯不會壞嗎？」「摻上明礬不會壞。」「紅薯爲啥要做成磚？」「要是爺爺背上一麻袋紅薯，不出啓東就被抓。」

「爲啥？」「說我是倒騰糧食的投機倒把分子。背上磚，警察以爲我砌房子呢。」

「爺爺真聰明。你在鄉下能吃飽肚子嘛？」「吃飽？好多人都餓死了。」「爹！你怎麼說這些。」老陳忙使眼色。

「爺爺！你知道什麼是幸福嘛？幸福只有一個，那就是吃飽肚子。」孫子揉著肚子一臉燦爛。

第十六章　逃過初一，逃不過十五

　　就在老陳積蓄的糧票向千斤挺進時，「自然灾害」結束了。雖不能說百廢待興，至少肚子能撐個半飽。

　　不餓不凍，就是人生最大的幸福。這是老陳的幸福，兒子的幸福，也是全國人民的幸福。就在大家一起幸福時，四清運動又來了：既然活下來了，那就接著搞運動吧。七八億人，不搞運動行嗎？當然不行。那就接著搞：怎麼也要搞出百分之五的比例來。

　　醬油廠的四清運動，在王書記的帶領下，如火如荼展開了。這次挖出一個富農婆，確切地說，是富農分子的後裔。因爲她不到十七歲嫁了個下中農，不到十九歲就到上海謀生。嚴格的說，她只是十七歲前，生活在富農家庭的未成年女子，她就是陳師母士芳。

　　聽到這消息，所有的人都驚詫：這個破衣爛衫，面帶菜色，手帶老繭，皺紋叢生的女人是剝削者？她要是剝削者，那誰是被剝削者呢？她是是黃世仁的娘，那誰是白毛女呢？

　　炸彈是挖出來了，但群衆很失望也很無聊。她沒緋聞，沒猛料，沒仇人，沒同盟，沒劣迹，沒功績，沒文化，沒謀韜，簡直是不堪一擊的豆腐渣。

　　布告已經上墙：茲定于一九六四年九月十三日下午三點，召開全廠職工大會。批判揭發暗藏的富農婆子孫士芳。布告恢宏莊嚴，帶有強烈的黑白二色。最醒目的是名字上打了一個又黑又大的叉。

　　晚飯後，老陳拿出認罪書。認罪書洋洋灑灑約有萬言。在數量上，質量上，絕不遜于彭大將軍的萬言書。「今天複習功課，明天通過考試。」

　　「考啥試？我又不是兒子。」妻子納著鞋底，頭也不抬。

「兒子考學習，你考政治，這有質的區別。」「啥政治不政治，我從不惹它。」

「你不惹它不等于它不惹你。現在開始。」老陳拿出傳經授道的架勢，「這是游泳前的蹦跳，馬拉松前的熱身。」

「水熱在爐子上，馬上洗腳。」一說到熱，士芳有了反應。

「坐下！」老陳生氣地說，「我是萬惡的富農婆，說！」

「我是萬惡的富農婆，說！」

「這個說是我跟你說的，你不要說。」老陳很嚴厲，絕對有「親者嚴疏者寬」的原則。士芳茫然地點點頭：不管懂不懂，點頭總比搖頭好。

「我對不起人民對不起黨，說！」「我對不起人民對不起黨，說……後面一個說不要說。」士芳一拍腦袋，伶俐地問。

「咋搞的？知道了還說？」「我曉得了。」士芳響亮地回答。

「下面說，我對不起人民對不起黨。」「下面說，我對不起人民對不起黨。」

「咋笨得像頭豬？」老陳脫口而出。

「我母豬，你公豬。」士芳的反應一點也不慢。

「明天就考試了。」老陳極痛心疾首。

「考就考，誰怕誰？」老伴把鞋底一扔很豪邁。

「有這態度就好。現在開始：我對不起人民對不起黨。說！」

「現在開始：我對不起人民對不起黨。後面一個「說」不要說，前面的「現在開始」說還是不說呢？」士芳皺著眉認真思索。

「你還是沒理解我的意思。」老陳有些惱怒。

「這樣吧，你念我看：你搖頭我不說，你點頭我就說。」

「你不能簡單地用點頭搖頭來區分，你要搞懂意思而不是看我表情。考試不能死記硬背，學習要啓發式而不是填鴨式。」老陳循循善誘。

「曉得了！曉得了！」士芳不耐煩了。

「四清運動，挖出富農婆，是四清運動的偉大的勝利。」說到這，老陳省略了「說」。

「四清運動，挖出富農婆，是死運動的偉大的勝利。」士芳流利地說。

「你搞啥？」「你搞啥？」士芳又一次跟上時代的節奏。

「你要氣死我啊？」老陳的手指戳上去。「我看你是要氣死我！」士芳把問號改成感嘆號。

「天呐！」老陳雙手抱頭。「都三個晚上，你還油鹽不進。」

「油讓你鎖進抽屜，好在鹽沒上鎖。」士芳氣憤地說。

「這可咋辦？」老陳急得踱起方步。「兒子咋還不回來？」士芳也急得踱起方步。

「你怎麼學我的一言一語一舉一動？」「不是你讓我學的嘛？」「這咋辦？」老陳說了一半忙打住：活鸚鵡可是聽一句學一句。可是這次鸚鵡沒學舌，她拉出痰盂褪下褲子，她要趕在兒子回來前把膀胱清空。

「這下完了。」老陳知道這一拉，不但尿拉了，連剛才的半拉子話也拉了。

「這下完了。」活鸚鵡雖然坐在痰盂上，一點也不耽擱學舌進度。好！你可以學我的舌，難道還能學我的動作？老陳生氣地一擠眼，士芳擠了一下，力不從心地敗下陣來。

你這邊敗下陣來，我這邊計策上來：既然不能全面鋪開，那就攻其一點不及其餘。「現在你只要記住三句話。」

「哪三句？」

「四清運動就是好，富農分子就要鬥，階級鬥爭就要抓。咋樣？」「行！」士芳爽氣地一點頭。

「四清運動就是好，富農分子就要鬥，階級鬥爭就要抓。」士芳一邊拉褲子一邊說。開竅了！總算開竅了！老陳大喜過望：教育就要因人施教。「好！再念一遍。」

「四清運動就是好，富農分子就要鬥，階級鬥爭就要抓。」老師的評價，讓士芳心花怒放。「死運動就是好，階級鬥爭不要鬥……」士芳念著念著卡殼了。原想露一手，沒想到弄巧成拙樂極生悲，正應了「過猶不及」。「事情運動……富農分子……家家鬥鬥。鬥啥？我話不來。」一急之下，士芳帶出濃重的鄉音。

「四清運動就是好……」陳老師按捺住性子，一遍遍地念。士芳橫著眼沉默著。任憑老陳加大分貝，加大速度，千呼萬喚就是不出來。老陳絕望地看著她，突然一擠眼，把一根點燃的烟塞進她嘴裏。士芳鋼嘴鐵牙，橫竪撬不開。老陳吸了一口烟，然後把霧噴過去。「跟我讀：四清運動就是好……」「壞人！壞人！」士芳二眼朝天，反反復複吐著這二個字。

「媽！誰是壞人啊？」兒子背著書包推開門。

會議開始了。主持人是王書記，喊口號的是紅霞，念認罪書的是士芳，唱壓軸的是老陳。另有女配角，女次角，女綠葉若干；男配角，男次角，男綠葉若干。書記一招手，民兵把士芳朝臺上一推，她摔倒了。于是她安安靜靜地趴著，如嬰兒趴在繈褓中。

「富農婆不老實就叫她滅亡。」紅霞喊起口號，下面跟著喊。一陣一陣的口號聲驚醒了士芳。她搖晃地站起來，突然又蹲下把一團東西朝嘴裏塞。民兵沖過去，一人扳頭一人挖嘴，利索地掏出一團東西。

「同志們，這就是活生生的階級鬥爭。把毒藥拿過來。」王書記一聲令下，安靜的會場沸騰了，每個人都想看看毒藥的模樣。

「這不是飯團嗎？」一個大嗓門嚷著。「是……飯團啊。」千真萬確是飯團。「哈哈！哈哈！」有人吐舌，有人竊笑，有人做鬼臉。

「說！毒藥是不是包在米飯裏？」民兵扯著士芳的頭髮。

「說！飯裏有啥貓膩？」傻大姐摁著士芳的腦袋。任憑推打扯拽，士芳是泥雕一座。會場的氣氛，一點點冷了。

王書記朝老陳瞥了一眼，一瞥中有組織的重托，還有領導的希望。說時遲那時快，藍大褂帶著閃電竄到了會場中央。「你要是再不交代，我就和你劃清……」在長長的省略號中，會場百分之一百的寂靜。

「咋啦？」士芳死死地凝視著老陳：泥雕復活了。

「你要是再不交代……我就和你離婚！」離婚二個字，終于從老陳的嘴裏蹦出。

「離……婚！」士芳吃驚地看著老陳：沾滿唾沫的下巴，竪起的鬍子，凶狠而僵硬的臉。「你說要和我離婚？」

「說！你究竟吃了啥？」老陳把罪證遞過去。

「這是白米飯！這是白米飯啊！」士芳忘情地笑著，像莘莘學子找到答案。

「說？飯團裏有啥秘密？」王書記問。

「秘密？啥秘密？我爹說，浪費糧食天打雷劈，浪費糧食作孽格。從夯土到栽秧，從施肥到除草，一道一道生活交交關多得來。」下面又有了笑，啓東鄉音聽上去蠻滑稽的。

「一顆米不容易啊。插秧時掉一層皮，除草時蛻一層皮，割稻時要脫一層皮，打稻時落一層皮，這四層皮蛻下來人就變成……」

「變成一條美女蛇了。嘎嘎！」傻大姐狂笑著。

「嚴肅！嚴肅！」王書記猛擊麥克風。

「剛剛這團飯，起碼有五十顆米。一顆米要八滴汗，五十顆米要多少汗？一顆汗珠摔八辨，五十顆米摔幾辨？」濃濃的鄉音，優哉游哉飄蕩，猶如打麥場上的農婦在扯家常。

「荷鋤日當午，汗滴禾中土，誰知盤中餐，粒粒皆辛苦。」技術員有感情地朗頌著。

「停！」書記氣憤地站起來。他絕不能讓批判會，開成一個農作物分析會，開成一個詩歌朗誦會。

「你這個狡猾狡猾的富農婆。」王書記甩了士芳一個耳光。

「不許打人！」一個清脆的聲音，如高升炸開，「這團飯是我落下的，陳伯母看到飯團，條件反射拾了吞下去。哪來的什麼毒藥？」

「紅霞？」書記大叫一聲。「我是紅霞。」「……紅霞，你敢爲富農婆作證？」

「我敢！」紅霞毫無懼色地看著他，如墳場上的一隻鼓，如萬籟中的一聲雷。書記的臉沉下了，紅霞哈哈大笑。

「不許笑！」書記一槌桌子。知道她桀驁不訓，想不到會反戈一擊。今天且忍一忍，一忍再忍。「飯團送去化驗，批判會繼續進行。」

「快說！是不是有血債的還鄉團？」「快說！是不是鎮反時逃到上海？」二個民兵，成了哼哈二將。

「儂倒底要我講啥？」士芳越過民兵，直接問書記。

「根據時間表交代。」

「從娘肚裏說，還是從開襠褲開始說？」士芳麻利地問。

「揀重要的事說。」「對我來說，最重要的是結婚。」「揀有價值的說。」「啥有價值？」士芳把問號推過去。

「談罪行。就談你的傷疤。」民兵指著士芳的手嚷著。

「不知道你們說哪道傷疤？我身上有許多傷疤。」「你身上的疤，我咋知道？」民兵怪笑一聲。

「哈哈哈！哈哈哈！」下面笑成歡樂的海洋。

「肅靜！肅靜！說說你怎麼到上海的？」王書記趕緊把話題朝正路上引。

「當然是乘船到上海，我一出碼頭，就上麵館。」

「同志們聽清楚了，解放前能上麵館的是啥人？」書記趕緊加備注。

「老陳用三隻銅板買了一碗面，又討了二碗麵湯……」士芳面帶羞澀，「要第三碗麵湯時，夥計不肯，說他是一毛不拔的鐵公鷄。」

「哈哈！」「哈哈！」衆人哄堂大笑，誰不知道老陳的吝嗇。

「三個銅板買了三大碗，三個銅板把二隻肚子撐得又鼓又脹。」士芳也樂了。

「王書記！這是批判會還是故事會？『創業史』裏的梁生寶，吃了一碗面，又喝了二大碗免費的麵湯。富農婆，你男人到上海時，是不是頭上頂著一個麻袋，肩上扛著一個麻袋，胳膊窩裏夾著用麻袋裹著的包裹？」胡技術員認真地問。

「都說眼鏡先生聰明，果然能掐會算。一條麻袋做包裹，一條麻袋扎被褥，一條麻袋當油布，正正好好三條麻袋。」士芳說著翹起了三根拇指，于是下面笑倒了一片。

「不許笑。」王書記氣的臉都白了。在他的生涯裏，批判會開的這麼糟這可是破天荒，而這破天荒竟是文盲創造的。

「富農婆又造謠。難道一碗光面二碗麵湯，就能把二隻肚子吃的又鼓又漲？」技術員憋著笑問。

「因爲我到上海時帶了一口袋的饃，老陳一口氣吃了三隻，所以把肚子吃得又鼓又漲。」士芳響亮地說。

「文盲還知道又鼓又漲。」技術員一聳肩，于是會場再次成劇場。

「把富農婆押下去。」王書記悻悻地揮著手。

二天后，富農婆被叫到辦公室。「趕快簽字。」

「簽啥字？我自己的名字也畫不來。」「你在紅泥裏蘸一下，然後一揿。對了！完了！」書記高興地說。

「這是顏料還是油漆？是油漆的話要用汽油擦。」士芳饒有興趣地看著手指。

「現在我向你宣布：富農婆被清除出廠，拿上東西趕快走。」王書記鄭重宣布。

「誰清除出廠？是你還是我？」士芳驚訝地問。

「來人啊！」書記一聲吼，二個民兵趕到。書記一努嘴。

「滾！拿上你的東西快滾！」民兵趕牲口一樣驅趕士芳。她只得一步一步挪回倉庫。現在，她的位置上已經坐了別人，自己的東西扔了一地。她坐在地上哭起來。

有人走來，又面無表情走了，明哲保身是最高的準則；有人走來，狠狠踢上一腳，楚河漢界這是最高的決裂；有人走來，面帶微笑走了，自己無恙這是最大幸福。鞏固政權需要百分之五，誰讓你是呢？

「富農婆快滾。」民兵扛著紅纓槍來了。「滾？滾到哪？」士芳大聲嚷著。這裏的一草一木，和她有千絲萬縷的聯繫。這是肉和骨的銜接，這是水和乳的交融，這是土地和稻子的關係。

「呦！書記來了。報告書記，要不要對她采取無產階級專政？」

「殺鷄焉用牛刀？」王書記冷笑著，「把老陳叫來。」書記悠閑在坐著，手裏拿著小茶壺，如天橋上看雜耍的觀衆。

有人一路小跑，既看到地上妻子，也看到椅子上的書記，他趨前一步恭敬請安：王書記好！士芳一見親人來了，委屈加倍泪水長流。

「趕快回家。」老陳拽住士芳。「不！憑什麽讓我回家？我二十歲進廠，一根根綫頭攢起來，一張張廢紙拾起來，一隻隻麻袋縫起來。一顆黃豆是我的希望，一桶醬油是我的孩子。我把買房錢捐了，我把廠子交了，上班下班就記著二句話……」

「哪二句？」書記的鼻孔裏冒出二股白烟。

「一是做狗二做啞巴。」

「富農婆終于漏餡了，難道黨叫她做狗做啞巴？」書記對聽衆一擠眼。

「我是人，却夾著尾巴；我有嘴，却裝著啞巴。我天天在心裏念叨：狗狗狗，啞巴啞巴啞巴。」士芳鷄啄米的動作，贏來新一輪的訕笑。

「你很有表演口才，簡直是冷面滑稽。」王書記不得不承認，這文盲的身上有搞笑因子。

「我不知道啥叫富農，只知道憑手吃飯。爲了廠，我們吃糠咽菜；爲了廠，我們住二層閣；爲了廠，我們不生孩子。現在却要把我一脚踢出去，憑什麽？憑什麽？憑什麽？」她的話，如機槍發出一嗖嗖的子彈。

「說！繼續說！黨的方針是知無不言。大膽說，徹底說，把心窩子話掏出來。」書記不惱不怒，不急不火。他翹著二郎腿，有禮賢下士的風度，有兼聽則明的風範。

「說就說。」士芳一骨碌從地上爬起來，「共產黨說話要講信用。當年說我們是紅色資本家，現在又成了啥富農。當年，要不是你們阻攔我們早去了台……」一個「灣」沒出口，一個耳光應聲而來。

「你……打我？」士芳呆呆地看著老陳。做了三十年夫妻，這是第一次挨打，而且在大庭廣衆下。

「好！以夷制夷，好！」書記撫掌大笑。

老陳拽著老伴朝外走。拉扯中，袖套掉了，頭發散了，鞋子丟了。腳板踩過碎玻璃，留下一道血迹。血迹懶洋洋地逶迤著，從倉庫到車間，從車間到甬道。血迹所到之處，一路上站滿了圍觀的群衆。

「蒼海橫流，方顯革命本色。」技術員冷笑著。

「停！」清脆的女高音兀地響起。老陳一回首，是紅霞站在路中央。

「她的鞋掉了，她的腳在流血……」

「流幾滴血能要她的命？」老陳淡淡地說。

「我瞎了眼，怎麼沒看出你是個畜生。」紅霞指著他鼻子大罵。「你以爲你大義滅親？你這是禽獸不如。」

「別罵他……我這就走。」士芳一瘸一瘸朝前走。

「等等！把這穿上。」紅霞脫下鞋塞到士芳手上。這是一雙嶄新的鞋，鞋跟高聳皮質光亮，二側還有飾物點綴。士芳撫摩著鞋面鞋底，這輩子她沒有穿過這樣好的鞋。撫摩完畢，她又把鞋塞給紅霞，然後跟跟蹌蹌地朝前走，血迹逶逶迤迤地跟著她，忽濃忽淡忽深忽淺，如稀疏而頑強的莊稼。

紅霞赤腳再一次追上去。「把鞋穿上，這鞋本來就屬你！」

「你怎麼也胡說？」士芳傷感地搖著頭。

「我沒胡說。這鞋是你丈夫送給我的。」

「你說什……麼？」顫音在空氣中滑翔，帶著幽怨的點點碎片。

「不要聽她胡言亂語，我們回家。」老陳摟住士芳像摟住充氣娃娃，「她瘋了。」

「我瘋了？你也做周樸園？你要掩飾罪行，就說別人瘋了。」紅霞冷笑著，「敢做不敢當的懦夫。呸！」

「你瘋了。」老陳若無其事地說。

「只有瘋子，才會殺害自己的親骨肉。」紅霞拍著自己的小腹。老陳依然笑，只是笑得怪异而淒慘，淒切而淒厲。最後，變成野獸般的嚎叫：「你滾！」

整個城市還在酣睡中，士芳悄無聲息地起床了。先用冷水刷牙，又用斷齒梳頭，接著點上火油爐子。爐子跟隨她已經若干年，有油就發熱，點火就工作。活得簡單，活得自在。它比主人幸運一百倍。

士芳盯著閃爍的火苗。老陳有規定，鍋子中央一跳水泡，馬上關火。當第一隻水泡如期而至時她隨即關火，比釣魚者敏捷一百倍。

她盛了碗泡飯，就著醬菜吃起來。吃完後，碗筷在水壇裏晃二下放進櫥裏。她用濕手抿抿頭髮，把包放在膝上。這是一隻黑色的人造革包，四角包著膠布，帶上纏著布條。她雙手合攏，放在包上，如一個規範的三好學生。

「這麼早起來幹嘛？」老陳不耐煩地翻個身。

「等你啊！」聲音輕柔軟嗲，如大珠小珠落玉盤。「等我幹嘛？」老陳一楞。

「等你一起上班啊！」聲音又嗔又甜。嬌聲軟語既陌生又熟悉，既遙遠又親近。這聲音在哪聽到過？他努力思索，把舊時的記憶一一過濾。

印象中，士芳的聲音如陳舊的複讀機，零件磨損磁頭生銹。聲音越來越粗啞越來越乾澀。今天的聲音變了，變成了鶯聲燕語。腦子如倒帶的錄像機，朝歷史的長河追溯：一個模糊的影子漸次清晰而立體。那時的她，是翠枝而不是枯葉；是滿弓而不是斷弦；是矯兔而不是病貓；是清泉而不是涸河。

婚後的他們，雖然窮得叮噹響，感情却濃得化不開。清晨，你扛鋤我挑擔；傍晚，你推犁我拉繩；一碗稀飯照著二張笑臉，嘴裏是鹹菜，心裏却裝著密糖。

一個月明星稀的晚上，他拉著她的手發誓：有錢給你買瓶油，讓風乾的臉滋滋一番；有錢買一間房，讓潮濕的床鋪不再發黴；有錢讓你做個母親，讓孩子的嘴咬住你乳頭。他說了許多許多，她只是輕柔一笑。

天亮了，出家門到村口，過小溪淌大河。她送了一程又一程，比十八相送多二程。二年後，他把她接到上海。雖然住在抬不起頭的閣樓，他們却是一對快活的神仙。

從啥時起，胃飽了心空了；被暖了身涼了。沒了對視，只有眼觀八路的警覺；沒了擁抱，只有戰鬥的口號；沒有了花前月下，只有寫不完的檢討和揭發。有交流，不是心靈的對話，只是耗子般的惴惴不安；有幸福，不是自身價值的實現，而是僥幸的脫身；有家，不是溫馨的港灣，而是舔傷口的避難所。有齊眉舉案却沒有心的溝通；有金有銀却沒有銀鈴般的笑聲；雖然扣子扣到頸部，却有赤身裸體的羞愧；雖然照片陳列在櫥窗，却有無地自容的猥瑣。從啥時起，她成了沉默的黃臉婆？從啥時起，我成了如今的我？

我的一生，除了追逐金錢，就是追逐運動。一個接一個的運動，上得了賊船下不了賊船。這裏要保家衛國，雄糾糾跨過鴨綠江；那裏要打臺灣，全民控訴蔣匪幫。四海翻騰雲水怒，要古巴不要美國佬；五洲震蕩風雷擊，熱烈歡迎西哈努克親王，外加不斷搖頭的賓努親王。

政治上不敢懈怠，經濟上勒緊褲帶。今天煉鋼鐵，馬上捐鍋砸痰盂，明天反封鎖，自覺割定糧沒商量。石油工人一聲吼，醬油缸也成了噴油井；明天是反復辟，小葱斬根猫殺光。從啥時起，舌頭沒了味蕾只成了禍根一條？啥時起，人心沒了溫度却成了鐵板一塊？從啥時起，朋友成了祭品妻子成了卒？

想到這，老陳一把捂住臉。

「起來啊！起來後我倆一起去上班。咯咯咯！咯咯咯！」銀鈴般的笑沖天而起，驚得老陳一躍而起。「你咋了？」

「上班啊！咯咯咯！」放肆的笑，彌漫了整個閣樓，像逃出瓶子的精靈。

「媽！你咋了？」驚醒的兒子跳起來抱住士芳。老陳眯著眼觀察：妻子鬢髮不亂，紐扣整齊，眼睛清澈。

「你笑啥？」

「我可以上班嘍！」

「從今天起你不上班。」「爲啥？」「怨你爹不是我爹。」老陳惡聲惡氣地說。「要是你爹吃喝嫖賭，你就不會被開除。」

「開除？開除誰？爲什麼要開除？」士芳笑成一支花。

「開除你，因爲你是富農的女兒，你是地富反壞右的狗崽子。」

「爲什麼我是狗崽子？爲什麼？」她固執地問。

老陳扯下毛巾，在Ａ壇裏沾了沾，胡亂抹了臉。又點了鹽放進飯裏，然後稀裏嘩啦一陣刨。

「你咋不吃醬菜吃鹽巴？」「只能吃鹽巴，因爲從現在起，你工資沒了。」「爲什麼？」又一個爲什麼，十萬個爲什麼。他看看她，臉紅撲撲的像抹胭脂，頭髮亮光光像抹油。額的媽啊，黃臉婆竟成了七仙女。

「你頭上擦了什麼？」「是……縫紉機的油。」她驚慌地低下頭。

「臉上擦了啥？說！」士芳羞澀地拉開抽屜。老陳湊近一看，原來是劃衣粉。

「第一天上班，我想把自己收拾的好看點。」士芳期期艾艾地說。

「你這是何苦？」說到這，老陳嗌住了。他想到他曾許下的諾言，他想到對她的不公，他想到扇她的耳光，他想到他不讓她做母親的殘忍。這麼多年，她不是以女人的身份，而是以純粹勞動者的身份活著。她是苦行僧，刻薄自己，委屈自己，虐待自己，傷戕自己。她活的戰戰兢兢，活得苟延殘喘，她甚至被剝奪了做母親的權利。

「你不會生氣吧？我保證以後……」士芳怯怯地看著他。

　　老陳憋著忍著控制著自己，但是，他的眼裏終究涌出了泪水。他想把她攬進懷中，給她一個結結實實的吻，給她一個實實在在的承諾。他要聽她黃鶯般的聲音，他要看她晚霞般的臉，她要聽她鴿子般清脆的笑，他甚至要她柔軟的身子。但是，這一切的一切，已經一去不復返。

　　老陳偷偷抹去泪，大咳一聲。咳嗽，這是他權威的信號。現在的咳嗽，只是爲了掩飾感情：他怕自己的眼泪，會再一次流下來。他拖過碗，使勁把鹽水泡飯劃進嘴裏。

　　「吃點醬菜吧！」士芳把醬菜推過來，眼珠子賊亮盯著他，盯得他背上沁出一層細汗。老陳站起來，他愧對這雙透明的眼睛。

　　「我和你一起上班。」士芳搶先一步擋在門口，有夫唱妻隨從一而終的架勢。「拉著你媽，她腦子有病。」老陳朝兒子一努嘴。趁士芳分神之際時，他拉開門沖下樓，身影徑直地撲進瓢潑的雨幕中。

　　臉上凉嗖嗖的，分不清是雨水，還是泪水。

　　從此，士芳天不亮就起床，拎著包等他一起上班。早上出門，成了老陳最頭疼的事。不是落荒而逃，就是抱頭鼠竄。落荒時不能讓她看見，鼠竄時要防止尾巴。回家也成了最頭疼的事。士芳欣喜如少女，二腮通紅雙眸生輝，風情萬種嬌媚可人，嘴裏有一連串的爲什麼。你搭她一句，她就嗲嗲地問十句；你一句不搭理，她照樣嗲嗲地打破沙鍋問到底。

　　她是向日葵，圍著老陳打轉轉；她是報曉雞，起的比周扒皮還早。一天又一天，一月又一月。日復一日的重複，沒有盡頭的重複。

　　三個月後堂兄上門。知道這一切後，冷不丁抽了她一個大巴掌，這一掌太狠太重，士芳被打出門幷滾下樓梯。她被抬上床後靜靜地躺著，靜靜地陷入沉思。一連三天，她滴水未進，滴米未嘗。

　　第四天，她又早早起了床，一番收拾後坐在凳子上。她沒有拿包，也沒吵著要去上班。這一巴掌，把她中斷的記憶接上了。她一言不發只是呆呆地看著天花板，一看就是幾小時。當眼她的眼睛垂下時，才能看見眼角的泪花，以及眸子中深深的寂莫。這眼神，石頭人看了都肝膽俱裂萬箭穿心。

「我恨你。」兒子對堂兄吼著。「我醫好你母親的病，你還恨我？」

「我寧要她糊塗不要她清醒。都是你！都是你！」兒子如一頭暴怒的獅子。

「爲什麼？」現在輪到堂兄問十萬個爲什麼了。

「她糊塗，所以她不痛苦；她清醒，所以她痛苦。糊塗時，她是簡單的嬰兒；清醒時，她是痛苦的成人。你打破了她的夢境，你太殘忍。」

「難道你不介意你有個瘋癲的母親？」

「我寧要瘋癲而幸福的母親，也不要一個清醒而痛苦的母親。只要她幸福，哪怕她是精神病人。」

「混帳東西！」老陳一聲吼，「什麼痛苦不痛苦？能安全地活著，就是最大的幸福。」

「宰殺前的猪也一定很幸福。」兒子冷笑著。

「放肆！」

「我這是幫人不成反害人。」堂兄羞愧著，「這孩子中！這孩子中！這孩子感情豐富心地善良。」

「要這奢侈品幹嗎？」老陳翻了白眼。

「難道你不要感情？連動物，飛禽，植物都有感情。」

「你說的太玄乎，太不接地氣，太不現實。」「玄乎？虎不傷子，烏鴉反哺，就連向日葵都朝太陽鞠躬。你一定沒有它們的快樂，可它們却有你不具備的感受。」

第十七章　左臉腫了送右臉

　　老子說，福兮禍所倚，福兮禍所伏。就在老陳痛苦地成爲富農婆的老公時，前來視察的糧食局局長認出了老陳。

　　「你……不就是公私合營時的那面紅旗嘛？」

　　「哎呀！首長日理萬機還記得我這糟老頭。」老陳喜出望外連連鞠躬。

　　「你的事迹很感人。爲了捐金條，寧可住在頭也抬不起的閣樓上。現在住幾室幾廳？党說過，只要打敗鬼子，人民就能過幸福日子嘛！」

　　「他是過上好日子，他整天鑽耗子洞。」傻大姐笑了。

　　「難道你還住在閣樓上？」局長驚訝了。

　　「先天下憂而憂嘛！不！應該說，共産黨人吃苦在前享受在後。」老陳響亮地說。

　　「加入組織了？」「正在努力。」「有這個態度就是好。小王啊！」「局長！」王書記恭恭敬敬地走上來。

　　「劉主席在『論共産黨員的修養』中說：吃小虧就是占大便宜。我們要把便宜讓給好同志：趕快解決老陳的房子。」

　　「是！」王書記響亮地說。

　　我是誰？我是住寒窰的寶釧。我是誰？我是牧羊的蘇武。我是誰？我是被追殺的秦香蓮。我是誰？我是五行山下的悟空。

　　我是誥命夫人，我是朝廷命官，我是鹹魚翻身，我是猴子變悟空。老陳如出籠的鳥兒展翅的禿鷲，刺拉拉刺拉拉飛上藍天。

　　「士芳！我早知道有柳暗花明這一天。」「真有這等好事？」士芳激動得喘不過氣來。

　　「別激動！」老陳扶妻子坐下，又斟上一杯壓驚水，「天一亮，我們就去看房。」

「老天爺終于睜眼，菩薩終于顯靈了。」士芳露出久違的笑。

「胡說啥？這是托共產黨的福。」老陳鄭重而莊重地說。

老陳在第一時間去看房，又在第一時間去彙報。「王書記！分給我的房子我拿不到。問題是無賴，也就是胡胡……他連屋都不讓我進。」

「難道要八人大轎把你抬進去？胡胡是住房人，你是看房人。胡胡是醬油廠職工，你是醬油廠的……」書記用省略號讓老陳自己去回味。

「這是分給我的房。」老陳雖聽出弦外之音，可勇氣不減。

「我只管分房不管撞人。」書記舉起了報紙。

王書記對老陳的態度，猶如太太對丫鬟。丫鬟越死心，太太越瞧不上眼。撒旦能瞧得起猶大嗎？惡霸能瞧得起打手嗎？大盜能瞧得起小賊嗎？老鴇能瞧得起雛雞嗎？他要是殺人我敬他膽，他要是詐騙我敬他奸，他要是強奸我敬他色，他要是放火我敬他血氣方剛。

「書記，要不您……」老陳磨蹭著，乞求著。

「你怎麼還不走？」宋阿姨一聲尖叫打開門。

「書記您看報！」老陳訕訕後退，臨走時輕手輕脚關上門。

老陳拎著一個布袋出了仁智裏。口袋裏有歪瓜斜棗若干。我是謙謙君子，講究先禮後兵，以柔克鋼，絕不和無賴兵戎相見一般見識。他一路嘀咕一路爲自己打氣。

「怎麼又來了？」無賴打著赤膊趿著鞋，一開門就給他來了個下馬威。

「我想問問，您啥時搬？」「工人階級不給剝削階級讓房。」「話可不能這麼說。」

「忘了我們咋批鬥你婆娘的？」無賴攥著拳。

老陳腿脚抽筋，敗下陣來。

外面的太陽很大，街上的行人很多，可是老陳又悲凉又孤寂。突然，他聞到了酒香。一瓶二鍋頭，讓他的丹田之氣冉冉上升。現在的老陳是怒向膽邊生，惡向心頭起。他再一次叩響了大門。

「又來了？」無賴雙手叉腰攔在門口。

「房子是單位分的，你霸占這不是理。」老陳雙手叉腰，不怒自威。

「我就霸占怎麼著？」無賴聲音雖高但底氣尚嫌不足。「你能趕我還是殺我？」

「我不會趕你，更不會殺你，但我一定要討回我的房。」老陳很堅決。

「是嘛？」無賴拖長聲音，以靜制動。

「老弟……來一支。」老陳從容地遞上一支烟。無賴邊抽邊覷：死馬就當活馬醫，實在不行走爲下策。

「你……你的看房單呢？」半支烟下去，無賴的智慧浮上來。

「我……忘了拿。」「不是忘了拿，而是沒拿到吧！」無賴的底氣上來了。

「有話好好說。」老陳把烟遞過去，無賴心裏有底了：人殺人要抵命，人嚇死人不抵命。

「明天我去市里反映情況。」「反映什麼？」「反映工人階級給剝削階級讓房，不吃烟我要反映，吃你的烟更要反映。」無賴乜著眼。

「不是我要房，而是糧食局長提出來的。」有酒墊底，老陳話很沉穩。

「局長和太陽一樣，分幾個等級。」「什麼等級？」「有的太陽冉冉上升，有的太陽日薄西山；有的局長行情看好，有的局長直綫下滑。據我所知，糧食局局長有說不清理還亂的……歷史原因。」無賴先一個省略號，然後是是一個斬釘截鐵的句號。

「你說那局長……」老陳手裏的烟灰一抖。

「要是冉冉上升的太陽，書記早把房子騰空嘍！知道樂極生悲這個道理嘛？」無賴眉毛一挑睿智地問。

「你有什麼消息？」老陳半驚慌半惱怒。

「天機不可泄。知不知道最近形勢？」無賴眼角微揚眼簾半遮。「來！老弟再來一根。」這次老陳敬的不是飛馬，而是紅雙喜。

「我有。」無賴傲慢地說。

「手上有，難道不興夾在耳上？」老陳把香烟一左一右夾上去，無賴就成了雙槍老男人。烟高高豎著，如蓄勢而發的小鋼炮。

「毛主席說，階級鬥爭年年講月月講天天講，一天不講要出事。你看這事多蹊蹺。」

「蹊蹺？大兄弟您指的是⋯⋯」老陳不但把「老弟」改成了「大兄弟」，還把「你」改成「您」。

「不搞運動就有蹊蹺。你知道啥材料宣傳部最感興趣？」

「這⋯⋯」「階級動向最感興趣。抓一個拎一串，斃一個震一批，這叫啥效應？」無賴不但侃侃，還有誨人之風。

「效⋯⋯應？」

「這叫雪崩效應，這叫多米諾效應，這叫遞增效應，這叫幾何效應。你知道嘛？新的運動馬上要來了。」

「真的？」老陳一顫。

「一場偉大的風暴，即將刮遍神州大地。無産階級要用忠誠的態度，來迎接偉大的運動。」無賴模仿列寧的口吻列寧的手勢。雖南腔北調手勢僵硬，但橫空出世的臭彈，還是炸得老陳方寸大亂。

「房子您先住著⋯⋯我這就走。」他一溜烟走了，比臭彈滾得還快。

「瘸腿的狗瞎眼的耗，猥瑣的男人陽痿的奴才。」無賴流利地蹦出一串排比句。「卑賤者最聰明，高貴者最愚蠢。哈哈！」他再一次爲自己的才高八斗而歡呼。

「老陳！王書記讓你帶好圖章去辦公室。」宋阿姨嚷著。

「讓我帶圖章，這說明這事有譜。精誠所至金石爲開；只要功夫深，鐵棒磨成針；一動不如一靜，一怒不如一平；孔子的仁，孟子的義，莊子的逍遙，老子的無爲，儒家的中庸。蒼天不負有心人啊！」老陳一個跟頭翻到辦公室。

「圖章帶來了？在這上面敲一下。這是糧食局關于房子的回執。」

「可是我沒拿到房子啊。」老陳著急地嚷著。

「組織已經分給你，至于怎麼拿這是你的事。敲！」王書記的聲音冷嗖嗖的。

「可是……」「敲！」聲音更沉重了。老陳的嘴唇動一下又闔上：無條件服從已植根于腦神經。老陳醮了印泥哈口氣，章敲的比阿Q的還要圓。

「又出啥事了？」士芳一看他的臉，就知道大事不妙。「憋在心裏要出事。」

「確實出事了。房子沒拿到，却要我在回執聯上敲章。」

「天下竟然有這樣的事？這不是打腫左臉打右臉嗎？」兒子把書一摔。十五歲的新浩已有一點八米。自從籃球被斃後再也不碰球；自從聲樂被斃再也不哼小調。除了學習，他只在電子世界裏遨游。省下飯錢車錢，或去虬江路掏管子，或去舊貨店買零件。他最大的願望，是裝一隻半導體收音機。

「爸爸！我和你一起去，把屬自己的房子要回來。」兒子大聲嚷著。

「對！讓兒子和你一起去。」士芳氣憤地說。老陳的心一動：養兵千日用兵一時。若要回房子，也算是收回投資。要是出了岔子，就把兒子推出去。這可是進攻的矛，防身的盾。想到這龍顏大悅。

「樓上這一間，就是我們的房。」老陳大手一揮，有千鈞之勢。兒子箭一樣地沖進去，咚咚的脚步，震得樓梯籟籟發抖。

推開房門，無賴一手拿酒一手挖脚蘚。酒香混合著脚臭，沖出一股怪昧。

「這房子分給我們，你爲啥不搬？」兒子大吼一聲，站在無賴前。

「自己蝦脚軟，搬來楞頭青。」無賴抿了一口酒，「可惜啊可惜。」

「可惜啥？」老陳上前一步。

「種是好種，可惜不是你的種。」無賴冷笑著。

「你！」兒子揚起胳臂攥起小拳。「很有反骨。」無賴仰頭一口酒：局勢不明，施以緩兵之計。

「胡扯啥？」老陳眉頭一蹙。「反骨」這二個字，可不是好兆頭。

「你的反骨是不是老子教唆的？」無賴的聲音高了二十分貝：對方的眉頭就是一面白旗。

「什麽反骨不反骨。我說的話我負責，不要嫁禍我父親。」兒子向前走了一步。

「這酒不吃了。」無賴一摔筷子，「我馬上去北京，我要挖出幕後指使人。」

「隨你告遍天涯海角。一個唾沫一個釘，這房子要定了。」兒子睜著豹眼，毫無懼色。

「剝削者帶著少年打上門，這是階級報復反攻倒算。」

「你不要亂扣帽子。」兒子冷笑著。

「啪」一巴掌打在兒子臉上：銀瓶乍破玉帛裂。「教子無方，敬請原諒。」老陳收起蒲扇大手，朝無賴作個揖。

「這！」無賴呆了：知道自己無恥，想不到有人比自己更無恥。

「要不……你也來一口？」無賴結巴著，意外的勝利讓他手足無措。

「不！您慢慢喝。」老陳拉著兒子趕緊撤。兒子捂住臉，眼裏蓄滿屈辱的泪水。樓梯上又響起脚步聲，不是歡快的鼓點，而是潰逃的足音。

「瘸腿的狗瞎眼的耗，猥瑣的男人陽痿的奴才。」無賴追到樓梯口，流利地蹦出一串排比句。「瘸腿的狗瞎眼的耗，猥瑣的男人陽痿的奴才。」無賴一遍一遍地說著，笑著，進入物我二忘的境界。

「怎樣？」一進門，士芳就急切地問。兒子沖到床上，用被子蒙住頭。

「算了。」老陳端起碗大口喝水。

「你是說，房子就這麼算了？」士芳大聲嚷著。

「我不是害怕而是有計劃地撤。要是他打傷我們，這可是一大筆錢。」

「佛活一柱香，人活一口氣。難道這口氣你也咽得下？」士芳氣得渾身發抖。

「一口氣是什麼？」老陳冷靜地問，「一口氣就是灾難，他若告狀我們就慘了。」

「難道我們現在不慘？」

「有吃有喝慘什麼慘？告訴你，今天我們大獲全勝。」「全勝？」「消灾兔禍難道不是全勝？」老陳神氣地說，「穩住他就少了危險，少了危險就能保住腦袋，保住腦袋就是最大的勝利。」

「我只要我的房子。」士芳大聲嚷著。

「難道你現在流落街頭？我看這房子不錯嘛！」

「不錯？低頭哈腰，連一隻狗都不如。」

「低頭哈腰就夾尾巴做人，夾尾巴就是最大的安全係數。昂首挺胸容易犯強，犯強容易出事，看來看去，還是這閣樓最安全。」

「你應該住鐵籠，鐵籠更安全。」兒子被子一掀，大聲嚷著。

「放肆！」老陳一擂桌子。現在的他，整一個怒目金剛。

第十八章　又運動了

　　雖然穩穩地住在低矮的安全島上，不安全的因素還是來了。這次運動的重點，是修理當權派。

　　運動開始王書記首當其衝做靶子。先交權靠邊，後承包了單位的男女廁所。廁所雖然臭哄哄却是大舞臺。各路好漢輪番登場，各色英雄你方唱罷我登場。這才是，唱不盡的悲歡離合，演不完的家破人亡。

　　傻大姐拉起一支隊伍，身兼司令和壓寨夫人二個角色。胡技術員也拉起一支隊伍，身兼司令和狗頭軍師雙重任務。不過一派是造反，一夥是保皇。老陳先朝女匪首頻送秋波，接著朝胡司令拋媚眼，丹鳳眼雖盈盈情，脉脉語，還是碰了二鼻子的灰。既然成了狗不理，只得惶惶而不可終日。

　　「革命的造反派們，現在在人民大會場也就是吃飯的食堂，召開批鬥大會。」喇叭響了，閑散的工人朝食堂涌去。

　　飯桌高叠，空出的地盤就是會場中央。牛鬼蛇神一人一頂尖紙帽，絕對的童叟無欺老少公平。「批判會開始，下面由革命群衆發言。」傻大姐一拍麥克風。

　　「我先說。」一個滄桑老人站起來。他顫顫地站著，手指顫顫。「王書記啊，你也有今天，這是菩薩顯靈。」

　　「打倒走資派！」傻大姐振臂高呼。「不過還要打倒菩薩！二人一起打。」「打倒走資派！不過還要打倒菩薩！二人一起打！」群衆跟著喊，喊到一半全笑了。

　　「批判繼續，你不能再叫王書記。」傻大姐敏銳地發現問題。「那叫什麼？」老人謙虛地問。「不管三七二十一，就叫他王八蛋。」

　　「好！王八蛋啊王八蛋，你是殺人凶手，我閨女就死在你手上。」

說到這老工人啜泣不止。

「說！你怎麼整死他閨女的？」傻大姐把王八蛋的頭朝下摁。

「冤枉啊！」王八蛋大叫一聲。「冤枉？」老工人一抹眼淚。「我定糧三十五斤，你讓我割到二十五斤，這一割，就把我閨女割死了。」「不是割死是餓死。」有人提醒著。

「閨女餓死時才十歲……」老工人孩子般地哭著，鼻涕眼淚洶涌而下。

「作孽啊，死時還餓著肚子。」傻大姐也動情了。

「不！」老人一甩頭，鼻涕也隨之甩起來，「閨女死時肚子漲的像面鼓，她被觀音土漲死的。」

「作孽啊！」許多人唏噓著，因爲他們也有相同的版本。

「我來說。」一個男人汲著鞋敞著懷沖過來。老陳一看，這不是霸占我房子的無賴嗎？

「王八蛋啊，你把我兒子害成啞巴。」無賴揮手就是一巴掌。

「不要急，慢慢說。」傻大姐一邊安慰，一邊掌握會場的氣氛。雖走馬上任幾天，領袖風範初具雛形。

「八年了，別提他了。」無賴念出一句京腔的道白，接著一俯首，一甩頭，一挺胸，一昂首，整一個小常寶的造型。

「八年前，風雪夜，大禍從天降。我兒子，發燒昏迷，終日不醒。啊……我的兒啊，三代貧農根正苗紅，想不到，一棵紅苗燒成了啞巴。我的兒……」無賴依啊阿啊，唱得悲憤難抑，唱得潛然淚下。群衆沉浸在他的悲憤中，也沉浸在自己的痛苦中。

突然，無賴一昂頭，右手一揮手，把一根虛擬的辮子甩到身後，悲傷的人被滑稽的動作逗得笑起來。

「我冤枉啊！」王八蛋嚷著，「我這是照文件的精神辦。」

「老公！你死的好慘啊。」一個女人跳上來，以高亢的哭拉開了控訴的序幕，「爲了半碗豆餅，你送了一條性命。」

「你老公是賊。」王八蛋抬起頭，凶狠地說。

「我老公因爲孩子快餓死，他這才拿了半碗豆餅。」

「拿了就是賊，是賊送大獄。既然越獄，打死活該。」王八蛋理直氣壯地說。

「我和你這個畜生拼了。」女人一把抓住王八蛋的頭髮，王八蛋也抓住她的髮髻，二人如麻花，在油鍋裏翻滾。

「好！好！好！」下面傳來陣陣喝彩。

「走資派猖狂，就讓他滅亡。」傻大姐急忙呼口號。

「讓我滅亡沒這麼容易。」王八蛋一掌劈去，把女人打開一丈遠。他撣撣土，理了理淩亂的頭髮。「批我可以，批紅頭文件就是反革命，文件裝在辦公室櫃子裏。至于把賊送進大牢，不需要脫褲子放屁，多此一舉。」王八蛋一挺胸，沒有當權者的失勢，倒有崛起者的驕橫。

「派二個隊員取文件。」傻大姐一揮手，「會議稍息十分鐘。」

十分鐘後紅頭文件到。「看！這是中央三號文件：『關于城市居民糧食定量重新核定的問題』。看！這是二十九號文件：『關于個基層組織加强政治學習的通知』。」

「這！」傻大姐傻了，「你怎麽打而不倒，死而不僵？」

「要是紙老虎一打就死，要是反革命一死就僵。我的罪狀就是和文件對號入座嚴絲合縫。」

「……我問你，害死結巴子，這和哪條文件對號入座？」傻大姐一拍腦子，「爲啥和你談話後，他就吊死在倉庫？」

「傻隊長問得好。」下面熱烈呼應：結巴子的死，讓很多人不敢進倉庫。

「我一沒給他上繩，二沒給他下套，三沒給他喂毒。他死，說明他心中有鬼，說明他對抗運動，說明他自絕于人民自絕于黨。」王八蛋慷慨激昂擲地有聲。喧嘩的會場靜了，人人傻了眼。

「對敵人的仁慈，就是對革命的背叛。」王八蛋奸笑著，「請問，我哪句話背叛了最高指示？我哪個行動背離黨的路綫？」

「你這個狡猾的畜生。」傻大姐黔驢技窮，只能以駡爲營。

「哈哈！」王八蛋大笑，「既沒罪，我要求解放，要求重回革命隊伍。」

「保衛王書記！」「捍衛王書記！」胡技術員帶著保皇派沖進會場，扯下王八蛋的高帽子，解開身上的繩子。傻大姐又氣又愧：批鬥會開成表彰會，批鬥者成了大英雄。

「我們走！」王書記嚷著。「對！我們走。」保皇派簇擁著他，如布爾什維克簇擁著列寧。

「不許走。」傻大姐伸開雙臂攔住他們。

「除非你有證據，證明我有罪。」王八蛋冷笑著。

「我有證據。」一聲尖叫如霹靂，喧鬧的會場頓時安靜，涌動的人流頓時停下。紅霞一個魚躍跳上臺。

「你不是要證據嗎？」紅霞冷冷地看著王書記。

「先報出你的身份。」胡技術員大聲嚷著。

「我的身份并不重要，重要的是認識王書記的身份。現在問王書記一個問題。」

「儘管問。」王書記神閑氣定。

「你說你沒有一句話背叛最高指示，沒有一個行動背離黨的路綫。」

「當然！」

「你亂搞男女關係，也是執行最高指示？你腐化墮落，也是執行黨的路綫？」

「證據！沒證據定你現行。」胡技術員殺進重圍，如忠心耿耿的楊家將。

「我就是證據。」

「怕是勾引不成倒打一耙吧！」胡技術員冷笑著。

「勾引不成反栽贓，這再次說明文革的重要。」王書記也冷笑著，「批她鬥她，打翻在地再踏一隻腳。」

「批鬥破鞋嘍！」下面有了熱烈的反應。

「既然你引火燒身，那就赴湯蹈火。」王書記揀起繩子撲過去，「這是你自找的，」

「捆住她。」「抓住她頭髮。」「給她挂破鞋。」下面的氣氛更熱烈了。

「同志們，造反派們……」紅霞掙扎著，「你們一定知道我曾經分到過一間房。」

「……是啊！」「是有這事，這是組織關心群衆的證明。」

「王書記爲了讓我做他的情婦，把分給陳老伯的房子分給了我。」

「這女人瘋了。」王書記緊咬腮幫。

「是真是假，把老陳叫來。」胡技術員果斷地說。傻大姐眼快手快，一把揪住要溜的老陳。

「說！快說。」「趕快說！」群衆興奮極了。

「這事你最清楚。」紅霞熱烈地看著老陳。

「老陳你不能跟著破鞋栽贓。」王書記冷冷地說。

「說啊！現在不說，更待何時？」紅霞的眸子熱烈地閃爍。老陳心一動。

「你可要實事求是啊！」王書記的眸子陰冷地閃爍。老陳心一顫。

「你的房子給了別人，難道你咽得下這口氣？」熱烈的眸子帶著生氣熱氣，帶著人氣血氣。

「是有這事。」被感染的老陳，果斷地說。

「破鞋搞誣陷。」胡技術員對著紅霞就是一拳。

「我誣陷？你知道誰是我的入黨介紹人？」紅霞捂住胸口。

「對啊！我們要求入黨，門縫也沒半條，可是她從打報告到入黨，只有一星期。」傻大姐一拍大腿。

「你的婦女主任職位就是被王八蛋卸下的。」絡腮胡一擊掌，「主任讓紅霞做了。」

「清楚了！全清楚了！」傻大姐狂笑著。「清楚了！全清楚了！」造反派狂笑著。

「讓王八蛋交代，交代怎麼和紅霞勾搭上的。」「談過程，重點是上床過程。」群衆更亢奮了。

「快把破鞋綁起來。」胡技術員嚷著。保皇派沖上來，抓住紅霞的頭朝地上撞。

「快把流氓綁起來。」傻大姐也嚷著。造反派沖上來，抓住王書記的頭朝地上撞。一陣「乒乒乓乓」後，一人挂一破鞋，一人挂一黑牌。

「勝利了！」「勝利了！」二派人馬同時歡呼，爲重大的收穫彈冠相慶。

這次老陳真的落難了。

鎮反時他踩著李睨韜上岸；合營時他利用李哥化腐朽爲神奇；反右時一泡尿死裏逃生；四清時用滅親換了安全。長期革命的他，在革完他人的命後輪到自己，這才是九九歸一。

他不但隸屬牛頭馬面，還收穫許多頭銜：富農的女婿，吸血鬼的代表，四類分子的老公，階級异已分子。身份很長也咬口，精兵簡政後就叫「崽子婿」。

「崽子婿！掃厠所。」「來了！」「崽子婿！卸煤碳。」「來了！」「崽子婿！戴高帽。」「來了！」每一聲叫喚都換來他的抱頭鼠竄；每一聲叱喝都引來他的末路狂奔。

他的頭上淌著不潔的汗，臉上挂著莫明的笑，丹鳳眼怯怯著，寬肩頭微聳著。領導叫，召之即來；群衆叫，亦召之即來；無聊者怪叫，亦一如既往地召之即來。他不但服從主子，還服從半主半僕。不但服從半主半僕，他還服從丫鬟小厮。有條件反射，更有條件反射的麻利；有基因的作祟，更有基因的從一而終。

驕陽無情地炙烤著大地，承溜車間的溫度高達四十度。過度的透支消耗了老陳的體力，當他扛大包時在暈眩中摔倒。

血從額角流下，一滴滴滲透到地的縫隙。寒霞發配後，爲她砌的臺階，砸成一條縫隙。八年了，縫隙依舊，傷痕依舊。

　　八年前，我監視寒霞。八年後，別人監視我。八年前，王書記革別人的命，八年後，別人革王書記的命。這究竟是歷史鬧劇，還是因果報應？

　　「你出血了！」一個清脆的聲音嚷著。老陳抬頭看到黑白分明的腦袋，黑白分明的臉。他本能地把身子一縮。

　　「不認識我了？」黑白怪獸露出一口牙，牙白的眩目。他一顫：你？

　　「這是陰陽頭，這是陰陽臉，這是文革的創舉。」紅霞尖利地笑著。

　　「還……笑？」老陳大口喘著氣，「你真傻？爲什麼要自投羅網，自取其辱？」

　　「不這樣，怎麼能懲罰惡狼？」

　　「捨身飼虎，可惜無人喝彩無人同情。」

　　「我只要能懲罰惡狼。」「你這是引火燒身，玉石俱焚。」老陳黯然不已。

　　「以前是黑暗中的破鞋，現在是陽光下的破鞋；以前爲他做苦役，現在爲文革做苦役。歷史啊歷史，驚人的相似驚人的輪回。」紅霞迎風而立，頸下的破鞋一晃一晃。

　　「咋這麼臭？」老陳後退二步。

　　「這破鞋在大糞裏滾過，傻大姐親手給我挂上。」

　　「她傻？你比她傻一百倍。」老陳忿忿著，「你這是飛蛾撲火。」

　　「我傻可是我值。你傻可是你不值：你以爲出賣我，就能領到天堂的通行證？」

　　「我害人又害己……我的兒啊。」丹鳳眼裏擠出二滴渾濁的泪，「那一滴滴的血，一直烙在我心裏，我的那個疼……」

　　「你殺了你的親骨肉。」紅霞嚷著。哀怨而快活，悲傷又興奮。

　　「我對不起你。」老陳誠心誠意地說。

　　「你對不起你的孩子，我從來就沒有愛過你，孩子只是我報復你的工具。」

「爲什麼？我一直想問這個問題。」

「李哥的家破人亡，寒霞的流放天涯，你還問爲什麼？」

「……這不是故意而是被迫，與其同歸于盡，不如死裏逃生。」

「問題是逃生後你做了啥？」

「你說我能做啥？除了戰戰兢兢，我還能做啥？」

「李哥的女人瘋了，住在龍華精神病院……你知誰替她付住院費？」

「不知道……」「有許多人，其中包括你。」「我？」老陳張大嘴。

「你忘了我有一大把情夫，你忘了情夫們付出的風流費，你忘了你給我的錢。格格格！」紅霞放肆地笑著。

「你……爲啥要幫李哥？」

「他在我困難時幫過我，難道我不該回報？我沒靠山沒技能，只能把身體租出去，然後用租金養活他的妻子和孩子。」

「他孩子…….還好嘛？」

「最小的一個死了，最大的一個殘了。」

「唉！」老陳低下頭，想到除夕夜，想到雪地上的二個坑，想到了許多許多。「我知道自己懦弱……」

「可是我不懦弱。我用自己的身體做炸藥，用炸藥來埋葬强大而邪惡的王八蛋。」

「可惜這是陪葬，這是殉葬，這代價實在太慘重。」老陳痛心疾首。

「可我除了身子一無所有。這輩子，我就報復二個人，一個是你，一個是王八蛋。你殺了自己的親骨肉，大仇已報。王八蛋已被打倒，我心願已遂。」

「捱吧！忍吧！熬吧！總有雲開日出時。」老陳嚷著。

「我捱够了，忍够了，熬够了。我活得太累了，我要到天堂去尋找我的愛人。」紅霞莞爾一笑，笑得既嫵媚又絕望，老陳看呆了。

「我活膩了。你好好活著，好好數你的寶貝吧。」衣袂一閃，紅霞飄然而去。

　　清晨，老陳一進廠門就被撞了額角。沿著被撞物的軌迹朝上望去，二條白幡從天而降：紅霞吊死在門框上。

　　就著沒有冷透的尸體，再次召開批鬥會。不是有掘墓焚尸挫骨揚灰這一說嗎？革命就要講究因地制宜因勢利導，活學活用現炒現賣。

　　會議在雄壯的國際歌聲中結束。當最後一個音符還在繞梁時，尸體被拖出去。焚燒費不用組織出不用群衆掏，尸體的口袋裏就裝著這筆錢。

　　沒有人接受遺物，沒有人收拾殘骸。遺物和殘骸扔進垃圾箱。房子是組織給的，所以歸了政府。善後處理得乾淨利索。只是在接收房子時出了點小插曲：房子裏竟有三個孩子。

　　這婊子究竟有幾個私生子？革委會成立專案組，外調一組，內查一組，挖祖墳一組，掘糞池一組，查歷史一組，查現行一組，查娘家一組，查婆家一組。數天后，八方情報反饋到專案組。

　　「報告傻司令，三個私生子不是破鞋養的。」「那是誰的？」「是老闆的。」

　　「混帳東西，老闆早消滅了。」「是以前的老闆，合營前的老闆。」「是老陳這烏龜？」

　　「是李哥。」「他？他人在監獄，精子能飛出大牢？」「進監獄前養的四個崽子，一個病死，一個撞殘一個，總共還剩三個。」

　　「蠢貨！一死一殘還有二個。」傻大姐嚷著。「三個。」「一死一殘，四減二等于二。」「殘是殘了，但沒有死。四個減去死的一個是不是三？」來人再一次對著傻大姐扳手指。

　　「報告傻司令，還有遺書一封。」

　　「念！我怕晦氣。」傻大姐不識字，所以用了遮眼法。

　　「……李哥坐牢，我決定收留三個孩子。」「這婊子還有點良心。念下去。」

「……我的工資太低，無法養活三個孩子，其中一個還需要治療，于是我做了鷄。雖然我的身子很髒，但是我的靈魂很乾淨，要比那些道貌岸然者乾淨一百倍。」

「放她的狗屁。她不養，政府也會養活孩子。繼續念。」

「現在，我把李哥的孩子交給組織。既然組織能奪去他的財産，難道不該養活他後代？」

「反動的婊子。」

「惡狼幹了許多壞事，可謂罄竹難書，天理不容……希望你們宜將剩勇追窮寇，千萬不要做東郭先生。紅霞絕筆于一九六六年八月七日。」

「冬瓜？查一查誰是冬瓜先生？」

「據我所知，我廠沒有這個人。」

「大名沒有查小名，小名沒有查別名，別名沒有查綽號，綽號沒有上公安局。」

「不用查。他不在糧食局也不在上海，也不在中華人民共和國。」

「我知道他的下落，越境潛逃，又一個反華小丑。」

「報告傻司令，他不是反華小丑，他是古人。」

「他是反動分子裏的古人，就是我們批判的封建僵尸。」「可以這麼理解。傻司令！孩子咋辦？殘的小的看著怪可憐的。」

「革命不是請客吃飯不是做文章，不是綉花繪畫。要你可憐啥？現在就去找崽子娘。」「崽子娘在龍華精神病醫院。」「自己的崽不管，瘋瘋癲癲跑到哪那幹啥？」

「傻司令英明，這女人確實瘋了，她現在就住精神病醫院。」「那就……查一查李哥現在在哪？」

「在安徽的白茅嶺農場。」「馬上把三個崽送過去。」「這是勞改農場，孩子……畢竟是孩子。」

「腦子進水了？小崽子進勞改農場，就是進保險箱。馬上去財務科領錢送人，聽說安徽的土産很好。」「我的明白。」「我們要騰出手來，迎接更猛烈的革命風暴。馬上把老陳這王八羔子叫來。」

　　從辦公室出來，老陳一喜一憂。喜的是，紅霞乘鶴西去，把秘密帶去了。憂的是，九十八元工資割到四十五元。一家三口，每人是十五元的生活費。

　　當他把喜憂參半消息告訴士芳時，她哭了：「好人啊！你就這麼走了。」

　　「該哭的不哭，不該哭的哭。」老陳大怒。

　　「爸爸！什麼該哭，什麼不該哭？」兒子不解地問。

　　「工資割了她不哭，不相干的人死了却要哭。」

　　「媽哭的對。錢是身外之物，去了就去了。人的生命最寶貴，去了不能複生。」兒子頭頭是道地分析著。

　　「閉上你的臭嘴。」老陳一聲怒吼。

　　「快去找你娘。」一覺醒來，老陳發現妻子不見了。

　　「媽！媽！」兒子跳下床奔下樓，弄堂裏不見一個人。兒子奔到吳淞路，路上也闃無一人。一陣風吹過，大字報的殘骸，如幽靈卷過來。

　　兒子去了菜場，去了所有她可能去的地方。日上三竿，兒子停止搜索，來到海寧路上的樹人中學。

　　操場中央站著一串大閘蟹，清一色的紅與黑，紅的是血，黑的是墨汁；男的一律寸毛不生，女的全部陰陽頭。每人胸前墜塊牌子，上面寫著形形色色的罪。除了地富反壞右，還有間諜，特務，定時炸彈，蘇修臥底等。看來樹人中學不是樹人，而是培養壞蛋的特種學校。

　　兒子拖著沉重的腳步進了學習班。學習班一是接受再教育，二是寫揭發材料。兒子一進去，工宣隊隊長就遞上紙和筆，喋喋不休地談劃清界限的重要性。

　　兒子握著筆，率性地塗抹著。白紙上出現散亂圖形，如抽象畫，如瑪雅文。隊長趨身一看有了驚喜：孺子可教，終于結束了交白卷的歷史。

「畫的啥？」「我母親。」「這不是發射架嗎？」「她已經瘦成骨架。」「這又圓又長的是啥？」隊長心裏惱怒，臉上却愈發親切。

「你以爲是炸彈？」兒子笑了。「難道不是炸彈？」既然識破意圖，乾脆圖窮匕首見。

「可惜這是黃芽菜，確切地說，這是菜場丟弃的黃芽菜幫子。」

「想像是不是太豐富？」隊長按捺著怒火，「難道這二者之間有聯繫？」

「母親不見了，估計她在哪裏拾菜幫子，所以畫了這二個因果關係。」兒子解釋著。

「這也太牽强了。難道沒有天綫啊，電臺啊，微型膠捲之類的？」「還有顯影藥水，軍事地圖，消聲鋼筆，殺人陽傘，能收縮的膠囊，能卸下的鞋底。」

「真有？」隊長一把攥住兒子的手，攥得死緊死緊。

「真有。」「在哪？」「電影裏。徐秋影案件，黑三角的秘密，國慶十點，還有列寧在一九一八。」

「你？」「學校一直組織我們看反間諜電影，所以我從小有反間諜意識。情報不藏在密碼箱，而藏在菜藍裏。接頭暗號不是黑話而是革命口號。特務頭子不是外交官而是女傭人。對了！她叫梅姨，隱藏得可深了。」

「你？」隊長惡狠狠地看著他：乳臭未乾的小子竟敢耍我？

「隊長！您怎麼啦？」兒子一臉無辜一臉迷惑。

「你爲啥要這樣畫？有啥目得啥企圖？」隊長睚眦欲裂氣急敗壞。

「唉！」兒子長長嘆了一口氣。

「究竟啥原因？」鬆弛的弦又一次蹦緊，憤怒改爲警惕，「是否家裏有啥新動向？」

「是有新動向。」「真的？」隊長再一次攥住兒子的手，「有事向組織交心。」

「爸爸九十八元工資被割成四十五元。還要從每人的十五元裏，摳出一些錢救濟鄉下爺爺。」

「你爺爺啥成分？」「下中農，離貧農一步之遙。」

「你再仔細想想，說不定有新情況。」隊長和藹一笑：誘供需要微笑。

「有情況我早搶跑道，我也想成爲能教育好的對象。」

「你這個狗崽子非常不老實。」隊長悻悻著，「學習班延長，三樓的厠所包給你。」說完隊長把紙放進公文袋：聊勝于無，好歹也算個情況。

「你把紙還我，隨手塗鴉也要進檔案？」兒子見抽象畫進了公文袋，急忙嚷起來。

「這是我的工作。」隊長的大手，按了按公文袋的四隻角。

「簡直滑天下大稽。」兒子半是惱怒半是笑。

月上柳梢，勞累了一天的崽子婿終于到了家。灶冷鍋空，饑渴交加的他一不留神被撞出一個大包。他突然一擂桌子：他媽的！老子這輩子沒吃過山珍沒住過高屋，除了檢查就是批鬥。我怎麼就落到這地步？

他一屁股坐下，破舊的凳子發出陣陣呻吟。

「我這是咋了？我今天是咋了？」他搖著頭使勁搖著。心火就是邪火，邪火就是災火，災火誅九族啊。地步？我究竟到了啥地步？雖然住螺螄殼，尚能遮風雨；雖然割工資，尚能混半飽；雖然被打倒，還好好活著。縱橫地看，廢的廢了死的死了；經緯地看，全世界人民都生活在水深火熱中。我不廢不死發啥牢騷？不水裏不火裏的有啥痛苦？

萬惡淫爲首，我看是萬惡反爲首，好在「反」字一閃就滅，人不知鬼不曉。想到這，他勺起壇裏的水一飲而盡。水潺潺流過喉頭，流進心頭，發酵成微甜微醺的葡萄美酒。

門被推開，兒子子扶著媽走進來。士芳頭纏紗布血迹斑斑，活脫脫一受傷女匪婆。

「咋了？」尚在幸福中的老陳幸福地問。「先喝點水。」兒子拎起暖壺。

「就喝自來水，今天沒燒開水。」士芳費勁地說。

「究竟咋回事？」老陳不耐煩了，「今天早上你上哪了？」

「我上一定好食品店後門，那裏有好多煤渣。」

「媽在揀煤渣時，被人砸了個血口子。到醫院後問了她成分，竟連傷口都不肯縫。」

「別說了。」傷員幽幽地搖著手。「媽！你手上有泡。」「傻孩子，揀通紅的煤渣能不起泡？」

「把水泡挑了，用紫藥水擦一擦。」兒子打開抽屜。

「這事要怪你。他砸你時爲啥不躲著點？咱惹不起還躲不起？你陪著笑臉他還會砸？」老陳生氣地扔出三個問號。

「要不是他們攔著，我讓小子也頭上開花。」兒子氣呼呼地說，「欺人太甚。」

「你活够，我還沒有呢！」老陳冷冷地說。

「他憑什麼砸人？我們憑什麼要陪笑臉？」兒子大聲嚷著。

「翅膀長硬了？」老陳甩出殺手鐧。殺手鐧百試不爽比耗子藥靈。兒子一聽，果然蔫了。

「媽！我給你熬點粥。」兒子把外套壓在老伴脚後跟。

「你們哪來的錢上醫院？」老陳一拍腦門，「錢是山東大娘給的，醫院只收一元挂號費。」

「這就好！」老陳長長地籲了一口氣。意外的受傷降低了每個人的食欲，三個人就著自來水吃了九塊餅乾。因爲餓，因爲氣憤，兒子倒頭就睡了。半夜，他被胃痙攣疼醒。

「明天還去嘛？」老陳問，「今天砸了，明天就不會砸。」

「我怎麼委屈沒關係。但兒子在長身子，他沒有營養不行。」

「他沒營養，我有營養？」「我不管，反正你把三人的生活費給我。」士芳賭氣轉過身。

「一天八角，多一個子也不行。」

「一天八角十天八元，三十天就是……二十四。」老伴伸出指頭比比劃劃，「不是發四十五元嘛？」

「多下的我存起來。」「存存存！肚子都顧不上還存啥？」「你怎麼只想吃？你咋變成這樣？」「這是逼的。」

「天降大任于斯人，必先勞其筋，苦其志。兒子不吃苦怎成材？」

「吃苦不等于餓肚子。人投胎到世，就是吃苦，就是存錢？」

「你蛻化變質了。以前的你不怕吃苦，搶著吃苦，苦中作樂。」

「以前有盼頭，現在沒盼頭。本以爲先苦後甜，想不到愈活愈苦。」

「看問題要用發展的眼光。」「啥眼光不眼光？我得了青光眼，只能熬只能忍。我被剝奪了工作，還被剝奪看病權。我還不如死了。」妻子終于抽泣起來。

「哭啥？」老陳捶打著被子。「不殘不死不流放還哭個啥？」「我就要哭。」妻子越發嚎啕起來。

兒子仰面朝天，深邃的眼裏，蓄滿痛苦的泪水。

「從現在開始，白天接受單位監督，晚上接受里弄改造。星期天和假日到居委會報到。」

「我明白了。」老陳恭恭敬敬地說，「我能不能提個要求？」

「你還有資格提要求？」薛書記嗤了一聲。

「我要求組織把黑板報交給我。我寫字我畫畫……」

「咯咯！」薛書記忍不住笑了：世上真有這樣的賤骨頭。

「薛書記。」二流子領著二個人走來。二人雖面帶微笑，渾身上下還是透出一股霸氣。

「這邊請！」薛書記把來人引進小房間。

「我們是白茅嶺農場的幹警，這是介紹信。」

「你們是爲王老師，不！爲王犯人的事而來？」

「確切地說，爲王刑滿釋放分子的事而來。」

「這麼快就釋放？十年簡直是彈指一揮間。」

「今天來，想徵求一下基層組織的意見。一般情況下犯人留場，但王犯人在改造中表現不錯。」

「同志啊！你們千里迢迢從安徽趕來，現在是吃飯時間，先吃飯吧。」

「這個免了吧！」

「軍民團結，天下無敵？我們是魚水情，難道魚要拒絕水的邀請？」

「恭敬不如從命。」

「請！前面就是飯店，填飽肚子再談革命。」薛書記掏出票子朝二流子手上塞。二流子擠了擠眼，朝對面烟酒店奔去。

「你能不能給我二塊錢。」老陳一進屋士芳就攔住他，「王老師要回來，我和山東婆給他包頓餃子。」

「不用你費心。」老陳哼了一聲。

「難道你準備好了？」士芳一臉驚喜，「是買鹵菜還是去麵館？」

「免了！薛書記讓他留場了。」

「啥叫留場？」「雖然刑滿，繼續留在農場。」

「這不是無期嗎？」士芳驚慌地攥住老陳的手。

「我想是的。」老陳掙脫了自己的手。

「這個毒蠍子毒女人。留場，她就能永遠霸占房子，留場，這冤案永遠翻不過來。」

「別人的事你少管。從今天起，不許和山東女說話，不准和小鳳來往。」

「你還是人嗎？誰對你好，你對誰狠；誰對你狠，你對誰親。薛書記恨誰，誰就是你敵人；薛書記愛誰，誰就是你親人。」

「你說啥？你再說一遍。」老陳激動地嚷著。

「薛書記恨誰，誰就是你敵人，薛書記愛誰，誰就是你親人。薛書記最恨山東婆，所以你恨她。」

「哎呀！老婆真聰明。」老陳在妻子臉上啄了一下就飛奔下樓。

「你瘋了。」士芳半羞半惱。很多年他已經沒這個動作了。

「薛書記！」老陳猛地推開居委會門。「啥事？」骨胳女的臉上全是冰茬子。

「我想諮詢政策。如果檢舉揭發，能兌現點啥？」老陳嫻熟地問。

「你有震撼世界的重大材料？」骨胳女鄙視地問。

「我想揭發山東婆，也就是小脚女。」老陳拖長聲音。

「好！」薛書記激動地站起來，拖過椅子手一摁，老陳安然落座，接著是一杯熱香茗。

「快說，揀重要的。」「啥是重要啥是不重要？」老陳隨意地呷了一口，現在口渴者是她。

「政治上的事，芝麻小事也重要；生活上的事，西瓜大事也不重要。快！」骨胳女一手捏筆一手摁紙，儼然雙搶老太婆。

「不過我要揭發的不是山東婆，而是山東漢。」「呀！」骨胳臉一派失望。

「我問你。」老陳把二郎腿換個姿勢，「抓獵物時，先抓雌的還是先抓雄的？」

「這……」

「抓雌的，雄的落荒而逃；抓雄的，雌的絕不會落荒而逃。」

「你是說……」「你啊，衝殺有餘謀略不足。」老陳遺憾地搖著頭。

「哎呀！只道你的瘦金體無懈可擊，想不到謀略上也高人一籌。」

「雕蟲小技何足挂齒。」老陳一揮衣服。

「要不是歷史問題，你就是棟梁之材。揭發從哪開始？」

「四八年。」「這麼早？」「越早越有價值。」「訴訟期一過，木乃依再有價值，乃屍體一具。」

「挖出淺炸彈有價值，還是挖出深炸彈有價值呢？」「這個嘛……」

「從四八年七月到六七年五月，離二十年的訴訟期還有六十天。」老陳穩健地說。

「有備而來。」書記士氣大振，「不愧是我的狗頭軍師。」

「只要是軍師，不管狗頭還是豬頭。」老陳解嘲一笑。

「政治運動，就需要你這樣的軍師。」書記也笑了。「言歸正傳。」

「時間倒溯到一九四八。解放軍的炮聲清晰可聞，我正在迎接曙光的到來。」老陳富有磁性的聲音極其動人。

「聲音很好，和那個單什麼的一樣。」書記激動地舉起筆。

「單田芳。」「字正腔圓音色雄渾，起那個伏的。」「起伏跌宕。」「對！起伏跌宕。」「承蒙誇獎接著談。一個月黑風高的晚上，山東漢賊頭狗腦竄進我家，神秘地問我想不想去臺灣？我笑而不語。他說共黨殺人放火天理難容，你還是跟著國民黨臺灣島上走一遭。」

「你為什麼不站出來批判他？」薛書記把筆一扔。

「不入虎穴焉得虎子？沒有華子良的隱忍，哪來越獄的成功？」老陳反詰，「文化雖不高，尚知打草驚蛇的道理。」

「哎呀！沒經歷過反右，就知道反右的精髓，好一個先知先覺。」

「我家老頭子在嘛？」門外響起怯怯的敲門聲。「有敵情。」老陳馬上躲到大門後。

「不在。」薛書記生硬地把門一摔。「繼續。不是敵情是你老婆。」

「她知道後一定會阻止，一阻止揭發就流產，一流產就抓不了壞人。這不是最大的敵情嘛？」

「說的對。」薛書記恍然大悟。

「揭發暫停，騙走她後，更精彩的內容隆重登場。」

「人約黃昏後，不見不散。」薛書記飛個媚眼。「人約黃昏後，不見不散。」老陳伸出小指做個拉鈎的動作。

從居委會回家後，老陳開始喝酒，喝醉後就睡覺。這一覺綿綿悠長，從星期天下午睡到星期一早晨。然後踩著車子上班。車子格吱吱，心也格吱吱：下步棋咋走？單跳獨打看來欠佳，雙管齊下才能奏效。

上班後的老陳成了拼命三郎。他搶著扛大包，搶著洗大缸，搶著淘厠所，搶著拎泔水。他搶得莫名其妙，幹得莫名其妙，因爲他搶了別人的活。

下班後，他搶下傻大姐的包來個十八相送。要不是傻大姐攆他，罵他，他一定全程護送。他的每一個細胞，都在琢磨如何討好上帝，他每一根神經，都在思忖如何感動上帝。

天黑透了，車子更重了，老陳關節酸疼渾身無力。現在不是車載人，而是人推車。橘紅的燈，照在熟食店的櫥窗上，泛起一片誘人的色彩。

油光泛色的猪頭肉，紋理緊密的牛肉幹，蠟黃肥腴的白斬鶏，大紅大艷的醬肚子，老陳的頭一點點朝玻璃凑去，眼球不動喉結滾動。蜒水如絲，從嘴角懸下。

買一點吧，痙攣的胃抗議著。來一點吧，老陳抓住分幣手伸向櫥窗。

不行！現在八字沒撇，九字沒勾，怎能盲目樂觀胡亂慶功？面對誘惑要有定力，不就是猪頭三的臉，反芻牛的胃？不就是被閹的母鶏，禽獸的內臟？這玩意外國人根本不碰。下水下水，不就是下三濫的水，不就是裝尿盛屎的容器。想到這，滾動的喉結速度緩慢，絲樣的涎水也不再延長。

前面就是燈火輝煌，人聲鼎沸的居委會。雖然很想一覷究竟，但他還是按捺住激動繞道而行。

一條影子閃出居委會，後面還拖著一條影子。二條影子隨即隱身在黑暗中。天呐！一號影是二流子，二號影竟是兒子。他和他之間一定有巨大秘密，這秘密被我攔截，又是一功。一功加一功，就是雙功。有了雙功就是功臣，就是功成名就。狂喜的他，借著黑幕逼近目標。

「你試試，這聲音多清晰。」兒子急切地說，「這個半導體是最新產品。」

「清晰是清晰，咋就這幾個台？」

「這是上海人民廣播電臺，這是中央人民廣播電臺，這是江蘇人民廣播電臺……」

「還有什麼台？」「再多的台，還不是同一個聲音？」兒子冷冷地說。

「電臺麼，總是多多益善。」二流子有些猶豫。

「中午竣工，現在出爐。要不是急用錢，我絕不出賣我的寶貝。」

「出賣？你也知道出賣？」二流子冷笑著，「你爹最熟練出賣這二個字。」

「廢話少說，十元究竟要不要？商店裏賣四十元。」

「十元就十元。」二流子一咬牙，「半導體算六元，四元是我的募捐。這點你一定要和小鳳說清楚。」

「立地成佛了？」兒子冷笑著，「我成佛，有人却操起了屠刀。難道你不想知道誰操起屠刀？」

「廢話少說，銀貨二訖。」

「不許動！」一聲大吼震人發悚，老陳如天兵天將殺出來，「不許動！維持現狀。」

「原來……是你？」二流子輕蔑地打量著對方，「維持現狀？你以爲抓現行？」

「那你們搞什麼勾當？」老陳精神抖擻。

「我不搞勾當你才搞勾當呢！」二流子嗤之以鼻，「你是搞勾當的老手。」

「說！搞什麼名堂？」老陳對著兒子大聲叱呵。

「我來說。」二流子檔在兒子的面前，「他需要錢，所以把半導體賣給我。」

「需要錢幹什麼？」老陳嚴肅地問。

「因爲小鳳要做手術，因爲小鳳被人打了……後面還要我說下去嗎？」二流子冷笑著。老陳的心一動：星期六晚上揭發，星期一就來抓人，這說明上級對我的情報很重視。

「你哪來的半導體收音機？」老陳壓抑著內心的激動，威嚴地呵斥兒子。

「我自己裝的。」「哪來的錢？」「我把吃早飯的錢去虬江路掏了零件……」

「難怪你瘦得像只……」老陳把「猴」這個字咽下去。

「你兒子爲了救小鳳賣收音機……」「你爲了救小鳳買收音機……」「我知道我不是人，可是我再不是人，也沒有出賣別人。」二流子冷笑著。

老陳的心一怵。

「鳳丫頭咋了？」老陳滿臉焦急地推開門。

「老山東被押上車，鳳丫頭攔著不讓。警察一頓拳腳，把小鳳打翻在地。到醫院一查說骨盆骨折。」小脚女邊說邊哭，「要不是他們搶下我的刀子，我就劈了這些流氓。」

「別的先不說，先解決鳳丫頭開刀大事。」老陳果斷地說。

「開刀要許多許多錢啊。」小脚女解開衣扣露出白花花的奶子。「你！」老陳後退二步。

「你去問個價。」小脚女從文胸裏掏出一塊玉，「這是祖傳的寶貝。」

「好東西。」丹鳳眼一亮。此玉綠得心曠神怡，沁入心肺。

「你識貨，找人賣了。」「我一定幫你找個好買家。這錢先拿著。」老陳掏出一把錢。

「我咋能拿你的錢？」「啥你啊我啊，我們是一家人。」「謝謝！謝謝！」

「謝啥謝。」丹鳳眼笑成二條拋發綫：別看一大把，全是零幣碎幣分幣小幣。

第二天，老陳就把賣玉錢送去，小脚女千恩萬謝。她不知道，家傳古玉此刻正躺在老陳溫暖的懷抱裏。

第十九章　抄家

一群戴袖章的人，浩浩蕩蕩朝乍浦路走。拿鐵鍬的，扛鐵矛的，敞胸露懷的，蓬頭垢面的。城市貧民，要掃蕩城市的富佬；城市革命者，要對被革命者實行專政。

有人側目，有兔死狐悲之態；有人歡騰，有幸災樂禍之情。有人沉默，在沉默中掩蓋憤怒；有人放聲，在放聲中發泄怨恨。這是忌日也是節日，這是隕落也是崛起，這是毀滅也是收割，這是戮殺也是革命。

隊伍停在仁智裏十三號門口。

「把陳步堂叫下來。」

「你們抄他的家？」肥厨哈哈大笑，「他有金子我就有鑽石，他有浮財我就有王冠。」

「給抄家的每人發一隻放大鏡吧。」胖嫂也笑了。

「對！免得草紙當美鈔，石頭當翡翠，玻璃當鑽石，黃曆當存摺。」胖厨嚷著。

「滾開。」傻大姐一把推開胖夫妻，「陳步堂你聽著，造反派要掘地三尺徹底抄家。」

「你們可不能亂來。」老陳嘴唇抖的閉不攏，張不開，「能不能給我五分鐘，讓我找薛書記。」

「我來也！」一旁閃出骨胳女。「薛書記，君子一言駟馬難追。」

「你說我沒信譽？」「你⋯⋯兌現政策了嗎？」「街道讓你戴高帽嗎？里弄裏批鬥你嗎？既然沒有，那就是兌現了政策。至于抄家，那是單位的事。」薛書記朝絡腮胡使個眼風。

「你說話不算數。」老陳很委屈也很憤怒。

「一份材料只能換一個護身符，總不能一僕二主一女二嫁？」骨胳女誇張地一聳肩，四周響起一片笑。

「要不……交換一下。」老陳懇求著，「我願意戴高帽被批鬥，只請求不要抄家。」

「哈哈！你以爲賣菜賣醬油？」「難道政治不是買賣？」老陳銳利地問。

「你很精明，但今天是白骨精現形的日子。弟兄們上！」絡腮胡大手一揮，弟兄們沒動。

「聽他的就是聽我的。」傻大姐怪叫一聲：用自己的權威樹丈夫的權威，這是党的寶貴經驗。毛主席不也用自己權威，把江青樹起來嗎？

「上！」兄弟們怪叫一聲沖上閣樓，接著是慘叫聲不斷。「難道有炸彈？」絡腮胡慌了。

「炸彈在腦門上。」弟兄們捂著腦袋，齜牙咧嘴嚷開了。「這閣樓太低了。」

「你們圍在十三號幹嘛？」小脚女拎著保溫杯從醫院回來。「抄家！」「抄誰的家？」「抄耗子洞，抄小閣樓。」

「不行。」小脚女扔下保溫杯朝樓上沖，「他們不是當權派，你們不能抄他們的家。」

「不是當權派可是黑九類啊。」絡腮胡說話文縐縐的，他已經從流氓無產者向文化無產者轉變了。

「自己已經家破人傷，還有閑心管別人？」薛書記冷笑著。

「正因爲女孩受難，不能再讓男孩受難；正因爲丈夫遭冤，所以不能讓老陳遭冤。」

「哈哈！」薛書記放聲大笑，「用二肋插刀來回報大義滅親？要不是他，女兒能殘丈夫能關？」

「你胡說。」「把這個瘋女人拖出去。」傻大姐不耐煩了。

「我不但是響噹噹的四代貧農，還是碼頭工人的家屬。」小脚女就地一滾，一雙小脚有節奏地敲擊地面。

「弟兄們，給我上！」傻大姐發怒了。

「且慢！」骨胳女站出來，「與其鞭撻皮肉，不如鞭撻精神。陳步堂，你自己和她解釋。」

「解釋啥？」「解釋她丈夫爲啥被抓，她女兒爲啥會殘。」

「……嗯……」老陳的臉漲成了猪肝。

「難道說……」小脚女一骨碌站起來，白髮竪起，全身如一張拉開的滿弓「我只問你一個字：是還是否？」

「文革要觸動人的靈魂……狠鬥私字一閃念。」老陳諾諾著。

「我只問你，薛書記說的是還是否？」小脚女緊張地盯著老陳的嘴巴。

「親不親綫上分……革命不分親疏不分血緣。」

「我只問你：是還是不是？」小脚女大吼一聲。

「我真……後悔。」老陳一跺脚。「你後——悔——了？」小脚女鬆開攥緊的拳。

「我後悔揭發了還是沒能逃過這一劫。」老陳痛苦地抱住了頭。

「你……」小脚女白眼一翻朝後仰去。

抄家行動出師不利。由于頻頻和天花板接吻，造反派收穫了大小不等的瘤。再加上頭不能伸腰不能直，于是勇士們撤出主戰場，游離在樓梯口。

「同志們喝水！同志們抽烟！」老陳端水敬烟招呼不斷，要是肩上加條毛巾，他就是話劇「茶館」的第二號演員。

「誰是你同志？」絡腮胡惡狠狠地說。雖然他現在勾搭了骨胳女，但母夜叉怎麼能和寒霞比？貨比貨的沮喪，激起他怒火萬丈。

抽烟喝酒後的勇士重返戰場。上敲天花板，下撬木地板，拆開關，查燈頭，嗅水壇，搗棉被，如一群老道的盜墓者。

一隻沉重的米缸倚墙而立。傻大姐卷起袖子摩拳擦掌。「我來吧。」老陳趨上一步。「滾！」傻大姐一推把老陳撞在桌角上。一隻碗跳起又跌下，就在落地的一刹，老陳單膝跪地朝碗撲去。

碗安然地躺在老陳懷裏，老陳長舒一口氣。「男兒膝下有黃金，爲破碗不要黃金。」絡腮胡冷笑著。

「况檔」一聲，楞頭青踢飛痰盂，水撒了一地，一後生滑了個四腳朝天。

「哈哈！」兒子放肆地笑起來。

「狗崽子滾出去。」傻大姐把長矛對準兒子。兒子毫無懼色，怒目而視。

「殺雞焉用牛刀？」骨骼女吟吟一笑，「陳步堂！讓你有骨氣的兒子給我們端茶倒水。」

「呸！」兒子一扭頭。

「呸啥？倒水就倒水。一二三四五六七八，去買八瓶桔子水慰勞造反派同志。」說到「同志」時，老陳透著三分親昵。

「我這輩子還沒喝過桔子水呢！」兒子生氣地說。

「快去買。」士芳把鈔票朝兒子手裏塞，又使個眼色。兒子趕緊下樓：掌心裏躺著幾張存摺。

「搞啥？樓上的水流到下面了。」薛書記的儿媳氣勢洶洶沖上來。

「對不起！請你包涵請你原諒。」老陳作揖連連。

「我踢翻的痰盂我承擔，就是打招呼也輪不上你啊。」楞頭青冷笑著，「你太賤了。」

「革命……不分你我他嘛！」老陳極其尷尬。

「這叫左臉打腫了再送右臉。」骨胳女尖叫一聲，于是笑翻門裏門外一批人。

笑也笑了，桔子水也喝了，抄家行動開始升級。抽屜拉開，櫥門撬開，箱子倒扣，罎子砸爛。臭襪子爛棉花天女散花，黃苞米幹柴禾狼籍一地。勇士們幹臭汗一身，不要說金子就連黃銅也沒見一克。

「把破爛扔了，騰出地方繼續搜。」薛書記對絡腮胡耳語著。于是一筐筐的破爛清出去。「加大力度。」絡腮胡一揮手。叮咚咚乒乒乓乓，十八件兵器一起上。地板撬開，頂棚開窗，鍋子成了鐵皮，窗簾成了拖把。甚至連房子中央的頂梁柱都敲開，依然一無所獲。這時，有條人影閃進來。

「你來找死啊？」氣頭上的傻大姐更氣了，「狗屁都沒有一個。」

「是嘛？」技術員眉毛一挑，鏡片後的眼神深邃陰森。他後退二步，又前進二步，接著又後退三步，前進三步。

「跳探戈？」傻大姐不耐煩了。

技術員一閃身繼續獨舞：先上前二步再後退二步，接著一個大轉身，又是一個大回轉。猫步走得精彩紛呈。

「你是百樂門的老克蠟？」「舞步還是狐步？」衆人議論著評價著。

「快滾。」傻大姐沉下臉，「就是發情，也要看看環境。」

「我明白了。」一個漂亮的大旋轉，跳舞者雙脚幷攏雙臂垂下。

「明白什麼？」所有的人异口同聲。「快把這堵墻刨了。」

「開玩笑。柱子已經敲了，再刨墻我們就要被活埋了。」

「把這堵墻刨了。」技術員神情十分果斷。

「聽他的！」絡腮胡略一思索後果斷下了命令，「抄傢伙上。」

「爲什麼要刨墻？」老陳大驚失色，「這是山墻，一刨就塌。」

「不要說山墻，就是鋼筋碉堡也要刨。」技術員冷冷地說，「這墻刨定了。」

「你爲什麼要害我？」老陳如發怒的獅子一頭撞去。

「你害寒霞，所以我害你。這叫以其人之道還治其人之身。寒霞死了，她死在貧下中農的鋤頭鐵褡下。」猙獰的臉，一點點朝老陳逼去，「我要爲她報仇。」

「報……仇！」「對！報仇。」

墻終于被刨開。一匹匹毛料，一捆捆絨綫，一叠叠餐具，一摞摞毛毯展現在衆人面前。一壇壇一甏甏，一缸缸一罐罐，倚墻而站，幷排而立，有兵馬俑的氣勢，有金縷玉衣的詭异。好一個阿裏巴巴山洞！

「那是什麼？」傻大姐尖叫著。一隻泛著釉色的箱子靜靜躺在磚灰中。

「八寶箱。」技術員冷靜的很。「打開箱子。」絡腮胡儘量克制激動的情緒。

面對命令，老陳一動不動。

「你不開鎖，我就一刀劈了它。」絡腮胡高舉斧頭，老陳只能從貼身口袋掏出鑰匙。箱蓋一掀，一道金光躥出，赤橙黃綠青藍紫從天而降。瑪瑙紅，紅得熱烈；翡翠綠，綠得無暇，寶石藍，藍得動人；鑽石亮，亮得耀眼。項煉粗如麻繩，玉器溫潤剔透，鎖片雕龍刻鳳，足赤元寶如翹起來的小船。

圍觀者一動不動，仿佛中了咒語。寶物震撼了他們，也感動了他們。

「太美了！」胖嫂折下小蠻腰。「太漂亮了！」肥厨低下了頸頭肉。

「這不是家，這是老鳳祥。」「這不是家，這是藏寶窟。這就是阿裏巴巴山洞。」所有的觀衆都如痴如醉。

「起貨！」絡腮胡一聲令下。家裏放不下，放到樓梯口，樓梯口放不下，放到大門口。爲了保證安全，傻大姐一個電話，讓單位黃魚車前來救駕。

三條漢子搞搬運，一條漢子任崗哨，傻大姐是總指揮，絡腮胡是副統帥。技術員擔任登記主簿；骨胳女做維持會長。小部隊功能齊全，文武兼備，甚是了得。

「一打臉盆（二個有麻子坑），一箱香皂（三分之二被老鼠咬碎），三打毛巾（四分之二被蟲蛀壞），一套搪瓷餐具（未啓封），一套銀餐具（西餐專用），四件皮襖（二件羔羊皮，二件狼皮），綢緞八快，料子十塊（全毛），絨綫十捆，三節皮鞋一雙，全毛大衣一件……技術員畢竟是臭老九，不但記錄翔實，另有備注若干。

「肥皂喂老鼠，却用燒鹼洗鍋碗。」胖嫂忿忿著，老伴忙把皺裂的手藏到身後。

「毛料喂蛀蟲，却穿著破衣爛鞋。」肥厨憤慨著，兒子忙把露出脚趾的鞋朝後退。

「三桶菜油(底部渾濁)，一鐵桶奶粉(完全發黴)，三罐麥乳精(變成白色)，一甕紅糖（上層融化）……」技術員一邊唱票一邊記錄。

「可惜啊，大饑荒時，這桶奶粉能救幾十條人命。」有人嘀咕著。

「這甕紅糖有十幾斤吧？」「沒二十斤我爬著走。」無賴一個勁地吐痰。兒子用仇恨的目光瞪著甕子：有這麼多紅糖，爲啥讓我喝糖精水？

「小盤二十個，中盤三十個，大盤四十個（景德鎮細瓷），咖啡茶具一套，茶具一套。」

「這是啥玩意？」胖嫂指一個鐵傢伙問。

「粉碎咖啡豆的機器。媽的！連豆漿都捨不得喝，還弄這玩意。」肥厨師「呸」了一口。

「筐裏的黑貨是啥？」

「這是木頭燒成的炭，專管燒烤。他這輩子沒吃過一口燒烤，倒弄了一大筐的木炭。」厨師冷笑著。兒子又用仇恨的目光瞪著籮筐：有這麼多木炭，爲啥讓受傷的母親揀煤渣？

「省啊，摳啊，最後全充公了。」胖嫂快意地嚷著

「落了個白茫茫大地真乾淨。」李蟲傻呵呵地擠進來。

「連戀大都知道可惜。」胖嫂拍著李蟲的肩膀，「老叫花子一定有精神病。」

「自虐中的快感，自戕中的滿足。」戀大嘻嘻一笑。

「戀大！你要有錢，買房還是藏物？」胖嫂問。

「ONCE BITTEN TWICE SHY。」李蟲答非所問，只是傻笑。

「戀大說啥？」薛書記笑吟吟地走過來。

「我沒說啥！」李蟲一抹鼻涕，痴呆中帶著索然，瘋癲中藏著冷寂。

「你說什麼我知道。你自詡自己是中國的托爾斯泰。」薛薛書記冷笑著，「你以爲放洋屁，我就不懂？」

「我沒有說托爾斯泰。」戇大也冷笑著，「我就是說什麼，你也不懂。」

「把這個反革命小崽子押下去。」薛書記對二流子一努嘴，「打電話給派出所，塘沽路居委抓到現反一名。」

「憑什麼抓我？」李蟲憤怒地問。

「就憑你是中國的托爾斯泰，你以爲我不知道這是蘇修的泰斗？」

「這是英文俚語：一旦被蛇咬十年怕草繩。」

「英文？英國是老牌帝國主義，你在抄家現場念他們的洋屁，這是啥性質？」

「牛頭不對馬嘴，愚昧又無知。」

「愚昧不要緊，只要有忠心。無知不要緊，只要有路綫對。我問你，什麼是蛇什麼是繩？」

「這只是一個比喻，一個借代而已。」

「你把偉大的党比喻成蛇，你把牛鬼社神比喻成繩子。」

「無限上綱，滑稽之至。」

「繩子可以把蛇捆起來，這是說牛鬼蛇神可以把黨捆起來。」

「斷章取義羅織罪行，無恥又無知。」

「快把現行反革命押下去。」骨胳女大吼一聲。談笑風生的圍觀者，立馬水銀瀉地不見了踪影。

當最後一輛黃魚車駛出弄堂時，已是萬家燈火時。「整整八輛黃魚車的貨啊。」造反隊員既興奮又疲憊，既激動又失落。

「老公！這麼多東西咋處理？」傻大姐的問號，讓所有眼睛一亮。

「這個嘛！一要考慮三分之二的人民，生活在水深火熱中；二要考慮臺灣人民，生活在三重大山下。」絡腮胡不緊不慢地說。

「難道要把蛀壞的毛巾，融化的紅糖運到非洲？難道要把金銀首飾送給臺灣癟三？」無賴第一個跳出來挑戰副統帥。

「送給臺灣的一是傳單，二是炮彈。」楞頭青也憤怒了。「憑什麼把我們的戰利品送給他們？」造反派嚷嚷著。

「抄家物資先封存，後請示。」副統帥發指示了。

「出力流汗，還撞了一串大瘤子，難道我們一無所獲？」無賴氣憤地說。

「弟兄們辛苦了。」絡腮胡親切地說，「到單位後，先洗個熱水澡。」

「這要你說？」無賴一撇嘴。

「讓食堂整一桌酒菜，大塊吃肉，大碗喝酒，大口抽烟。至于別的以後再說。」

「走！快走！」小分隊歡呼著。

「同志們辛苦了。來！再抽最後一根烟。」老陳拿出一包烟。

「家成廢墟，還有心思發烟？趕緊回去收拾吧。」點了烟的無賴，不禁有了惻隱。

「同志們慢走！」老陳熱情地打招呼，就如送客的新郎。

「陳步堂！」技術員低吼一聲，「你轉移了財產，抄家物資中只有二張存摺。」

「哎呀！天地良心啊。」

「你還是主動把存摺交上來吧。」技術員冷笑一聲，和小分隊撤出仁智裏。

老陳一屁股坐在廢墟上。咒語已破，洞門大開，財寶被洗劫一空。阿裏巴巴！我給了你春天，你給了我荒漠；我給了你太陽，你給了我嚴冬；我給了你生命，你給了我死亡——你不如殺了我。

他嗚咽著，聲音傳的很遠很遠。一寸寸沁入肌膚，一縷縷深入骨髓。雨打芭蕉，有芭蕉的淒楚；水滴石穿，有石頭呻吟。高亢的音，是野狼的嚎；低轉的鳴，是杜鵑的啼。死寂中，心如燈花，一點點地爆裂……半凝半固的泪，半閉半覷的眼，半跪半蹲的姿勢，半人半鬼的模樣。半挂老藤，一點殘菊，蕭瑟著，枯萎著，掙扎著，苟延著。

士芳披頭散髮，二眼枯澀如千年木乃依；兒子雙手攥拳，二目噴火如百年二郎神。黑暗悄悄地上來了，黑暗遮住了天地，也遮著了三個黑暗的身影。

東方一點點白了。朦朧的白，稀薄的白，湮然的白，混沌的白。雖然白得蹊蹺，雖然白得不明不白，但是太陽還是升起來了。糞車的轔轔聲，女人的嘮叨聲，孩子哭鬧聲，早點的吆喝聲，充斥整個仁智裏。飛流短長的麻綫，穿起是是非非的珠子。鞋底的殘屎還在，衣襟的水漬依舊。灶間的寸土，是眸子的聚焦點；水費的分攤，是口水戰的核心。揩油的竊喜，吃虧的怨恨，偷情的亢奮，怨婦的嘮叨。窺測與反窺測，同盟與反同盟，把石庫門的生活點綴的活色生香。

左鄰批鬥是大事，大不過一根葱的面積；右舍自殺是重事，重不過鷄毛菜的價格。落井的，探頭一望，然後送上幾塊鵝卵石；遭難的，慰問一番，然後贈一漂濁水。海誓山盟，壓不過利益的準星；割頸鐵哥，拗不過自身安全。仁智裏，有的是小市民的狡黠，仁智裏，多的是上海人的假仁。

飲食男女，當吃則吃，當喝則喝，當揭發則揭發，當傳種接代則傳種接代。屈辱算啥，有先人墊著，有後人趟著；迫害怕啥，前次是你，下次是他。沒尊嚴咋啦，好死不如賴活。沒自由咋啦，士可辱不可殺。俺中國人除了四大發明，還有泰山壓頂不彎腰的風範。

「當當！」前客堂的鐘響了。老陳在鐘聲裏，睜開了丹鳳眼。「我……在哪？」老陳環顧四周，驚詫萬分。

「你在家，這是抄家後的家。」兒子加重語氣。老陳的眸子定了，二顆渾濁的玻璃球陷在泥塘裏。突然，玻璃球轉動：老陳瘋狂地朝墻撲去。

「暗室？我的暗室呢？」他吼叫著，帶著一股强大的氣流。氣流盤旋徘徊，蜿蜒震盪，廢墟愈發蕭殺陰冷，房間愈發空曠死寂。

「爸！強盜挖開山洞，把財產搶走了。」兒子心疼地瞅著父親，「我們什麼都沒有了。」

「不！還有這些。」老陳朝地上撲去，把布條，碎紙，斷木，甚至齏粉統統摟在懷裏。

「放下吧！」兒子嘆了一口氣，「這是垃圾。」

「這不是垃圾：碎紙五分一斤，碎布一分一斤。」老陳大聲嚷著。

「難道你準備賣廢品？」兒子疲憊而冷淡地問。

「爲什麼不賣？」老陳疲憊地而熱情地回答。「起來吧！」兒子扶起老陳。老陳推開兒子，一屁股坐在地上。他揀起碎報紙，捋平每一個邊角，他揀起破布，擼直每一根折折。他揀起身首分離的抽屜，捧起碎尸萬段的桌椅。他撲在廢墟上，拽啊，挖啊，摳啊，掘啊。臀部起伏如插秧者，身軀進退如小舢船。

鬧鐘滴答滴答，滴到日上三竿時老陳結束了考古工作。報紙橫平豎直有棱有角，布條經緯分明寬窄有序，斷木長短規範分門別類。他滿意地嘆了一口氣。

「斷木不能賣錢。」士芳冷冷地說。「那就留著生爐子。」老陳提起二捆東西走了。下樓聲一點點遠去，兒子一動不動，溶解在遠去的足音裏。

突然，遠去的足音又趑回來。老陳推開門，把捆好的報紙破布散開，操起木棍，在廢墟中鼓搗著。他動作機械，手勢僵硬，宛如一個機器人。「格格！格格！」老陳發出淺笑一串。

「爸，你笑啥？」兒子驚詫地問。「我就知道裏面還有草繩，用草繩換下麻繩。」老陳掂了掂草繩彎下腰。

父親，你還有腰嗎？兒子盯著父親的背影痛苦萬分。你的腰，是站直的前提還是屈膝的根本。你是泰山壓頂不彎腰，還是根本就沒有腰？你是山崩地裂不皺眉，還是根本就沒有皺眉權？你是金剛不壞身，還是行尸走肉人？兒子愛恨交加地看著父親：父親的被辱使他心痛，父親被辱後的態度，更使他心痛。

　　他寧可父親絕望，也不願意他渴望。他寧可父親咆哮，也不願意他屈從；寧願是殘玉而不是全瓦；寧願是斷樹而不是垂柳；寧願是醜陋的礁石而不是可人的鵝卵石；寧願是受傷的狼而不是伶俐的貓。兒子閱讀著父親，詮釋著父親，鄙視著父親，心疼著父親。

　　父親拎著雜物走了。他雙眼平視，步伐蹣跚，有夢游者的二大特點。兒子趕緊跟上去，直到父親的身影飄進廢品收購站，他才松了一口氣。

　　突然，兒子跳起來。收購站有鐵器，要是父親掄起榔頭舉起斧頭呢？他跳進去，看到的不是暴力，而是談判。父親就廢品的價格，重量，正在和店主切磋商談。兒子一陣恍惚，恍惚中，半蹲的父親成了黃山一棵松。

　　黃山惡劣的環境，養成黃山松獨特的生命力。它頑強而扭曲，獨立而獨特。頑強的生命力，來之懸崖絕壁；扭曲的軀幹，來之貧瘠的土壤。獨立的張力，來之獨特的山貌，獨特的山貌，孕育獨立的造型。它是美麗的，又是醜陋的：美麗的因爲堅韌，醜陋是因爲迎合。它是大自然的受難者，同時又是大自然的點綴物。這是黃山松的幸，還是不幸？

　　這是父親的幸，還是不幸？

　　「開門！快開門。」骨胳女領著一批人朝十三號涌來。「幹什麼？」小腳女嚷著。

　　「你男人四肢齊全，連一根汗毛都沒少。」薛書記一努嘴，一付擔架朝堂屋闖。

　　「我的親人啊！」銀瓶乍破玉帛碎，石破驚天的哭撕開了夜的口子。

　　「撤！」骨胳大手一揮，紛亂的脚步風一樣地刮走了。

　　「我去看看。」兒子扔下電烙鐵朝樓下沖，「好象是山東伯回來了。」

「回來就好！回來就好。」士芳驚喜地抹著淚，從缸裏摸出幾個雞蛋，又從麻袋裏掏出一把黃豆。

「大伯癱了。造反隊折磨他，于是他跳樓，結果把脊梁骨摔斷了。」兒子黑著臉走進來。

「還能走路嗎？」士芳攙住兒子緊張地問。

「就是不能治，所以扔回來。」兒子的鼻子裏呼出二股白氣。

「癱子？這麼健康的人成了癱子？」士芳失神地念叨著。

「自己的事都管不了，還有心事管別人？」老陳冷笑著，「把存摺給我。」士芳失神地從鞋裏掏出鞋墊。老陳一撕，三張存摺掉出來。

萬家燈火時老陳回家了。前客堂傳來說話聲，哭泣聲，咳嗽聲，咒罵聲——說話的是兒子，哭泣的是妻子，咳嗽的是山東漢，咒罵的是小脚女。

「我拼命避嫌，你們到處招嫌。」老陳忿忿地拿起碗。由于桌凳毀于抄家，吃飯只能在床上進行。床上放著一碗煮蘿蔔，白乎乎的蘿蔔清澈的湯。現在不用裝窮，而是真窮。

「存摺呢？」妻子一上樓，就伸出一隻手。

「你要存摺幹嘛？」「山東哥癱了，治療需要錢。」「存摺上交了。」老陳響亮地說。「現在我們也是徹底的無產階級了。」

「啥？」

「交比不交好，多交比少交好。現在效果已經出來，我現在是醬油廠的⋯⋯組長。」

「組長？啥組？」

「組麼⋯⋯當然是地富反壞右這個組，不過我和他們有很大的區別。」

「怎麼個區別？」

「造反隊讓我監視他們的一言一行一舉一動，也就是說，我是造反隊的眼綫。」

「你是壞人。」妻子堅定地說。

「這有區別：我是敵我矛盾按人民內部矛盾處理；他們是敵我矛盾按敵我矛盾處理。」

「以前你是紅色資本家，現在是富農婆的老公；以前你戴大紅花，現在你被抄家；今天廠子充公，明天我被開除出廠……」

「開除你不假但沒有流放你。」老陳耐心解釋著，「沒有流放，就是最大的勝利。」

「不要阿 Q 精神勝利法了。」兒子冷笑著進來，「自欺欺人已經若干年了。」

「你腦後有反骨？」老陳憤然著。

「你沒有反骨，還是遭受淩辱。」

「淩辱？告訴你，我現在是監視壞人的……組長。這說明組織上信任我，這說明我大有希望。」老陳一臉燦爛地說，「這是政治上的殊榮。」

「可喜可賀。」「你要向我學習。」老陳提高了嗓門。「學習我的榮辱不驚。不但要學習跳龍門，更要學習鑽狗洞。」老陳揮著手。

「手咋了？」妻子扯住他的手。手腕上有道傷口，粉紅的肉如翻卷的花蕾。「造反隊打你？」

「這是周瑜打黃蓋。」老陳輕鬆地一聳肩。

「自傷自殘？」「血書明志，只是下手狠了點。」「難道你寫血書表忠心？」兒子惱怒地揚起眉。

「我說我要感動上帝，如果連幾滴血都不捨得，焉能明志？」老陳得意地抖著腿。

大雨如注，天地間一片白茫茫。一老太背著蛇皮袋，蹣跚在雨中。一青年拎著菜籃子，奔走在雨中。就在老太和小青年擦肩而過時，二人同時楞了。

　　「媽！」「兒子！」「你怎麼不帶傘？」「只有一把傘，我想把傘讓給你。」「讓來讓去，讓成二隻落湯雞。」兒子哈哈大笑。士芳也笑了，一張核桃臉，舒展成一朵晚菊花。

　　「今天揀了這麼多煤渣？」兒子接過媽的蛇皮袋。

　　「知道下雨，我早早候著呢！」士芳美美地說。

　　「你猜我在菜場看見誰？」兒子興沖沖地問。

　　「鳳丫頭。薛書記怕小腳女傷了她孫子，所以把小鳳安排到菜場上班。」

　　「這個毒蝎子，我恨不能一刀劈了她。」

　　「別說這血腥的話。」士芳捂住兒子的嘴，「回家我給你燒香腸吃。」

　　「香腸黴變了，上面全是白毛。」兒子撅著嘴，「爲啥一定要等到不能吃了再吃？」

　　「唉！」士芳嘆了口氣。潊潊的雨中，一老一少相偎相依相行。雨瘋一樣地下著，恨不得把親情淹個一乾二淨。

　　士芳上了樓，兒子等在門口：小閣樓要完成吃喝拉撒一攬子計劃，還要執行男女有別的政策，除了輪流上痰盂還要輪流等痰盂。

　　落湯雞換下的二套濕衣服就晾在閣樓中央。風吹過，如戲臺上的皮影人。兒子點燃了火油爐，火苗幽幽，帶著無限的怨恨。兒子把火油瓶頭朝下豎著，半天也不見一滴火油。

　　「你去買火油吧。」士芳掏出錢包。「今天幾號？」「三十一號。」「糟了，這月的火油計劃用完了。」

　　「那就生爐子吧。」兒子無奈地說。

　　「煤球還在店裏。」士芳翻出煤球卡。「就是買了也沒地方放。」

　　「放在樓梯上啊。」「這麼窄的樓梯還能放煤球？」「那就放在曬臺上。」「傻孩子，那不是我們的地盤。」「那就放在樓下。」「那也不是我們的地盤。」「那就放在閣樓上，反正吃喝燒拉共一體，老少二代人居一室。」兒子苦笑著。

「房子啊房子，盼了幾十年，還是一場空。」士芳搖著頭。「我去小腳外婆家借二隻蜂窩煤吧。」兒子趕緊安慰母親。

「借了也生不了火。這麼大的雨怎麼生爐子？雨點比火苗還大。」

「那就買二隻大餅啃啃吧。」兒子一臉索然。「爐子來了。」一聲吆喝，小腳女拎著爐子走上來。

三碗米飯一盆青菜，三口之家圍著床板坐下來用餐。「買張桌子吧。」士芳把筷子放在床板上。

「要是再抄家怎麼辦？」老陳用筷子敲了敲碗。

「活得太窩囊了，連張桌子都沒有。」士芳生氣地說。

「看看形勢再說吧。沒有桌子也不礙你吃礙你喝。」老陳再次用筷敲碗，「你啥時變嬌貴了？」

「我不嬌貴，我連樹皮都咽得下。」妻子看著兒子，老陳的視綫跟過去。咦！這小子圓臉咋成了馬長臉，懸鼻成了萬仞山，眼窩深不可測，簡直就是馬裏亞納海溝。掐指一算，這小子應該過了發育期。

「這季度肉票蛋票沒動，再不動過期了。」老伴旁敲側擊。

「學校咋說分配的事？」鐵公鷄避實就虛轉移話題。

「工宣隊說我可以留上海。」

「四個面向咋成一個面向？」老陳緊皺眉。

「有個單位看上了我得獎的航模，想讓我去。」「你想留上海？」老陳單刀直入。

「我……服從安排。」「你應該主動出擊，明天去學校表態，堅決要求上山下鄉。」

「留在上海就不能鬧革命？不是說一顆紅心二種準備嗎？」妻子忙跳出來反駁。

「婦人之見。」老陳一個白眼掃過去，「把鬧鐘撥到北京時間五點整。」

第二十章　上山下鄉

　　一隻破舊的躺椅倚墙而放，椅子上躺著山東大漢。彪悍英武的他，成了歪嘴斜頸的卡西摩多。縱然圍兜挂一圈，涎水依然蜿蜒而下。

　　「您好點了嗎？」兒子彎下腰凑過去。

　　「嗚……」聲音含糊，表情怪异。兒子一陣心酸。

　　「分配了嗎？」小脚婆用調羹敲著碗。

　　「基本定了：黑龍江軍墾農場。」

　　「爲什麼是黑龍江？獨苗可以去近郊農場。」小脚女扔下碗朝樓上沖。

　　「我問你：新浩爲啥不去崇明，而去黑龍江？」

　　「一近郊，一邊陲，孰輕孰重？」老陳笑眯眯地問。

　　「近郊咋了？邊陲咋了？」

　　「崇明是社會青年的大本營，黑龍江是革命青年的大學校。用經濟上來分，這是黃銅和白金。用政治上來分……」「政治政治，你這輩子，生是政治的人，死是政治的鬼。」小脚女咬牙切齒。

　　「究竟到啥地方，我們尊重兒子的選擇。」

　　「這話說的對。」妻子一個鯉魚打挺從床上跳起，昏花老眼成一對燈籠，「兒子，你究竟準備上哪？」

　　「我當然想離家近一點，父母年紀大了，身體又不好。」兒子猶豫著。

　　「告訴你，我的身體棒棒的。」老陳冷冷地地說，「崇明位置已經飽和，黑龍江位置虛位以待。哪有發展就上哪，父母不能越俎代庖。」老陳侃侃而談，小脚女氣得哈哧哈哧。「你啊你，整一個花叢中打滾的驢糞蛋，裏面臭外面香。孩子啊，我們不去黑龍江我們就去崇明。」

小脚女拉住兒子熱烈地說。

「如果戀家就去崇明，如果想幹事業就去黑龍江。既然兒子戀家，那就上崇明……吧。」這一個「吧」又慢又長，慢裏帶著輕佻，長裏帶著小辱。

「我就去黑龍江。」兒子的臉漲得通紅。

「我絕不干涉你的決定。」老陳一臉慈祥。

「不行！要麼去崇明，要麼先呆在上海。」士芳著急地嚷著。

「連古代女人都知道閑愁最苦，讓年輕的兒子躲在家裏吃閑飯？」老陳溫柔地看著兒子。

「我堅決到黑龍江去。」兒子直著頸脖大聲嚷著。他終于被激將法擊倒了。

「我也不捨得兒子去黑龍江，但是我不能阻止兒子的追求。」老陳淺笑著，「黑龍江是防修反修第一綫。」

「去崇明就沒有追求？」小脚女冷笑著。

「黑龍江不但有工資津貼，還能給你政治上的榮譽。」

「我不讓你去黑龍江。」士芳抓住兒子，枯黃的臉上挂滿泪珠。兒子的心一悚，母親絕望的眼神，觸動了他的心。「媽！」兒子百感交集：這邊是母愛如山，那邊是父訓如山。

「誰言寸草心，報得三春輝。兒子對父母的回報，不是朝暮相處，而是大鵬志遠。兒子，你說是不？」老陳親切地拍著兒子的肩膀。

「黑龍江就黑龍江。」兒子一咬牙：果斷代替猶豫，自尊戰勝兒女情。

「你哭啥？」老陳白了妻子一眼，「兒子既不是藤本植物，也不是槽上病馬，他需要獨立，需要弛騁。兒子，我說的對嘛？」「對！」兒子攥緊拳。

「看到嗎？兒子自有自己的主見，不需要別人的干涉。」老陳朝小脚女冷笑著。小脚女又惱又恨，她煩躁地轉了個圈一頭朝門外沖去。樓梯上響起了脚步：細碎而急促，憤怒而無奈。

老陳閉著眼，悠然地欣賞著樓梯交響樂。

天亮了，晨曦透過寄生窗折射進來。兒子靜靜地躺著，士芳靜靜地坐著。他們就這麼度過了不眠之夜。

「快起來！」老陳伸了個懶腰，接著一躍而起，「下午四點的火車，最遲也要在一點趕到火車站。」

「爲啥這麼早？」妻子沒好氣地問。

「說不定有報社采訪，說不定有領導送行，說不定今天是有政治節日。」老陳利索地穿上衣服。

「政治！政治！你早晚死在政治上——不是樂死，就是嚇死。」妻子大聲地說。

「你怎麼咒我？」老陳生氣地說，「今天是好日子，你不要煞風景，兒子可是到反帝反修的第一綫。」

「閉上你的嘴。」妻子怒吼一聲。老陳驚訝地看著她，她也憤怒地看著他，四目對峙各不相讓。

「這是喜事，你哭喪著臉幹嘛？」老陳嘀咕著，「我的軍裝呢？」

「要那破衣幹嘛？」

「拍照！拍全家福。」「我早想拍全家福了。」士芳的臉緩和下來，「是該拍一個了。」

「紀念章呢？」「天天別在你胸前。」「我是指最大的紀念章。」「自己找。我要給兒子燒一頓飯。」士芳系上圍裙。

「整天就知道吃。」老陳叱著，「趕快收拾一下：一人一套軍裝，再別一個大像章。」

「照片又不是宣傳畫？」兒子皺著眉。

「要是運氣好，照片成爲宣傳畫。『毛主席在安源煤礦』是油畫，後來風靡全國，得力于機遇和……」

「又說屁話。我們拍照，扯上老毛幹嗎？」

「這麼粗魯，是不是跟小脚女學的？趕快穿軍裝。」

「可惜我沒有軍裝。」士芳得意地笑了。

「我早就準備好了。」老陳拿出一件女軍裝。「哪來的？」「跟傻大姐借的。」老陳更得意了。

「拍照就拍照，爲什麼要穿軍裝？這是你的規定還是上面的規定？」「這是我的規定。什麼叫獨闢蹊徑？什麼叫脫穎而出？什麼叫匠心別具？什麼叫……」「不拍。我要爲好好地爲兒子燒一頓飯。」士芳把軍裝朝地上一摔。

「一定要拍。」老陳斬釘截鐵，有巴頓將軍的果斷。

三人一下樓，就贏了個滿堂彩。「你這是軍裝還是粽葉？」肥厨問兒子。軍裝狹小，把兒子箍成一隻綠棕子。更兼青荏頭皮尖瘦臉，懸鼻一仞，凹眼一雙，活像匪兵甲。

「你這是軍裝還是長袍？」胖嫂問士芳。軍裝寬大，把老伴裹在裏面。更兼闊皮帶攔胸一束，白髮飄揚溝壑臉，整一個瘋癲婆。

老陳儀錶堂堂。半皺半褶的軍裝倒也合身，只是小軍帽倒扣在頭，活像一口鍋蓋。骨胳女大步走來，見了三個宮廷小丑，忍不住撲哧一聲。

「薛書記好！您笑了……您親自笑了？。」老陳又驚又喜。

「上哪？」書記咳嗽一聲，硬把笑壓下去。

「我們去拍照，拍一張扎根邊疆照。黑龍江是祖國的邊境綫，能讓兒子去，這是政治上最大的榮譽。」老陳春情盎然激情澎湃。士芳瞪著老陳：骨肉分離，有啥可喜可炫耀的？

「薛書記，這像章是世面上最大的。」老陳挺了挺胸，「我知道您欣賞這一套。」

「我知道你喜歡搞這一套。」士芳惱怒地盯著他。依然鼻梁高聳，眼梢生情，只是肌肉僵硬，表情猙獰。桃花依舊，可春風不再。

這是一張俊美的臉，又是一張假的面具。被人傷害時傷害別人，咀嚼痛苦時製造痛苦。有滄桑更有狡詐，有傷痕更有狠毒。他有貓的諛媚，豺的凶狠，耗子的膽怯，蜥蜴的變色。

他是盛世的紳士亂世的蝨賊；給點綠，就是橄欖枝的使者；贈點赤，就是紅纓槍的主人。不會滴水涌泉，眸子死盯著晴雨錶；不會恩仇分明，十指攥著鐵算盤。他是向日葵，一輩子都在朝聖；他是朝聖者，一輩子都在頂禮膜拜；他是頂禮膜拜者，一輩子匍匐在地；他是匍匐者，一輩子生活在灰塵中。沒脊梁，非驢非馬四不像；沒心肺，非鬼非魔二栖人。

士芳死死看著他，究竟是什麼邪鬼惡神，把我心愛的人打磨成這樣？

「薛書記啊！兒子的分配上體現了二條路綫的鬥爭。有人讓他去崇明，有人讓他去啓東，有人讓他猫在上海，但我是王八吃秤砣，鐵了一條心。」

「怎麼個鐵心法？」薛書記微笑著。

「俗話說，女爲知已著容，士爲知已者死。良禽擇木而栖，良狗擇家而居……」

「說說你的鐵心法。」書記直奔主題。

「先類比法，再淘汰法，最後激將法。三招下來馬到成功。」老陳呵呵笑著，「先引而不發，再循序漸進，最後一舉突破。」

「果然大智大謀。」書記翹起拇指。

「孔子說，下士用磨盤逼人，中士用語言逼人，上士用筆端逼人。我既不用磨盤，也不用語言，更不用筆端，我只是覷其虛使三招，這叫攻心爲上。」

「好一個攻心爲上。」書記也呵呵笑了，「俗話說虎毒不食子……」

「錯！親不親綫上分。我們現在去拍全家照。照片上加楹聯。左聯是『父母鼎力支持』，右聯是『兒子志在邊疆』……」

「橫聯是『如此家庭』。」

「不愧是書記。」這次是老陳伸出大拇指。

照相時，老陳和攝影師有了是非之爭。本來前面坐二人，後面站一人，全家福就 OK。但老陳却要加上紅寶書舉過頭的造型。經過新一輪的口舌，新一輪的調整，新一輪的布局，三顆頭顱三枚像章本三本紅寶書終于一古腦進了底片。拍完照，演員和導演全出了一身臭汗。回家時，老陳繞到工藝品商店，選了一個大鏡框。

「幹嗎買這麼大？」豪華鏡框讓士芳有了不樂意。

「希望于上上，行動于下下。」「什麼上啊下啊？」「照片有三個命運，上上就是作爲宣傳畫，風靡整個大江南北。」「中中呢？」「作爲扎根邊疆的典範，打入街頭畫廊。」「下下呢？」「下下麼只有孤芳自賞敝帚自珍。」老陳用袖口擦了擦鏡框上的灰。

「聽不懂你的屁話。兒子倒酒。」士芳端出菜肴。

「先拿毛筆。不寫楹聯，就失去照片的政治意義。」

「政治，政治，能當飯走，能當水喝？早晚有一天，你不是被政治上樂死，就是被政治嚇死。快去看看兒子還缺什麼？」

「對了！趕快把紅寶書請進包裏。幾天幾夜的火車，不學毛選咋行？」

「塞不下了。」士芳拍了拍鼓鼓囊囊的背包。

「把上面的手套拿出來。」

「冰天雪地，沒手套咋行？」

「沒有紅寶書，他的腦子不行。」老陳當仁不讓地嚷著。面對父母的爭執，兒子一動不動。父親在薛書記前的自白，如一個地雷，把他的心炸得四分五裂。只道父親對自己不親不疼淡如水。現在才知道，自己是棋盤的卒天平的碼。

「早走早準備，路上想一想臺詞咋說。」老陳放下碗，興沖沖地拎起行李。

「啥臺詞？」「說不定媒體會采訪你，所以你要想好臺詞。」

「請您留步。」兒子客氣而冷淡，「我自己走。」

「媽一定要送你。」士芳解下圍裙。「你不能去。」老陳說，「我的兒子爲啥不能送？」

「你一去肯定哭，這會給兒子的前途蒙上陰影。」老陳攔住士芳。

「恐怕是指你的前途吧？」兒子用挑釁的眼光看著老陳。

老陳突然嘆了一口氣。「我知道你反感我，但我有我的苦衷。我養你十三年，同時欠虧你十三年；你被我養了十三年，同時欠虧我十三年。我欠你的是政治帳，你欠我的是經濟帳。你去黑龍江，這是你償還的第一筆帳。既然是還款，我有運用還款的權利。我知道我和薛書記說的話深深刺傷了你。但是我沒有辦法，畢竟我生活在政治運動中，畢竟我生活在她的管轄下。我用你的還款表現自己，趟出路子，殺出重圍，不再做一個夾著尾巴的巴爾狗。兒子啊，你能懂我的心嗎？」老陳一把揪住自己的前襟。

兒子驚詫地看著他：父親面容蒼老二鬢斑白，眼角帶泪神情淒切。

「我知道你恨我。」老陳的手摩挲著兒子的天靈蓋。手粗糙而磨礪，溫暖而寬厚。手給他帶來了財富，却沒給他帶來幸福。

「我苦啊！我心中的苦誰知！」二個大大的驚嘆號，滑出他的喉結。

兒子的心一顫。在顫抖中，他原諒了父親。

火車站到了。敲鑼打鼓的火車站；紅旗颯颯的火車站。雖人聲鼎沸，難掩幾許淒切；雖口號震天，難遮滿目悲情。歡笑堆在臉上，比脂粉還厚，比脂粉還假——這是中國式的化裝舞會，戴著假面具，擠著莫名其妙的笑，唱著糊裏糊塗的歌，踏著心煩意亂的節拍。

「滴鈴鈴！」開車的鈴聲驟起。嚎啕，全體嚎啕如決堤洪水咆哮而下。一瀉千里，浩浩蕩蕩，複流到海不回頭。

「爸！媽！我走了。」兒子拎起行李朝火車走去。士芳拉著包帶不鬆手。兒子艱難地走著，士芳頑固地跟著。兒子不敢停下，停下再也走不動。兒子不敢眨眼，眨了就會抖落滿天的星星。

「爸！我求你了。」兒子突然停下腳步，「你答應我一件事：你一定要照顧好媽。」

「兒！我也求你了。」老陳上前一步，「你答應我一件事：你一定要爭取入團入黨。」

「我的兒啊。」媽媽一把抓住兒子的手。

「哭什麼哭！你這是瓦解兒子的鬥志。」老陳一推士芳摔倒在地。這一刻，兒子看到了一個醜陋的不能再醜陋的人。他的醜陋，讓他一輩子都忘不了。兒子擦了擦眼泪，頭也不回地上了火車。

一個月後，信和匯款單同時到達。老陳顧不得拆信，丹鳳眼急切地覷向匯款單。當看到人民幣三拾伍元時，丹鳳眼如雪花輕盈地上揚。他打開信，信很簡單，除了問候二老，就是談邊疆的泉水清又亮，邊疆的太陽大又紅。是啊，和這樣的父親溝通，難道能指望心和心的交流共鳴？沒有盧梭的「懺悔錄」，也不會又有托爾斯泰的「復活」？

從此，每月都能收到匯款單。時間之准，可以和格林威治天文鐘媲美。從此，老陳又恢復了幾十年如一日的存錢活動。雖然還背著「崽子婿」的封號，但「雄關邁道如鐵，而今存錢從頭越」的格言，給他帶來巨大的期盼。

一天，兒子來了一封信，要求父親寄一些電子方面的書籍。「終于開口了。」老陳吐了一口氣，如馬拉松運動員，終于走到了盡頭。

他去了一趟廢品收購站，掏了許多「真迹」，然後寄到黑龍江。他在匯書單上寫著：希望你走又紅又專的道路。半月後，兒子寄來幾張獎狀。不是先進工作者而是優秀修理工。天呐！他竟沒有一張是學習毛選積極分子的獎狀。

沒有政治獎狀讓他有了心酸：因爲不是自己的種，所以不能心有靈犀。慢！獎狀裏面夾著一張紙。兒子說，他在指導員的鼓動下寫了入團報告。經過內調外查，一槍斃了。現在他六根清淨心如止水。請父親也六根清淨心如止水。

讀到這，老陳二眼一翻陷入半真半假的昏厥。內查外調，還在內查外調？本以爲政治問題是強弩之末，青萍之梢。想不到方興未艾，如火如荼。天呐！怎一個「愁」字了得？至此，單鳳眼痛苦地擠成一條綫。

有了！他一拍大腿。既然我不能證明自己，那就用兒子來證明我。數學上要證實 Y= 革命，先求證 3X= 革命，有了 3X= 革命，再求證 3X=Y= 革命，這就是正比例函數。哲學上有內因外因之說，兒子的內因，絕對仰仗老子的條形碼，這是馬克思主義的原則，也是哲學的精髓。化學上，沒有我的鹼性氨基，兒子的酸性羥基怎麼能合成生命之源氨基酸？至于物理更顯而易見：沒有中子的撞擊，哪來革命的核反應？

老陳一骨碌爬起，正襟端坐揮筆如椽。從五千年文化一直談到五星紅旗。先談精衛填海之不易，又談夸父追日之大艱。感慨處唏噓不已，動情處潸然淚下，激昂處不輸「離騷」，慷慨處再現「滿江紅」。核心問題是忍，關鍵問題是韌。江河回歸大海，靠的是百折不撓，愚公感動上帝，行的是不離不弃。信結尾處，狼毫揮就草書一行：山窮水盡疑無路，柳暗花明又一村。筆鋒力透紙背道勁异常，不但呈現草書峻嶙之風韵，更體現耄耋老人的雄心。整一個「殘星幾許風幾許，長笛一聲人倚樓」的境界。

有人敲門，是一瘸一拐的小鳳。「聽說乾媽的哮喘發了，媽讓我送點餃子來。」

「小鳳快坐。」士芳從床上撐起半個身子。「人老不中用了。」小鳳朝桌上一瞅，一碗白蘿蔔，一碗綠菜葉，雖賞心悅目，却是永遠不落的太陽。

「怎麼老是吃這個？又不是和尚尼姑搭檔過日子。」小鳳生氣地說。「蘿蔔通氣潤肺，止咳生津；菜葉敗火瀉毒纖維加 C。」老陳放下報紙。

「不要 C 啊 D 啊兜圈子，這是菜場扔掉的廢物。省下一分錢夾在肛門，兜遍整個中國。不！兜遍整個世界。」

「小姑娘說話一點也不文明。」老陳寬容一笑。

「話不文明但做人絕對不虛僞。乾媽！弟弟有信嗎？」

「有！他在什麼木的汽車班搗弄車子來，還要書啊本啊的。」一提兒子，士芳來了勁。

「他是不是需要技術書籍？」小鳳熱情地問。

「他需要的新版的毛澤東選集。」老陳趕緊接過話頭。

「要這，當飯吃當水喝？」小鳳竪起濃眉，「我只給他寄技術書，別的一概不管。」

「鳳丫頭啊。」老陳充滿感情地呼喚著。「我知道你是個好孩子。」

「我現在是殘疾人。」小鳳冷冷地說，「乾媽！這二個梨放冰糖燉，可以止咳。」

「我有事和你說。」老陳攔在門口。

「有屁就放有話就說。」「你能不能勸勸你弟弟。不入團就不能入黨，不入黨就提不了幹，提不了幹就翻不了身，翻不了身我……」「我養兒子豈不是賠本買賣？」小鳳接過他話頭。

「你好聰明，識時務。一定有好結果。」

「你也聰明，還聰明了一輩子，但是沒見你有好結果。妻子被開除財寶被抄走，工資被革去兒子遠赴黑龍江。你是聰明反被聰明誤。哈哈哈！」小鳳摔門而出，只留下一串清脆的笑。

第二十一章　痛失愛表

　　兒子來信了，堅定地表示了自己的看法。從懂事的那天起，全家就生活在恐懼中。「政治」用長長的指甲，掐住我們的喉嚨，控制我們的呼吸——此生此世，最大的願望就是離開她，逃的越遠越好。

　　老陳看了信，猶如吞下十隻老鼠，有了百爪擾心。考慮再三後再一次拿起筆。這次沒有家長式的呵斥，只有兄弟般的叙說。蒼涼中帶著無奈，傷感中透著壓抑。哺育之恩絕不談，字裏行間舐犢情。這不是電影，這是倒放的記錄片：回憶成長中的點點滴滴，叙說大饑荒時的相濡以沫，感慨世事的艱難，體味父母的不易。愛，是兒子的軟肋。不用瓢潑雨，只要些許薄霧；不要重彩濃墨，只要畫龍點睛。

　　這是軟肋又是神經末梢，柔軟著，敏感著，纖細著，脆弱著，可謂牽一髮而動全身。信的結尾，談到江河日下的身體，談到寢食不安的現狀。原因麼當然是焦慮，焦慮麼當然是……一串省略號點點滴滴，既是瀟湘江館的泪竹，也是灘江邊的離騷。

　　老陳不是畫家，深諳國畫著重渲染，講究意境的精髓。墨不在多在于精，在于淡，在于疏，在于有層次，在于有溝壑，有起伏，更在于不露痕迹。就如詩，朦朧中的幽遠才能透出詩的韵味。一句雋永的詩，勝過一打文章。小夜曲的滑音，顫音，比一台交響樂更震撼人心——有的人死了，他却活著；有的人活著，他却死了。這詩很簡單，但是却包含著美學，哲學，文學，心理學。

　　信發出後果然有了動靜。先是家信的長度翻了一番，不但有噓寒問暖，還有注意事項 ABCD；接著匯款單上的三十五扶搖直沖四十大關。老陳竊喜不已：失之東隅收之西桑，雖政治碩果尚未開花，經濟碩果已挂滿枝頭。

初戰告捷。就在老陳晃著二郎腿，謀劃下一步計劃時，門被叩響。

老陳有一張來往人員名單表。能上名單的必須具備一個特點三個要素。特點麼當然是響噹噹的革命派，要素麼一是鰥夫，二是寡婦，三是沒有子嗣。鰥夫麼，少了婆娘妯娌的飛流短長，寡婦麼少了漢子莽夫的烟酒應酬，沒子沒嗣的更妙，沒了婚娶嫁喪省了銀子的消耗。

政策是制定出來了，但是能具備一特點三要素的委實鳳毛麟角。還有個問題就是，鳳毛麟角者願意和老陳來往嗎？肯和他來往的，一是高老頭二是葛朗台，要是二人健在，絕對可以煮酒論英雄，起舞弄清影。可是三國鼎立不存在，桃園三結義結不了，所以老陳只能赤條條地來赤條條地去，寡人的滋味，絕對是凄涼加凄苦。

名單表啊名單表，雖然上面有姓名若干，政治情況若干，經濟情況若干，附屬情況若干，但此圖就如月亮的地貌圖，只能欣賞沒有實用價值。

「咚咚！」敲門聲有節奏地響著。老陳驚慌地開了門，門外站著一個驚慌的小青年。

「這裏是仁智裏十三號？」「是啊！」「你兒子讓我帶虎骨酒來。」「請！」老陳做了個優雅的姿勢。

「請問：這閣樓……能住人嘛？」小青年也做了個優雅的姿勢。

「只要你能委屈脊梁，儘管進。」老陳一派紳士風度。小青年彎腰進來，順手把二瓶酒放在桌子上。「這樣的房子也能住人？」小青年打量著，感慨著。

「世界上還有三分之二的人民生活在水深火熱中，他們連這樣的房也住不起。」老陳也感慨著。

「伯父的思想境界真高。」

「安得廣厦千萬間，大庇天下寒士我歡顏——貴姓？」

「伯父的文學功底真高——免貴姓劉。」

「小劉啊，大老遠的過來，真是個活雷鋒啊！」

「能拜見老前輩，乃三生有幸。」

「慚愧！大老遠的來，吃了飯再走。」三誇後的老陳，比三笑後的唐伯虎還熱情。

「恭敬不如從命。」小劉爽氣地說。

「你先看報，吃飯時咱倆好好聊。」「中！」小劉拖過一張報紙。

二十分鐘後，菜肴隆重推出。「吃！這是翡翠白玉，這是紅男綠女，這是衆星捧月，這是綿裏藏針。」

小劉急迫地舉起筷子，這才發現翡翠白玉是菠菜伴豆腐，紅男綠女是胡蘿蔔炒韭菜，衆星捧月是豆瓣圍菜根，綿裏藏針是豆芽拌蘿蔔絲。

「吃！」主人熱情招呼著。

「哦！」客人應付著：瞅著眼花繚亂，嚼著味同白蠟。

「農場的革命形勢好不好？」「好！」「農場入團入黨的人多不多？」「多。」「你入黨了？」「嗯！」二人一問一答。問者迫切，答者冷靜。

「來！」老陳一咬牙，端出一碗花生米。此物油光四溢，是寡味年代的尤物。

「好！好！好！」小劉現在吐出的不是一個音節，而是三個音節。

「爲什麼新浩還不入團？」「……是。」小劉鼓著嘴，含含糊糊。

「究竟啥意思？」老陳有了不滿。

「我是說他既是團員，又不是團員。」小劉使勁把花生咽下去，「本來已經已發展，只缺一張劃清界限的聲明。」

「寫了嗎？」「寫的話，早是了。」小劉放下筷子，改用勺子上花生。

「小兔崽子！」老陳恨聲罵著。一個兔崽子恨鐵不成鋼，一個兔崽子趁火打劫朝死裏吃。「有補救法嘛？」

「嗚……」小劉大口咀嚼，顧不上說話。

「快說！還有啥補救法子？花生慢慢吃，有話趕快說。」老陳忐忑，就怕情報還沒挖出，花生米已被消滅。

「又窮又酸，又迂又腐，簡直儒林外史中的怪物。」小劉歡快地嚼著花生米。

「他不是範進，他只有十九歲。」

「我指的是他的心理年齡。你這個伶俐伯伯，咋養了個迂腐貨？破屋陋室，也不像培養士大夫的桃花源。」小劉認認真真環顧四壁。

「我早就⋯⋯恨鐵不成鋼了。」老陳忿忿著。

「連鐵都不是：他居然拒絕場長做他的老岳丈。」

「場長？場長啥級別？」「下面管十幾萬人。」「我的媽啊！這是封疆大吏。」「三八式老幹部要不是文盲，早殺進金鑾殿了。連他的勤務兵，現在都是省廳幹部。」

「我的媽啊！」老陳的嘴張的比蛤蟆都大，紳士風度蕩然無存。

「場長放出話——誰讓老子的女兒幸福，老子就讓他幸福。」

「多樸素的真理啊！嘖嘖！」

「黨票，鈔票，提幹，上大學，格格的手裏攥著天堂通行證。」

「這事美啊！」老陳失聲而叫。

「可傻兒把美事搞砸了：因爲我不愛你，所以我不能接受你，我不能欺騙你也欺騙自己的感情。」小劉捏著嗓子繪聲繪色。

「真不是我的種。」老陳一拳砸下。「你說啥？」「我說還能補救嗎？」「補救？他不跳龍門自然有人搶著跳。」花生米在小劉嘴裏格蹦格蹦，如錘子咯嘣咯嘣砸在老陳心上。

「混蛋！十三個三百六十五，本加本，利加利，雪滾雪，驢滾驢。」老陳急火攻心氣血堵塞，老淚縱橫仰天長嘯：黃酒讓白娘娘現了形，氣憤讓老陳現了身。

「本加本，利加利，雪滾雪，驢滾驢指啥？」小劉笑眯眯地問。老陳一凜：情報沒挖到，倒把自己秘密泄露了。

「樹老根多人老廢話多。來！今天咱們好好喝一杯。」老陳掏出一瓶酒。

「二鍋頭。」小劉眼睛刷地一亮，喉結也急切地動了一下。

「小劉啊小劉，你們一月工資獎金多少？」「四十八元。虎骨酒是老鄉送的，傻兒人傻技術不傻，帶電的都聽他指揮。傻兒人傻胃也傻，專揀便宜的東西吃。」

「打個比方吧？」老陳笑眯眯的，很有公安誘供的特點。

「不買葷只買素，不買整只買碎，不買白只買黑，不買香只買臭。」

「有這麼誇張嗎？」老陳更春風了。

「不買大肉買白菜，不買餅乾買碎屑，不買白饃買窩頭，不買香皂買臭皂。省下錢就跑郵局寄上海。」

「你一月伙食費有多少？」老陳笑眯眯地問。「少則三十多則五十。」「那不是透支一個大窟窿嘛？」「可我爹我媽願意給我補窟窿。誰讓我到了反修第一綫？」小劉把一調羹花生，惡狠狠地倒進嘴裏。

「媽啊！」老陳失聲而嚷。「咋了？」「我是說……他無錢無權無背景，格格圖他啥？」

「歌聲是天使的翅膀，丘比特的紅箭。」小劉仰頭灌下一碗酒。

「傻兒在她窗下唱小夜曲？」老陳驚訝地問。

「不是窗下情歌，而是聯歡會上的革命歌曲。一曲唱完心扉已開。」兔崽子又是一勺子下去。眼看花生見底，老陳更急了。

「喝！」老陳趕快斟酒。「場長姓啥叫啥？」「副的一打，正的只有一個。」小劉答非所問。

「姓啥叫啥？」「你問這幹嘛？」「再來一杯。場長有幾個兒子閨女？」「三畝地裏一棵苗。」

「這可是獨一無二的格格啊！喝！」「不能……再喝。」小劉頭軟軟地垂下。

「咱來個一醉方休。」聲音輕柔，如西皮慢板，緩慢的節奏漼漼上升。「場長叫啥名字？來！」老陳端起杯子，把酒灌進小劉嘴裏。

「醉了還灌？」妻子搶過杯子。「你懂啥？不灌能挖出情報？」老陳端起杯子趨身上前。「乓」，杯子掉在地上，小劉搖晃地抬起頭，一雙眸子亮得驚人。

「你沒醉？」老陳驚慌萬分。「灌二杯不醉，灌二十杯定醉。」

小劉眸子如錐。

「我想讓你……喝個够。」老陳窘極了。

「有你的一杯酒墊底，什麼樣的酒我全能對付。拿酒來。」小劉大喝一聲。

「你行嗎？」「我不行你還上趕著灌？趕快買酒添菜，你不是要挖情報嗎？」

「好！咱爺倆旗鼓相當。快！買酒添菜。」老陳一跺脚，抽出一張大票遞給妻子。

片刻後二瓶白酒一桌子熟菜隆重登場，真正的酒宴開始了。酒上三巡後，老陳再一次躁動。

「你不就是想女媧補天？」小劉冷笑著，「你有五彩石嗎？」
老陳夾著牛肉遞過去。

「怎樣才能讓一鍋沸騰的湯冷下來？」「不能揚湯止沸，而要釜底抽薪。」老陳回答很果斷。

「正確！」小劉翹起拇指。

「你是說，要讓格格重追我傻兒，就要把追求格格的第三者趕出局。」

「高！」小劉呷口酒，大口咬著鷄腿。

「這個第三者……你認識？」「他是我鐵哥。」「你準備做……說客？」「這說客我做定了。」「我先謝你了。」「嘴皮一翻就算謝？」「只要此事成功，我用手錶酬謝。」老陳一咬牙：今天是吝嗇鬼碰上鐵公鷄，棋逢對手。

「用破表，換你兒的錦繡前程？」「破？有八成新吶！」老陳充滿感情地撫摩著腕上的表。

「最多四成。」小劉一撇嘴。「仔細瞅瞅。」老陳的表朝小劉伸去。「嗤」，表扣一松，表攥在小劉手上。

「不見兔子不撒鷹——先告訴我格格的姓名地址。」老陳攥住小劉的手。

「月下佬準備給她寫信？」小劉怪笑著。「這不管你的事。」老陳神情果斷。

「我今天上門，一是送酒二找答案，尋找傻兒犯傻的答案。」「找到了？」「找到了，原來根子在你身上。你有多狡猾，他就有多木訥；你有多崇拜權勢，他就有多憎恨權勢；你喜歡政治，他鄙視政治。你追求的就是他擯弃的。你孕育了他的叛逆，催化了他的對立，强化了他的反抗。這叫逆向思維，這叫歪打正著，這叫咎由自取，這就是你的報應。」

「這不管你的事。」老陳依然强硬。

「既然不管我的事，姓名地址無可奉告！」「可你拿了我的表。」「表是讓第三者退出競賽的投資。這點，可以用我的人格保證。」

「天涯海角，我怎麼相信你的人格？」

「以紙爲據。」小劉扯下檯曆，拿起筆寫了一張借據。

老陳端詳著借據說：「第一，手錶不是半新而是八成新。第二，加上姓名和日期。第三，抬頭寫『保證書』。第四，加備注：如第三者不退出，手錶主人有權把保證書寄到場部。」

「你確定一定要加第四條嗎？」

「這是原則。」老陳斬釘截鐵地說。「恭敬不如從命。」小劉重新拿起筆。老陳開了燈，戴上老花鏡，一個字一個標點符號地審視。「除了你的簽名，還要摁一左一右二手印。」

「還有第五第六第七嗎？」「再加一條：保證書完全出自雙方的自覺自願。」「還有什麼？」小劉冷笑著。

「手印。一定要一左一右二個手印……這就對嘍！現在好了。」老陳笑眯眯地收起紙。「你還沒有把場長的名字告訴我。」

「我一定要說麼？」小劉眉毛一揚。。

「希望我們合作愉快。」老陳臉色一沉。小劉略一思索扯下檯曆一揮而就。

「不知這名字是真是假？」老陳舉起放大鏡。

「真的假的，一問傻兒就知道。恕我告辭，謝謝款待。」小劉笑著，笑帶著三分詭异，七分得意。

　　小劉走了，下面是怎樣說服兒子，締結千年不遇的好姻緣呢？只有把「擇偶觀」寫成諸葛亮的「出師表」，才能扭轉乾坤定社稷。老陳一拍腦袋。

　　這筆好沉好重，攥筆就如攥著身家性命。既然千里之行始于足，千言之行也始于筆。那就從手上的筆開始談。

　　兒啊兒，父親攥著一隻帕克筆。這筆，不但能寫出傳世之作，還能記下創世紀的貿易。但這筆落在我手裏只有二個功能，一就是寫怎麼也寫不完的認罪書；二是揭發怎麼揭也揭發不完的壞人。爲啥呢？

　　寫到這，老陳把問號一遍遍地塗，一遍遍地描，把排骨問號增肥成相撲大爺。相撲爺威武地站著，有一夫當關，萬夫莫上的雄風。

　　筆啊筆，在人蛻化爲狗的年代，你也從書寫傳世情書，記錄世界貿易蛻化爲運動的工具。認罪揭發，揭發認罪就成了筆的二大功能。人和筆的境遇爲什麼一落千丈，原因就因爲父親的命運掌握在別人手裏。要改變「人爲刀俎我爲魚肉」的局面，唯一的辦法就是讓自己成爲刀俎者。要成爲刀俎者，有三條路可走。一是胎定終身出身紅門；二是努力打拼位高權重；三是政治聯姻青雲直上。你先天不足胎定農村落草我家；第二你發配邊陲跌摸滾爬回滬無望；第三條路也就是唯一的路就是聯姻。自古華山一條道，你也只有這一條道。

　　凡流芳千古者，身後一定站著一個女人。凡遺臭萬年者，身後也一定站著一個女人。沒有醜婆娘，哪有諸葛亮？沒有美西施，那有報仇雪恨的夫差？有了妲己才有周朝的毀滅；有了貴妃才有安史之亂。

　　老爹娶不了格格也娶不了侯門之女，只能娶個白毛女。結果不但貽害自己貽害後代還貽害了她。她是醬油廠的開創者，結果她却被醬油廠掃地出門。這怨怨怨怎一個愁字了得？這痛痛痛怎一個愁字了得？筆鋒行至此，省略號披挂上陣：點點乃湘竹泪，串串如穀音泣。

　　家書如斷弦的馬頭琴，在此嘎然而止。這是高潮中的謝幕，急流時的勇退。既然使用帕克筆，當然要講究點睛之墨，講究于無聲處聽驚雷。

　　老陳用數點唾沫，果斷封口。

　　半月後反饋來了。兒子先是對「出師表」表示理解，接著以年齡小不宜談婚論嫁而婉拒。信沒看完，老陳風一樣刮下樓，又風一樣刮上樓。

　　「出了啥事？」妻子忐忑地問。「我拍了電報給他：不聯姻就不是我兒。」「兒子究竟咋了？」妻子非常著急。

　　「兒子沒事我有事：我被打劫了，這可是半鋼的上海牌手錶。」老陳用手掌捂住臉。

　　電波發出後，老陳停止一切行動。沉默是金，沉默也是起死回生的良藥。果然兒子又來信了。他第一句話就問老爹，還記得捎酒的小劉嘛？

　　「怎不記得？正準備把『保證書』寄給場部呢！」老陳氣憤地拍著信。

　　「快看兒子後面說啥？」妻子催促著。

　　「這個騙子⋯⋯哎呀！太好了！」老陳興奮地跳起來，「騙子判了十年刑。我讀給你聽⋯⋯小劉回黑龍江後蹬了懷孕的女友，和場長的女兒結婚了。婚後他又和前女友好上了。場長的女兒知道後，偷出了他的日記。小劉的老泰山也就是場長，在日記上貼了三根鷄毛，連夜送往省公安廳。昨天農場召開公判會，以現行反革命罪判小劉十年。好！好！好！出師未捷身先死。」老陳一擂桌子，「只是可惜了我的手錶。」

　　「不是說十年，咋又死了？」妻子很茫然。

　　「你啊你，什麼都不懂。聽我讀下去⋯⋯小劉被押上警車時看了我一眼。眼裏不但有恨，還有悔。我的心抽搐著⋯⋯」

「啥？啥？啥？」妻子急巴巴地問。

「你這個傻兒抽搐著哪門子心？你應該高興。」老陳拍著信。

「別人判刑，爲什麼要兒子高興？」「政府幫我報了仇。奪表之仇難道不是仇？」老陳白了妻子一眼。

「好在兒子沒和那女人結婚，不然他也進了大獄。」妻子狠狠白了老陳一眼。

痛苦的日子像條凝滯不動的河，上班下班認罪伏法，自己打自己耳光；快樂的日子像條滾滾流動的河，領款數款收款存款，自己爲自己唱一首歌。老陳痛苦又快樂著。

八分攥在手裏，等待二分的光臨；七角窩在口袋，等待三角的碰面。分幣是嬰兒，分分秒秒發育時時刻刻成長；碎票是核能，分分秒秒撞擊時時刻刻裂變。這是針灸，麻酥感占滿每個穴位；這是敷藥，熱能流過每一道血脈；這是按摩，渾身的經絡在起舞；這是歌唱，渾身的細胞變聲帶。

樓梯上響起了脚步聲，骨胳女推門而進。「把戶口簿拿出來。」「又……運動了？」老陳驚慌地問。

「人口普查。」

「聽說中央有政策，一對夫妻只有一個孩子的獨苗能回上海。」躺著的士芳，猛地睜開眼。

「一切聽上面的。」薛書記凶狠地說，「就是返滬，也要感謝黨。」

「就是不返滬，我也感謝黨。」老陳接口接的很快，「要是真有這政策……」「咋？」薛書記嘴角一歪。

「我……要求把名額讓給更困難的家庭。爲黨分憂這是……」

「咚」一聲，妻子從床上栽倒在地上，「兒子不回來，我不活了……」

「又一出紅臉白臉。」骨胳女冷笑著。

一九七四年冬天，由于兒子是獨苗，所以他從黑龍江返回上海。回來的第一件事就是找工作。工作如海市蜃樓，遠看瑰麗迷人，近看白烟一縷。上等工作，被八旗子弟霸占；次等工作，被美女靚男壟斷；下等工作，被走卒販夫占領。雖一退再退，退而求其次，還是不能軟著陸。

老陳的堂兄來了，他帶來了一個好消息：如果老陳退休，兒子可以頂替進廠。

「我廠……沒有這個政策。」老陳支支吾吾。

「都在貫徹這條政策，怎會沒有？」堂哥的一雙豹眼，疑惑地看著他。

「貫徹政策，有快有慢嘛。」

「要有這政策，你幹還是不幹？」堂兄的分貝高了一倍，「如果你願意，明天我和你去單位。我兒子現在給市領導開車，我不信辦不成。」

「真的？」士芳一把捏住堂兄的手。「一言既出駟馬難追。」堂兄一拍胸。

「陳步堂！」骨胳女闖進門，「讓你兒子明天去上班，街道挖防空洞，工資一天柒角。」

「好！深挖洞廣積糧不稱霸；手中有糧心中不慌；備戰備荒爲人民。」老陳數來寶一樣念叨著。

「要是我不去呢？」兒子冷冷地問。「只要你能通過父親這一關。」薛書記冷笑著。

「難道我沒選擇工作的權利？」兒子把頭一揚。

「你有什麼資格選擇？」老陳沉下臉，「你生是黨的人，死是黨的鬼。」

「共產黨管天管地管思想，難道還要管我的工作？」兒子冷笑著。

「貴公子很叛逆。你是怎麼教育他的？」薛書記轉過臉問老陳。

「乒」一聲巨響。

「啥聲音？」骨骼女花容失色。

「啥聲音？」老陳也東瞅西望。

「慌啥？不就是一個紙袋加一包空氣。」兒子晃了晃手上破碎的紙袋。

「你是大人還在做小兒科動作。」老陳搖著頭。

「這不是小兒科動作，這是抗議。」薛書記嚴肅地說。

「抗議什麼？能讓他挖防空洞，這是他的榮幸。」老陳也很嚴肅地說。

「不勝榮幸！」兒子慢慢地把紙袋撕成一條條。

「快向書記表個態。」老陳嚷著。

「嘶！嘶！嘶！」兒子把撕開的紙，一條條纏繞在手指上。

「讓你纏讓你纏。」老陳奪過紙條踩在地上，「快向書記道歉。」

「好！愛憎分明大義滅親。」薛書記的巴掌，重重落在老陳肩上，「從明天起，居委會值班有你一份。」

「真的？」老陳搓著手傻笑，「本來我準備……準備退休讓他頂替，現在我要讓他挖一輩子防空洞，一輩子備戰備荒為人民。」

「好！」書記笑的越發燦爛，「有你這句話，我就放心了。」

骨胳女一走，堂兄就嚷著要走。「你太讓人噁心了。」

「你咋沉不著氣？人騙死人不償命。」老陳掏出一張大票，「打酒買菜，吃飽喝足，明天辦正事。」

「真的？」六隻眼睛「刷」地亮了。

桌子拉到中間，東南西北放置四碗四筷。糟鳳爪張牙舞爪，溜猪頭油光水滑，凉菜青翠蘿蔔雪白。不是佳肴，有佳肴的滋味；不是國宴，有國宴的熱鬧。

「拿酒杯。」老陳嚷著。

「我滴酒不沾。」堂兄搖著手，「再說明天要辦事。」

「老將出山馬到成功。這酒不是我敬你，而是兒子敬你的。」老陳朝兒子一努嘴。

「伯父！我敬你一杯。」兒子激動地站起來。「既然大伯敬，我就幹了。」

「我也敬你一杯。」老陳也站起來。「你的就免了。」「厚此薄彼？」「那就恭敬不如從命。」二杯酒下肚，堂兄的臉紅了。「能解決侄兒的工作，我很高興。」

「既然高興，再來一杯。」老陳又斟酒一杯。

「不能喝，再喝要誤事。」堂兄把酒推過去。

「急啥？辦事不是今天是明天。」老陳熱情有加，「喝酒就要一醉方休。」

「早點睡覺，明天還要挖防空洞呢？」士芳奪過碗，冷冷地對兒子說。

「挖什麼防空洞，明天我就能頂替了。」兒子歡快地說。

「唉！」士芳長嘆一聲，欲言又止。

「難道媽不願意我頂替？」兒子驚詫地問。「你還是早點睡吧！」士芳一臉懨懨，滿眼冷漠。

天快亮了，兒子在黎明前醒了。屋裏除了鼾聲，就是鼾聲，鼾聲就在自己的腳後跟。

是伯父。他合撲在床打著響亮的鼾。一隻臉盆放在床邊，裏面裝滿嘔吐物。兒子搖了搖他，發現他醉得一塌糊塗，深度酒醉：一大盆臭烘烘的嘔吐物，都沒把他熏醒。

「醉成這樣，還能談我的工作？」兒子有些悲涼。他把求援的目光投向父親。床上沒有父親，只有寂寞的母親。母親的眼睜得很大。

「爸爸呢？」「他上班了。你就去挖你的防空洞，安安心心挖你的防空洞。」母親的口氣很生硬。

「媽！」「頂替的事沒有了。」母親轉個身用後背回應兒子。

兒子打了個冷顫。

鼾聲還在繼續，嘔吐物還在發臭，頂替之事就這麽黃了。新浩朝居委會走去，一步一挪，走得非常吃力。甬道的盡頭就是居委會，那裏有開不完的會，議不盡的精神，數不完的批鬥，鬥不完的壞人。

新浩一點點走近甬道，一點點走進灰色的大門。大門是攪拌機的嘴，吞進一批，吐出一批。這是仁智裏的指揮部，這是派出所的基地。破舊的門，永遠有人在叩；白熾的燈，永遠亮著。各種各樣的人，是運輸帶上的原料，薛書記根據精神，篩選著原料，也篩選著每個人的命運。新浩扭著五官，僵著四肢，一點點地走進居委會，走進這個他憎恨，他鄙視，他痛恨的門。他一進去，門就在他身後掩上了。

中午時分堂兄醒了，映入眼簾的是一大盆嘔吐物，吸入鼻腔的是一股酸臭味。四周靜悄悄的。

我這是在什麽地方？脖子好疼，眼睛好酸，腦子好漲。堂兄揉著太陽穴掙扎著爬起來。

「你終于醒了。」一雙眼睛盯著他。眼如枯井，一絲漣漪半點水氣也沒有。

「他們呢？」他猛地從床上跳起來，「他們呢？」

「一個上班，另一個去挖防空洞了。」

「天呐！我把事情搞砸了。」堂兄甩了自己二個耳光。

「這不是酒，這是迷魂湯。你被灌了迷魂湯，你誤了我兒子的大事。」士芳的臉又青又紫。「我……我。」堂兄連滾帶爬竄下樓。

挖土鏟土，背土倒土，日作而出；倒土背土，鏟土挖土，日落而歸。大小不等的批鬥會，形色各异的思想彙報。除了褐色的土壤，就是紅色的批鬥。太陽升了，不見七彩；月亮圓了，沒有清輝。有鳥語却沒有生機，有白雪却沒有純潔。

現在新浩唯一的樂趣，就是到虹江路淘電子零件。

夜深時，殷勤的勸酒詭譎的笑在眼前晃動。新浩用了最大毅力，把它壓下去。

「你不要怪爸……他怕你頂替後，他不能加工資。」兒子憂鬱的表情，刺痛了母親。

「肯不肯這是他的權利，可是爲什麼要欺騙我？」

「他生活在謊言中，已經習慣了說謊。不過他現在後悔了。」

「後悔欺騙？」「後悔人財二空：丟了你的工作，自己的工資也沒加。下月他就退休了。」

「他永遠在後悔，就是永遠不知道懺悔。」

「啥叫懺悔？我在電臺裏，怎麼從未聽到這個詞？」母親驚訝地問。

「正因爲不知道懺悔，所以有前赴後繼的後悔，還有永無止境的罪行。」兒子痛苦地閉上眼睛。

一九七八年，絕無僅有的春天來到了。諸多問題，如冰山解凍：先是一滴滴，接著一串串，最後一挂挂。

老陳的監督取消了，工資恢復了，抄家物資的封條揭下了。單鳳眼上揚成二條抛物綫，能抛多高就多高；眼白眼梢在發亮，能有多亮就多亮。「江河回歸大海，靠的是百折不撓；愚公感動上帝，靠的是不離不弃。呵呵！」富有磁性的男中音，能有多悅耳，就有多悅耳。

某一天，閣樓裏鑽進來二個同志。先打量主人身高，再打量閣樓高度，最後發出一聲感嘆：按照條件完全可以分房。寫信人句句屬實。

寫信？誰寫信？

上面轉來一封信，反映你的住房情况，寫信者叫陳陳。

陳陳？這不是我的堂兄嗎？這不是上次被我灌醉的堂兄嗎？不灌醉，怎能落荒而逃？不逃跑，怎能心生內疚？不內疚，怎會給上級寫信？這才是：一套逮了二個兔，一鋤挖了二金娃。

新房很快下來，就在繁華的乍浦路。雖躋身市中心，却是小姐臉面丫鬟命。厨房上面，就是二樓的衛生間。煮飯時的水泡，和馬桶的滴答聲遙相呼應。窗外是條窄弄，只能走人不能走車。房門緊靠一道樓梯，絕對是上樓下樓的關隘。上上下下的脚步，來來往往的灰塵，就是房間的附加值。確切地說，除了高度，這房比閣樓强不了多少。

「爲什麼不要大前樓呢？」新浩不解地問。

「士無遠慮必有近憂。要大房子，你結婚時就不能再分房；要小房，你結婚時還能分間房。我希望你婚後有一間自己的房。」老陳扳著手指，一一道來。

「咚咚咚……吱吱吱……鏗鏗鏗。」天還沒亮，樓梯交響曲就開始了。上班的，上學的，送孩子的主婦，提籃小賣者輪流登場。天還沒有黑，下班的，放學的，購完物的男士，引車賣漿人應接不暇。好一個「你方唱罷我登場」。

在新房的新特色中，老陳醒了。心「咚咚」地狂跳，今天是落實政策的日子。這是一個狂歡節，可惜只能一個人慶祝。都說灾難與人分擔，就是半個灾難；幸福與人分享，就是雙倍幸福。可我的幸福，只能埋在心裏，只能發酵成沼氣。守著一簾沼氣，就是守著油田的富翁。

天亮了，父子倆出了門，一路上招呼不斷。群衆不是和老子打招呼，而是和兒子打招呼；也不是和兒子打招呼，而是和兒子的手藝打招呼；也不是和兒子的手藝打招呼，而是和自己的電器打招呼——待修的電器在兒子手裏，不求免費求五折，不求五折求優惠。上海人最講實惠，要的是實實在在的實惠。

這是老陳的風光時，也是他的難堪時。電烙鐵的含量超過瘦金體的黑板報，這使他感到非常悲哀。但想到肉爛了還在自家鍋裏，于是悲哀就蒸發了許多。

遠遠就看到釀造廠的鍍金招牌，在太陽下閃閃發亮，老陳的熱泪一下子涌出來。我的閨女啊，你的血管裏有我的紅細胞，你的骨胳裏有我的有機物，你的肌肉裏有我的肌纖維，你的基因裏有我的條形碼。憑啥把我的生命之根，變成公家的基業？憑啥？憑啥？？憑啥？？？

　　老陳額上的青筋，一根根跳躍。如拱土的蚯蚓，如點燃的鞭炮。他喘著粗氣撲過去，大手在招牌上摩挲著。一下，又一下。招牌受不了他的愛撫，搖晃著，躲閃著，避讓著。老陳雙手合圍，把滾燙的臉貼上去。

　　「爸！進去吧！」新浩扯著老陳的袖子，「這只是一塊板而已。」

　　「這不是板，這是我的生命。是我孕育了她，確切地說，是我和李哥孕育了他。」老陳大聲嚷著。

　　「誰是李哥？」兒子問。老陳突然打了個寒顫，一個很大，很大的寒顫。「李哥是你朋友？」

　　「誰是他朋友……做他的朋友太晦氣。」老陳咕噥著，「他是他，我是我，我比他幸運一百倍。走！」老陳一抹臉，臉上浮起了慶幸。

　　「請坐！請坐！」一進辦公室，王書記就端上二杯香茗，「最近咋樣？」

　　「托黨的福，托三中全會的福啊。」

　　「能感恩就好。下面談落實政策。落實分三個步驟。一是補發工資，二是補發抄去的存摺，三是……」

　　「啊！」一聲慘叫，老陳滑下椅子癱在地。

　　「爸咋啦？」兒子驚慌地撲過去。

　　「這裏疼！」老陳手捂胸口。「趕快上醫務室拿藥。」王書記吩咐宋阿姨。

　　「我……不要醫務室的藥，我要藥房的藥。」「難道這有區別？」書記皺起眉。

　　「有……. 區別。」老陳朝書記使個眼風。

　　「那？」以老狐狸著稱的書記也狐疑了，「那就去買藥，去雷允上。」

　　「雷允上離這裏很遠，我怕爸撐不住。」兒子猶豫著。

　　「不就轉二部車？快走！」老陳一頷首一揮手，如掩護戰友撤退的共產黨員。

「你要堅持！一定要堅持！」兒子如撤退的戰友，一步三回首，絕對的依依不捨。

「別忘了發票。」老陳吐出最後的遺言，頭垂下了。

「一定要堅持。」兒子撒腿朝外沖，一陣風後不見了人影。老陳一個魚躍，落在椅子上。一個掃蕩腿，把大門關上。

「搞什麼鬼？」王書記很惱怒：這不是關公面前舞大刀，鍾馗面前裝小鬼嘛？

「抓緊時間。」老陳摸出眼鏡，「先算補發工資。一個月補五十三，五十三乘十二年二個月二個星期零三天等于……」老陳心算手算掐指算，絕對有注冊會計師的風範。

「能給十二年已經不錯。」王書記冷笑著，「你準備一分一秒跟黨計算？」

「那就十二年。」老陳一咬牙。「一百四十四乘以五十三等于七千六百三十二。」

「簽字。這裏簽，這裏簽。」「沒看怎麼能簽？」「先簽後看，我配合你的金蟬脫殼，我知道你不想讓兒子知道你補發了多少錢。」

「那就先簽後看。」老陳掏出帕克筆，一揮而就。書記小指一勾，付款憑證落入囊中。

「我還沒仔細看呢。」老陳嚷著。「這是抄家清單。」書記小指一彈，一份清單朝老陳撲來。

「清單！我的清單啊！我想你，盼你，足足等了十二年二個月二個星期零三天。」老陳把清單捂在胸口，老淚縱橫，老指顫抖。

「你要感謝組織——組織無償爲你保管了十二年二個月二個星期零三天。這是多大一筆開銷？」

「我感恩，我知足。」老陳抹把眼淚，燦爛地笑了。「快看。」書記催促著。

「怎麼就這些？」老陳猛地站起來。「紅糖呢，菜油呢，羊皮羔呢，綢緞呢，餐具呢，毛巾呢，木炭呢？」

「紅糖化了，菜油濁了，羊皮羔蛀了，綢緞酥了，餐具碎了，毛巾氧化了。」

「木炭呢？木炭不會化，不會濁，不會蛀，不會酥，不會碎，不會氧化吧？」老陳氣憤地說。

「造反派值班時冷，用木炭烤火了。」書記輕描淡寫地說。

「抄家物質可是上了封條的。」老陳沉下臉。

「就是上黨章也沒用。林彪不是一頭栽進沙漠嗎？」書記也沉下臉。

「爸！藥來了。」兒子上氣不接下氣地推開門，手上攢著一包藥。

「我！」老陳一個後仰，捂住胸口，發出一聲悲鳴。書記臉上紅潮洶涌，多年掌控人主宰人命運的書記，演技竟敗給歷年的老運動員。真真羞殺我也。

「爸！吃藥。」兒子跪在老子腳下，臉比錦旗紅，胸比風箱喘。

「哎呀……」老陳推開藥也推開兒子，眼睛急劇地掃向清單，「不對！存摺抄去二張，第二天我又交了三張。」

「交給誰？」「革委會主任傻大姐。」「傻大姐死了，要不你到地獄去問。」

「臨終前她告訴我，所有的存摺交給你，所有的物資封存了。」

「知道死無對證，所以用死人壓活人，用造反派壓党的書記，這也是一大發明。」

「你搞貪污還有理？」兒子嚷著。

「貪污？」鐵拳一擊擲地有聲，「要麼找出人證物證，要麼按誣陷罪起訴你們。」

「你……」老陳目瞪口呆，他被嚇壞了，實實在在被嚇壞了。

「有理不在聲高。是不是做賊心虛？」兒子嚷著。

「想翻天？想翻案？想用兒子做武器？來人啊！」王書記大聲吼著。

「這問題……改天再談。」老陳把兒子扯出辦公室，「快走。」

「逃的應該是他而不是我們。爸！你咋啦？」

「先回家……我胸口疼。」老陳的身子一點點軟下去。這回不用裝病而是真病了。

三天后，書記親臨寒舍。「原來是書記啊，大駕光臨不勝榮幸！請坐！」老陳又驚又喜。

「你可是三落實，政治落實經濟落實房子落實。」王書記環顧四周，感慨萬分。

「飲水思源，永遠不忘黨的大恩大德。」

「有這覺悟就好，人一定要感恩，不要再提糖啊油啊皮啊炭啊的，過期物資進垃圾箱，這是對生命最大的尊重，也是對你最大的保護。」

「可存摺確實少了三張。」老陳哭喪著臉。

「革命事業千頭萬緒，有些遺漏這很正常。再說上交時，你信誓旦旦地說，這是繳納的黨費。」

「可我不是黨員。」「你這個同志，不是黨員難道還不能發展？今天我給你帶來一個巨大的喜訊：組織經過調查，證明你妻子不是富農婆。」「真的？」「真的。她馬上也要落實政策了。」

「偉大啊！光榮啊！正確啊！」老陳一把攥住書記的手，一行熱淚盈出眼眶。

「組織正考慮補償方案：準備每月發給她生活費。」

「謝謝黨！我能不能再提個問題？」

「有問題不和組織說，和誰說？」

「從六二年初到七八年底，足足十七年……」

「你想拿二份補發工資？」「難道不應該？」老陳瞪大眼。

「要是組織不給她平反呢？」書記冷笑著，「說你胖你還喘了。」
「可是……」

「給根針當棒槌，給片葉當森林。」書記沉下臉。

「我……」老陳掄起巴掌朝臉上摑。

「要——得！要——得！」書記不但是正宗湖南腔，還透出一股火辣味，「下面談你的金銀珠寶。老陳，你知道黃金是國家掌控的稀有金屬嘛？」

「難道……」老陳的臉刷地白了。

「照理完全可以充公。但政府不但不充公，還按照黃金匯率買下你的金銀珠寶：九十八元一兩黃金。」

「翡翠瑪瑙咋算？」老陳從椅子上跳起來。

「翡翠瑪瑙從哪裏來的？」「當然從商店買來的。」「我說的是產地。」「產地？產地當然是祖國各地。中國地大物博，有山就有石，有脉就有物，有礦就有寶。」

「也就是說，這些寶物來之祖國的山脉？」

「是……啊。」「山脉屬五十六個民族八億中國人，所以翡翠瑪瑙，也屬五十六個民族八億中國人。對不？」

「要充公？」老陳眼睛發紅，大吼一聲。

「考慮到實際情況，組織上斟情給你一些補償。」

「既然落實政策，就要把東西還給我。不要挂羊頭賣狗肉。」老陳一擂桌子，擂得震耳欲聾。

「你說組織上挂羊頭賣狗肉？」書記眯起了眼。

「你不要無限上綱。」老陳瞪大眼。

「我要鄭重地告訴你，今天，我是代表組織和你談話。希望你不要把尾巴翹上天。」書記冷冷地說。

「不要扣大帽子——連右派都平反了。」老陳也冷冷地說。

「大部分右派平反了，一部分右派堅決不許平反——比如林希凡，比如章伯鈞，比如儲平安，比如……」書記的話說的很慢，一塊塊又尖又硬的石頭從嘴裏蹦出來。

「……」老陳闔著嘴，只見喉結滑動，沒有聲音出來。

「平反還是不平反，都攥在組織的手上。」「我……」「上天堂還是下地獄，都攥在組織的手上。」

「我……」「我真羨慕你啊。」書記突然拍著老陳的肩膀。「羨慕……啥？」

「劉少奇貴爲主席，死時連雙鞋都沒有；周恩來貴爲總理，死時連個後代都沒有，彭德懷貴爲部長，死時連個老婆都沒有。你呢？有兒子有婆娘，有天倫之樂有兒子孝順，政治上平反經濟上補償，這可是雙喜臨門。」

「可是……」「而且最重要的是，現在的你脚上還有一雙鞋，你比劉少奇主席幸運多了。」

「我……」「難道你還不感恩？」書記凶狠地看著他。

「我感恩……我感恩。」老陳抹了一把汗。

「老陳啊，知足者長樂。不要爲了鷄毛蒜皮的事，和組織上過不去。和組織上過不去，就是和你自己過不去。你說是不是？」「是……是……」

「有情緒，可以找我談，組織的大門永遠爲你敞開。」書記伸出寬大的手，老陳忙把自己的手送進溫暖的手掌中。

「既然落實政策，怎麼還要充公我們的珠寶？」士芳沖書記的背影嚷著。

「小不忍……則亂大謀。」老陳機械地說。

「忍忍忍！你究竟要忍到哪一天？」士芳憤怒地問。

「沒有我的忍，能有今天的雙落實？連國家元首都沒個全尸，你還想咋？」老陳抓起一張黨報，蓋在自己的臉上。

「兒子呢？」出完黑板報回來的老陳，有股掩飾不住的喜氣。

「小鳳半導體壞了……」士芳小心翼翼地說。

「趕快把他叫回來。」老陳沉下臉，「老上她家，就不怕沾晦氣。」

兒子隔三岔五去小鳳家，不是給癱瘓者送秘方，就是給殘疾者提供便利。老陳看在眼裏煩在心上。樓下成分雖比樓上硬氣，但是三口之家，一癱一殘一小脚，徹底沖淡了成分的含金量。

「晦氣是誰造成的？」妻子賭氣回了一句。

「當初也是革命需要，有革命就會有犧牲……難道你喜歡鳳丫頭？」兒子一進門，老陳劈頭就問。

「她在我眼裏只是姐。」兒子疲倦地說，「我已經想好了，我準備娶她。」

「什麼？」老陳從椅子上跳起來，「你愛她？」

「不愛。」兒子口氣淡淡神情索然。

「不愛還談婚論嫁？」「你把她害成這樣，我不娶她誰娶她？」兒子憤怒地說。

「這麼說……你想贖罪？」

「是的。」「兒子啊，文革不是我發動的，悲劇也不是我造成的，不要把責任攬在自己身上。一切朝前看，老糾纏往事有啥意思？」

「正因爲如此，才會運動不斷，罪惡不絕。」

「我明明白白告訴你，想娶小鳳這絕對辦不到。」老陳一擂桌子，「你現在有了單位，我現在落實了政策，你媽的生活費也有了。我家形勢一片大好，從來沒這麼好過。」

「你這是在背誦人民日報社論？」兒子一撇嘴。

一個月後小鳳結婚。新郎是菜場同事，不但獨眼，絕無僅有的一隻眼裏，還彌漫著一股殺氣。婚禮很隆重，新娘眼皮也很重，沉甸甸厚實實地遮著眼球。

新娘新郎逐一敬酒。敬到兒子時，新娘厚實的眼皮綻開，射出二道刺目的白光。白光如錐，錐著兒子的心。兒子在白光裏看到愛也看到恨，看到痛苦也看到絕望，看到過去也看到將來。

將來她一定不會幸福。

「祝你……幸福美滿。」兒子結結巴巴端起酒，一陣羞愧的潮紅。他真想抽自己一巴掌。

「幸福不再，美滿不再。」新娘輕輕地說，「幸福典當了，美滿典當了，今生今世休想贖回來。」

「追到她就是我的幸福，和她結婚就是我的美滿。」新郎一臉霸氣一眼匪氣。

「那是！那是！」兒子結結巴巴地說，不知回應新娘，還是回應新郎。

「也祝你幸福美滿。」新娘一字一字，說得費力。低頭的一剎，兒子看見了她深度的絕望。絕望纖毫畢露，就像海灘上聳立的石雕。

「你找過小鳳？」一回家新浩就問老陳，「你和她說了什麼？」

「她是我的乾女兒，找她很正常。至于說什麼不需要向你彙報？」老陳的丹鳳眼半開半閉。

「爸！做人要對得起良心。」兒子憤怒地說，「在她面前，你有罪。」

「我有罪怎麼沒判我刑？」

「太多的罪沒有得到判決，這個社會沒有道德法庭，沒有良心的審判官。」

「政治運動過去了，現在提倡經濟建設。中華民族是寬宏的民族，不是小鷄肚腸的猶太民族。二戰結束四十年，猶太人還在查檔案，緝元凶，這不是心胸狹窄睚眦必報嗎？」

「忘記過去，意味著背叛。由于中國人太健忘，所以運動不斷罪惡不斷。」

「黨中央說以後再也不搞政治運動了，一切 OK 了。」

「OK？小鳳的脚也 OK？死去的冤魂也 OK？」兒子冷笑著。

「你不要拿鷄毛當令箭。我告訴你，小鳳不是瑪格麗特，你不是阿爾芒，我也不是阿爾芒的父親。」老陳流利地蹦出一串洋名。他的文學底蘊，是紅霞留給他的最後財產。

這是個寒冷的冬天，三口之家正在用餐。隨著生活水平的提高，涼拌菜皮不是唯一的主角，今天酌情配置配角一名：帶魚燒鹹菜。

　　既然一隻茶壺可以配八隻茶杯，一條帶魚爲啥不能配三斤鹹菜呢？配對極其成功，但是尋找帶魚却極其困難。士芳上身前傾，頸脖朝前，費了老大的勁，才鎖定一個目標。

　　「吃飯最忌諱翻菜，又不是拾荒婆，面對垃圾桶翻啊揀啊尋啊的。」老陳有些不悅。

　　「揀到了。」士芳把韭菜寬的帶魚夾進兒子碗裏。

　　「吃了魚有啥感想？」老陳凝重地問。「母愛偉大，帶魚好吃。」兒子朝母親一擠眼。

　　「與其臨池慕魚，不如轉而結網，你知道這意思。」老陳露出罕見的笑容。

　　「要我做漁夫？」兒子也笑了。

　　「舉一反三：魚好吃，錢好使，權好用，這是真理。」老陳慈祥地說，「這個星期天別上新華書店。」

　　「電視機的綫路圖，我還沒看透呢！」

　　「聽你爸的，把書拿回來看。」士芳出主意了。

　　「媽！看書不要錢，買書要出錢。我這是蹭書看。」

　　「如果你真的需要，那就出錢買。」老陳鄭重地說。

　　「真的？」兒子驚喜地問，「這書要八元八角，裏面有許多型號的綫路圖。」

　　「貴不要緊，因爲這是投資。」老陳一頷首，「這個星期天，有極其重要的事。」

　　「啥事？」「薛書記爲你介紹女朋友。書記過問你的終身大事，好榮耀！」老陳噴著牙花一臉幸福。

　　「不！」兒子大聲說，「我就是打一輩子光棍，也不要她介紹。」

　　「你！」「我有權對自己婚姻做出決定。」兒子放下碗站起來。老陳目瞪口呆：傻兒又傻了，這等榮耀竟弃之如屐。

　　家裏出現了冷戰。一個要捍衛自己的權威，一個要保衛自己的獨立；一個要求婚姻的含金量，一個要求婚姻的純潔性；一個要求攀附，一個要求自主。劍拔弩張的三八綫上，穿行著孤寂的士芳。她沒有表決權，沒有解釋權，沒有仲裁權。她沉默地等待三八綫的停火。

第二十一章 痛失愛表

第二十二章　下跪

新浩正在加班，門衛打電話說有人找他。

單位老，貨梯也老。一老就神智不清，隔三岔五搞罷工。爲了治愈它的頑症，新浩重新設計綫路圖。換上心臟後，果然枯木逢春梅開二度。爲了讓春天長駐，新浩邊運行邊測試，一連幾個晚上和老貨梯共榮辱。

新浩經過車間時瞥了下鐘。老挂鐘的二根針叠在一起，并竪在正中。新浩這才知道現在是北京時間深夜十二點整。

「爸！家裏出了啥事？」新浩急切地沖進傳達室。

「是有大事。薛書記介紹了一個姑娘，她是鐵馬路街道的黨支部書記。」

「就爲這事？」

「姑娘十六歲入黨，十八歲已是黨政軍一把抓……」「也是國家主席，兼党的書記兼軍委主席？」新浩撲哧一笑。

「她舅是市級領導，她爸是煤炭部……的負責人。」

「是煤炭部，還是煤炭門市部，這裏大有講究。」

「哎呀！這麽關鍵的問題我沒聽清。」老陳一跺脚，「明早繼續打聽。」

「您不用打聽——我要婚姻不要聯姻，我要妻子不要皇親，我要愛情不要權勢。你不懂感情，所以不知道我的感受。」

「誰說我不懂感情？誰說我沒有感情？」老陳攥緊老拳嚷著，「她是一座墳墓，埋葬著我所有的愛；她是一座冰山，埋葬著我所有的熱情；她是……」老陳嚷著嚷著，身子沿著墻根滑下來。新浩驚訝地看著他。

「我愛她，但是我害了她。」父親喃喃著。

「她是誰？她在哪？」新浩溫柔地扶起父親。

「她魂歸天國命喪黃泉……兒啊，你不能再走爸的老路，你一定要找個紅五類，紅五類就是一個避風港啊。」老陳攥住兒子的手。

「可我不能帶著對薛書記的恨，去和她談愛情。」新浩緩緩地搖著頭。

「兒子！你一定要答應我，因爲我再也經不起折騰了。」老陳拽住兒子，膝蓋一點點彎下去。

「爸！你起來！爸！我……答應你。」

第二天下午，新浩在虹口公園相了親。姑娘瘦而高，白晰的臉上戴了副金絲鏡，顯的清俊文雅。小橋，流水，鳥語，花香。漫步在花叢，徜徉在水邊。湖水漣漪，綠樹環抱，好一個桃花源。

「果然一表人才。」書記余光偷覷眼角掠風。兒子眼睛凹陷，鼻梁高聳，頭髮濃密，嘴型優美，真乃現代版的大衛。

「東方的含蓄，西方的凹凸。」女書記一聲贊嘆。她在擇偶時，把夫君的顏值考慮進去：書記的接班人絕不是卡西摩多，而應該是潘冬子。

「你在單位搞什麼？」「電工。」「爲什麼不搞政工搞電工？」「我不喜歡政治，我只喜歡電子技術。」三言二語後，閱人無數的政治工作者，已經掌握了新浩的稟性：本份，耿直。

「入黨了嗎？」書記和藹地問。因勢利導，讓小溪回歸大海，這是書記的職業本能。

「沒有！」回答得很乾脆。「打報告了沒？」「沒有！」回答得更乾脆。「爲啥不打報告？」書記皺著眉。「爲啥要打報告？」新浩也皺著眉，氣氛一下子凝重。

「你說說不打報告的理由。」爲了調節氣氛，書記莞爾一笑。

「你說說打報告的理由。」新浩生硬地說。

「青年人在政治上要有追求，時代需要青年人衝鋒陷陣。」

「不會讓我去打臺灣吧？」新浩嘿嘿一笑。

「千里之行始于脚下，一定要走好人生第一步歐。」

「不入黨就沒有人生？」「就是有，那也是行尸走肉。」「你現在和僵尸在說話？」「你的話啊，硬蹦蹦的像一塊塊石頭。」書記寬容地笑了，「明天街道要組織一次活動，據內部消息，來的領導有……」「哪一級的？」新浩殷切地看著她。

「有門了！入道了！」書記涌起激動的暖潮，「市領導不能打包票，區領導絕對會來，如果你來……」「說不定就是鯉魚跳龍門的機會。」

「一點就通！」姑娘的纖指，愛昵地點在新浩的額上，「介紹人的話……不准。」

「她說啥？」

「她說你撅椿子一根。看來，百聞不如一見。」

「她說的對。我不但是撅椿子，對政治更是退避三舍。明天的活動我絕不參加。」

「市領導不來，你就泄氣？」書記微笑著，「同志啊！樓梯要一級級上，官要一步步爬。別人都說我急功近利，想不到你比我有過之而無不及。這再次說明……」說到這，書記一頓。

「說明啥？」

「說明我倆有緣分。」這次書記的纖指，不是落在新浩的額上，而是落到鼻梁上。

「哈哈哈！」新浩爆發出一串大笑，「南轅北轍，南轅北轍。不要浪費你寶貴的時間了。」「我有鐵棒磨成針的堅韌。」書記更來勁了。

「失禮！我明天真不能來。」新浩很認真地說。

「能否告訴我，明天究竟有啥事？」書記果然很堅韌。

「幫同事裝電錶。新分的房子裏沒有電錶。」

「他是廠裏一把手，還是局裏的二把手？」

「他不是一把手，也不是二把手，他剛剛從監獄裏出來。」

「你和刑滿釋放分子來往？」書記尖銳地嚷著。

「刑釋分子就不是人？要是劉少奇從監獄出來，你也這樣稱呼？同志啊！你的思想跟不上形勢啊！」新浩調侃著。

「我知道了，他是個大人物，有能量的人物。」

「小人物是人，大人物也是人，生物學上同屬一科。他沒有能量，他只是黃泉路近的孤老。」

「不可能。」書記嚷著，「二權相衡取其輕。你放弃活動爲了他……」

「你這個同志，咋沒一點爲人民服務的覺悟？他是勞改局大赦的翻譯，沒老伴沒子女。」

「我知道了，是領導讓你去的。」

「腿在我身上，憑什麼要聽領導的？我的腿只服從良心的召喚。」

「你應該學會算帳。」書記二眼灼灼有光，「能帶來利益的活動，一定要參加；能帶來風險的活動，絕對不參加。輕重利弊一定要權衡。」

「別忘了我是撅椿子一根，對你說的東西不感興趣。」

「正因爲不感興趣，所以猫在破單位；正因爲沒有嗅覺，所以政治上無進展。既然你喜歡爲老人服務，何不唱一齣『新時代新雷鋒』的新劇。」

「咋個唱法？」

「先造輿論後搖筆杆，新聞出籠英雄誕——這事包在我身上。」

「隆重包裝，閃亮登場，聯袂演出，一炮打響？」

「你不傻啊。」書記的纖指再次落在新浩的臉上，「做任何事要有目的，不然就是無本之木無源之水。」書記一甩頭髮，英氣逼人。

「你是血肉之軀，還是政治上的道具？」「你……」「單位一周三次學習，我不想再聽第四課。恕我告辭。」

「你總不至于這麼沒風度吧？」書記惱怒地叫起來。

「要是月黑風高，一定送你回家。現在陽光燦爛，恕不遠送。拜拜！」兒子大手一揮，揚長而去。

夜很深了，躁動的大上海終于平息了。兒子剛把鑰匙插進鎖，燈就「啪」地亮了。

「這麼晚還不睡？」新浩驚詫地問。

「高興得睡不著。」燈光下，父親的笑如魷魚舒展的四肢，舒展得肆無忌憚，「今天下午薛書記找我談了……」

「談什麼？」

「她說書記非常喜歡你，說你有個性有特點。雖然有點『擰』，但有信心把『擰』擰過來。」

「哦！」新浩漫不經心敷衍著。

「良好的開端是成功的一半，你要再接再厲，爭取旗開得勝馬到成功。」興奮中的丹鳳眼愈發上揚。

「哦！」兒子漫不經心地敷衍著。

「這是明晚電影票，我托對門老李搞來的。」

「你托老李？」兒子驚訝了。老李是電影院放映員，家有孩子一群病妻一個，父親和他楚河漢界從不來往。爲了聯姻，父親打破界域找上門，苦心可鑒。

「音樂能融化靈魂，提升靈魂，產生共鳴。電影也有這樣的效果，更何況是悲情電影，朝鮮的《賣花姑娘》。」

「我可以答應你看電影，但我明確地告訴你，我們不合適。」看著老父的興奮兒子有些心酸，因爲這興奮太廉價。

「夫妻間的不適，可以磨合可以調整。兒啊，我被運動嚇破了膽，我日思夜想的就是尋找一個安全的避風港。」

「你把我的終身幸福，換一張政治上的通行證？」

「世上二件事最重要，一是安全二是金錢。只有安全沒有金錢，生活幷不快樂；只有金錢而沒安全，小命休也——皮之不存毛焉能附？」

「愛情呢？」

「我到你單位看到墙上的標語。標語是安全第一而不是愛情第一。我最欣賞的是蝸牛。」「蝸牛？」「對！它背著一間房子，沒危險時出來溜達，有危險時把頭縮進去。沒有狡兔三窟，沒有狼狽同盟，活得平庸猥瑣但却活得安安全全。兒啊，什麼愛情不愛情，不能保證安全的愛情屁都不值。」老陳搖著頭，丹鳳眼中滿是悲愴。

新浩的心一顫。體制之惡改變了父親的世界觀，他的奴性是時代的烙印。他的吝嗇，他的狡猾，他的善變，他的多疑，他的無情，他的背叛，他的卑鄙，他的無恥，折射了這個社會對人的摧殘和迫害。人可以卑賤如塵土，但不可以扭曲如蛆蟲。

不鏟除這片蘊含重金屬的土壤，中國人永無寧日。

晚上七點，新浩來到海寧路上的勝利電影院。一襲全毛黑呢大衣，一條凡立丁長褲，一雙三節頭皮鞋，把他襯托得挺拔偉岸，氣度不凡。

褲縫是父親熨的，大衣是父親披的，就連鞋帶，也是父親搶著給他系上的。父親置辦這套行頭後，除了在合營的慶功會上亮過相，一直深藏在阿裏巴巴山洞，直到最近落實政策，這才物歸原主。

「我不想穿這套衣服。」新浩皺著眉。

「不穿也得穿。成敗在此一舉。此時不穿更待何時？」

「好！穿！」新浩用二個感嘆號，結束口舌之爭。

書記今天是棗紅色外套加黑圍巾，略施粉黛的臉在紅與黑的襯托下，顯得唇紅齒白雍容華貴。「要不是……憑心而論，她是不賴的對象。」新浩嘀咕著。

電影開始了。不管真實性如何，煽情性絕對一流。開場後不久，電影院已是一片唏噓。書記斜乜鄰居，發現他不但頻頻抽鼻，還頻頻抹眼。他手上拿著一大包零食，這是父親送給書記的哈達。新浩從頭至尾沉浸在傷感中，完全忘了手上的哈達。書記正襟端坐雙目平視，不要說泪花點點，就連半絲的濕氣也沒有。一波接一波的整人運動，早把她打磨成刀槍不入的雙槍老太太。

看完電影，二人從海寧路轉入僻靜的昆山路。繁星點點，月光皎潔，樹影婆娑，甬道平坦。書記偷覷對方不禁有了砰然心動。新浩的側面要比正面好看。一簇黑髮隨意灑在額角上，五官如浮雕般地立體。月光剪出了他的面部輪廓，天庭飽滿鼻梁高懸。「橫看成嶺側成峰，遠近高低各不同，欲把西湖比西子，淡妝濃抹總相宜。」書記的腦中，跳出這首詩。

「胡扯啥？」她暗暗恥笑自己的迷戀，「當務之急是策反，絕不能沉溺于兒女情長。」想到這她輕咳一聲，「聽說你很忙，正在改造單位的電梯？」

「老掉牙了，不換心臟就不能載貨。」

「人也一樣，不轉變思想，就不能勝任現代化。」

「你有明顯的職業病，你把所有的人，當成你的工作對象。」新浩輕蔑地說。

「你……對號入座。」「但願。」「報告打了嗎？」「是團報告還是黨報告？」兒子賊嘻嘻地問。

「我要是你就一打就是二份報告。入團報告鋪墊入黨報告，入黨報告提攜入團報告，這絕對有一石二鳥之效。」

「好辨證。」

「生活中也有辨證法。你和我戀愛，也有一石二鳥之效。」

「我鋪墊了你的身份，你提攜了我的身份？」

「相輔相成有啥不好？相得益彰有啥不好？數學上講究最佳組合，營銷上講究黃金搭檔。」

「就如黑圍巾襯托你的紅外套？」

「你還會舉一反三？你說得對。政治是人生奮鬥中最短的直綫：入黨能提幹，提幹能加薪，提幹能分房，提幹能……」

「請走這條路，這是到你家最短的直綫。」

「難道走什麼路，要聽你的？」書記二道秀眉蹙起來。

「你不是講究直綫嗎？政治是直綫，回家也能直綫。」

「你影射？」「就事論事，不要敏感。」「我覺得你的情緒很……你使我想起酵母，能促使物質變質的酵母。」

「你應該說我是細菌，是傷寒，是霍亂，是鼠疫。我就是會傳染的麻風病人。」新浩冷笑著。

「做了多年的書記，我完全理解你的心情。受到衝擊和傷害的人……往往自閉，自卑，自輕，自賤。」書記和藹地說。

「我自輕自賤不要緊，只要你不自輕自賤就行。」

「我的父母都是南下幹部，我的血統正統而高貴，我怎麼會自輕自賤？」書記一挺胸。

「沒有發酵粉，你也能自我膨脹。據我所知，中共第一代的開國元勛，當年都是清一色的痞子混混土匪流氓外加殺人犯。至于那些南開北下的幹部，也是一批趨利避害見風使舵投懷送抱的投機分子。」

「你……你……」書記的蘭花指抖啊抖，終于如槍口對準了新浩。

「失敬！失敬！」新浩啪地立正幷敬了個禮。

「噗！」書記嫵媚一笑，「有看法儘管說，有觀點儘管交流。」

「有看法把它憋進去，有觀點把它爛在心裏。漚了，酵了然後做沼氣。」

「你……好幽默。」書記的聲音嗲嗲的。

「白天的話可以漚了酵了，晚上的囈語譫語咋辦？我的朋友想離婚，于是他老婆揭發了他晚上的囈語譫語，結果蹲了牢房。」

「你應該相信我，我將是你最好的傾吐對象……」書記身子如比薩塔，一點點傾斜過去。

「可我怕！我怕我的夢語囈語譫語，成爲你晋升的階梯。」

「咋會呢？你是我的愛人……」

「我不是你的愛人，甚至不是你的同志。」新浩推開她的身子。

「你……拒絕我？」秀眉蹙起，如二座雄峰，「你看，前面是什麼？」

「一幢坐落在綠樹叢中的小洋樓，裏面有鋼窗地板，煤氣衞生。」

「你看，我的臉長得不賴吧？」書記正色。

「憑心而論，不賴。」新浩很淡然。

「你再看我的身材，不說婀娜也是修長。」

「實事求是，不賴。」新浩依然很淡然。

「這個臉，這個身材，加上書記頭銜，再加上這幢小樓，陪嫁不菲吧。」

「這個……當然。」

「三項加起來，還不抵你的自尊？」

「可是尊嚴無價。」

「被打倒的首長有啥尊嚴？被奪權的將軍有啥尊嚴？牛鬼蛇神又有啥尊嚴？」

「那是被剝奪了尊嚴，而不是沒有尊嚴。人人應該擁有尊嚴。」

「尊嚴是無產階級的奢侈品，尊嚴是有產階級的必須品。你爲了奢侈品而扔了必須品？」

「我現在就明確地告訴你，爲了我的尊嚴，我們拜拜！」

「你！」書記尖叫一聲。尾音劃過蒼穹，震得樹葉瑟瑟花朵顫顫。「你……你可以不忌諱我，難道不忌諱薛書記？你不知道投鼠忌器？」

「是的！我應該忌諱。」新浩低下頭，突然又猛地抬起頭，「可惜我的膽子已經嚇破，現在的任何忌諱對我來說，已經不起作用。」月光下，新浩的脖子伸得很長，如引頸悲歌的孤鵝。

「你……再考慮考慮。」書記用緩和的口吻說。

「借用樣板戲裏一臺詞：我們不是一股道岔上的車，永遠走不到一起。」新浩子揮了揮手，走了。

昏暗的燈下有一個影子。影子時長時短，時暗時明。影子孑然，孑然能聽到呼吸；影子孤單，孤單到沒重影。影子有落日的惘然，有墜月的凄然。影子突然停下，脫下身上的大衣。

現在影子更單薄更孑然：一枚退潮後留下的貝殼，一條遷徙後落下的小獸。

一陣冷風掠過，影子打了個寒顫，但他依然沒穿上大衣。鬧劇落幕，道具就該歸還。前面就是乍浦路。前面有盞燈，燈下有一雙期盼的眼睛。燈很亮，但是沒有溫暖；眼睛很亮，但是沒有溫情。燈光是鏖戰的前奏，眼睛是冷戰的旗幟。影子昂起胸，臉上有破釜沉舟的決然。

第二十三章　瀾起瀾止

　　山窮水盡疑無路，柳暗花明又一村。就在兒子婚事擱淺時，情況有了變化。同廠的工農兵大學生，對他產生了愛意。

　　落寂的神情憂鬱的氣質，如磁鐵吸引著小妮子。雖是張鐵生的同窗，她絕非是墻頭蘆葦山中笋。她需要愛情，但不是愛情至上的少年維特；她崇尚專一，但不是殉情的朱麗葉。她年輕但不衝動，朝氣却不任性。溫婉中蘊藏內剛，熱情中透出方寸。天真不失謀略，浪漫不失成熟。最重要的是堅毅，絕對有庖丁解牛的游刃。

　　她是個縝密的商人，對一輩子一次的買賣，有著無數次的估量。買賣做得好，一輩子富貴，買賣做砸了，一輩子貧困。

　　商人講究銀貨二訖。不驗明正身，絕不放款。在這條總則下還有若干細則。三伏天，貨要暴曬，看看是否齜牙；三九天，貨要靜置，瞅瞅是否露出馬脚。黃梅陰雨天，貨要浸淫，看看是否有黴斑露頭；乍暖還寒時，貨要淬火，看看是否銀槍蠟燭頭。細則林林總總，不一而足，總的歸納爲伺動而動，伺變而變，以不變應萬變。

　　商人講究投資方向，投資分短期，中期，長期。鼠目寸光著盯著短期，急功近利者盯著中期，高瞻遠矚者側重長期。股票有起有跌，撩開紅綠綫才能發現績優股；期貨有升有降，撇去泡沫才能一注定乾坤。股票不是老奶奶買鹹菜，殺價擠水臨走時再抽一小根；期貨不是老爺爺買豆漿，呼啦啦喝一口再滿上。

　　婚姻能把人送往天堂，也能把人扔下地獄。上天入地的通行證攥在手心，確切地說，掌握在腦子裏。把所有的數據輸進大腦，用思維的篩子揚癟去殼，去偽存真，去粗取精，才能得到真正的果實。

　　第一是外貌。雖然反對以貌取人，但貌是重要因素。錢能滿足味蕾，貌能滿足視網膜。以貌取人，我絕不爲賞心悅目，只爲革命的小苗苗不成爲周口店人。有個人猿泰山的後代，就是我婚姻上最大的失敗。

第二是高度。沒有高度就沒有質量，怎麼也不能讓接班人步武大郎的後塵。試看英雄人物李玉楊子榮，哪個不是威風凜凜鐵塔一座？要是生個三寸釘，不是妻阿鼠的命運，就是一撮毛小爐匠的下場。

第三是政治身份。沒政治身份就是沒戶口的黑人。無論是上學還是參軍，都受到極大的制約。沒有過硬的出身，就是潘安問世大衛再現，我也不考慮。雖然新浩的父母都是老運動員，但現在形勢逆轉，既落實政策又補發工資，難道令尊就不能進政協人大？我不能畫地爲牢，我要風物長宜放眼量。

第四是工作。新浩雖蝸居小廠只是電工，但心靈手巧頗有二把小刷子。一是手藝能帶來碎銀若干，不是有「荒年餓不死手藝人」這一說嘛？二是保證下一代基因不會出現重大缺陷，就是有變异，那也是幾百萬分之一的概率。

第五是經濟。根據最新消息，他的老母不但摘了帽還有了生活費和醫療費。雖數目差強人意，但一手女紅在吳淞路上小有名氣。裁剪中，定有土特産若干，小額毛票若干進帳。父親的退休工資一百元缺二元，這在上海屬中等偏上，在全國屬上上偏上。最讓人心動的是那筆財産，財産分補發工資和歸還存摺二種。這二種堪稱擇偶之最，重中之重。

全面平衡，新浩雖優點多多但缺點也不少。第一是耿直憨厚，胸無城府，這是他的大忌也是軟肋。但童心未泯，性格未定，我就不信調教不了他——連腎移植都需要匹配，難道夫妻性格還不能匹配？

第二是他身份。他不是黨員甚至還不是團員，這讓我這個黨小組長的臉面朝哪擱？話說回來，說不定哪天他吱溜一鼠上雲霄，這樣的火箭發射事件絕非恐龍滅絕的版本。想當初，王洪文從保衛科幹事升到國家付主席，又從副主席跌到地獄，升遷起落，只用了短短幾年。

　　第三是他的前途。看來他沒啥上進心：學雷鋒活動一笑拒之，突擊隊活動一走了之，倡議書，決心書，申請書，他一概斜眼冷對。想到這，牙幫子有點酸。

　　有人說戀愛中女人的智商等于零，我不能成爲這樣的弱智。是扯回紅絲綫，收回丘比特箭呢還是……就在小妮子猶豫不決時，毛主席的辯證法跳出來。是啊！金無足赤人無完人。水至清則無魚，人至察則無友，我咋連哲學上起碼的定律都忘了。

　　小妮子拿出一張紙。從左到右，一二三四五六七；從上到下，ABCDEFG。一橫一竪縱橫交織經緯分明。數字是他的利，符號是他的弊。一加二加三加四加五加六加七，A 加 B 加 C 加 D 加 E 加 F 加 G。如果利大不了弊這事就完。要是利的積大于弊的積，這事就成。先把數據排列，再加減乘除推理演繹。沒有草圖，構思就是藍圖。沒有算盤，大腦就是計算機。

　　新浩是獨子，真正意義上的獨子，連乾姐濕弟都沒半個。獨子獨子，意味著獨吞所有家產，這點，就是最大的買點。身體健康，真正意義上的健康，我打探過，他連醫務室的門檻都沒進過。不打噴嚏不流鼻涕；烟不沾來酒不碰，雖然耳朵上時不時有根小烟捲，但這是爲群衆修理電器後的反饋。午休時撲克牌不上手，我用望遠鏡觀察過，他的眸子在酥胸肥臀上停留的時間，絕不超過三十秒。

　　妮子在紙上畫了橫坐標和縱坐標，又在坐標下添上不同的數據，一番演算，答案明明白白躍然紙上。小妮子滿意地咬著筆，等待最後的揭曉：閨蜜探子正在視察，打探的內容是住房情況。

　　辦公室的門被推開，探子一臉慌張地沖進來。

　　探子是她中學同學，雖同窗同學加同事但不可同日而語。探子如蚯蚓，知道拱土不知道建立根據地；探子如工蜂，知道采蜜不知道享用蜂皇漿。鑒于這二點，進廠多年依然窩在生產第一綫。妮子對她的政策，猶如党對民主人士的政策：一改造，二利用。和她來往，多了禮賢下士的美稱，又多了個死心塌地的幫手。探子既是襯托紅花的綠葉，又是專趟河的卒子——何樂而不爲？

「情況很不妙。」探子花容失色。「怎個不妙法？」妮子冷靜地問。

「這事黃了，徹底黃了！」探子斬釘截鐵地說。

「你是探子而不是指揮官，你是卒子而不是決策人。」小妮子的回答更斬釘截鐵。

「他家⋯⋯慘不忍睹，簡直和鑄工間一模一樣。」

「真的？」小妮子倒抽一口涼氣。進廠多年，她從不邁進鑄工間一步，也不和鑄造工搭話。想不到她的愛情偏偏和「鑄造」連上譜。

「看清楚了？」

「我什麼都不如你，只有視力比你好。他家的房子，是個室內垃圾場。」

「怎麼個垃圾法？」妮子鎮靜地問。

「一雜二亂三髒四臭。格格格！」妮子淺笑一串，「你鎖定的目標黃了。」

「⋯⋯越是破爛越有嚼頭，越是雜亂越有文章。魯迅上華懋飯店，門僕因爲他的布鞋而拒之門外。這叫啥？這就叫真人不露相。越是富得冒油，越是邋遢骯髒；越是滿口金牙，越是窮鬼一個。」

「可是⋯」

「要透過現象看本質，深入調查而不是走馬觀花。所有的人和事，決不是一加一那麼簡單。不但要看現狀，還要預測將來走勢，把握潛在價值，估量無形資產的上升空間。」

「言之有理。」探子一頷首。

「變色龍爲了隱藏自己，不斷變化皮膚的顏色。身爲老運動員的他們，當然也有僞裝色。哈哈哈！」妮子發出深笑一串。

「被你一說，茅塞頓開。這一輩子，我就佩服你。」探子由衷地抒發感嘆。

「少說多看，沉默是金思考是鑽石。說說還有啥情況？」

「哎呀！我看見了他的爹媽了。」「如何？」小妮子言簡意賅。

「簡直是一對叫花子。」

「言過其實，他爹是個工商工作者。」

「眼見爲實。」這下是探子言簡意賅。

「不入虎穴焉得虎子。你在廠門口等我，我跟廠長說去四川路上的圖書館查資料。」小妮子果斷地站起來朝外走。

從高陽路到乍浦路，只有短短三站路。前面就是海寧路，車水馬龍，商鋪雲接，神龍見首不見尾。勝利電影院前聚著一堆人。有影迷，有票販，有不買票也不倒票的閑散人，還有巴巴望著海報的城市貧民。

「乍看上海，絢麗燦爛五光十色。翻開外衣，才知華美的緞袍上有多少虱子。」小妮子感慨著張愛玲的感慨。

「說的對！」探子翹起了拇指。

「別看飯店門面金碧輝煌，飯店後面，全是老鼠蟑螂的天下。霓虹燈的後面，是臭烘烘的倒糞站。所以看人，不但要看貌還要看五臟六腑。」

「說的對！」探子又一次翹起拇指，「朝這裏拐，弄堂第一間就是。」

「女人要做蜘蛛，不動聲色張網以設。女人要做獵人，準星裏觀察獵物肥瘦。女人要做老鷹，高高盤旋一猛子扎下……」「注意：前面就是一頭老鷹。」探子用手一指。

一個老頭正撅起屁股，用一盆髒水沖一隻痰盂。髒水代號「D」，是 ABCD 壇的最後一道工序；痰盂代號「C」，是文革中遭迫害的瘌痰盂。用 D 水對付 C 是老陳的專利。雖然水髒而膩，雖然痰盂醜而傷，但糟糠之妻不下堂是這個家一百年不變的原則。

探子忍住笑，把頭轉過去。老漢因爲俯衝的需要，露出了褲腰。這是一條色彩斑斕，綴滿補丁的褲腰。有百花園的姹紫嫣紅，有彩虹的赤橙黃綠。更兼一聳一動，一起一伏，乍一看，還以爲蟒蛇在進退。看到這，小妮子情不自禁打了個噁心。

天呢？這就是我將來的公公？不可能！不可能！不是說他是半個資本家嗎？怎麼像乞丐，而且是塞外的乞丐？不！遇到突變要冷靜，說不定這又是個康熙微服下江南的版本。想到這，妮子精神一振。

「請問老大爺，這裏有沒有一個叫王同的？」

「王……同？這名字沒聽說過。」老陳站直腰，開始思索。一手拿怪异的痰盂，一手拿肮髒的木桶，其形其狀，和農村的揀糞者沒區別。

是的，是他確鑿無疑的爸爸！除了一臉滄桑，完全是一模子裏倒出來的模塊。

「王同？是不是昆山居委會做書記的那個？」老陳認真地問。

「大……概吧！」妮子和探子壓抑著笑。王同純屬信口拈來，還虧他苦思冥想一番。

「他不住在這，住在鐵馬路小菜場對面。」老漢一拍腦袋。

「撲哧」一聲，探子憋不住笑了。

「您老咋知道？」妮子謙和地問。

「我給你拿通訊錄。」老陳放下手裏的哼哈二將，把濕漉漉的手朝衣上揩，「我把虹口區所有街道的書記主任全記在通訊錄上，還有區領導的電話號碼。」

「爲什麼要記這些？」妮子柔柔地問。

「我經常值班，遇到突發事件，沒有領導的聯繫方式怎行？居安要思危，不能馬放南山刀槍入庫，只有以不變才能應萬變。」

「大爺，您真有學問。」妮子微笑著。

「我們只是問問，你倒給我們上起政治課。」探子不屑地一撇嘴。

「大爺能有這份心，革命有望成功。」妮子邊寒喧，邊想下步棋咋走。「不入虎穴，焉的虎子？」想到這，她柔聲地說：「大爺！我們奔波了半天，您能不能給我們喝杯水。」說到這，妮子露出極柔美的笑。這笑在革命實踐中屢試不爽，屢試屢靈，絕對有「回眸一笑百媚生」的效果。

「那……我給你們倒碗水。」老陳果然被攻克。一碗水來了。碗是粗瓷劣胚，妮子一看就泄了氣。且慢！這碗摸上去，咋有滑膩感和質地感？妮子大喜，這絕不是一般的粗瓷破碗，說不定是乾隆爺的寶貝，老佛爺的珍品。

妮子興沖沖地喝上一口，又一口噴出來。水涼不拉嘰不算，還有油膩味。剛才只想元明清，現在才發現，水上不但有油花還有細微的菜葉。再細細品味，方明白滑膩之感，來自碗和水共同擁有的油膩。

「難道洗碗不用洗潔精？」一向有涵養的她，終于忍不住了。

「那玩意耗錢又耗水。咦……免費的茶水還挑三撿四？」

「不就開個玩笑嗎？」妮子急忙送上有特色的笑，「大爺，我今天穿了新鞋，腳疼得很，能不能上您家小坐片刻。」

「呵呵！呵呵！」老陳發出一陣乾笑：雖然你的笑傾國傾城，但不能動搖我的革命警惕性。

「您要是怕，不還有他嗎？」妮子的嘴朝旁一努。

咫尺之遙的前面，有個帶袖章的巡邏員。巡邏員是上海的特色。不要說小嘍囉，就是零零七到上海，肯定也被小腳緝私隊逮個正著。義務巡邏員最大的特點一是密度二是警惕度。密度是三步一崗五步一哨；警惕度是有鋼幣掉地，也以爲是微型炸彈。這叫啥？這叫有中國特色的全民皆兵。

「大爺，不就歇一歇腳，您就做個雷鋒吧！」

「不是我不做雷鋒，而是老伴在睡覺。」

「騙人！我看見裏面的老太婆在納鞋底。」探子不客氣地揭穿他。

「既然大爺不肯，咱就走。」妮子大度一笑。

「等我把碗送進去，我帶你們去。」老陳熱情地說。妮子朝探子使個眼，探子趨步上前。老陳腳一進門馬上把門關上，前後腳之間，絕對沒有半分一秒。

「他媽的！二個諸葛亮，搞不過一個臭老漢。」探子悻悻退下。

「謝謝大爺！我們走了。」小妮子對著窗子揚聲而叫。

　　十分鐘後，門被叩響。老陳打開門，妮子不由分說一腳進門，「大爺，我想問問到鐵馬路菜場咋走？」

　　「……我帶你們去，那一帶我熟。」

　　「您這個活雷鋒，能不能替我們畫張草圖？」妮子又送上一個迷人的笑。

　　憑心而輪，老陳實在不能算尋花問柳之徒。但他畢竟是人不是神，雖然體內荷爾蒙已降到歷史最低點，但殘留的荷爾蒙還是有「野火燒不盡，春風吹又生」的頑固。

　　「畫圖可以，我繪了四十年的畫。」「大爺是個藝術家？」「慚愧！我的畫不是畫在畫布，而是畫在黑板報上。」「您是黨的媒體工作者，這比畫家更讓人景仰。」

　　「先坐片刻，讓我畫。」就在老陳賣弄繪畫手藝時，四隻眼睛如四部雷達，把一切覷個真真切切，看個明明白白。

　　未來的婆婆是個滄桑老太。說她是富農婆，不如說是白毛女的媽。從頭到腳沒一絲光鮮，從裏到外沒一點富貴。衣服是說不出顏色的混合服，頭髮是說不出顏色的混合毛。手骨嶙嶙，關節粗大。不要說龍鳳鐲，連綫條細的戒指都沒有。一臉菜色，滿身憔悴，不要說賈母，就連劉姥姥都不如。此刻的她正在吃粥幷接近尾聲。菜是水煮蘿蔔，上面漂幾滴油花，油花絕不比剛才的茶水多一顆，這點，完全可以用妮子的人格來保證。

　　亞劉姥姥用筷子扒拉碗裏的殘留物，扒拉幾下幷不奏效，于是扔了筷子乾脆用舌頭舔。一邊舔，一邊轉。舌頭又長又細，如蜥蜴之舌一伸一縮，一進一出，一收一放，一緊一松。她舔著，轉著，轉著，舔著，全身心沉浸在舔裏邊。想當初，批鬥會上都能拾起飯團，此刻在家更沒有顧忌。碗轉得歡舌頭舔得歡。整整二個三百六十度後，終于捕捉了漏網米粒若干。

　　她放下碗，長長地透了口氣。

　　妮子壓抑著涌上來的噁心，杏眼圓睜，瞳孔怒張，把一切都拷貝在腦丘上。看清了，這不是杜十娘的八寶箱，而是一個紙板箱。看准了，這不是紅木家具，而是一堆起皺卷皮的破家具。看清了，這不是透明的玻璃鞋，而是肮髒的工作鞋。看准了，這不是二十四Ｋ項煉，而是草繩粗繩麻繩。沒有細瓷器皿，只有銹迹斑斑的痰盂。沒有唐寅的山水畫，只有過時挂曆。這不是托塔李天王的三節棍，而是其臭無比的老鼠夾。

天吶！除了破爛，就是一地狼籍，一地肮髒，一屋子蹊蹺的异味。天吶！這不是灰姑娘的茅屋，這不是喬裝的洛克菲勒，這不是僞裝的大脚皇后，這只是一隻室內垃圾箱。

「朝這條路走，可節省二分之一的路程。」老陳寫著畫著，詳細又詳盡。

「謝謝！我們走。」妮子急速地抽出綫路圖。

「我送你們去。」老陳抄起紅袖章朝手臂上套。「不用勞駕。」妮子一個箭步朝門外竄，急不擇路朝前奔。眼見爲實！眼見爲實！她捂著「撲通撲通」的胸口，如越獄的犯人。

「骨碌碌！骨碌碌！」聲音由遠而近，如急促的馬蹄，如小脚女的碎步。「倒馬桶嘍！快把馬桶拎出來嘍！」粗啞的呻吟拽落滿天的繁星，也拽醒所有的美夢——糞車大駕光臨仁智裏。

百家燈火在這一刹點亮。翻身起床的，披衣汲鞋的，咳嗽吐痰的，拉屎撒尿的，如蠢動的蛾子撲起翅膀。樓上的拎著馬桶朝下竄，樓下的拎著馬桶朝外跑「嘩啦啦！咚！嘩啦啦！咚！」聲音有節奏，有起伏，有輕重，有抑揚，渾然劇場裏的絲竹弦樂：「嘩啦啦」是屎尿的傾倒聲；「咚」則是馬桶的著地聲。

濃烈的臭味，如原子彈爆炸後的烟幕，沖天而起四處飄蕩。臭味如精靈，穿堂入室無孔不入，殷勤地把异味送進每一個鼻孔。

「骨碌碌」聲再次響起，糞車由近而遠漸漸離去。「嘩拉拉！嘩拉拉！」的大合唱奏響了。各家各戶開始了必不可少的晨間活動：刷馬桶。用蚌的殼，用圓的石，用竹的篾，用螺的寄生房對糞桶進行清理工作。

「嘩拉拉」聲有尖銳有低啞，有高亢有沉悶，在快板和慢板中，奏響上海的「黎明之歌」。

從一九四九年到一九八五年，「黎明之歌」響了近四十年。四十年裏，滄海桑田桑田滄海；四十年裏，流星隕落新星誕生；四十年裏，人類的腳步跨上月球；四十年裏，人類的深潛器能潛入一萬零九百十四米的深海。四十年了，上海還在高奏「黎明之歌」。這旋律，尖銳讓人煩躁，低啞讓人憂鬱，高亢讓人窒息，沉悶讓人爆炸。這是快板，踩在火堆上的快板，這是慢板，有淩遲之感的慢板。「黎明之歌」唱黯了紅日，唱黑了雲彩；「黎明之歌」唱老了青年，唱衰了中年，唱死了老年。年復一年的歌，如年復一年的政治運動，唱湮了憧憬，唱滅了嚮往，唱走了文明，唱醺了智慧，唱昏了人心。古老的歌謠是中共領導下的土特產，古老的歌謠是無產階級專政的副產品，古老的歌謠是中國四大發明後的第五大發明。古老的歌謠把幷不開化的龍的傳人退回到飲血茹毛的上古時代，退回到史前未開化的蠻荒年代。

在异聲异味中，在刷糞桶的大合唱中，老陳醒了。他就著窗外的曦光，用Ａ壇水漱口，用Ｂ壇水洗臉。洗完後，感到臉上油膩膩的。他遺憾地發現，他把Ｂ和Ｃ位置顛倒了，他竟在洗碗的壇裏洗了臉。

顛倒就顛倒，這樣一來就省下了油脂錢。這油不是潤滑油而是菜油。不都說植物油是最好的護膚品嘛！

他盛了飯，倒點熱水，就著醬菜吃開了。溫不拉嘰的水有股油味，剛吃一口就想吐。他又一次遺憾地發現，他把水瓶顛倒了，竟把燒湯水當成開水。

前後僅五分鐘，他已經犯了二次錯。不就是幾分發熱咋糊塗成這樣？不好！馬上要嘔吐了。他抄起空碗放嘴邊，完全忽視了腳下玉樹臨風的痰盂。

胃一陣痙攣，幹嘔出黃黃的胃液。他端著碗朝厨房走，剛擰開龍頭又關上：代號「D」的盆裏裝滿了水。他想端起木盆，但力不從心。退一步說，就是端起來也不行，沒力氣就控制不住水的流速：用一盆水沖一隻碗，得不償失。

水龍頭安安靜靜地臥著，只需要動一指，水會把黃泡沫沖個一乾二淨。老陳思考著，究竟端起盆還是打開龍頭。

有了！老陳一拍腦門。他俯下身，用碗舀起盆裏的水，急速晃動急速傾倒。碗果然乾淨了，他如釋重負吐了一口氣。

他重新端起碗，油味又來了。不行！一定要咽下飯，不然就會買大餅油條脆麻花。這不是幾個錢的事，而是壞了一輩子立下的規矩。

飯進了嘴，嚼了半天咽不下。又努力幾次均以失敗告終。今天活見鬼了。

他把飯放進櫥櫃，早上消化不了那就中午消滅它。我不信我的意志戰勝不了半碗飯。他賭氣地推著自行車，踩了二步，發現輪胎癟了。

輪胎沒氣，人也沒力氣。他放弃修車計劃，改爲步行。

六月的天，太陽已經火辣辣。到單位有六站路，今天是六千里路雲和月。走啊走，何時是盡頭。老陳一屁股坐上欄杆，取出一瓶水。

老陳喝了一口，强烈的嘔吐感又襲來。啊！又錯了。瓶裏水和泡飯水出自一個水瓶，因此帶有油膩的特點。一邊的小販，趕緊遞來一瓶桔子水。

桔子水在陽光下發出迷幻的黃，小果顆在橙色中晃啊晃。甘甜的桔子水，就是夏娃手裏的蘋果。可是老陳不是亞當，面對誘惑，他放下眼睛的捲簾門。

小販悻悻地走了。

老陳艱難地站起來，前面就是車站，上前二步，就可以坐在軟軟的車墊上。他興奮地朝車子走去，就在脚伸進車門時，他收回了脚。

且慢！到單位有六站，我已經走了一半。乘三站一毛錢，乘六站也是一毛錢。乘三站的路却要買六站的票，這虧豈不是大了？

一毛錢是小數目，但是一毛錢能買一把青菜。青菜從撒種到收穫，起碼二個月。二月裏，撒種施肥，澆水鬆土，除草捉蟲，哪件能少哪條能缺？三站路，等于二個月的撒種施肥，等于二月的除草捉蟲，其中還不包括種子錢，肥料錢，水錢電費。這不是一毛錢，這是成本和人工的「總和」。

老陳打了個激靈，三站路一定要走。爲了鼓勵自己，他把自己想像成過沼澤地的紅軍，一萬米，六千米，五百米……財務上的「倒軋帳」順利把他帶出了沼澤地。當他終于看見釀造廠時，臉上浮出「不到長城非好漢」的微笑。

「咋了？」門衛驚慌地沖過來，「你的臉好青。」

「我……贏了。」

「你病了？」門衛把他扶到凳子上，「財務在三樓，我幫你去領工資。」

「不！」老陳用強烈的感嘆號，否定了對方。

「既然你不放心，我扶你上去。」門衛熱情地扶他上樓。「不！」老陳甩開門衛，蹬蹬直上三樓。

「老李！你上哪？」摁著口袋的老陳走出財務室走到廠門口。

「女兒病了，請假半天。」門衛推著自行車準備走。

「咱們一起走，有人說話，圖個熱鬧。」

「我騎車，你走路，怎麼一起走？難不成你……坐在車架？」

「這個自然好。」老陳乘勢坐上去，「二人嘮嘮，解個寂寞。」

「我願意捎你，但是我怕警察。要是有事……」「警察中午吃飯去了。有事我負全責。」「這可是你自己說的。」門衛一蹬車，上了路。

中午的太陽又大又圓，老陳穩穩坐著自行車架上，任憑太陽灑了一身。太陽是個好東西，一殺菌消毒，二補充鈣質。樹上有喳喳小鳥，路旁有青青小草，你蹬車我享受，稱兄道弟海侃神聊。不是旅游如旅游，不是度假似度假。左兜裏裝著妻子的生活費，右兜裏裝著自己的工資。領了二份錢，硬是沒出一個分幣。想到這，他情不自禁哼起小調。

「咦！咋走這條路？」哼歸哼，警惕之弦不能松。

「前面挖路，走這裏。」「我咋不知道挖路？」「難道我會騙你？」「你不應該騙我。老鄉見老鄉，二眼泪汪汪。」「現在談老鄉，以前怎麼老避開我？」「我成份不好，所以不拖累你。」老陳一邊觀景一邊打哈哈。

「這條路好走，這條是甜愛路。」「紅墻綠瓦高宅大院，綠樹成蔭鳥語花香。知道上海最有名的三條路嘛？」老陳有興致地問。「一條是甜愛路，一條是吳興路，一條是衡山路。甜愛路曖昧甜蜜，吳興路幽靜優雅，衡山路則有香榭麗舍的綺旎。」

「停下！」一聲霹靂在頭上炸開。老陳驚慌地跳下車，不慎倒地。

「半截子埋土的人，還違反交通。」一個警察橫眉怒目站在面前。

「警察同志好！」老陳扶著車把艱難地站起，第一反應就是笑，「警察同志辛苦了！有錯就改，請求您的原諒。」第二個反應就是討饒。

「這麼一把年紀了……」

「爲老不尊，晚節不保。」第三個反應就是自貶，貶得比狗屎不如。這三個快速反應，蘊涵了四十年鬥爭史的寶貴經驗。

「鑒于老齡從輕處罰，伍元。」警察撕下一張罰款單。老陳朝後一退，下意識地捂緊口袋。

「罰單誰付？」警察問。老陳的眼角朝門衛乜去，他看見的是一張笑臉。笑容裏有詭异還有得意。「……糟了。」

「罰單誰付？」警察不耐煩了。「我有言在先，你承諾在先。」門衛的笑意更濃了。

「……可我沒讓你走這條路啊？」

「可你也沒讓我不走這條路啊？」門衛依然笑容燦爛。老陳知道中計，他是引君入甕我是領頸入甕。二年前他妻子亡故，同是老鄉的我，硬是不施一個銅板；今天我坐車，他硬讓我破費大洋五元。

「要是有事，我負全責，這可是你說的話。」土裏土氣的老鄉，一字一字說的很清楚。

「要不⋯⋯一人一半。」

「我可是一個子兒都沒有。」老鄉把所有口袋翻過來，裏面確實沒一分錢，可是他臉上的每條皺紋，都在舒展起舞。

老陳站不住了。伍元是伍毛的十倍，一毛的五十倍。也就是說，等于撒種施肥澆水除草的五十倍。這不是一把青菜而是一籃子魚肉⋯⋯方寸大亂的他，腿肚子抽筋。

「拿錢。」警察黑著臉。「警察同志，能不能打半折？」「老實點。」警察的黑臉更黑了。老陳掏錢，可手抖得不爭氣。警察奪過錢包抽出了錢。

一星期後，老陳才從打擊中緩過氣。于是他執行「堤內損失堤外補」的原則，從伙食費上扣錢。

由于長時間吃素，兒子的臉和黃菜葉不分伯仲。看來兒子也有變色龍的功能：吃啥就向啥顏色靠攏。

黃臉男又相了一次親。這次既沒有行頭的武裝，也沒有電影票的待遇。

「看得怎樣？」老陳問。

「沒啥。」兒子寡淡如他的伙食。

「我打聽過了，港務局的工資津貼很高，福利也很好。既然樣板戲裏都有海港工人的形象，政治地位一定不低。」

「我又不和樣板戲裏的英雄結婚。這事吹了。」「吹了？爲什麼？」「她欺騙了我。」兒子淡淡地說，「本來說好不住在她家，可她瞞著我，把亭子間拿下做婚房。」

「欺騙分善意和惡意，她不是欺騙，只是先斬後奏而已。」「而已？沒結婚就瞞就掖，我受不了。」

「你算過帳沒有？現在是亭子間，她父母一死，前後樓都是你的。」

「還沒結婚就想家產，這不好吧！」兒子頭也不抬地刨飯。

「這叫未雨綢繆，凡事要高瞻遠矚。她騙了你，你正好趁這個機會和她談條件。」

「啥條件？」

「一是結婚時不給聘禮，二是婚後你掌握經濟。她的把柄落你手裏，你就占上風。傻小子啊！」

「婚姻不是拳擊賽。」

「可婚姻講究拳擊賽的規則。這麼好的機會讓你毀了。」老陳扼腕唏噓。「這事爲啥不諮詢我？」

兒子沉默不語。

二年後，三十一歲的兒子準備結婚。女方是煉油廠打字員，性格開朗感情濃烈，嫉惡如仇愛憎分明。這和兒子內向沉穩，喜怒不形于色的性格相反。一正一負，一冷一熱中碰撞出愛情的火花。

「抓緊辦吧！」士芳心急火燎地嚷著。

「急不得！急不得！」老陳晃著二郎腿。

「咋不急？婚房到現在都沒有。趕緊買一間，我們要那麼多錢幹啥？」

「胡說啥？養他這麼多年，再買房給他？虧你想得出這餿主意。」

「他不是我們的兒子嗎？」「他是贗品，贗品就是替代品，就是補充品，贗品永遠不是正品。」

「啥品不品，我只道他是我們的兒子。」

「兒子還分嫡和庶，更何況連庶都不是。」老陳橫了妻子一眼。

「那就把你的親生兒領來，他是戀大我不嫌他是戀大我們養。」妻子很氣憤。

「……婦人之見。」老陳心虛地站起來。

「親兒不要，養子不親，你究竟要啥？」

「我要二全其美。既要兒子住的離我們近，又不能讓我們掏口袋。麵包會有的，房子也會有的，只是你不會探索不會挖掘不會思考。」

「我探索黃菜葉，挖掘小煤核就够了。我的思考就是我要房讓兒子結婚。」妻子大聲嚷著。

「我只有錦囊妙計。」老陳微笑著，「女方的父母去世，姐姐出嫁；家有一房十四平方；不遠不近，就在虹口；住進此房，好處多多；奉侍二老，隨叫隨到；我免掏錢，他可蹭飯；一箭雙雕，如此最好。」老陳抑揚頓挫地朗誦著。

「姑娘不是有個弟弟在崇明農場嘛？咱不能和她弟弟搶房。」

「弟弟尚小未談婚嫁，誰先結婚誰先占房。論資排輩長幼有序，男女平等一視同仁。」老陳的朗誦，更平仄仄平了。

「這不行。我們不能做缺德事。」雖然朗誦有極大的感染力，妻子還是不吃這一套。

「怎麼缺德？長幼有序，這是孔子說的，孔子是聖人。」

「誰說都沒用，父母的遺產歸兒子。」「父母的遺產也可以歸女兒。反正要我的房沒有，要命一條。」

半年後，兒子終于完婚。婚房是借的民房，條件簡陋交通不便，沒煤氣沒衛生，唯一的接水站離開大缸有一千米。但聊勝于無，相愛的人能相聚，就是最大的幸福。

一年後孫子出生，一年後出租房被收回。小夫妻栖息在老陳家搖搖欲墜的閣樓。天冷，還能蜷縮在螺螄殼，天熱，只能一人一把躺椅，睡在過街樓道下。

老陳睡在單位歸還的紅木床上，香甜的鼾聲四起，仿佛是他滿足的句號。是啊！政策落實，妻有保障；兒媳賢惠，孫子健康，他還有啥不滿足的？

薛書記領著一幫人大搖大擺地走進弄堂。雖然三中全會四中全會走馬燈一樣地開，雖然鳥槍換成大炮，但新瓶裏裝的依然是發臭的苦酒。

「這裏要粉刷，這裏挂標語，把下水道通一通。陳老伯！」

「陳步堂到！」老陳拖著黑板跑來，「薛書記，我正在寫黑板報。您看：熱烈歡迎市委領導光臨本街道。隸書豹頭雁尾紅黑鑲嵌，領導看了一定舒坦。」

「字是不錯，但有點問題。」

「我知道。應該說：熱烈歡迎市委首長蒞臨本街道。」

「就這個錯？」薛書記揚起眉。

「……應該寫：熱烈歡迎市委首長前來指導工作。」

「仔細琢磨，不要犯政治上的錯誤。我們到前面去檢查，絕不能漏下死角。」于是衆人簇擁著薛書記，朝另條巷子走去。

老陳伸展雙臂，舉起黑板。黑板長度和伸展的雙臂一般長。只有利用手指的力量，才能勾住黑板的邊緣。他趔趔趄趄地走著，狹窄的弄堂沒縫隙。

「哐當」一聲。「……你打翻了我的豆漿。嗚嗚！」老陳把頭伸出黑板，原來是個乳臭未乾的毛孩。

「自己走路不當心，還賴我？」

「你爲什麼摯著黑板橫著走？你應該放在地上竪著拖。」胖厨走出門。

「這是歡迎首長的黑板，怎麼可以在地上拖？」老陳不滿地說。

「首長，首長，不就是走馬觀花，撈取政治資本的政客。」胖厨冷笑著。

「你賠我豆漿……我媽病了想喝豆漿。」毛孩把杯子從地上揀起來。

「給他二毛錢，孤兒寡母忒可憐。」

「不是我的責任不賠錢。」老陳很認真地說。

「叔叔給你五毛，趕快去打豆漿。」胖厨掏出錢。

「你不能給，從小學會訛詐將來成罪犯。」老陳更認真了。

「我看你才是個罪犯。」胖厨冷冷地說，「媚上欺下，鋤弱扶强，一把歲數活在狗身上。」

「你怎麼罵人？」老陳氣憤地問。

「你是牛鬼蛇神時我罵過你嗎？我現在罵你是因爲你是落水狗。一旦上岸，咬人比誰都凶。呸！」胖厨拉著孩子，走了。

老陳摯著黑板尋找最佳落脚點，確切地說，尋找首長視綫平落的最佳角度。「咋搞的？鐵皮扔了一地，不知道首長要來？」老陳憤慨地嚷著。

「我也知道首長來，但我也得有立錐之處。」一個人從廢料堆裏站起來。

「……猴三？你啥時刑釋的？」「大前天。」「你應該金盆洗手立地成佛。」老陳很嚴肅地說。

「我不是賊，談不上金盆洗手；我不殺人，談不上立地成佛。我只應該把耳膜捅穿，這樣就不能收聽敵臺。」

「你的罪，和王老師一樣，全是耳朵惹的禍。」

「我回來了，想不到我的房子被充公，就如你的財産被充公一樣。」

「話不能這麼說。咦，啥東西這麼臭？」

「您站在倒糞站的旁，臭正常，不臭不正常。公家給我蓋房，蓋在倒糞站的隔壁，讓我聞著臭閉門思過。」

「這鐵皮小屋就是你房？呵呵！鐵皮小屋像青蛙王子的愛巢，溫馨浪漫，別致獨特。」

「冬天是冰窟，夏天是桑拿。」猴三搖著頭。

「冬天當哈爾濱旅游，夏天當海南島度假。凡事逆向思維才有好心態。給你蓋房，體現政府的仁厚，你要知恩圖報。」

「同是天涯淪落人，想不到你成了我的政治老師？」猴三輕蔑地說。

「誰和你同淪落？」老陳有了不悅，「現在不談政治，談四項基本原則」

「豆腐一碗，一碗豆腐。」

「四項原則概而括之，大而包之，涵而蓋之，容而納之。」

「你真有學問。」猴三冷笑著，「你兒子媳婦冬鑽螺殼，夏睡馬路，托誰的福？」

「這個……」侃侃而談的老陳嗌了。

「冬鑽螺殼，就當金屋藏嬌；夏睡馬路，就當露天浴場。凡事逆向思維，才能有好心態。呵呵！」猴三撇下他，走了。

經過兒媳百折不撓的努力，再加上同學的鼎力相助，房管所終于發話：只要老陳上交乍浦路的陋舍，就分給他們一套二居室。

「這是二居室的地址，您抽空一看。」新浩低聲下氣地說。

「擱著。」老陳用下巴一指，現在他也學會薛書記這個動作了。

「房子您看了嗎？」晚上新浩迫不及待地問了。

「房子不錯，但是我不想搬家。」

「爲啥？」「熱土難舍。居委會值班離不開我，黑板報離不開我，愛國衛生離不開我，巡邏治安離不開我。」

「應該說，政治運動離不開你，人民群衆離不開你，保家衛國離不開你，社稷國事離不開你。」兒媳忿忿著，「既然離不開你的事業，我明天就去申請上海煉油廠的公房。」

「公房在哪？」「浦東高橋。」「……我辛辛苦苦把兒子養大，難道爲了讓他離開父母去浦東鄉下？」

「那您給我們一個錦囊妙計。」兒媳冷笑著。

「閣樓雖矮，尚能栖身；房子雖小，亦有天倫。」

「猪圈狗窩也能栖身，難道人要降格到猪狗地位？」

「這話會惹來滅頂之灾。」老陳很嚴肅。

「我是個危險分子，你應該讓你的兒子和保險箱結婚。」兒媳放聲大笑，笑著笑著不笑了。她看見一雙眸子丈夫的眸子。丈夫的眸子裏有深不見底的痛苦。爲了親愛的丈夫，她收斂了所有的鋒芒，再一次蝸居在螺螄殼一樣的閣樓上。

二年後，在同學的幫助下，長陽路上的前樓終於分給他們，從此結束了不堪回首的蝸牛生活。

第二十四章　怎麼一個心病

「快起床快起床。」老陳推著士芳，「今天太陽好，趕緊去曬被子。」
「天還沒亮呢？」士芳指了指窗，窗外黑黝黝的跟蘇州河水一樣。

「莫道行人早，更有起早人。真等到太陽起來還有我們的份？把被子曬一曬把你的人也曬一曬。」說著老陳開始行動。

破舊的自行車推出來，後座上放塊搓衣板放被子，龍頭上擱塊小木板放毯子，車的龍頭上挂著枕頭被單。破爛不堪的自行車成了碾壓一方的老坦克。

乍浦路上靜悄悄的，飯店的滅了霓虹燈，店鋪的拉了捲簾門，值班的老頭哈欠連天，拾荒的老太賊目鼠眼。橋上吹來一股清新之風，士芳打了個噴嚏，綿長悠久有特色的咳嗽，停止了。

「……多好啊！」士芳使勁呼吸著清新的空氣，「再沒有倒糞車的臭味。」

「糞車幷沒在這個城市消失，只不過流動糞車成了固定糞車，定時糞車成了全天候糞車。」老陳的嘴朝旁一努：一個五個平方貼著白瓷磚的小屋靠垃圾桶而倚，比七個小矮人的房屋要小要臭要齷齪。

一頭髮花白的老婆婆拎著馬桶走來，馬桶的沉重使她肩膀一高一低腳步踉蹌。斜刺裏竄出一隻猫，老人一個急煞車，「咚」一聲，馬桶的把手斷了，尿屎從桶蓋裏飛濺出來。

「撤！」老陳推著老坦克奔走如飛，妻子氣喘吁吁追上來。

前面就是乍浦路橋，一上橋頓覺心曠神怡。橋南橋北的房屋隱在晨曦中，第一縷的陽光悄悄塗抹在屋頂。河水閃著粼粼的金光，唱著歌兒朝前淌。

橋面寬闊，沒有車水馬龍的逼仄。空氣清新，沒有熙熙攘攘的躁塵。遠眺的目光一覽無餘，揪緊的胸爲之一展。斗室裏蝸居了一輩子的士芳，屏住呼吸痴迷地看著這普通的不能再普通的市容。

「快搶地盤。」老陳用吆喝來掩飾羞愧：他給了她房子的承諾，但一輩子也沒兌現這個承諾。

被子一條條攤在橋的欄杆上，安營扎寨還沒結束，後續部隊已一涌而上。你搶我占你推我擠，橫眉者如打劫山匪，急迫者如被賑粥的饑民。

上海，著名的國際大都市。但是大都市的人民在橋上搶地盤曬被子，一如在菜市場搶下腳菜一樣。一九七二年，意大利的導演安東尼奧尼來中國拍紀錄片。可惜的是，他沒有目睹到東方不夜城，東方魔都獨特的一面。

「你上外灘公園吧。」士芳拿出小板凳坐在橋上，「我看著被子。」

「東邊欄杆二條，西邊欄杆上二條，一條被子二隻夾子，一共是八個夾子。」

「知道了。你再不去就浪費了三分三厘三。」士芳催促著。一張公園月票一元錢，一天不就是三分三厘三嗎？

「你看好被子不能打瞌睡。」

「要有瞌睡我就用這把眼皮撐起來。」士芳舉著地上揀起來的一根火柴棍。

坐在暖洋洋的太陽裏真舒服，坐在暖洋洋的太陽裏真幸福。士芳如向日葵追逐著太陽，不停變化著凳子的角度。朦朧中，她坐在江蘇路的花園裏曬被子，沒有口舌之爭沒有推搡之舉，也不用目光炯炯地盯著每一條被子，朦朧中她進入夢鄉……

「快睜開你的狗眼。」一聲大吼震醒她，夢醒後映入眼簾的是一張憤怒的臉。「你數數現在還有幾條被子？」

「我數我數……」士芳伸出手指數了一遍又一遍，數來數去只有三條被子。

「你不是說用這個把眼皮撐起來的嗎？怎麽不撐啊？」老陳高舉拳頭，拳頭裏攥著一根火柴棍。

由于痛失被子，所以曬被子行動以轟轟烈烈地開展而以垂頭喪氣而結束。還不到中午，老陳已押著三條被子也押著耷頭耷腦的敗兵回家。

默默地吃了一頓少油少鹽的午飯，老陳放下碗筷就朝外走。「你不睡午覺幹嗎去？」士芳驚訝地問。

「已經損失了一條被子，就不興我把三分三厘三追回來？」老陳摔門走後士芳才回過神來：爲了減少損失，老陳把一日一次公園游改成一日二次公園游，好歹也來個堤內損失堤外補。

「我多打了一個瞌睡倒讓他少睡一個午覺。」士芳懊惱不已。

「砰」一聲門被撞開，老陳氣呼呼闖進來。「咋了？」「錯了！」「被子的事是我錯了。」士芳忙展開自我批評。

「錯了！此錯不是那錯。」「那錯？那是誰的錯？」「王書記錯了。公園裏成大爺告訴我，抄去的存摺和補發的工資應該有活期利息。」

「是嘛？」「千真萬確——他就補了兩千元利息。」「這事找找醬油廠的帳房。」

「什麽帳房不帳房？從頭到尾就王書記一人操辦。」

「這利息有多少？」

「整三千啊。我在公園用樹枝算過了。」

「這麽多？」「……不對啊。」老陳突然怪叫一聲。「什麽不對？」「肯定不對。」老陳如下山豹朝抽屜撲去，抽屜倒扣在桌，所有票據單證收條全跳出來。老陳急切地戴上老花鏡又舉起放大鏡。

一張張收據排成了一行，雙層鏡面聚焦在日期金額內容簽名這四大要素上。巡視一遍後他掏出日記本，逐一和上面記錄對比。細長的丹鳳眼完全伸展，閃爍的眸子不再閃爍。雙層鏡面是雷達是聲納是 X 光是鐳射，絕不放過一個瑕疵一個疑點，絕不放過不彎的分號不圓的句號。

一次次篦發拉網一次次對比參照。沒有顯微鏡俺有放大鏡，沒有計算機俺有小算盤，沒有鑒定師俺有自己的橫豎撇捺，沒有紅頭文件俺有自己的小九九。半小時後案情有了重大突破：簽名金額是 28564.32，實際到手金額是 18564.32，也就是說有一筆一萬元的款子被蒸發。

天呐！一萬元一萬元呐！這一萬元等于一斤二兩的金子，等于一大把一大捧抓也抓不住捏也捏不攏團也團不住戴也戴不完的黃金首飾。這一萬元掏空了我的身子。老陳捂住萬箭穿心的心，堅韌堅强堅毅堅挺的他，終于量過去了。

醒來時已是掌燈時分。他掙扎著爬起來，開了大燈小燈縫紉機燈樓梯燈手電筒燈外加一隻小蠟燭。這麼多年這麼多燈同時大放异彩還是第二次。第一次是揭發李哥時，他需要燈光來抗衡心中另一股力量。現在需要燈光是爲了尋找自己被蒸發的生命。

問題出在哪？問題當然是出在簽名上，這是做手脚的關鍵。他先在一張紙上寫下自己大名，然後和收據上的名字一一對照。對方很狡猾，雖衆裏尋他千百度，他就是不站在燈火闌珊處。不站在燈火處沒關係，就是在黑暗中我也要排除萬難揪出他——有了最高指示的指引，虛弱的老陳仿佛灌了九鹿回神湯，精神大振。

有了！有了！老陳一拍大腿。

這一萬元的簽名蹊蹺得很：陳的一豎不流暢，步的一撇沒功力，堂的一捺不方正。我的瘦金體决不會這麼整脚，我的瘦金體豎是筆直筆直，撇是力透紙背，捺是牛氣沖天。對方的簽名雖然模仿的惟妙惟肖，但還是露出馬脚。

是他！是這條殺人不見血吃人不吐骨頭的王書記。怪不得退錢時單人匹馬和林彪一樣天馬行空獨來獨往，怪不得簽字時和反擊右傾思潮時一樣快快快，原來他用迅雷不及掩耳的速度吞了我錢。

一萬元加三千元等于一萬三千元。這些錢可以買五根項煉四隻戒指三根手鏈二塊鎖片一付耳環。王書記的心忒黑，比黃世仁還黑，比蔣介石還黑，比二月逆流還黑，比四人幫還黑。你黑啊黑可是黑到底了……」想到這老陳撐不住了，他使勁用手臂撐住搖搖欲墜的腦袋。

「你咋這麼粗心？」士芳小聲埋怨著。

「他是黨的人我怎會不相信？」老陳對準太陽穴就是一拳，「我實在太相信他了。」老陳長嘆一聲，爲自己的百密一疏感到痛心。

「防啊防，防了一輩子，最後却被人騙了。」

「被人騙還替人數錢。我逢人就說王書記貫徹黨的政策好，好啊好啊就是好。」老陳又羞又愧。

星星還在閃爍，老陳就出發了。這麼多年來他一直披星戴月，這麼多年來他已經習慣了披星戴月。他媽的！怪不得退錢時一手操辦，我還爲他的事必躬親而感動；怪不得簽字時總說快快快，我還爲他的高效率而激動；怪不得我多看一眼收據，他就說你不相信組織相信黨？

原來這是個套。

日頭上來了，一竿二竿三竿，直到爬上頭頂依然不見書記人影。莫不是携款潛逃？想到這他更焦灼了。

「老陳你等誰？」宋阿姨拿著掃把走過來。

「我找王書記。」

「難道你不知道？從今天起，他調到糧食局做副局長了。」

「什麼時候的事？」

「昨天下午接到調令。」

「這麼說……他高升了？」老陳一陣心慌氣急。

「就是升到政治局他也是個人，局長是人工人也是人，有事說事有理說理怕什麼怕？」宋阿姨昂起頭說話，話中有話。老陳有些羞愧，雖然她掃垃圾但却是廠裏最乾淨的人；雖然她說話嗆人但最有公理。

「這是他的地址。」宋阿姨掏出筆寫了個地址，「欠理還理欠債還債，現在有政策給你撐著呢！」

「我……」「有做人的機會可不能再做狗。」宋阿姨嘴角一翹譏諷一閃。老陳捏緊紙，半分鐘後紙完全濕透。

　　自行車是騎不成了，不是車破不能騎而是心跳得厲害不能騎。考慮再三決定乘公交車。他輾輾轉轉來到了南京東路上的糧食局。

　　「滾！要飯也不看地方，找死也不看場所。」一門衛惡毒罵著。

　　「我不是要飯的，我來找王副局長。」老陳的火氣上來了。

　　「找王副局長？你是不是睡扁了頭？」門衛半臉鄙視半臉嘲笑。

　　「我是閘北醬油廠的陳步堂。」「你？你就是陳步堂？」門衛瞪直眼。「出什麼事了？」老陳也驚恐地瞪直眼。

　　「哈哈哈！」「笑……笑什麼？」「你就是那個擁有金山銀山的陳步堂？你看上去像個標準的叫花子。」

　　「原來……你說這。勤儉是黨的傳家寶，新三年舊三年縫縫補補又三年。」

　　「果然出口成章。」「王副局長在幾樓？」「五樓朝南第二間。」「我有急事找他。」老陳三步并成二步躥上五樓。「同志請問王副局長……」老陳和廁所裏出來的人撞了個滿懷。「哎呀呀！王書記您好。不！王局長您好。」

　　「原來是陳老伯。有什麼重要情報？」「重要情報倒沒有……只是我個人有點事。」

　　「進來說吧！」王付局長客氣地把他迎進辦公室，還斟了一杯熱騰騰的綠茶。

　　「我……我有事向您彙報。」

　　「說！老百姓有事不找組織找誰？」王副局長一拍胸脯。

　　老陳羞紅臉漲紅脖，咳哧咳哧半天才把一萬三千元的事說出來，話音未落就聽到「砰」一聲，老陳條件反射從椅子上跳起來。

　　「坐下坐下不用怕！有事找政府你這是找對了。我們是人民公僕，主人不找僕人找誰？」王副局長使勁拍著他的肩膀，「這事組織上一定認真調查做出處理，人民的一分一厘都是社稷大事。」

「不勝感謝！」老陳鞠了個躬。

「哎！三大紀律八項注意中的第一條就是要保護人民的利益，我們的黨一貫秋毫不犯。」

「那是那是！黨的政策就是好。現在不但是盛世還是清平世界。」老陳感動又感慨。

「有這個認識就很好嘛！」王付局長溫暖的大手又一次落在老陳肩上，「你就等著粘著三根鷄毛的信飛到你手裏。胡耀邦總書記指示了，認真對待每一封群衆來信，認真對待每一個群衆來訪。」

「胡書記就是當代的包公。他平反了這麼多冤假錯案。難怪現在人人心情舒暢個個鬥志昂揚。這是解放到現在最舒心的一段日子。」

「政治運動已經壽終正寢，現在要大張旗鼓地搞經濟建設。」

「這才是個理啊。鬥來鬥去全是龍的傳人，整來整去全是炎黃子孫。好好好！又一個貞觀之治盛世清世。」

「陳老伯說話有水平，本來還想和你聊聊但是……」

「那我先告辭。」老陳鞠個躬身輕如燕沖下樓：有胡耀邦包青天做總書記，有王副局長的二次拍肩爲證，這事指日可待。

一天一天過去了，不要說三根鷄毛信，就是平信也沒一封。一個月又過去了，不要說黨的人來找他，就是一隻黨的電話也沒有。

潮起到潮落月滿月虧，花紅花謝草綠草枯，半年了，愣是泥牛入海無消息。

老陳實在按捺不住，他再一次來到糧食局。樓還是這座樓，門衛還是這門衛，但門衛說啥也不讓老陳進門，任憑嘴皮磨破香烟散盡，咬定青山不放人。

「不是說有事找政府嘛？不是說主人找僕人嘛？怎麼主人連僕人的門都不能進？不是說認真對待每一封群衆來信，認真對待每一個群衆來訪，怎麼說的比唱的好聽？」老陳快快地打道回府。既然公僕不肯見我，那主人只得行使中國公民的權利。

他又一次拿起了筆，這次的筆有劃時代的意義：以前的筆是檢討
自己的匕首打擊別人的槍炮，現在的筆是向黨傾訴傾吐的傳聲筒。

「尊敬的王副局長……」老陳高懸手腕，用瘦金體在潔白的信紙
落下了鄭重的一行……最後鄭重封口，鄭重用挂號信寄出。

信寄出時，正是柳綠柳長日。一晃，柳綠柳長成了柳萎柳殘日，
西綫依然無消息。

不對啊！雁過有聲水過有痕，就連小蛇爬過草叢都有痕迹，咋我
的信又一個泥牛入海無消息？既然我能寫「入黨申請書」的平方數立
方數，爲了一萬三千元，難道我就不能再來個平方數立方數？

老陳捋起袖子高懸手腕，瘦金體再一次落筆于紙。和上次不同的
是這次的稱呼和結尾有了改變，「尊敬的王副局長」變成了「最尊敬
的王副局長」，結尾在「此致」處添加「叩謝」這一個動詞。

鄭重地封口鄭重地用挂號信寄出，信寄出時正是乍寒乍暖最難將
息時分。

三九嚴寒到了，依然死水止瀾，就在老陳悲觀絕望時，突然傳來
王副局長扶正的號外，悲觀立即被樂觀取代，絕望立即被希望掩蓋。

老陳高懸手腕，瘦金體第三次落筆于紙。內容沒有大的出入，只
是語氣更柔和更委婉更謙卑。稱呼和結尾又有了新改動，從「尊敬的
王付局長」改成「最最最令人尊敬的王局長」，結尾處的「叩謝」則
改成了「跪懇叩謝」。

這下應該有希望了！老陳扔下筆興奮地搓著手：不能說泣天地驚
鬼神，但一定能石頭開花鐵樹發芽。

「真有希望了？」士芳著急地問。

「理由有三：a，從副局到正局，級別上去思想覺悟當然也提高
一倍；b，從『尊敬』到『最最最尊敬』從『此致』到『跪懇叩謝』，
語氣的變化一定引發感情的變化，我就不信他鋼心鐵肺刀槍不入；
c，……」

「你是說……把二個字的感謝變成四個字的感謝？把站著的感

謝變成了跪下的感謝？」

「哎呀！你真聰明。」「這有嘛區別？」「這區別可大了。打個比方，二個字的感謝是在縣官前喊冤，四個字的感謝是在包公前喊冤。」「他拐了我們的錢你還把說成包公？」「這只是一種比喻。你知道什麼叫攻心？攻心就是明知道他吞你錢但不說破，還是懇求還是下跪，這樣他的惻隱心體恤心人之初性本善就會……」

「他騙我們的錢你還要跪下求他？」

「跪只是一種形式。你想想，你跪著他就不好意思把錢吞下去，你跪著他只能把錢吐出來。讓他吐錢要注意有理有利有節，要注意時間地點說話的口吻……」

「要甜言蜜語？」

「哎呀！你果然聰明。我們不但要注意說話的方式方法，還要照顧他面子，在他下坡的時候放一張梯子……」「讓他有個臺階下？」「哎呀呀！你要是讀書肯定是王昭君。」

「不要這個君那個君了。依我所見，他把錢吞下去就絕不會把錢吐出來，他不但不吐錢他還會想法子整你。歷史的經驗值的注意。」士芳嫻熟地蹦出這句話。

「你果然了得但……現在是盛世。」

「聲勢？」

「不是聲勢是盛世。總而言之，我們一定要相信這個偉大的時代。」

「相信也好不相信也罷，我就看這一萬三能否物歸原主。」士芳的話言簡意賅。

月亮圓了十二次又虧了十二次，這下老陳想沉也沉不住了。且不說一次次掛號信耗去不菲的郵資，單這一萬三存進銀行利息就是二位數。局長大人就是再忙也要給我個說法：哪怕叱喝哪怕驚堂木哪怕一紙公文。他決定來個三闖衙門。

出征前，老陳從裏到外來了個全方位大換防，他不但戎裝一身還戴了低檐鴨舌帽外加墨鏡。

「您……您找誰？」樓還是這座樓，門衛還是這個門衛，陳步堂還是這個陳步堂，但待遇上又一次鳥槍換炮。

「我找王局長。」老陳粗嗓大門。

「您請！您請！」門衛低頭做了個「請」動作。老陳倒背雙手大搖大擺走上樓。哎呀呀！這感覺忒好！這感覺忒揚眉吐氣！這感覺像奴隸到將軍！這就是權力的附加值，這就是權力蘊含的無形資產，這就是權力所產生的鈣質——我的背咋不駝了？我的腿咋不羅圈了？我的脊梁骨咋挺直了？

局長辦公室在哪？他大模大樣地問。「南端第一間。」老陳昂首走過去。就在這時大門開了，一群人簇擁著王局長走出來。

「王局，回去後馬上傳達會議精神，保證做到家喻戶曉婦孺皆知。」

「光知道就行？」「不！我們要瞭解精神吃透精神貫徹精神落實精神，要把黨反擊資產階級自由化的精神作為頭等大事。」

「王局，黨中央太英明太偉大了，現在的反擊這是及時雨。」

「中央就是管風管雨管冷管熱管陰管晴管亮管暗的……」「氣象局！」「氣象局算啥？你以爲氣象局真能管老天爺？」「王局我明白，中央是個管風管雨，管冷管熱，管陰管晴，管亮管暗的老天爺。」

「這就對嘍！」王局發出一串爽朗的笑聲。

「王局，現在一小撮人自由的尾巴翹上天，我早就看不下去了。」

「同志們！中央的老同志早就看出這個問題，只是時機未到隱忍不發：韜光養晦，看他們表演嘛！記不記得五七年？」

「怎麼不記得？不搞陰謀怎能有陽謀？不引蛇出洞怎能打到七寸？不敲山震虎怎能斬草除根一網打盡？」禿男咬牙切齒地說。

「政策和策略是黨的生命，什麼時候都不能忘記有理有利有節。讓人說話天不會塌下來，不讓他們說話不讓他們表演，怎麼能逮得穩准狠？」

「先大鳴大放再挖坑守候；先自由民主再一舉擒獲。高！實在是高。」一徐娘頷首擊節。

「再不反擊資産階級自由化，四項原則還要不要？党的領導還要不要？社會主義江山還要不要？」王書記聲音冷峻面容冷峻，一副運籌帷幄的沉穩。

「說白了就是我們的特權還要不要？我們的位置還要不要？我們的利益還要不要？」禿男脫口而出。

「你怎麽這麽說話？」王局沉下臉。

「我這人就是嘴臭。」禿男揮掌自己，臉被扇的乒乓響。

「共産黨員要榮辱不驚喜怒不形于色。看看我們的鄧總書記，三起三落終成氣候；垂簾聽政不露痕迹。」

「共産黨人能鑽狗洞能跳龍門，能翻手雲能覆手雨。」徐娘諛笑著。

「……有些話只能意會不可言傳。」王局若有所思，「把嘴栓緊是最大的黨性，保守黨的秘密是重中之重。」

「謝天謝地！黨中央終于動手了。」禿男喜滋滋地摸了摸腦殼。

「你們回去後要布置一下，做到動靜結合內外有別，點面結合內緊外松。搞運動也要講究藝術性策略性和……」

「欺騙性。」禿男再一次脫口而出。王局的臉沉下來。「什麽叫沉默是金; 什麽叫于無深處; 什麽叫心領神會？什麽叫看破不說破……你們回家好好啃啃馬列和毛澤東選集。」「外加鄧小平理論。」禿男抹著頭上的汗。

「黨章要活到老學到老，隨著歷史變化而變化。獵人要躲在暗處，才能成爲百發百中的神槍手。」

「高！實在是高。王局，我真想爲你出一本……王局格言。聽說您是名牌大學高材生。當年您的揭發，讓一個個右派應聲入網，其中還包括你的發小你的室友你的初戀……」

「蠢貨！右派都平反了。」徐娘朝禿男使了個眼色。

「既然是黨的人，就要把一生交給黨安排。養兵千日用兵一時，不然要你們這些黨支部，黨總支，黨委書記幹嘛？你們這批肩不能扛，手不能提，只會打報告只會整人的蠢貨。」王局長聲色俱厲地罵著，還特別瞟了一下禿男。

禿男趕緊低下頭，其餘的蠢貨也全部低下頭。

「把頭抬起來，黨考驗你們時候到了。」王局的聲音有磁性更有激情。

「反擊資產階級自由化，我們絕不心慈手軟。」「王局！我們一定交出黨滿意的答卷。」「請組織放心……」一群人逶迤著下樓。人走了，但亢奮的腎上腺氣味依然縈繞在走廊上。

「又要運動了又要運動了……」老陳嘴唇慘白嘴唇闔動。

「老陳！陳老伯！」有人搖晃著老陳的肩膀。「啊……王書記。」一聲慘叫很是凄厲。

「老陳，我正想找你你倒不請自來。我問你，揭發信是你寫給糧食局的？」

「不！不！不！沒！沒！沒！」

「你這個老同志。寫揭發信是給黨洗臉，好事嘛！」

「信不是我寫的，是我家……兔崽子寫的。他瞞著我……他瞞著我寫的。」

「你的瘦金體我還不認識？」

「他……他模仿我的筆迹，他模仿我的筆迹。」

「你今天來幹什麼？嗷！一身行頭呱呱叫。來示威？來挑釁？來個魚死網破？」「沒沒沒……」老陳語無倫次揮舞著手。

「諒你也沒有這個狗膽。還不滾出去等候處理。」王局走進辦公室，「砰」地關了門。

下樓時，老陳的腳步趔趄得厲害，他的背又駝了，腿又羅圈了，連脊梁骨都伸不直了。雖是下樓，但比上樓累一百倍。

　　從局裏回來後老陳就憨憨的。一閉上眼，一叠叠錢就在面前晃動，他伸手去抓可錢不見了。一個猙獰的臉慢慢浮上來，「還不滾出去等候處理！等候處理！！等候處理！！！」這三個大大的驚嘆號如三座大山沉沉壓過來。

　　「三座大山三座大山。」半夜時，他尖叫一聲從床上彈起。

　　「你胡扯啥？共產黨早推翻了壓在中國人民頭上的三座大山。」被驚醒的士芳安慰著他，「天亮了，你的惡夢就醒了。」

　　「不要說天亮，就是在陽光下惡夢還是不醒。」

　　「要不吃點安神糖漿。」老陳吃了安神糖漿，可惡夢依然。

　　「那你就吃安眠藥。」士芳只得讓藥物上一個臺階。

　　「一萬三啊……運動啊！」他醒時念叨這串數字這個動詞，他睡時念叨這串數字這個動詞，這是讕語囈語魘語也是他的心語。

　　「不就是一萬三？你就當吃了喝了用了。」新浩把安眠藥放在他手掌裏。

　　「王局讓我等候處理……」

　　「我還讓他等候處理呢，這個不要臉的貪污犯。」

　　「使不得！使不得！」

　　「有什麼使不得的？你不就是行使了公民反映情況的權利？他是能吃了你還是能斃你？做賊的坦然不做賊的恐懼，這是啥邏輯。」新浩忿忿著。

　　「你懂什麼……政治很陰險很毒辣很卑鄙很無恥。」老陳呻吟著。

　　「你說的陰險毒辣卑鄙無恥的政治，只是中國的政治。其實政治應該清明而公正，透明而公平。公僕是人民選出來的，公僕應該服務于人民而不是騎在人民的頭上……」

　　「你在說夢話吧。」老陳惡狠狠地說，「還不在你臭嘴上裝把鎖。」

　　「嘴除了吃飯還有說話功能。上帝給了這個人類這功能，爲什麼要放弃和恐懼這功能？」

「又運動了……」老陳臉上的肌肉抽搐著。

「在中國運動是絕對的，不運動是相對——我已經去市信訪辦了。」

「你？你不要命了？」

「要是一個人的命這麼賤這麼輕，不要拉倒。我要求市里進行筆迹鑒定。」

「……市里怎麼說？」

「當然是說得比唱得還好聽，可惜是挂羊頭賣狗肉。」

「你……沒和他們衝突吧？」

「我要是不橫下一條心，他們肯做筆迹鑒定？那個接待員就是條惡狗。」

「你罵他了？」

「我指著他的鼻子大罵。爸……你怎麼了？爸！你翻上去的眼白怎麼是黃的？」

「你闖禍了……」

「先不說這個，我們上醫院我們趕緊上醫院。」

「醫生，我父親究竟怎麼了？」新浩悄悄問醫生。

「晚期肝癌——盡最後的孝吧。」醫生搖著頭。

「醫生，我沒什麼病吧？」老陳從檢查室出來。

「你只是普通黃膽肝炎，需要營養需要休息。」

「我不需要營養也不需要休息，我只要處理結果趕快下來。」

「處理？處理什麼？」醫生不解地問。

「……這是父親的心病。」新浩悄悄地說。

「……既然是心病，那就該看精神科。」

「醫生！你能看得了我身體上的病，但看不了我精神上的病。」老陳沉重地說。

「這麼大年紀了，你該放寬心。」

「我想放寬可寬不了，它是三座大山緊緊壓在我心上。」

「老伯真幽默：中國人民早就推翻了壓在頭上的三座大山。」

「可這是新的三座大山。」老陳認真而苦惱地說。

「你父親最多有半年時間，爲了減輕他痛苦，你要解去他心中的疙瘩也就是他說的三座大山。」醫生悄悄囑咐新浩。

「我想方設法去解決，可憑我的力量無能爲力。」新浩苦笑著。「這心病植在他心上四十多年，我真的回天無力。」

「四十多年？竟有半世紀的心病？」醫生詫异地揚起了眉毛。

天剛濛濛亮新浩就起床了。從他住的中原小區趕到吳淞路保姆介紹所最起碼要二小時，然後就請保姆的事和保姆展開一輪輪面談。聽說是服侍一個晚期肝癌者，許多保姆含笑拒絕。新浩費盡口舌動之以情曉之以理，總算釣了個剛來滬的安徽妹。

進門安徽女就和老陳打個照面，當看到黃皮膚黃眼睛甚至連眼白都成蛋黃時，保姆怪叫一聲逃了個無影無綜。

「這瘋癲女是哪路神仙？」老陳驚詫地問。

「可能是到樓上串門的。」新浩掩飾著。本想來個先斬後奏，想不到這事因爲父親的「黃」而黃了。

「這女的賊頭鼠目說不定是踩點賊，我去居委會報告。」老陳艱難地站起來。

「你身體不好就不要去了。」士芳心疼地拉著他。

「昨天薛書記談了形勢……」

「又是國際國內形勢一片大好？」新浩撐開藥瓶取出藥，一臉的鄙夷。

「不！她說現在國際形勢很嚴峻，一小撮反華小丑又跳出來搞破壞搞腐蝕。」

「這撮反華小丑的壽命真長，一搞就是半個多世紀。」新浩嘴角一咧。

「薛書記說中央已下了指示，要從思想上組織上加以抵制，搞一場清除精神污染的人民戰爭。薛書記還說，中央在這事上已部署完畢，從宣傳到組織從人力到物力……」

「關于這點我絕對沒有疑義：搞運動政府一貫不遺餘力。」

「薛書記說了……」

「你左一個薛書記右一個薛書記，你有沒有把一萬三的事向她傾吐？」

「這哪能？」「爲什麼不能？」「這是家庭小事，她談的全是社稷大事。」

「那你就爲了社稷大事把藥吃了。」新浩惱怒地把藥送到父親嘴邊。

第二天一早，新浩又帶著一中年婦女進了家。她肯來一是許了高薪，二是她丈夫也是死于此病，惺惺相惜同病相憐，所以才肯進這個門。

「我不要保姆。」老陳一口拒絕。

「就算我求您了。」新浩一邊看表一邊請求著。

「那你……先去上班。」沉吟一番後老陳總算撂下這話。

「這是買菜的錢，這是拿牛奶的卡，這是父親的藥，這是母親噴哮喘的藥，飯要軟一點，菜要淡一點，這只高脚痰盂是母親的，這只有框痰盂是父親的（怕傳染），這水瓶裏的溫水是洗臉的，這水瓶裏的油花水是燒湯的，這……」

「天吶！再說下去我就要爆炸了。」保姆雙手捂耳尖叫一聲。

「一回生二回熟，我父母的事就拜托您大姐了。」新浩用請求加乞求的眼光看著保姆。

「我就是看在你孝子的份上才答應的。」保姆放下手很認真很動情。

「那我就謝謝您了。」新浩也很認真很動情。

「我原以爲上海已經沒有孝子，想不到在破房陋室裏還遇上一個。」保姆很感慨。

　　下班後新浩發現保姆不見了。

　　「人呢？」「被我回掉了！」「爲什麼？」「我還要問你呢？雇她時，爲什麼不看看她肚子。」

　　「她懷孕了？」「比懷孕還可怕。今早吃了二大碗飯，中午又吃了二大碗，如果晚上再吃二大碗那就是六大碗。」

　　「所以你在吃晚飯前辭了她？」

　　「我已經損失了四碗，我不能再損失六碗。你想想，照她這麼吃法一天要二斤糧，一月就是六十斤，外加菜錢水錢肥皂錢擦屁股的手紙錢……」「這些錢由我付！」新浩淡淡地說。

　　「你付我也不幹，你這不是讓我養病而是折我的壽。」

　　「那我明天找個飯量小點的。」

　　「飯量小也要吃飯，除非找個不要工資不吃飯的機器人。」「可機器人也要用電啊！」「既然沒有免費的，那我一個也不要。你要是再找來，來一個回一個。」老陳斬釘截鐵地說。兒子突然撲哧一笑。

　　「你笑什麼？」

　　「我笑保姆來了後你念叨的內容變了，不再是一串數字一個動詞。」

　　「哎呀呀！今天在我眼前晃動的盡是這四碗飯，這個數字和這個動詞我倒是真忘了。」「忘了這個，你心病就沒了。」「虎去狼來。」「虎去狼來？」「數字沒有了動詞沒有了，但工錢菜錢，水錢肥皂錢，擦屁股手紙錢，外加四大碗飯老在我面前晃。這不是虎去狼來是什麼？」

　　新浩什麼也不說，只是長長地嘆了口氣。

　　「作孽啊！養兒子有什麼用。」「作孽啊！一個哮喘老太加一個晚期癌症，家裏竟沒保姆？」「兒子來一圈走了，媳婦待一會也走了，端個湯喝個藥的就沒人管？」「逆子啊逆子。」

　　新浩一進弄堂就聽到滿耳抗議聲，他很委屈又不能申辯。既然父親堅持不肯請保姆，那只有把他送進醫院接受護理。

　　新浩走了許多許多的醫院，一聽說這把年紀又是這個病情，沒有一個醫院能發揚革命的人道主義。

　　「造孽！昨天老太自己拎著痰盂去倒，差點摔個半死。」「造孽！今天老頭親自刷痰盂，人晃的站都站不住。」「可憐啊，二人的歲數加起來都一百六了。」「沒良心的狗東西。」

　　新浩一進弄堂就聽見洋洋灑灑的飛流短長。他走過去流言消失了，他一轉身蜚語又回來。流言是水銀，來無踪去無影上天入地無孔不入；蜚語是幽靈，隨形逐影不遠不近不離不弃。

　　「我不在乎我的形象，但我在乎父親的痛苦，都說這病到了最後被活活疼死。」新浩黑著臉躺在床上。

　　「既然單位不能請長假，那你只能辭了……工作。」兒媳一臉無奈。

　　「就是二十四小時在他身邊也不能減輕他痛苦，他需要治療他需要醫院。」新浩仰身爬起。

　　「捨不得孩子打不了狼。」兒媳拉開大櫥取出一張存摺，「乍浦路醫院院長的夫人是我同事的小姐妹，聽說她最喜歡金銀首飾。」

　　「可惜我家首飾全歸公了，要不父親就能住幹部病房了。」

　　「昨天我去看了項煉的價格。」媳婦緊緊攥住存摺，眼珠子死死地盯著四千這個阿拉伯數字，「要四千多一點。你還有零錢嗎？」

　　「我只有八元多。」新浩把角幣分幣紙幣全掏出來，「不過你給我留一元。要是自行車輪胎壞的話……」

　　「輪胎不是一貫自己補的嗎？」「輪胎是自己補但要膠水啊，我總不能用口水來補胎。」

　　「這麼多年的積蓄就這麼打了水漂。」兒媳把存摺使勁按在胸口上。

　　「萬善孝爲先嘛！」新浩苦著臉。

「這點仁義道德我懂，但我就是氣不過。」兒媳的眼珠子死死停在四千這個數字上，「有病就住院，爲啥要行賄？」

「這就是鄧小平所說的，有特色的中國國情。」

「三回死不了又三次複生的那位？」兒媳冷笑著，「奸佞貨！變色龍！」

「洪洞縣裏無好人，土匪窩裏無好人」

第二十五章　怎麼一個死法

　　項煉一出手馬上買到院長夫人芳心，同時也買到住院通行證。

　　「爸爸我們馬上走。」新浩興沖沖地走進門，「早上我接到醫院電話了。」

　　「什麼醫院？」「就是塘沽路上的街道醫院，這醫院好著呢！」有治療就能減輕痛苦，有醫院總不至于坐以待斃。

　　「我不想去醫院。」「爲什麼？」「我吃的下睡的著上什麼醫院？」老陳神閑氣定。

　　「你爸現在吃的下睡的著像換了個人。」士芳喜吱吱地補充著。

　　新浩細細打量父親，果然發現鳥槍換炮舊貌換新顏。咦！怎麼有這麼大變化？難道醫院診斷錯了？難道一錯就是三家醫院？

　　「你現在感覺如何？」「雖然肝區有點疼但整個人感覺很輕鬆。」「糧食局來人了？」「沒有。」「市里來人了？」「沒有。」「有好消息了？」「沒有。」

　　「那……」新浩驚訝地看著父親，父親翹著二郎腿坐在藤椅上，面容恬靜神態安詳，雙眸定定若有所思，要是手上再插支烟，那就是復活的魯迅。

　　「前天……我又去了市里。」「兒子，市里怎麼說？」士芳著急地問。「在獨裁體制下，不會有包公也不會有海瑞，對他們能有什麼指望？」新浩一臉憤怒。

　　「我早知道是這樣的結果。」老陳一字一頓，神情不委瑣不諂媚，不消沉不亢奮，有僧人的淡然。

　　「既有今日何必當初。」新浩脫口而出。

　　「我這是不到黃河心不死啊！」

「那一萬三就這麼算了？」士芳還不死心。

「蒸發的豈止是一萬三？」老陳嘴角掠過譏諷的笑。譏諷自己還是譏諷這個社會？翹著二郎腿的父親，竟然有了聖徒般的安詳。

新浩呆呆地看著父親。三十年來他第一次看到一個值得尊敬值得愛的父親。難道「人之將死其言也善，人之將死其人也善」？難道父親的靈魂已預先超脫到天堂？難道父親在「窮盡人生」時才露出真正的本色？

新浩偷偷把母親拉到廚房。「父親這二天有什麼反常？」「前天拿著病歷卡出去轉一圈，回來後把你從黑龍江帶來的磚頭書又看又翻。」

「……這是醫藥詞典，可是我忘了藏。」新浩抽了自己一巴掌，「他肯定知道自己的病。」

「你是說他知道自己的病？我看不對……他看完書後又是說又是笑，像揀回一隻大元寶。一萬三不念了，飯也吃得下了。」

「他應該萬念俱灰，現在却神閑氣定？」新浩搔了搔頭一臉迷茫。

「陳步堂的信。」郵差在門外嚷著。

「糧食局的信，一定是上訪有結果了。」新浩把信遞給父親。

「你讀吧，不用看就知道子午卯寅。」父親淡淡地，神情中有舉重若輕的安詳。

「……市信訪站已經把你的上訪材料轉到我局。糧食局經過慎重調查現裁定如下：一，一萬元收據上的簽名和陳步堂本人的簽名同屬一人。

二，指控王局長的材料證據不足，不予采納。」

「爲什麼不肯筆迹鑒定？」新浩嚷著，「不就一個公安局的筆迹鑒定？」

「徒勞的申訴徒勞的鑒定——他要是給你個假鑒定，還不是一樣？」

「既然這樣，還要人民信訪站幹什麼？既然這樣，還要層層衙門幹什麼？」「孩子！那是聾子的耳朵瞎子的眼睛，除了裝門面騙人外根本沒一點實質意義。你想想，運動員和裁判員都是一個人，那破記錄的成績是假還是真？」

「爸！您總算明白了。」兒子一把攥住父親的手。這是三十年來，父子第一次心和心的交流，脉和脉的溝通。

「我明白了，可我快要死了。」

「這……」「有些事往往在臨終前才明白。」老陳疲倦地閉上眼：這番話耗盡了他一生中所有的力量。

「爸！我們上醫院。」

「不！」

「爸！我們一定要上醫院。」兒子猛地撲在父親脚下，這次是真正的跪叩。

「我說過我不去。」

「爲通路子上醫院，已經花了四千元。」兒媳只得實話實說。

「四千？」老陳驚訝地跳起來。

「小香小火收買不了菩薩。」兒媳嘆了一口氣，「爲了一根金鏈子，你就去吧。」

老陳頹然不語。

「我去叫出租。」新浩喜出望外。「我絕不坐出租。」「那怎麼去？乘公交車要轉二部，而且還不到醫院門口。」新浩猶豫著。

「乘黃魚車去。隔壁小五子家有。」

「那你等著。」新浩興沖沖去了小五子家。五分鐘後空手而歸。「不借。他們說這病能傳染。」「你去跟薛書記借輪椅。」老陳果斷地說。「對！居委會的輪椅本來就是爲人民服務的。」兒媳大聲附和著。

新浩興沖沖去了居委會，五分鐘後空手而歸。「薛書記說，居委會爲人民服務而不是爲一個人服務，她不但要對你負責，更要對全體居民負責。」

「此一時彼一時……要寫黑板報時，要搞大掃除時，要揭發材料時，怎麼不這樣說？」兒媳憤慨著。

老陳靜靜地聽著，二隻黃黃的眼珠潮濕了，眼眶裏蓄滿盈盈的泪珠，欲滴不滴欲下不下。兒子呆呆地看著父親，這麼多大風大浪大悲大痛都過來了，難道他還介意今天的「被拒」？

「您不必傷感。」兒子佯笑著，「這實在算不了一回事。」

「我在這裏生活了半世紀，哪一次不是上面說啥我幹啥？哪一次不是招之即來來之能戰戰之能勝？黑板報是我出的，墙頭是我粉刷的，下水道是我疏通的。巡邏是無償的，值班是義務的。今天我病了，借一把輪椅怎麼了，難道比借禦車還困難？這社會還有沒有人情？這薛書記還是不是人？」欲滴的泪珠終于下滑，點點滴滴濺在衣衫上。

兒子媳婦還有老伴全楞住了，這眼泪，這遲到的眼泪裏有多少懺悔，多少感悟，多少只能意會不能言傳的內容。

兒子一把抓著父親的手。「死了張屠夫，咱們堅決不吃混毛猪。他們不借，我照樣讓你乘輪椅到醫院。」

「對！佛爭一炷香人爭一口氣，我今天就是要坐一次輪椅。」老陳緊緊攥住兒子的手。

「不吃饅頭爭口氣，怎麼也要搞出個不是輪椅勝似輪椅的輪椅。」兒子推出自行車，在老坦克的後架上插一塊板，又在中軸上固定二塊板，取出被褥鋪在後架，老陳面朝車頭坐上去，二脚穩穩地擱在木板上。

一切就緒，老坦克隆重出發。孫子在前面打頭陣，兒子在中間把龍頭，兒媳扶著老人殿后。車把上一左一右挂著臉盆和水瓶。孫子在前頭指路，車鈴在中間脆響，兒媳在後面囑咐，間或還有臉盆水瓶發出的叮噹。這不是交響樂，却比交響樂更有氣勢；這不是輪椅，却比輪椅更舒適溫馨；這不是儀仗隊，却比儀仗隊要隆重要風光。自行車一破二舊，但是自行車上馱著親情，馱著天倫，馱著仁義禮智信，馱著一個人應該具備的錚錚鐵骨。

「朝前。」「是！朝前。」「轉彎。」「是！轉彎。」「直走。」「是！直走。」「一定要讓輪椅經過居委會。」孫子大聲說。「是！

一定要讓輪椅經過居委會。」兒子重複著。老爺子朝兒子一擠眼，兒子朝孫子一擠眼，于是三口人，不，三代人一起會心地笑了。

三十年了，終于冰釋前嫌，終于有了共鳴，終于有了父子的會心一笑。今天是黃道吉日，今天是破冰之旅。

車隊隆重地向居委會駛去。老陳頭抬得高高，胸脯挺得直直，燦爛的笑一覽無餘。中午的驕陽一覽無餘照在他身上，把他塑成一個大大的金人。

「爺爺真棒！」孫子歡呼著。

「老爸真棒！」兒子鼓勵著。

「老爹真棒！」兒媳響應著。

老陳頭抬得更高，脊梁也挺得更直。這麼多年，他第一次昂首挺胸，這麼多年，他第一次贏得了兒子孫子的敬重。可是夕陽無限好，只是近黃昏……

車鈴「丁零零」響起，如放飛的鴿子如燃起的鞭炮。帶著脆響，帶著火焰，帶著自由，帶著歡呼。居委會被震撼了，一隻隻腦袋鑽出來。

「不是說他患癌了麼？怎麼有癌比沒癌還精神？」猴三湊近薛書記的左耳。「不是說他快死了嗎？快死的人怎麼這麼精神？」二流子湊近書記的右耳。

「黃泉路近反倒神氣起來，哼！」薛書記氣得滿臉通紅。

「這是向居委會挑戰。」猴三憤怒著。「這是向組織示威。」二流子憤慨著。

「你們知道他爲什麼敢這麼放肆？」薛書記冷靜地問。「莫不是……醫院診斷有假？」「莫不是……找到新的靠山？」

「診斷是真靠山是假。正因爲他知道自己活不了多久，所以才敢如此這般的肆無忌憚。」薛書記冷笑著。「原來如此！」「原來這樣！」

「死到臨頭翹尾巴算什麼英雄？」薛書記沖老陳背影嚷著。這聲音尖利高亢，如錐子鑽進耳膜。

老陳的頭，猛地垂下。

　　兒子的心一陣絞痛。這一刹，他終于明白父親變化的原因。他是在薛書記的尖叫下才明白父親變化的原因。看著重新佝僂下腰的父親，巨大的悲哀擄住了他。

　　隆重的車隊，在衆人矚目中抵達醫院。有了黃金的護駕保航，一切進行的都很順利。做完例行檢查，辦完住院手續，該回去的要回去，該留下的要留下。

　　「這是護理醫院，所以家屬不能陪夜。」護士繃著臉，話硬得嗆人。因爲她連半點碎金都沒撈著，有怨氣是正常的。

　　「請個護工吧。」兒子低聲請求父親，「我們一走您沒人照顧。」

　　「我不需要。再說，我就回家。」

　　「那……明天再說吧！」兒子爲難地退下。

　　第二天新浩一進病房就被護士攔住：「入院須知知道不？難道你們要破壞醫院規矩？」

　　「怎麼了？」「怎麼了？你看看你父親的床單。」

　　兒子掀起被單看到床單上有黃黃的污垢：黃疸從皮膚上滲透出來，再從皮膚上滲透到床單上。「就這樣噁心的床單，還不讓換？」護士很生氣。

　　「爸！把床單換了吧，這是醫院規定。」

　　「你懂啥？換一次被單加一次錢。家裏被單半年換一次，這裏却要天天換。」

　　「您別說了……」兒子滿臉通紅，「不換被單算一天的住院費，換了被單也算一天的住院費。」

　　「我不相信。洗被單錢，還不是羊毛出在羊身上？」

　　「我今天算開眼了，世上還有這號人？」護士直翻白眼。

　　「大爺，換床單不加錢。」「大爺，換床單是醫院制度。」前後左右的病友紛紛站出來作證，老陳這才同意換被單。

　　「你父親病這麼重，二十四小時誰服侍？」護士繼續著她的不滿。

「前後左右哪一個病人沒護工？」「讓我再做做他的工作。」兒子陪著笑臉。「你看著辦吧！」護士扔下這話板臉走了。這哪是白衣天使這簡直就是病人的後媽。

兒子坐在老子床邊促膝談心，一幫一，一對紅的工作做了三十分鐘未見分曉，但上班時間已過，兒子只得請了一天假。第二天，病房所有病人暨家屬參加討論：要不要請護工？

「手脚齊全請什麼護工？」老陳很乾脆。

「再齊全你也是重症病人，倒個水上個廁所都要有人照顧。」

「那我……擇時而請。」「擇時？」「我每天只請一小時。」「一小時？」「一次請十分鐘，一天請六次，一天請一小時綽綽有餘。」

「這是醫院不是買零拷醬油，不能零打碎敲。」「碎的連在一起就是全的，零的湊在一起就是整的。」老陳理直氣壯。「可醫院不許這麼做。」「不許就不請。」老爺子沉下臉，于是群衆大會宣告流産。

流産半小時後老陳上廁所，蹲著蹲著就摔在地上。護士爲他換衣褲時發出最後通牒，但老陳雙目緊閉就是不開金口。

半夜，一聲巨大的「況檔」聲終于觸犯衆怒：老陳倒水時把暖瓶打翻。于是病房再一次召開董事會。

「既然你們苦苦相逼，我只得同意。但是……」「但是什麼？」「讓我的孫子做護工。」「他才十二歲啊？」「知道不知道松下電器？」「當然知道，我家電器就是松下的產品。」「知道不知道松下先生的著名箴言？」「願聽高論！」「肥水不流他人田。我出一半價錢請孫子。孫子暑假有進帳我又能節省開支，豈不二全其美哉！」最後一個字拖長三拍，以至這個「哉」如消毒液的氣味，彌漫在空氣中久久不散。

「您的護工錢我來付。」兒子又一次臉紅耳赤。

「第一，你節省了護工錢；第二，你鍛煉了兒子的能力，第三，這樣做讓我高興。有了這三點，何樂不爲？」老陳扳著手指一一道來。

病房靜悄悄。一個黃泉路近的人還能這麼考慮，可見他絕不亞于「儒林外史」中臨死前要抽去一顆燈芯草的仁兄。

剛讀中學的孫子奉旨而來。盆盆罐罐洗洗刷刷，端茶送水擦身換衣。看著稚嫩的孩子圍住黃疸肝癌的病人轉，許多人不忍地轉過頭。

「你去領個扁痰盂，這樣大小便就不用孩子攙扶了。昨天老的小的一起摔地上。」護士對新浩說。

「據我所知，借痰盂要收錢。」老陳說。

「不就一天三毛？」「就是一分也不行，馬上去家裏拿。」老陳吩咐著。

「家裏啥時有過扁痰盂？」新浩驚詫地問，「五十年前從鄉下帶出來的。」

「在哪？」「閣樓上木料旁箱子後掃帚下。要不畫張方位圖？」「這倒不用。問題是這五十年的痰盂還能用？」「養兵千日用兵一時，帶出來就是爲了這一天。」「那我去拿。」新浩踩著咯吱吱的老坦克上路了。驕陽如火，正是七月流火季節，驕陽當空，正是炎熱的午後。

一小時後，滿頭大汗的新浩端著尿壺進來。所有人笑彎了腰，這泥胚子哪是尿壺，說是水缸還差不離。

從這天起，老陳的拉屎撒尿就成了病房一大景觀。水缸放在身下，嫌太硌太硬太威武；水缸放在地上，嫌太脆太嫩太單薄。床上用它，要把腰彎成高高的拋發綫。地上用它，則把臀撅成一圓圓的彩虹。尿壺一上床，老爺子嚷著低點低點我的腰啊。尿壺一下地，老爺子則嚷著懸著懸著小心碎了。床上如廁是練腰練腹的展示，地上如廁是輕功蹲功的過程。這不是如廁，這是床上雜技地上芭蕾。這不是如廁，這是拼搏這是折磨。

「你的床上芭蕾，讓我的心臟受不了。」左床躺不住了。「我寧可替你付錢也不願意看痛苦的雜耍。」右床憋不住了。

「這東西是……古董。」老陳呼哧呼哧喘氣。「元朝還是明朝？尿壺還是水缸？」

「能對付一天就對付二十四小時，半世紀的保管費怎麼也要賺回來。不然太虧。」

「它不虧就虧了你。你如廁不覺得痛苦？你不覺得我們跟著一起痛苦？」

「一天能省三毛痛什麼苦？」老陳上氣不接下氣。

「我真希望一槍斃了它。」左床咬著牙。「我真渴望它一分爲二。」右床切著齒。對尿壺的仇恨，是病房同仁一致的仇恨。

老陳一天比一天虛弱，現在他都站不起來，如廁只能在床上進行。

一看到尿壺，老陳條件反射地挺腰挺胸。挺啊挺，堅持到脊背下有一個空間，而且是大大的空間。尿壺進來呻吟隨之進來，尿壺出來呻吟隨之出去，極其同步。

隨著便溺的增加，尿壺的活動量也增加；隨著活動量的增加，呻吟也增加。前後左右的病友只得修築防禦工事。不聽音樂的戴上耳機，沒有中耳炎的塞上棉花，有的乾脆做鴕鳥，只要尿壺有動作，立馬扯上被單裹著頭。

「爺爺！尿壺要進來了……」「爺爺！尿壺已經進來了。」「爺爺！尿壺要出去了……」「爺爺！尿壺已經出去了。」孫子一天若干次地拉響紅色黃色黑色的警報。警報解除後，孫子端著尿壺朝外走，他走得很慢也很小心。

「你幹啥？」一聲尖叫打在頭上。孫子手一哆嗦，尿壺摔了個粉身碎骨。

「太好了！」「太好了！」房間裏響起一片歡呼。

「你咋這麼不當心？這下完了。」老爺子呼哧呼哧從床上探起身子，「碎成幾塊？」

「一地瓷片！」「滿地開花！」「還能不能……粘？」「粘可以，但一定要回爐。」

「回老家嘍！」「終于回老家嘍！」病房一片歡笑。看到醜陋而怪异的傢伙滿地開花後，衆人全部樂開了花。

「笑什麼笑？咦！這是重診病房，你這個孩子來幹什麼？」醫生走進病房問。

「我是我爺爺的護工。」「你做護工？家長呢？」「我就是他家長。」兒媳滿頭大汗走進來。

「聞所未聞！讓這麼小的孩子做護工這可是聞所未聞。」醫生冷笑著，「這是黃疸不是黃油，這是肝上的分泌物不是畫布上的黃顏料。你不怕孩子傳染？」

「我……知道。」「就是經過培訓的護工都要戴手套戴口罩，時時刻刻用消毒水。你省錢，就讓孩子健康做抵押？你省錢，可是省得空前絕後。」醫生凶狠地說。

「爸！醫生的話你都聽見了，明天換人吧！」兒媳苦著臉。

「成事不足敗事有餘的小子。我的尿壺啊……」老陳喉嚨裏滾出一串斷裂音符，這音符凄厲而悲戚。

322

「爸！請護工……」「別提這二個字。」「以前您手脚能動不請護工，現在您身體差了就應該請護工。」「身體好時都不請，身體差時更不必請了。」老陳直挺挺地說。

「你快替他擦擦身子吧，我們可受不了他的异味。」左床啪嗒啪嗒扇著大扇子，「昨天你兒子給爺爺擦身，身子沒擦乾淨倒把髒水潑了一地。」

「天天三十八度高溫，沒有空調不能洗澡人都餿了，你聞他身上那個味。」右床捂著鼻子。

「爸，我給您擦身吧。」兒媳小心翼翼地問。

「雖然我不封建，但兒媳給公公擦身，不妥……」老陳費勁地說。

「孫子擦不動，媳婦擦不雅，你想熏死我們？」病友發出了抗議。

「我擦我擦。」兒媳眼一閉，揮動毛巾上上下下裏裏外外地擦，盆裏的水成了散黃蛋湯。這黃疸忒是厲害。

「爸！換短褲汗衫。」「……折騰個啥？昨天剛換過。」「昨天是昨天今天是今天。昨天三十八度今天也是三十八度。」「……那就換。」「爸！我帶了幾套短褲汗衫，這套短褲汗衫又黃又有洞不要了吧？」「不要？你……你不肯洗我自己洗。」

「我洗我洗。」兒媳一邊洗一邊打噁心：這黃疸果然厲害，用肥皂搓用刷子刷用開水燙，依然不改變黃的英雄本色。

衣服洗完後放到陽臺上去晾。一看到黃袍登場，病友紛紛轉移自己衣服，這黃畢竟是肝癌的分泌物。

「小……孫」半醒半寐的老陳大聲嚷著。兒媳驚慌地從陽臺上沖進來：「爸！什麼事。」「……我衣服呢？」「衣服在這。」媳婦拉開抽屜。「都放在第二格。」「我……不是指這個。」「那您指寒衣？寒衣在第三格。」「什麼……寒衣？我說的是剛剛洗的一套。」

「正晾在陽臺上。」「……趕快把它拿進來。」老陳喘著粗氣。「還沒幹呢，正好讓太陽消消毒。」「沒幹不……要緊，要緊的是不能讓別人偷去。」「至于嗎？別人偷黃黃的有洞的汗衫短褲？」

「不怕一萬……就怕萬一；害人之心不可有……防人之心不可無；人無遠慮必有近憂——快拿進來放在我床頭。」

「還滴水呢。」「滴水怕什麼……正好防暑降溫。」「滴水衣服怎麼能放在病房？爸，我保證沒人偷衣服。」「你的保證不頂用……難道賊拿時還跟你打招呼？」

「要不我站在陽臺上看著衣服，等衣服不滴水就拿進來。」兒媳耐著性子忍著怒火懇求著。

「你馬上把它拿進來……衣服在外我睡不著。」老陳嘶啞地嚷著。

「你……簡直前無古人後無來者。」氣憤的媳婦脫口而出，「堪稱空前絕後。」

「就是不可惜衣服……也要可惜肥皂，再說……這是全棉的。」老陳喘著粗氣。

「我去拿，這套衣服守在你身邊，就如金元寶守在你身邊。」媳婦惱怒地把衣服拿進來。「……簡直就是儒林外史裏的怪胎。」她壓低聲音說。

「汗衫放在椅子上……短褲放在椅背上。轉過來……就轉到這角度。」「這角度那角度有什麼區別？」兒媳氣呼呼地說。

午睡的病人全醒了，他們豎起耳朵睜大眼，聽著看著這荒誕而真切，離奇非傳奇，不可思議但千真萬確存在的一幕。病房陷入斂聲屏息，闃無聲息的死亡境界。

「乓」一聲巨響。「什麼事？」護士沖進來，「究竟發生什麼事？」

病房裏靜悄悄的，護士疑惑地掃視四周，猛然發出咆哮：「誰把滴水的衣服放在這？」

「護士小姐！這衣服靠著我……靠著墻頭，絕不妨礙你工作。」老陳大口喘息，蠟黃的臉上，浮起永遠的諛笑。

「不要說靠墻頭，就是塞進抽屜也不行。」護士嚷著，「還不晾到陽臺上去？」

「爸！聽您的還是聽護士的？」兒媳冷冷地問。

「不能放……陽臺。」老陳咳嗽中，一口痰堵住喉嚨。兒媳拍著他後背。「不能放……陽臺。」呼嚕呼嚕中，他的嘴角濺出白白的泡沫。

「趕快拿出去。」護士更生氣了。

「究竟發生什麼事？」被驚動的醫生帶著驚慌跑來。

「有人竟把滴水衣服放在椅子上。」

「這是病人要求，我奉旨行事。」兒媳解釋著。

「你是……」醫生推了推眼鏡。「你就是兒童護工的母親？」醫生一拍手，大有衆裏尋它千百度的激動。

「是又怎麼樣？」兒媳沒好氣地說，「是不是久仰？」

「不！你不要誤會，我只是覺得……」「什麼？」「有趣，太有趣。你快把辦公室報夾拿來。」

「拿報夾幹什麼？」護士一甩頭。「爲了做思想工作，讓他讀黨報？」「你只管去拿。」醫生朝護士眨眨眼。護士氣呼呼走了，又氣呼呼拿著空報夾進來。

「把報夾分開，上層挂汗衫，下層挂短褲……拉開點，轉過來，把報夾正面對著病人，靠近一點再靠近一點，要最大限度地靠近……」醫生詳細吩咐著，護士忠實執行著。「哈哈哈！」兒媳忍不住哈哈大笑。「哈哈哈！」滿房間的人也忍不住哈哈大笑。

「陳老伯！衣服挂成這角度，可以了嗎？」醫生忍住笑湊近了問。

「到底是……醫生。」「現在您滿意了嗎？」「滿意……其實角度不重要，重要的是衣服一定要在我身邊。」「這才是問題的核心所在。現在你可以高枕無憂了。」「現在我的心……塌實了。」老陳話剛落，病房裏笑聲一片，連撅著嘴的護士也笑了。

幾條身影探頭探腦地踅過來，這是隔壁病友前來取經：何以病房，竟然成了歡樂大世界？

孫子走後，兒媳來接班。

洗洗刷刷倒沒啥，有啥的就是擦下半身時，某個敏感地區的尷尬；端屎端尿也沒啥，有啥的就是尿壺進出時，遇到某個敏感地區的尷尬。盡孝可以避嫌難。難得很！難得很！

魔高一尺道高一丈。媳婦在護工生涯裏，總結了一套行之有效的工作經驗：擦上身時張開眼，擦下身時闔著眼；洗尿壺時張開眼，進出尿壺時闔著眼。

「我教你一招：你把自己當成他閨女。」左鄰獻上了錦囊妙機。「我教你一招：你把自己當成他婆娘。」右舍獻上另一條妙機。「爲了省幾個小錢，竟把身份顛倒成何體統？」對面的病友不樂意了。「這有亂倫之嫌。」

「哈哈！哈哈哈！」病房笑成一片，連苦著臉的老陳也樂了。

太陽剛爬上東邊就迫不及待地散發熱氣。上海成了大烤箱，病房成了大火爐。病人伸長頸脖大口喘息，嘴唇一張一合如瀕臨死亡的魚。

不能洗澡，沒有空調，再加上床挨著床的密度，病房如一隻散發异味的大尿壺。

「爸！擦個身吧。」兒媳端進來一盆水，「你衣服濕了。」

「不擦。濕衣服能帶來……凉意。」

「爸！媽來看你了。」新浩攙著母親進來，後面跟著被免職的小護工。老陳張開眼，死死看著妻子。士芳揉揉眼，定定看著老陳。四隻老眼老眼四隻，相看相望泪水漣漣徘徊在生死綫上。

「媽！您幫爸擦個身吧，我擦不乾淨。」兒媳遞上了毛巾。老伴沿襲浣紗女的做法給老陳洗刷。毛巾是槌棒，皮膚是衣服，一次次地槌，一遍遍地搓，分泌物在槌擊中脫落，污垢在熱水中融化，轉眼清水成黃水。

兒媳配合著婆婆，一次次倒水換水汲水。醫院不能提供洗澡，但能提供熱水。用老陳的話來說，這水又不要一子兒，所以一盆接一盆，一盆複一盆，盆盆覆盆盆。

「畢竟身份不同，擦洗的程度也不同。」左床感慨著。兒媳突然紅了眼，濕了眼眶。

「怎麼了？」新浩詫異地問。

「我爲爹難過……他奮鬥了一輩子，勤儉了一輩子，臨終時，竟連個熱水澡都洗不上。」

「熱水澡？怕是他一輩子沒享受過空調冰箱洗衣機吧？」右床一咧嘴。

「胡說！我爺爺享受過洗衣機帶來的便利，但是，只有半次。」小護工嚷著。

「爲什麼是半次？」

「爺爺一看水電錶轉得飛快，馬上說關關關。所以只是半次。」

「這麼說罷了洗衣機的官？」「這麼浪費還不罷他的官？」孫子一擠眼。

「哈哈！哈哈！」病房笑成一團。「你這個……小東西。」老陳呻吟著，呻吟聲被笑聲淹沒。

又一個酷熱的早晨。

「今天究竟幾度？」「你指真溫度還是假溫度？」兒媳反問對方，「要是假溫度就聽電臺的，要是真溫度就把溫度計放在房間中央。」

「他媽的！室內都有三十六度，天氣預報不是說今天三十五度嗎？」

「中國沒有天氣預報，只有天氣後報。到了晚上才羞羞答答地說：今天是三十九度，各級政府已做好防暑降溫的工作。」「這是中國天氣預報的特色。」兒媳冷笑著，「以前能相信報紙的是天氣預報，現在能相信報紙的只是日期。」

「什麼都假，除了日期。」有人長嘆一聲。

「這不是醫院這是桑拿室；這不是治病這是炙烤。病人不像病人，醫生不像醫生；主人不是主人，僕人不是僕人。我剛才去辦公室，那裏凉得我都起鷄皮疙瘩。爸，您醒了？」

「你……」腫脹的老眼睜開一條縫，裏面滿是驚慌和恐懼，還有苦苦的哀求。「你不能……禍從口出。」老陳費勁吐出這句話。

「不說就不說，免得你擔驚受怕。爸！要不要大便？」媳婦拿起尿壺。老陳痛苦地呻吟著，半天也沒拉出屎來。兒媳用了開塞露依然不奏效。兒媳抽出尿壺，尿壺裏有小便。小便又紅又黃像隔周的濃茶水。

兒媳端著尿壺朝外走。「……回來。」老陳嘶啞地叫著。「怎麼啦？」「不要……倒。」

「爲什麼？」

「我說不倒就……不倒。」老陳掙扎著摸著枕頭。「我來。」兒媳抽出枕下塑料袋。

老陳艱難地爬起來，拿起尿壺，哆哆嗦嗦朝塑料袋裏裝。

「爸！尿壺洗乾淨再裝吧！」「就幾滴洗什麼……洗？」「爸！這裏的水不要付錢。」到底是知根知底的兒媳，不但觀察入微還一針見血。

「不要？哦……」老陳舒了一口氣。「我去洗一下。」媳婦把尿壺從塑料袋裏解放出來。「不要錢……也不洗。」老陳抓住尿壺。

「老伯，你是否想把小便送到自留地？」病友憋不住了。「哦……」老陳呻吟著。

「你住在城市不在農村，小便就是藏著掖著裹著包著，但是沒用啊！」

「沒……用？」老陳搔著頭皮思索著。「它不能作爲肥料澆到自留地裏。」

「……是啊。」老陳終于覺悟，也終于清醒了。

「哈哈哈！」病房裏笑倒了一大批。

「爸！今天你想吃什麼？」「我想……喝冬瓜湯。」「我這就回家做。」兒媳匆匆走了。二小時後端著冬瓜湯進來。老陳只喝一口就吐了，不但把湯吐出來，連咳嗽的附産品也噴出來。

他的臉上全是痰，嘴裏噴出來的，鼻子裏涌出來的，氣管裏嗆出來的。粘呼呼白花花的一片，如孩子吹出來的肥皂沫。

媳婦抽了卷紙趕緊去擦，老陳一把奪過卷紙，媳婦以爲他要自己擦。

但他沒有！

他把卷紙拉平鋪直，然後一分爲二。他把二分之一的紙放一邊，把剩下的的二分之一的紙再一分爲二。兒媳默默地看著這熟悉的動作。這麼多年來，他一直用遞減法來分解手紙，分解到手紙只有巴掌大的面積。可是在滿臉穢物的情況下，他依然忠實地執行遞減法。這是魔幻還是奇迹？這是瘋癲還是習慣成自然？

穢物不耐煩了，它們示威地從鼻子上一點點朝下巴朝脖子轉移。兒媳把頭轉過去，病友也把頭轉過去：那一攤粘糊而晃悠的穢物，不忍卒睹。

終于完成分割的他，把卷紙朝穢物撲去。但是來不及了，巴掌大的薄紙，根本不能阻擋穢物的下滑，穢物一瀉千里蜂擁而下。

「快！」關鍵時刻，媳婦把一團卷紙朝穢物扔去。就在卷紙和穢物碰撞時，老陳扔了卷紙，扯起身上的汗衫朝穢物撲去。

快！快！快！汗衫終于裹住了穢物。

「爲什麼？爲什麼？爲什麼？」室友把一個個問號飛過來。

「買卷紙的錢要自己掏……洗汗衫的水不要自己掏錢。」老陳平靜而安詳地解答了這個問號。

病房裏靜悄悄。這一刻，所有人全被震撼了。

這是幾十年不遇的大暑。整整十天全是三十八度高溫。狗熱得把舌頭拖下，蟬熱得停止了聒躁，浦江水熱得停止流動，柏油熱得縮成一團黑糖漿。

正常的人受不了，病人更是受不了，臨終病人更更是受不了。空調有的，但是安置在辦公室；冰快有的，但是存放在冰庫；風扇有的，但轉出的是熱浪。無奈人的無奈之舉就是把風扇開到最大。電風扇呼隆隆呼隆隆，如呼嘯而來的火車頭。呼嘯聲中，頭皮發麻耳鳴陣陣。因爲熱，有人臉上身上挂滿濕毛巾；因爲熱，有人自掏腰包買冰塊；因爲熱，有人逃出醫院放弃治療；因爲熱，有人一命嗚呼見上帝。忍無可忍的兒媳沖到辦公室。醫生翹著二郎腿在煲電話粥。得知事由淡淡一笑：有事找上級領導。

院長的行宮在海寧路，媳婦轉了二部車趕過去，院長在美奐美侖的辦公室裏接待她。因爲過度的冷氣，院長套上昂貴的羊絨衫。

「冷熱不均。你冷得要命，病人熱得要命。誰之過？」兒媳開門見山。

「別急，坐下談。」院長風度翩翩極有教養。

「我坐不下。病人正在火焰山烤著呢。」「有這麼嚴重？」「各級政府機關請做好防暑降溫工作。這不是我說的，而是廣播電臺的聲音。你可以不聽草民意見，但總要聽上級聖旨吧。」

「這事院方正在研究……」「高溫已經十天。是否等病人一命嗚呼才落實貴院決定？」「你咋這麼說話？」「那我就不說話，請你到病房去考察研究研究考察。」

「這事麼……會給你一個說法。」

「不是給我一個說法，而是給病人一個說法。什麼時候去？」

「明天……後天要評職稱，那就大後天吧。」

「我只給你二十四小時。」媳婦怒髮衝冠摔門而去。

「我去找了院長。」兒媳氣憤地說。「怎麼說？」病友著急地問。「他說今天明天後天大後天。我只給他一天時間。」

「如果明天下午一時二十分還不解決，難道你火燒連雲寺？」病友冷笑著。

「他不懼我，但是他懼他的領導。要是二十四小時還不解決，我就去找市委。」

「可這二十四小時真難熬啊。」

「再難熬也得咬緊牙關熬。」媳婦盯著窗外太陽，恨不得自己是當代誇父。熱啊熱，熱得心煩意躁心動過速；熱啊熱，熱得血脉賁張血壓升高。忍啊忍，一分一分地忍，捱啊捱，一小時一小時地捱。總算盼到太陽下沉月亮當頭。瞅著冷月，恨不得自己是後羿，挽弓搭箭，留住月亮的脚步。

脚步留不住，畢竟沉下去，艷陽早早就探出紅通通的腦袋來。

上午過去，院方沒絲毫動靜。中午過去，院方依然沒動靜。都說信訪函訪電話訪是肉包子打狗有去無還，果然如此。就是面對面的人訪，也是這結果。

午後老陳已經半昏迷。兒媳繼續把十根冰棍敷在他腦門，一刻鐘後毛巾裏只有十根小木棍。她奔去買冰棍時冰棍已經脫銷。

兒媳看了看表，時針指在一點二十上。二十四小時過去，院方無恥地表示了沉默。媳婦沖進辦公室抄起電話，有人接了電話并表態馬上解決。

兩點二十分，一輛黃魚車和一輛豪華轎車同時出現。黃魚車上裝的是冰快，轎車裏是一個雍容女人。醫生驚慌失措地沖下樓，護士排成一隊在迎接。走廊上人來人往，如打翻的狗窩踩爛的雞棚。

「劉局啊劉局，這麼熱的天，您怎麼親自來了？」院長急忙趕來。

「人民的公僕，當然要把人民冷暖放心上——聽說這裏沒做好防暑降溫工作。」

「接到市委通知，我們正在落實。」院長的傲慢不見了，有的是雞啄米的動作。

「落實什麼？是落實辦公室防暑，還是落實病房防暑？」兒媳雙手叉腰迎面而立。

「這位是？」「我就是打電話的人。病人不是病死而是熱死的。」

「局長不是送溫暖……不……局長不是送關懷……不……局長不是送冰塊了嗎？」

「局長不來你不來，局長一來，你屁顛屁顛趕過來。你來拍馬屁還是來解決問題？」

「你這人怎麼這麼說話？」院長沉下臉。

「我就是這樣說話，對你這樣的人，就用這樣的態度。」兒媳凶巴巴地說。

「這病房一共住幾個病人？」雍容女關切地問。

「一共七個。二個逃回家，二個翹辮子，現在還剩三個在苟延殘喘。」兒媳快人快語。

「這位老同志今年多大？」「八十八。」「高壽啊高壽。俗話說，人過七十古來稀。」「這是托黨的福。局長的指示，就是醫院工作的燈塔。」院長點頭哈腰地說。

「不要這燈塔那雨露，拍馬屁也要看時候。現在托局長的福，讓我公公透口氣吧。」兒媳大聲嚷著。

「熱是熱了點。咦！冰塊呢？」

「報告局長，只剩這點了。」護士手裏是一小盆冰塊。

「不是有一大車嘛？」「全被病人搶走了，現在連冰棍都買不到。」「趕快把冰塊讓病友們享受。」

「這點冰塊，讓蚊子享受還差不多。」兒媳冷笑著。

「老同志啊老同志……」「你……」老陳艱難地睜開眼。「老人家！你兒媳反映的情況很重要，市委知道後也很重視。人民政府一貫傾聽人民意見，一貫爲人民謀利益。」

「你提意見……了？」老陳急切地問。「忍無可忍，容無可容。」兒媳的回答很乾脆。

「這個意見提得好。」雍容女很大度。「您……是？」老陳仰起頭。「我是衛生局的劉……」

「她是劉局長。車子就在下面。」

「車子？什麼車子？莫不是抓人的車？」老陳緊張地問。

「車子當然抓（裝）人嘍。」護士笑了。

「你……闖禍了。」老陳八手指朝兒媳一指，接著眼珠一翻，昏厥過去。

「爸！是裝人的車不是抓人的車。爸！是裝人的車不是抓人的車……」媳婦聲嘶力竭地嚷著。老陳的眼睜開一道縫，嘴唇闔動一下。

「爸！」

「別提……意見，永遠永遠……別。」老陳抽搐了一下，接著痛苦而驚悸地閉上眼。醫生用電筒一照瞳孔，然後把被單朝上一提。

「爸！爸！」媳婦痛哭不止，原本想讓你減少痛苦，想不到你因驚嚇而死。

「一語中讖。」有個沉重的聲音。

「你是說……」兒媳抬起泪眼，身邊站著丈夫新浩。

「小腳外婆早說過，總有一天，父親會死在恐懼上，想不到一語成讖。」

「這麼說，這是偶然裏的必然？」

「恐懼，才是真正的殺人凶手。父親是被恐懼奪去了生命。」新浩攥緊拳。

「對！這不能怪你。」左鄰嚷著。

「你這是幹了好事。」右舍也嚷著，「這是天大的好事。」

「好事？」

「與其讓他活活痛死，還不如他被活活嚇死。肝癌都是活活痛死的。」

「是啊！既然痛死，還不如被嚇死。」病友紛紛勸解。

「不！我寧可相反。」兒媳一甩頭，灑落滿臉泪珠，「因爲他恐懼了一輩子，所以我不願意他走時，還帶著巨大的恐懼。不！不！不！」她撕心裂肺地嚷著。

第二十五章　怎麼一個死法

第二十六章　怎麼一個蓋棺論定

　　退管會同志到了，花圈到了。「要把葬禮搞得隆重一點，排場一點，規格高一點。」退管會發聲音了。

　　「是啊！他苦了一輩子，奮鬥了一輩子，也驚嚇了一輩子。就讓他在九泉下風光一點吧！」兒媳也發聲音了。

　　退管會帶來組織結論。悼詞高度評價老陳的一生，說他是熱愛党，緊跟毛主席的好學生。好學生在革命關鍵時站在黨一邊，爲全人類的解放事業，貢獻了一生。我們要化悲痛爲力量，把老陳的精神，世世代代子子孫孫傳下去。

　　「我不同意這一點。」媳婦毫不客氣地指著「世世代代子子孫孫」這一條。

　　「難道你不滿意組織對他崇高的評價？」

　　「組織怎麼評價那是組織的事。我們不希望把這種精神傳下去，更不希望子孫後代把斯德哥爾摩症的精神傳下去。」

　　「你對你公公有意見？」「這不是家事的紛爭，也不是個人的愛憎。這是宏觀上的否定，堅決否定這種所謂的精神。」

　　「天吶！我活了六十歲，第一次聽到自己人否定自己人。」

　　「請你注意，我否定的是所謂的精神。這是什麼精神？提心吊膽如履薄冰，戰戰兢兢鉗聲噤語。這不是人的標準，這是豬的標準這是狗的標準。不！豬痛苦了也能哼一下；狗痛苦了也能吠一聲……」

　　「你這個女同志……很危險。」領導語重心長。

　　「怎麼個危險法？怎麼個不危險法？」兒媳單刀直入。

　　「聽說你是上海煉油廠的打字員。一個在重要單位擔任機要打字員的同志，怎麼連原則都沒有？據我所知，你不但是組織上重點培養對象，還經常在石化報上發表一些文章。」

「您來參加父親後事，還是來調查我？你是退管會，還是安全局？」「這？」「我知道你兼而有之。你是全方位，複合型，綜合性的党需要的人才。」

「這是革命工作……」

「人死了，你都不忘做政治思想工作。我建議，把你的工作手册放進每一個死者的骨灰盒裏。」兒媳冷笑著。

媳婦在布置靈堂時寫了一幅對聯，左聯是：五十年風雨如磐，夾尾巴做庸人；右聯是：一輩子布衣淡飯，苦行僧熬日子；橫批是：如此一生。雖然對聯既不對仗又不工整，但這是亡人最真實的寫照。照片能去真留僞，日記能移花接木，但這副對聯連半滴水分都沒有，這才是真正的寫真集。

「嘖！嘖！嘖！」領導喝著牙花，「這對聯……很有情緒。」

「是人就有思想，有思想就有情緒——人寫的對聯，當然帶著人的情緒。」兒媳不客氣地，「難道陳步堂同志不是夾著尾巴的苦行僧？」

「這個嘛……但寫在對聯上就不妥嘛！」「難道黨不提倡實事求是？」「這樣寫……政治影響不好。別人還以爲是組織上的蓋棺論定。」

「那我就在橫批上加備注：此對聯僅代表家人。」「……橫批加備注，聞所未聞。」

「既然橫批不能加備注，那就來二條橫批，一條上面一條下面。」

「一副對聯加二條橫批，那不成了四四方方的圍城？」「……是圍城又是碉堡；是碉堡又是保險箱；是保險箱又是骨灰盒；是骨灰盒又是……」

「不！不！不！是……？」「是什麼？」媳婦狡點一笑。

「我……我都被你弄糊塗了。」「你糊塗我可不糊塗——我要挂對聯了。」「你不能。」

「我要對參加追掉會的每個人說，這對聯不是組織的蓋棺論定，而是家屬的蓋棺論定。」

　　「這……不行。政治影響不好。」「既然不行，就讓組織全權處理。」媳婦把挽幛一放走了。眼看追掉會卡住，領導只得妥協。

　　「那……那就破例一次。追掉會結束立馬燒了對聯。」

　　「不用你吩咐。即使燒了，此對聯已經鐫刻在我們的心裏。」兒媳莊重地說。

　　追悼會如期進行。一進靈堂，所有眼睛齊刷刷投向對聯。凝視後，所有的眼睛會心一笑。追悼會後，不相信地獄天堂的兒子媳婦，燒了許多冥錢。既然父親生前拿不到屬自己的一萬三，那就燒一萬三的平方數和立方數，讓父親死而無憾死而瞑目。

　　整理遺物時，新浩看見全毛大衣和凡立汀褲子。此行頭面世後只露過二次臉。一次是在合營的表彰會上，老陳穿著它，戴著大紅花坐在主席臺。還有一次爲了政治聯姻，兒子穿著它約會書記粉墨登場。一想到父和子，爲了共同的政治目標穿過同樣的衣服，新浩禁不住百感交集：各領風搔五百年。

　　新浩的手在政治道具上來回摩挲，他的心又沉重又輕鬆，又痛苦又喜悅。沉重的是歲月對父親的折磨，輕鬆的是父親已乘鶴西去；痛苦的是父親經歷的苦難，喜悅的是現在任何運動對父親都鞭長莫及。

　　他的手在突然頓住，口袋裏有一張紙，難道是父親遺書？他掏出一看，紙上寫著一個人的名字，這人是父親大舅。他又在右邊口袋摸到一張紙，紙上也寫著一個人的名字，這人是父親小舅。看來大衣名花有主而且是二個主。問題是，一件大衣怎麼分給二個人？

　　新浩不敢怠慢，又去翻三節頭皮鞋。果然又有紙。左鞋寫著父親大侄，右鞋寫著父親小侄。父親啊父親，我知道你一輩子一分錢分二半花，但大衣和鞋子不能分給二個人啊！

　　新浩的手急速地伸向每一件衣服，每一條褲子。他在所有口袋裏都摸到紙，紙上名字沒有一個重複，二家親戚也沒有一個遺漏。

　　雖然無法分配，新浩還是尊重父親遺願，把大舅二舅大侄小侄大弟小弟一一請來，把紙上所有的啓東親戚本家請來，一頓海吃海喝後，讓他們各自領回遺產——那怕半件大衣，那怕一隻皮鞋，哪怕半條褲子。

　　出乎意料，沒一個人肯接受這份遺產。「爲什麼？」「我們怕到了陰間，他和我們對薄公堂。」「這是他自己寫的名字，怎會對簿公堂？」新浩努力說服他們。

　　「我們就是窮得光腚，也不拿他的一草一繩。」

　　「是啊！那會在我們心中留下一輩子抹不去的陰影。」衆人紛紛拒絕。

　　新浩欲言又止，欲止又言。

　　「這衣服鞋子，還是燒給你父親吧。既然活著不捨得穿，就讓他在陰間穿個風風光光。」

　　「可這是父親的遺願。」

　　「對不起！我們不能服從他的遺願。」客人一個接一個地走了。

　　終于到了曲終人散的時刻。士芳突然尖叫一聲：「存款呢？」

　　「哎呀！怎麼把這事忘了！」于是一家人翻啊尋啊，一天過去一無所獲，一星期過去依然一無所獲。

　　「會不會交了黨費？」「他又不是共產黨員。」「可他爭取了一輩子，會不會爲了實現自己的遺願？」士芳皺著眉。

　　「就是交黨費，也該有個收據。」這事奇了，怪了，邪了，暈了。于是大家一起找，繼續找。現在不是找錢而是找收據。結果依然一無所獲。

　　許多年過去了，只要一提到陳老伯，所有的人都會問：那些巨款呢？那些巨款呢？現在，這筆巨款成了一個謎。謎到現在還沒解開，看來只有九泉下的老陳能解開。

尾聲

　　二〇〇〇年，新浩把老陳的骨灰盒放進啓東烈士公墓，完成了父親不是遺願的遺願；母親和兒子媳婦先住在一起，後來進了養老院，享年九十三歲；新浩在上海某物業任電工領班。八九年六四屠殺時，兒媳孫寶強上街演講幷設置路障抗議屠城，被中共當局在虹口區體育場的萬人大會上，公判三年。出獄後，因是獨立中文筆會作家撰寫文章反獨裁，因而被監控二十年。孫子因爲母親孫寶強是「老暴徒」而成爲「小暴徒」，屢受株連屢遭迫害。

　　薛書記雖已退休，依然用餘熱影響著乍浦路美食一條街；王書記從糧食局離休，功德圓滿房子票子都到手；陳老伯親手創造的閘北醬油廠，現在更名爲上海釀造三廠；乍浦路一百號房子，陳老伯去世後母親住到兒子家，于是就把房子借給飯店做厨房。現在房子已經被拆。

　　二〇一一年一月，新浩和妻子流亡澳洲，四十九天后拿到庇護簽證；半年後，根據坐牢經歷撰寫成《上海女囚》幷出版了。孫子小暴徒在二〇一二年底流亡美國。在他成爲美國公民後，已入籍澳洲公民的陳新浩和孫寶強，于二〇二三年八月來到洛杉磯和兒子兒媳團聚，二個月後他們的孫子出生了。

　　至此，三代人的苦難，終于結束了。

孫寶強

　　女，一九五一年出生于上海。父母均為中共地下黨員，父親是中共進上海後第一任榆林區區長，後因不堪忍受無休止的運動而自盡。一九六八年孫寶強進上海煉油廠做操作員，後擔任打字員。一九八九年六四屠城後，孫寶強上街演講並設置路障；六月六日晚被關進虹口區看守所；八月二十二日，在虹口區體育館萬人大會上，宣判入獄三年；出獄後，又因不斷撰寫文章發表在互聯網上而被監控二十年。二〇一一年一月，孫寶強和丈夫流亡澳洲，四十九天後獲保護簽證。二〇二三年年八月赴美國與子團聚，現居洛杉磯。

　　著有自傳《上海女囚》，長篇小說《上海守財奴》。

上海守財奴

作　　者：孫寶強

責任編輯：李豐果

出　　版：飛馬國際出版社

網　　址：https://www.pegasus-book.com/

電子郵箱：pegasusinternationalpress@gmail.com

出版日期：2024 年 6 月

國際書號：978-1-998496-01-3

Published in Canada by Pegasus International Press

Library and Archives Canada Cataloguing in Publication

Title: Shanghai Miser (Traditional Chinese)

Names: Baoqiang Sun, author

ISBN: 978-1-998496-01-3 (paperback)

ISBN: 978-1-998496-03-7 (ebook)